1781

Kirsten Bakis

Das Leben der Monsterhunde

Aus dem Amerikanischen
von Sabine Schulte

Wirklich toll ♥
Etwas ganz anderes.
Nur der Titel des Buches passt nicht.
In dem ganzen Buch kein Monsterhund.
♥
2000 Moni

Hoffmann und Campe

Die Originalausgabe erschien unter dem Titel
Lives of the Monster Dogs bei Farrar, Straus & Giroux, New York

Die Deutsche Bibliothek – CIP-Einheitsaufnahme
Bakis, Kirsten:
Das Leben der Monsterhunde / Kirsten Bakis.
Aus dem Amerikan. von Sabine Schulte.
– 1. Aufl. – Hamburg : Hoffmann und Campe, 1998
Einheitssacht.: Lives of the monsterdogs <dt.>
ISBN 3-455-00264-1

Schutzumschlaggestaltung: Büro Hamburg unter Verwendung
einer Illustration von Debra Lill
Satz: Utesch GmbH, Hamburg
Druck und Bindung: Graphischer Großbetrieb Pößneck
Printed in Germany

Inhalt

Danksagungen

Vielen Dank meiner Familie und Caroline Huey, Soyung Pak, Charlie Buck, Deborah Eisenberg, Alex Chee, David Van Fossen und Elaine Chubb.

Ein ganz besonderes Dankeschön an Maida Barbour für ihre großartige Unterstützung auf jedem Schritt des Weges.

Aufrichtigen Dank auch der Michener/Copernicus Society of America.

Wie wird mein Pudel lang und breit!

GOETHE, Faust

Vorwort

In den Jahren, seit die Monsterhunde hier bei uns in New York waren, bin ich oft gebeten worden, etwas über die Zeit zu schreiben, die ich mit ihnen verbrachte. Außerdem hat man mir den Vorschlag gemacht, das unvollendete Manuskript herauszugeben, das ihr Historiker, Ludwig von Sacher, hinterlassen hat, teils, weil ich, während die Hunde hier waren, viele Artikel über sie geschrieben habe, und teils, weil ich mit Ludwig befreundet war.

Beides wollte ich sofort tun, aber ich wollte mir auch Zeit dabei lassen und es gut machen. Vermutlich wartete ich auf etwas – daß Ludwigs Papiere eine verborgene Bedeutung preisgaben oder daß sich die Ereignisse, an die ich mich erinnerte, zu einem erkennbaren Muster zusammenschoben –, und das schien immer unmittelbar bevorzustehen.

Jetzt ist es über sechs Jahre her, daß die Hunde hier waren, und allmählich glaube ich, daß es immer so sein wird, daß der Augenblick, in dem ich alles auf die richtige Weise erinnern und verstehen kann, immer unmittelbar bevorstehen wird. Es ist, als wären alle Dinge, die wir sehen und an die wir uns erinnern, Glieder einer langen Gleichung, die immer einen bruchlosen, unwiderlegbaren Beweis der Gegenwart ergibt – aber eben das ist das Problem: Die Gegenwart verändert sich von Moment zu

Moment. Wir kommen nie an; es gibt keinen Ankunftsort.

Also habe ich Ludwigs Papiere, darunter auch einige Auszüge aus seinem Tagebuch und das unvollendete Manuskript, zusammengestellt und geordnet und habe, so gut ich konnte, geschildert, was in den Jahren geschah, in denen er seine Aufzeichnungen machte, während der Zeit also, in der ich mit ihm bekannt war.

Ich möchte Lydia Petze, die ebenfalls mit Ludwig befreundet war, für ihre Hilfe danken und vor allem für die kraftspendende Freundschaft, die sie mir und seit einiger Zeit auch meinem Mann, Jim Holbrook, und unserer Tochter Eleanor gewährt. Eleanor ist (wie ich voller Stolz glaube) das erste Kind auf der Welt, das mit einer Samojedenhündin als Patentante gesegnet ist.

Als Ludwig sein Manuskript begann, hieß es *Die Geschichte der Monsterhunde*, aber später änderte er den Titel in *Leben der Monsterhunde* um. Ich glaube (aber das ist nur eine Vermutung), daß er plante, Biographien der damals lebenden Hunde anzufügen und diese zum Hauptteil seines Buches zu machen, doch damit hatte er zu dem Zeitpunkt, als er zu schreiben aufhörte, noch nicht einmal begonnen. Was auch der Grund sein mag, »Leben der Monsterhunde« steht auf dem Deckblatt seines Manuskriptes, das in den vergangenen sechs Jahren fast immer auf meinem Schreibtisch gelegen hat. Das Buch, das Sie jetzt in Händen halten, entspricht nicht genau dem, wofür der Titel bestimmt war, aber irgendwie hatte ich das Gefühl, es nicht anders nennen zu können.

Selbst heute werden wir noch mit Büchern, Filmen und Dokumentarsendungen über die Monsterhunde überschwemmt. Mein Buch ist weder die erste noch wird es die letzte Version ihrer Geschichte sein. Aber ich habe die

Monsterhunde gekannt, und ich habe sie geliebt, und ich hoffe, daß ich ihre Geschichte auf meine Weise gut erzählt habe. Das jedenfalls war meine Absicht.

Cleo Pira
New York City
Oktober 2017

Das Leben der Monsterhunde

Prolog

Aus dem Tagebuch Ludwig von Sachers
New York, 16. November 2009
Die Vergangenheit ist dunkel. Sie verliert sich unter Staub und Kratzspuren, verbirgt sich unter breiten Streifen von braunem Klebeband, unter Ruß und Stockflecken. Ich sichte alte Dokumente, die zerkrümeln und sich auflösen, sobald ich sie berühre; Blätter, die oxidiert sind, langsam, hundert Jahre lang, und dabei Wolken von winzigen Teilchen in die Luft geschleudert haben. Teilchen, die einst Information enthielten – ein wenig Tinte im Abstrich eines »d«, ein unendlich kleines Stück von einem Zwischenraum zwischen zwei Wörtern –, fliegen jetzt ungeordnet und bedeutungslos in die Welt hinaus.

Ich weiß nicht, ob ich meine Forschungen je beenden werde, aber ich möchte einen Bericht über meine Bemühungen hinterlassen: wenn schon nicht das fertige Manuskript, dann wenigstens eine Schilderung meines Versuches, es zu verfassen. Seit einiger Zeit leide ich unter einer Krankheit oder psychischen Störung, die periodisch auftritt und mich vielleicht schon bald am Arbeiten hindern wird. Ich muß festhalten, was ich weiß, solange ich noch klar denken kann.

Ich durchstöbere diese Dokumente nach der Geschichte meiner Rasse, in der Hoffnung, die Informationen ordnen zu können, bevor sie zu einem Chaos aus Staub zerfallen. Wir sind eine Rasse von Ungeheuern, vor nicht langer Zeit erst erschaffen, daher ist unsere Geschichte kurz. Ich lese gerade die Schriften unseres Erfinders, eines preußischen Wissenschaftlers, der uns 1882 entwarf. Unsere Rasse entstand jedoch erst ein knappes Jahrhundert später.

Dieser Wissenschaftler hieß Augustus Rank, und er hatte die Idee, eine Rasse hochintelligenter Hunde mit künstlichen Händen und Kehlköpfen zu schaffen, die für militärische Zwecke eingesetzt werden sollten. Diesem Ziel widmete er sein Leben. Er war von Prothesen fasziniert – von den Möglichkeiten, die sie boten. Es wurden viele grauenerregende Tiere hergestellt, bevor wir vollendet waren.

Was hast du zu sagen, Augustus? Ich habe hier auf meinem Schreibtisch einen Packen Manuskripte und einen Stapel Photokopien liegen, die von einem Mikrofilm gezogen wurden und kaum lesbar sind. Er hat Tagebuch geführt. Manche Eintragungen sind kurz, manche nur schwer verständlich.

Heute wäre mir beinahe das Kokain ausgegangen, aber der treue M. kam nach dem Abendessen, gerade noch rechtzeitig.

Diese Eintragung ist leicht zu entschlüsseln: Er war ein Getriebener; ich kann ihn mir vorstellen, spätabends in seinem Laboratorium, mit großen Augen, wie er schnell arbeitet, schnell denkt.

Heute R.S. beseitigt: hatte sich beklagt.

Diese ist schwieriger. Ich vermute, daß R.S. jemand war, der für ihn gearbeitet hat; bestimmt hat Rank ihn arg geschunden. Aber er hat R.S. weder gefeuert noch in Frieden gehen lassen. Rank hatte eine kleine Gemeinde aus Anhängern und Assistenten, von denen er Gehorsam,

Pflichteifer und Verschwiegenheit verlangte. Er konnte einen Abtrünnigen nicht nach draußen in die Welt entkommen lassen.

Wenn ich fertig bin, werde ich die Menschen nicht mehr brauchen. Die Hunde werden mein Volk sein, perfekte Werkzeuge meines Willens. Ich, der ich jetzt ein einzelner Mann bin, werde zu einem Heer werden – einem Heer von Hunden. Sie werden mir vollkommen ergeben sein. Ihr Verstand wird mein Verstand sein, ihre Herzen werden mein Herz sein, ihre Zähne werden meine Zähne sein, ihre Hände werden meine Hände sein …

Er war ein Mann, der herrschen wollte, der sich über die Grenzen seines Körpers hinaus ausdehnen wollte. Er verlangte von seinen menschlichen Anhängern Gehorsam, doch dieser konnte niemals vollkommen sein – es gab immer Abtrünnige, Menschen, die ihn in Frage stellten. Menschen konnten nicht zu vollkommenen Werkzeugen seines Willens werden. Doch wir konnten das. Keine menschliche Loyalität kann sich mit der fanatischen Hingabe eines Hundes messen.

Ich versuche, mir Augustus Rank vorzustellen, während ich sein Tagebuch lese. Es gibt Bilder von ihm. Darauf sieht er wie der typische verrückte Wissenschaftler aus: steifer Kragen und wirres Haar, dunkle Augen, starrer Blick. Die Photographien sind, wie die Schriftstücke, nicht gut erhalten. Wegen der Kleckse und Flecken, des Staubes auf den Mikrofilmen und der zerfallenden Ränder der Papierbögen ist mir, als würde ich seine Stimme wie durch starke atmosphärische Störungen hindurch hören, von weit her.

Ich kann ihn mir nicht deutlich vorstellen, weil er keinen richtigen Geruch hat. Sein Geruch ist nicht menschlich – es ist der Geruch von moderndem Papier, eingetrockneter Tinte, alten Photochemikalien und dem braunen Klebeband, mit dem die Dokumente zusammengehalten werden. Ihre Geschichte kann ich riechen: die Menschenhände und die behandschuhten Prothesen der Hunde, die die Papiere berührt haben, die Jahre, die sie in den kalten, unterirdischen Gewölben der Bibliothek zubrachten, die Stunden in meiner Aktentasche. All das hat Rückstände hinterlassen, aber von Rank ist keine Spur mehr da. Es ist zu lange her.

Glaube ich denn, sein Geruch würde mir helfen, die Geschichte meiner Rasse zu begreifen? Was versuche ich herauszufinden?

An dieser Stelle nehme ich meinen Kneifer ab und reibe die Gläser am Fell meines Schenkels. Ohne meine Brille kann ich nicht besonders gut sehen. Ich blicke im Zimmer umher. Verschwommen nehme ich den Schimmer von Kupfer und lackiertem Holz, Spiegeln und poliertem Mahagoni wahr. Ich bewohne eine Erdgeschoßwohnung im West Village. Die anderen Hunde leben zumeist in palastartigen Häusern in den feinen Vierteln der Stadt und suchen Publicity und die Gesellschaft der anderen, aber ich genieße es, Abstand von ihnen zu haben. Meine Verwandtschaft mit ihnen und unsere gemeinsame Kultur betrachte ich als Schwäche, nicht als etwas Erhaltenswertes. Unsere Kultur ist überholt; sie hat mit der Welt, in der wir jetzt leben, nichts mehr zu tun. Sie bildete sich in der kanadischen Wildnis heraus, in der weltabgeschiedenen Stadt, die Rank und seine Anhänger um die Jahrhundertwende errichteten, und sie hat sich seit hundert Jahren nicht verändert.

Vor zehn Jahren erhoben wir uns gegen die menschlichen Bewohner Rankstadts. Es waren die Nachfahren von Ranks Anhängern, die seit vier Generationen in der versteckten Stadt lebten. Da sie von der übrigen Welt vollkommen abgeschlossen waren, hatten sie sich den Lebensstil und die Kultur der preußischen Gründungsväter aus dem neunzehnten Jahrhundert bewahrt. Einige Jahrzehnte zuvor hatten sie uns fertiggestellt, und wir lebten an diesem isolierten Ort als Sklaven der Menschen, obwohl wir stärker und klüger waren als sie. Selbstverständlich rebellierten wir.

Wir plünderten die Stadt und nahmen ihr Gold und ihren Besitz an uns. Aber wir hatten keine Ahnung, was jenseits der Grenzen von Rankstadt lag. Weder Menschen noch Hunde hatten sie zu unseren Lebzeiten überschritten, und so war uns die übrige Welt nicht nur fremd, sondern wir hatten nicht einmal Geschichten darüber gehört, abgesehen von denen, die uns von den Urgroßeltern unserer Herren aus dem vergangenen Jahrhundert überliefert waren.

Nachdem wir die Freiheit erlangt hatten, hielten wir uns noch drei Jahre lang in den Ruinen von Rankstadt auf. Doch schließlich konnten wir dort, zwischen den einstürzenden Häusern unserer früheren Herren, nicht mehr bleiben, und so zogen wir in die Wildnis Kanadas und wanderten eine ganze Weile umher, hielten uns vor Menschen versteckt, suchten aber manchmal abgelegene Farmen und kleine Städte auf, um die Menschen dort zu beobachten. Wir ernährten uns von der Jagd und von Aas und hausten in provisorischen Lagern, in denen wir Feuer machten und uns Schutzhütten bauten. Wir glichen Pionieren, denn wir waren bestrebt, in unseren Sitten und Gebräuchen die Zivilisation zu bewahren, lebten aber notgedrungen oft, und sehr unbequem, wie Wilde.

Die menschlichen Bewohner Rankstadts hatten (aus bestimmten Gründen, die mit ihrer Geschichte zusammenhängen, die in diesem Buch dargestellt wird) eine große Menge Juwelen und Edelmetalle in ihrem Besitz gehabt, und diese Kostbarkeiten hatten wir Hunde mitgenommen, als wir die Stadt verließen. Wir wußten, daß wir sie verkaufen und gut davon leben konnten, falls wir willens waren, uns in die Menschengesellschaft einzufügen, und schließlich, nachdem wir fast acht Jahre unter uns geblieben waren, beschlossen wir, unser Nomadendasein aufzugeben und zu versuchen, mit Menschen zusammenzuleben. Wir hatten von New York City gehört, denn die Vorfahren unserer Herren waren 1897 auf ihrer Reise von Bayern nach Westkanada durch diese Stadt gekommen, und weil wir wußten, daß sie eine kultivierte, moderne Metropole war, die von vielen verschiedenen Einwanderergruppen bewohnt wurde – auch wenn natürlich keine davon so merkwürdig war wie wir –, beschlossen wir, uns direkt ins Zentrum der modernen Welt hineinzustürzen und hierherzukommen.

Die anderen Hunde tragen nach wie vor häufig die preußischen Offiziersuniformen und die aufwendigen Röcke mit den Tournüren, die sie vor zehn Jahren aus den Kleiderschränken der Menschen in Rankstadt mitgenommen haben. Sie sind stolz darauf, daß sie die Kleider ihrer Unterdrücker gestohlen haben; sie merken nicht, wie lächerlich sie aussehen, wenn sie durch New York gehen. Sie wissen, daß sie Ungeheuer sind, aber ich glaube, sie begreifen nicht, was das für die Menschen bedeutet. Sie leben wie gefeierte Persönlichkeiten, halten sich von Menschenmengen fern und stellen Leute an, die für sie einkaufen. Sie treten gelegentlich in Talkshows auf oder schreiben Autobiographien, und sie kommen beim faszinierten Publikum gut an. Aber ihnen ist nicht bewußt, daß die Menschen eine Mischung aus Belustigung und

Ekel empfinden, wenn sie Pinscher und Rottweiler mit Monokeln und Sonnenschirmen aus einer Limousine steigen sehen, gekleidet wie Preußen des neunzehnten Jahrhunderts. Die Hunde wirken wie häßliche Parodien auf Menschen, und ihre Biographien lesen sich wie Gesellschaftssatire. Man wird nie etwas anderes in ihnen sehen als Karikaturen von Menschen. Für Ungeheuer gibt es in dieser Welt keinen Platz. Deswegen ziehe ich es vor, nicht in ihrer Nähe zu leben.

Aber natürlich gibt es auch hier, fern von ihnen, keinen Platz für mich. Wenn ich so am Fenster stehe, auf meinen Stock gestützt (es ist unbequem für mich, ohne Stütze auf den Hinterbeinen zu stehen), kann ich sehen, wie die Menschen ihre Hunde ausführen. Ein leichter, kalter Regen fällt, fast ein Nebel, und ich halte meinen Kneifer immer noch in der Hand, daher erscheinen die Spaziergänger mir wie undeutliche Schatten unter den Straßenlaternen, mit verschwommenen Rändern, so als wären sie im Begriff, sich aufzulösen. Die Hunde, die hier in der Gegend leben, sind klein, und sie riechen nach Nervosität, Dummheit und Shampoo. Ich fühle mich nicht mit ihnen verwandt.

Ich habe also keine richtige Kultur. Ich bin ein Monstrum. Es gibt noch weitere, mit denen ich zusammensein könnte, aber das will ich nicht. Wir stehen vor dem Untergang – doch das sehen sie nicht. Seit wir uns gegen die Bewohner von Rankstadt erhoben haben und hier nach New York gekommen sind, haben wir alles verloren. Und ich habe noch weitere Probleme gefunden, außer der Tatsache, daß wir nicht zu den Menschen passen. Probleme moralischer Art, die den meisten abstrakt oder unbedeutend erscheinen mögen, wie zum Beispiel: Welchen Sinn hat unsere Existenz? Wenn wir nicht mehr Ranks Anhängern dienen, wozu sind wir dann hier? Für mich ist das eine entscheidende, drängende Frage.

Ich sehe wohl, schreibt Rank in einer anderen Eintragung, *daß ich das Projekt vor meinem Tod nicht mehr vollenden werde. Rückblickend könnte man sagen, daß ich mein Leben vergeudet habe. Mein einziges Ziel war es, die Hunde zu vollenden; ich habe mich ganz und gar der Verwirklichung dieses Ziels gewidmet, und jetzt werde ich sterben, ohne es erreicht zu haben. Mein Leben bestand nur aus Arbeit, ohne Lohn.*

Ich habe keinen Sohn; ich nehme an, daß Karl Boucher die Arbeit fortsetzen wird, denn er ist der einzige, der annähernd dazu fähig ist, aber er bedeutet mir nichts – was habe ich davon, wenn er den Lohn für meine Mühen erntet?

Doch obwohl ich das Leben meines Körpers nicht verlängern kann, bin ich jetzt mehr denn je davon überzeugt, daß mein Geist nicht mit ihm sterben wird. Ich werde in den Herzen meiner Anhänger weiterleben. Gott oder der Teufel bedeuten mir nichts, und so wie mein Wille mir im Leben gedient hat, wird er mir auch danach noch dienen und meinen Geist hier festhalten, wo er gebraucht wird, um mein Volk zu führen und mein herrliches Projekt zu vollenden. Mein Wille darf nicht sterben. Er kann nicht sterben.

Bald werde ich alt und schwach sein. Schon jetzt kann ich nicht mehr aufrecht stehen und das Zittern meiner Hände nicht mehr beherrschen. Die Erinnerung an einen sabbernden, gebeugten alten Mann kann keine Macht über meine Anhänger haben. Ich muß sterben, solange mein Wille noch stark ist. Bald, wenn ich alles in Ordnung gebracht habe, werde ich meinen Körper verlassen.

Wir, die wir in Rankstadt gelebt haben, wissen, daß ihm sein Vorhaben gelang. Sein Andenken wurde in Ehren gehalten. Weil er der Gründer und der einzige Held unserer abgelegenen Kolonie war, bildeten sich Legenden um seine Gestalt. Alle Rankstädter waren halbwegs überzeugt, daß er wiederkommen würde, sobald seine Hunde fertiggestellt sein würden, so, wie er es kurz vor seinem Tode versprochen hatte. Er würde wiederkehren und sein Heer zu einem glorreichen Sieg führen. Genauer äußerte er sich nicht – er wollte nicht, daß seine Leute eigene Vorstellungen von dem entwickelten, was sie zu tun hatten.

Aber die Hunde wurden ganz allmählich fertiggestellt, schrittweise, und sogar zu meiner Zeit wurde noch an ihrer Verbesserung gearbeitet. Es gab also keinen Zeitpunkt, zu dem man hätte sagen können: Das Projekt ist beendet, und jetzt kommt Rank wieder. Die Menschen hatten den Gedanken im Hinterkopf, wie schon seit hundert Jahren, aber im Alltag übte er keinen großen Einfluß auf sie aus.

Uns jedoch ging es anders. Man muß sich unser Leben vorstellen. Die Tritte und Schläge – ja, zum Teil war es das, aber meistens war es weniger spektakulär: an der Wand auf Befehle warten, unsere Herren beobachten, mit Halsbändern und Handschuhen am Rande der Menschenhaushalte leben. Wir verbrachten unsere Zeit in Ecken oder in Nebenzimmern, mit dem Warten auf eine Glocke oder auf ein Kommando, auf das Essen oder auf das Schlafengehen. Und natürlich mit dem Warten auf Rank.

Wir kannten zwar kein anderes Leben, aber uns war bewußt, daß wir zu einem höheren Zweck geschaffen worden waren. Wir wußten, daß Rank etwas Besseres mit uns im Sinn gehabt hatte. Und wir warteten auf seine

Wiederkehr – daß er kam und uns fortholte, uns in den Kampf führte, zu einem großartigen, unbestimmten Sieg.

Wir warteten Jahr um Jahr, aber er kam nicht. Und dann träumte Mops Hacker, ein häßlicher Mischling, der am Ortsrand von Rankstadt lebte, er sei von Ranks Geist bewohnt und solle uns in den Kampf führen. Er behauptete, der glorreiche Sieg, von dem Rank gesprochen hatte, sei der Sieg über unsere menschlichen Unterdrücker. Es war nicht schwer, selbst für jemanden wie ihn nicht, die Hunde für diese Sache zu gewinnen. Aber nun, da er tot ist – er hat sein Leben in der Revolution verloren –, geben nur wenige Hunde zu, daß sie geglaubt haben, der Geist Ranks würde tatsächlich in ihm wohnen.

Jetzt leben wir verstreut in der Welt. Wir haben nichts mehr, worauf wir warten können, und wir wissen nicht, was wir mit uns anfangen sollen oder warum wir geschaffen wurden.

Ich glaube, daß Ranks Geist wirklich noch eine Weile weitergelebt hat, aber daß er jetzt entschwindet. Als wir noch alle zusammen waren und an ihn dachten und auf ihn warteten, war er bei uns. Jetzt, da wir uns zerstreut haben, hat Ranks Geist sich ausgedehnt und ist schwächer geworden. Einst eine dichte, menschenförmige Wolke, hat er sich jetzt in einen dünnen, gestaltlosen Nebel aufgelöst. Deswegen versuche ich, ihn zu rekonstruieren, bevor er verschwindet.

Aber es ist so schwer, ihn aus den Photokopien und den Bildern, die meinen Schreibtisch bedecken, zusammenzusetzen. Seit ich krank bin, werde ich zunehmend schwächer, und ich fühle mich der Aufgabe nicht gewachsen. Ich glaube nicht, daß mir genug Zeit bleiben wird, um sie zu vollenden.

Wie Sie sehen, hoffe ich, durch die Rekonstruktion seiner Person ein Heilmittel für mein eigenes Leiden zu finden, das wohl eine Art Wahnsinn ist. Ich habe in letzter Zeit Gedächtnisausfälle. Manchmal, wenn ich zum Mond hinaufschaue oder auf einen Kalender blicke, wird mir klar, daß meine jüngste Erinnerung ein Ereignis betrifft, das bereits mehrere Tage zurückliegt. Ich weiß nicht, was ich in den Zeiträumen dazwischen mache. Anscheinend esse ich, aber ich kleide mich nicht an und verlasse auch meine Wohnung nicht.

Ich glaube, diese Gedächtnislücken hängen mit dem Entschwinden von Ranks Geist zusammen. Ich glaube, mein Bewußtsein löst sich auf, genauso wie das seine. Andere Hunde mögen auch davon betroffen sein, obwohl ich das nicht weiß, weil ich wenig Kontakt zu ihnen habe. Dieser Gedanke mag Ihnen lächerlich erscheinen, aber die Tatsachen sind nicht zu leugnen, und anders weiß ich sie nicht zu erklären.

Die letzte Eintragung in Ranks Tagebuch ist beinahe rührend:

Ich hatte gehofft, der Schwäche entgehen zu können und zu sterben, bevor ich hinfällig werde. Aber jetzt, da die Stunde meines Selbstmordes näherrückt, spüre ich, wie ich schwächer werde, als ich es mir jemals ausgemalt habe. Ich bin gezwungen, mir einzugestehen, daß mein Geist möglicherweise nicht überleben wird und daß ich mir lediglich selbst ein Ende mache. Ich weiß, daß ich mir nicht gestatten darf, so zu denken, aber ich bin nicht imstande zu verhindern, daß mein Verstand von Zweifeln befallen wird.

Ich vermute, daß das Weiterleben meines Geistes vom Gedenken und von der fortdauernden Liebe meiner Anhänger abhängig ist. Aber man kann nicht ausschließen, daß ihre Hingabe ein paar Jahre nach meinem Tod nachläßt.

In meinem ganzen Leben habe ich niemals echte Liebe erfahren. Die unbeständige Hingabe meiner Leute ist nur ein schwacher Ersatz dafür. Wenn ich meine Hunde vollendet hätte, wäre deren Liebe stark und unvergänglich gewesen, eine Leidenschaft – aber ich werde so sentimental! Eines Tages wird man sie erschaffen, und sie werden wissen, daß sie mir alles waren, daß ich sie wie eigene Kinder geliebt habe, daß ich sie geliebt habe, bevor sie existierten. Sie werden auf meine Rückkehr warten wie Hunde auf ihre Herren, sehnsüchtig, sie werden nicht von der Türe weichen, werden heulend hin- und herlaufen, mit wachsender Unruhe, wenn die Stunde näherrückt, und sie werden an nichts anderes denken als an diesen Augenblick, den Augenblick, da die Türe sich öffnet –

Ja, genau so – mit diesem Gedanken im Kopf setze ich mir die Spritze. Ihr sollt wieder von mir hören – es ist –

Ein Tintenklecks macht das letzte Wort unleserlich.

Augustus, du hast dich geirrt! Deine Hunde haben dich vergessen!

Ich nehme meinen Kneifer wieder ab und drücke meine Nase auf das Papier. Es ist eine lächerliche Geste – die Worte riechen nur nach Kopierfarbe, und das wußte ich bereits vorher. Jetzt klebt etwas davon an meiner Nase, so daß alle anderen Gerüche im Raum dadurch beeinflußt werden.

Wenn ich den Mann doch nur verstehen könnte, wenn ich ihn riechen könnte, wenn ich ihn lieben könnte, ich glaube, dann könnte ich die Geschichte meiner Rasse verstehen – ich könnte verstehen, was er im Sinn hatte, als er uns schuf, könnte verstehen, was wir sind.

Ich empfinde eine Art Mitleid für ihn. Ich begreife, daß

er einsam war und wie sehr er sich nach uns sehnte. Aber ich verspüre keine echte Liebe zu ihm, und eben das wäre notwendig, um ihn neu zu erschaffen.

Er war fähig, sich sein ganzes Leben lang ausschließlich von Hoffnung zu nähren. Aber ich bin nicht so vollkommen. Wie wir alle wurde ich des Wartens müde und wollte mir hier und jetzt ein Dasein schaffen. Und nun ist die reine, klare, konzentrierte Sehnsucht nach ihm vergangen – ich bin nicht mehr der Hund, der von einem einzigen Gedanken beseelt an der Tür wartet.

Ich kann diese Liebe, diese Hoffnung, nicht rekonstruieren. Die Vergangenheit zerfällt. Ich versuche noch einmal, das Gefühl aufzubringen, und ich kann es nicht. Ich glaube, meine Gedanken schweifen ab – das kann der Beginn einer meiner Gedächtnisstörungen sein. Ich werde weiter hier sitzen und tippen, bis ich nicht mehr denken kann. Wie anders bin ich doch als Augustus Rank, der mit reiner Hoffnung im Herzen starb.

Es geht los. Gerade eben entfuhr mir ein schwaches, unfreiwilliges Jaulen, und ich hörte auf zu tippen und vergrub meine Nase noch einmal in den Papieren auf meinem Schreibtisch, um die bedeutungslosen Gerüche von Augustus aufzunehmen, den leicht brennenden Dunst von oxidierendem Papier, den faden Duft von Photokopien und den moderigen, beißenden Gestank von Ferrotypien.

Es ist aussichtslos – er existiert nicht mehr. Seine Stimme ist ein Knistern in atmosphärischen Störungen aus Staub, sein Geruch ist zerfressen worden, sein Bild verschwimmt in einem Dunst aus Kratzspuren. Weil ich meine Brille abgesetzt habe und mir Kopierfarbe an der Nase klebt, sind noch dazu meine Sinne getrübt, und ich kann nichts deutlich wahrnehmen; mir scheint, daß die ganze Welt zerfällt.

Erster Teil

Augustus Rank

1

(Cleo)
Ich erinnere mich an den Abend, als der Hubschrauber landete, denn ich ging gerade auf der West Side spazieren, etwas südlich vom Hubschrauberlandeplatz, und mir brach das Herz. Es war der 8. November 2008, und ich war einundzwanzig.

Niemand wußte, was sich nun gleich ereignen würde. Eine Handvoll Reporter warteten am Landeplatz, weil sie hofften, Zeugen eines interessanten Schabernacks zu werden, aber das war alles. Und ich darf wohl sagen, daß ich von all den nichtsahnenden Menschen in der Stadt vor der Ankunft der Hunde diejenige war, deren Leben sich am meisten verändern sollte.

Es fasziniert mich, darüber nachzudenken, über die letzten paar Minuten, bevor der Helikopter landete, als die Reporter beieinanderstanden, vermutlich Kaffee tranken und sich unterhielten, während gerade das erste schwache Pochen der Rotorblättern als Vibration in der Luft hörbar wurde. Noch bevor sich die grellen Lichter auf diese kleine Gruppe von Menschen herabsenkten und ihre Schatten rückwärts auf den Asphalt warfen, und bevor der von den Rotoren erzeugte Wind ihr Haar hob und es über ihren Köpfen durcheinanderwirbelte. Als der leere Heliport am Wasser noch still und düster dalag und niemand etwas ahnte.

So etwas ist immer spannend – die Stunde, bevor man den Menschen kennenlernt, den man heiraten wird, das letzte Gespräch mit einem Menschen, bevor er stirbt, selbst der Augenblick, bevor jemand einen anruft, wenn er nach dem Telefon greift und man es noch nicht weiß. Diese Ströme dicht unter der Oberfläche des Lebens, die sich trennen und zusammenfließen, unentwegt.

Aber das einzige, was ich dachte, als ich zu der Bank an der 14th Street kam, war, daß ich gleich weinen mußte, und das wollte ich im Sitzen tun. Mein Freund hatte mich verlassen. In jenem Sommer hatten wir unsere Wohnung untervermietet und waren nach Martha's Vineyard in Urlaub gefahren, aber er hatte sich entschlossen, nicht mit zurückzukommen, und so fand ich mich plötzlich, nachdem ich zwei Jahre lang mit ihm zusammengelebt hatte, allein in Manhattan wieder. Das war vor drei Monaten gewesen, aber bis zu diesem Abend war es mir gelungen, mich ständig auf Trab zu halten, indem ich mich für Seminare einschrieb und eine kleine Wohnung suchte und mich bemühte, alles Nötige für mein letztes Studienjahr an der Universität zu regeln. Früher war das Leben in der Stadt zu bewältigen gewesen, aber in diesem Herbst wurden die praktischen Probleme, wie Essen, Mietezahlen und Studieren, sehr kompliziert und schienen jede verfügbare Minute auszufüllen.

Was an jenem Abend passiert war, war gewissermaßen der Tropfen gewesen, der das Faß zum Überlaufen gebracht hatte. John hatte mir mit der Post eine meiner Scheckkarten geschickt, die ich bei ihm zurückgelassen hatte, ohne ein Wort, in einem Umschlag, der an »C. Pira« adressiert war. Nicht einmal »Cleo«. Es war nicht wichtig; ich erwartete ja kein Briefchen oder so was, aber vermutlich war es mir schon die ganze Zeit schwergefallen, die Fassung zu bewahren, und als ich den Umschlag kriegte, hatte ich das Gefühl, als würde gleich etwas kaputtgehen.

Also machte ich einen Spaziergang. Das tat ich während der ersten Monate nach der Trennung oft. Ich schminkte und frisierte mich dann und zog einen besonders schmalgeschnittenen Blazer mit spitzen Aufschlägen an, in dem ich meiner Meinung nach gut, aber nicht schwach aussah. Ich hatte nicht vor, mich mit Bekannten zu treffen, aber so zurechtgemacht fühlte ich mich besser. Nicht schwach zu wirken war wichtig, weil ich in einem schlimmen Viertel wohnte. Zum Schluß, bevor ich aus der Tür ging, ließ ich meine kleine Laserpistole in den rechten Stiefel hineingleiten. Das war damals, als die Laser gerade neu auf dem Markt waren, noch bevor jeder eine hatte, und ich war ganz stolz auf meine.

An diesem besonderen Abend ging ich anderthalb Stunden lang. Es sah nach Regen aus. Es gab einen Satz aus einem Psalm, den ich einmal in einer Gideonbibel gefunden hatte und den ich mir innerlich wiederholte, wenn ich es nicht mehr ertragen konnte, mich über John nachdenken zu hören. Dieser Satz ging mir durch den Kopf, während ich so dahinwanderte:

Ich bin ausgeschüttet wie Wasser, alle meine Gebeine haben sich zertrennt; mein Herz ist wie Wachs; es ist in meinem Leibe geschmolzen.

Ich hatte Mühe, mich an den letzten Teil zu erinnern, denn der Rhythmus stimmte nicht ganz. *Es ist tief in meinem Leibe geschmolzen, zerschmolzen in meinem Leib; mein Herz ist wie Wachs, und es ist in mir geschmolzen.*

Auf der Höhe der 14th Street war es plötzlich, als hätte jemand den Stecker aus mir herausgezogen, alles schien zu schmerzen, und ich konnte einfach nicht weiter. Ich war schnell gegangen, und ich hatte in den letzten Monaten weder genug gegessen noch genug geschlafen. Da dachte ich, ich würde gleich weinen, also setzte ich mich auf die Bank.

Um das Gefühl abzuwehren, lehnte ich mich trotzig zurück, die Füße breit auseinandergestellt, und legte die Ellbogen oben auf die Lehne der Bank. Ich hob mein Gesicht zum wolkenverhangenen Himmel. So dazusitzen war gefährlich, aber ich spürte, wie meine Laser außen gegen meine rechte Wade drückte, und ich konnte alles ringsum hören. Wenn sich in dreißig Metern Entfernung ein Mann bewegt hätte – und näher gab es kein Versteck –, hätte ich auf ihn gezielt, bevor er auch nur zwei Schritte herangekommen wäre. Ich hatte es mir zur Pflicht gemacht, zu üben, als ich die Pistole gekauft hatte.

Da saß ich also zurückgelehnt auf der Bank und fühlte mich einerseits knallhart und anderseits so traurig, daß ich nie wieder aufstehen wollte. Ich vermißte John so sehr. *Ich bin ausgeschüttet wie Wasser, alle meine Gebeine haben sich zertrennt; mein Herz ist in meinem Leibe wie zerschmolzenes Wachs, mitten in meinem Leib, mein Herz ist in meinem Leib geschmolzen, mein Herz aus Wachs, mein Herz ist Wachs.* Das sagte ich mir immer und immer wieder vor, bis es alle anderen Gedanken übertönte. Irgendwo trommelte es leise in der Luft, und mir wurde klar, daß ein Hubschrauber den Fluß entlangkam.

In diesem Moment schlug ein Blitz in die Küste von New Jersey ein, am anderen Ufer, direkt vor mir. Wenn man von der Straße aus zugeschaut hätte, hätte es wahrscheinlich so ausgesehen, als wäre mir der Blitzstrahl genau durch den Kopf gefahren. Und in eben diesem Moment – oder eigentlich einen Sekundenbruchteil vorher – brach mir das Herz. Ich weiß nicht, wie ich es anders in

Worte fassen soll. Noch nie war mir etwas ähnliches widerfahren. Etwas schoß heraus und floß ab, ganz bis zu meinen Beinen hinunter, und es fühlte sich an wie flüssiges Wachs. Und genau da, als ich zum Himmel aufsah und er von dem Blitzstrahl in zwei Teile gespalten wurde und mein Herz aufbrach, flog der Hubschrauber in mein Gesichtsfeld.

Du hast mich ausgeschüttet wie Wasser und alle meine Gebeine zertrennt; mein Herz ist Wachs; es ist in meinem Leibe zerschmolzen.

So hätte es eigentlich heißen müssen, dachte ich.

Der Hubschrauber flog an mir vorbei und sandte Schockwellen aus, tiefe Schwingungen aus Klang, die mitten in meiner Brust Resonanz erzeugten, während er auf die West 30th Street zusteuerte.

Die Fotos erschienen am nächsten Tag in der Zeitung. Ich war an dem Morgen aufgestanden und hatte gemerkt, daß kein Kaffee mehr da war. Also ging ich zum Deli an der Ecke, um welchen zu holen. Als ich mich an der Kasse anstellte, fand ich mich neben zwei Männern am Zeitungsständer wieder, die eine *New York Post* in den Händen hielten und in schnellem Spanisch darüber sprachen.

Ich versuchte, ihnen über die Schulter zu spähen, um zu sehen, was sie sich da anschauten, aber ich fand keinen geeigneten Blickwinkel, um etwas erkennen zu können. Während ich mich noch bemühte, wandte einer der Männer sich um und lächelte mich an.

»Worum geht's?« nuschelte ich und versuchte, mich auf die Zeitung zu konzentrieren, die ich jetzt sehen konnte, weil der Mann sich zu mir umgedreht hatte.

»Ein Monster«, sagte er, indem er mir das Blatt hinhielt

und auf das Bild unten auf der Titelseite deutete. »Was meinen Sie dazu? Es ist in einem Hubschrauber gekommen. Woher, das weiß man nicht.«

Der andere Mann machte eine wegwerfende Handbewegung. »Das ist kein Monster«, sagte er.

Ich betrachtete das Foto. Die Überschrift daneben lautete: »Schwindel? oder ›Monster‹?«

Das Foto zeigte einen Hund, der auf den Hinterbeinen stand und dem ein seriös wirkender Mann in einer Daunenweste gerade aus der Tür eines Hubschraubers half. Der Hund schien aufgerichtet etwa so groß wie der Mann zu sein, und er sah wie ein Malamute aus. Merkwürdig an ihm war, abgesehen von seiner überdurchschnittlichen Größe, daß er ein dunkles, langes Jackett anhatte, das aussah, als würde es zu einer altmodischen Soldatenuniform gehören, und eine Brille trug und daß es aussah, als hätte er Hände statt Vorderpfoten. In einer dieser behandschuhten Hände hielt er einen Spazierstock, der ungeschickt von ihm fortzeigte, was wahrscheinlich daran lag, wie der Mann dieses Vorderbein knapp über dem Ellbogen festhielt. Die andere Hand des Hundes umklammerte den Rahmen der Hubschraubertür. Sein Gesicht drückte panische Angst aus. Die Lefzen waren leicht geöffnet, die Ohren flach angelegt und die Augen geweitet.

»Sieht aus, als hätte jemand einen Hund in einen Anzug gesteckt«, sagte ich und sah zu dem Mann auf, der die Zeitung hielt. Er lächelte mich an.

»Das ist kein Monster«, wiederholte der andere.

»Meinetwegen«, antwortete der erste und nahm die Zeitung wieder an sich. Wir waren an der Kasse angelangt, und der Skeptische verlangte ein Päckchen Zigaretten. »Ich glaube nach wie vor, daß es Werbung für einen Film war. Ich habe doch gar nicht behauptet, daß es ein Monster war«, murmelte der erste wie zu sich selbst. Er warf mir wieder einen Blick zu. Als er die Zeitung ablegte und in seiner Tasche nach Kleingeld angelte, schaute der Mann hinter der Kasse auf das Foto des Hundes und schüttelte den Kopf. »Verrückt«, bemerkte er.

»Kann man wohl sagen«, meinte der Mann mit der Zeitung. Er sah sich noch einmal nach mir um und folgte dann seinem Freund aus dem Deli hinaus in die neblige Kälte.

Später am Vormittag lag ich ausgestreckt auf meinem Bett und las den Artikel in der *Post*.

»MONSTER« LANDET IN MANHATTAN

Einige Reporter, die gestern mysteriösen Anrufen nachgingen, wurden Zeugen eines merkwürdigen Schauspiels.

Der Anrufer, der sich als James Wilkinson ausgab, ein Mechaniker und Hubschrauberpilot aus Morristown, New York, kündete an, ein »unglaubliches Monster« würde auf dem V.I.P-Heliport in Manhattan landen. Um 23.20 Uhr trafen Wilkinson, der den Hubschrauber flog, und Nick Bantock, ein Farmer, mit dem Geschöpf im Schlepptau ein. Das Trio nahm ein Taxi zum Plaza Hotel, wo es eine Suite bezog.

Bevor sie ins Taxi stiegen, meinten Wilkinson und Bantock zu den Reportern, sie würden richtig sehen, das Tier sei wirklich ein großer Hund mit Händen, der mit Hilfe eines Stockes auf den Hinterbeinen gehe. Sie behaupteten auch, daß er sprechen könne, allerdings gab es keine weiteren Zeugen, die das hätten bestätigen können.

Den beiden Männern zufolge war das Tier am 2. November zusammen mit etwa 150 anderen, ähnlichen »Hundemonstern« auf einer der Weiden von Bantocks Milchviehfarm bei Morristown im Norden des Staates New York aufgetaucht. Das Geschöpf habe verlangt, Bantock solle es nach Manhattan bringen und den anderen erlauben, auf der Weide zu bleiben, bis »geeignete Regelungen« getroffen werden könnten.

Also benachrichtigte der Farmer Wilkinson, der einen Hubschrauber besaß, und organisierte den Flug. Bantock berichtet, der Hund habe ihm als Bezahlung für den Flug mehrere große, gekonnt geschliffene Diamanten gegeben. Diese habe er gestern, bevor er nach New York aufbrach, für eine nicht genannte Summe an einen Juwelier in seinem Heimatort verkauft.

Die städtischen Behörden New Yorks stehen den Behauptungen der beiden Männer zwar skeptisch gegenüber, sehen sich aber durch die Ankunft des Geschöpfes in der Stadt vor ein Rätsel gestellt. Sprecher der Polizei und des Bürgermeisteramtes lehnten es ab, zu den Vorfällen des gestrigen Abends Stellung zu nehmen, sie sagten lediglich, sie besäßen weder über das Geschöpf noch über seine Herkunft Informationen.

Das Büro des Sheriffs in Morristown, in St. Lawrence County, sah sich außerstande, Bantocks Behauptung über die 150 anderen Monster zu überprüfen, solange keine Genehmigung des Farmbesitzers vorlag. Es gäbe zum gegenwärtigen Zeitpunkt keine Gründe für einen Durchsuchungsbefehl, sagte ein Vertreter des Sheriffs.

Die Empfangschefin im Plaza, Jill Torres, verweigerte jeden Kommentar zu den Hotelgästen, bestätigte aber, daß das Geschöpf »allem Anschein nach ein Hund« sei. »Das steht nicht im Widerspruch zu den Grundsätzen unseres Hotels«, fügte sie hinzu. »Das Plaza steht Hunden seit jeher offen.«

Was meine Aufmerksamkeit fesselte, war das Foto, auf dem der Malamute mit seinem altmodischen Uniformrock und der Brille aussah, als wäre er gerade einem Märchenbuch entstiegen und sei nun überrascht und erschrocken, sich im hellen Licht des Heliports wiederzufinden. Ich vermutete, daß er einfach ein abgerichteter Hund mit künstlichen Händen war, die man auf seine Vorderpfoten aufgesteckt hatte, aber das machte ihn für mich nicht weniger reizvoll und nicht weniger traurig.

Morgens dachten alle noch, es wäre ein Scherz, aber

als dann am Nachmittag die übrigen Hunde in die Stadt kamen, wurde es schwierig, sich vorzustellen, daß jemand einen derart ausgeklügelten Streich aushecken konnte.

Ich besitze immer noch den ersten Artikel aus der *New York Times* darüber, denn ich habe fast alles gesammelt, was in jenem Jahr über die Hunde geschrieben wurde.

150 ›Monsterhunde‹ treffen in Manhattan ein
Nehmen Zimmer im Plaza Hotel
Drei geben morgen Interviews

Vier Charterflugzeuge aus Morristown, N.Y., mit insgesamt 150 Wesen an Bord, die wie große, abgerichtete Hunde aussahen, auf den Hinterbeinen gingen und altmodische Soldatenröcke oder lange Kleider trugen, landeten am frühen Nachmittag auf dem Flughafen LaGuardia. Die »Monster«, wie manche sie nannten, wurden von einer Flotte wartender Limousinen zum Plaza Hotel in Manhattan gebracht. Sprecher sagen, die Hunde planten, auf unbestimmte Zeit ihren Wohnsitz im Plaza zu nehmen.

Die Hunde, Vertreter verschiedener großer Rassen, darunter Deutsche Schäferhunde, Dobermänner und Deutsche Doggen, sind aufgerichtet etwa einen Meter achtzig groß und haben an Stelle der Vorderpfoten menschenähnliche »Hände«. Viele Beobachter behaupten, sie hätten sie sprechen gehört, aber die Tiere lehnen es zum gegenwärtigen Zeitpunkt ab, sich der Presse gegenüber zu äußern, das erklären jedenfalls ihre selbsternannten Sprecher James Wilkinson und Nicholas Bantock aus Ellisville, N.Y.

Die beiden Männer sagen, die Geschöpfe seien »Monsterhunde«, Flüchtlinge aus einer bis dato gänzlich unbekannten Stadt in Nordkanada, wo sie als Sklaven jener Menschen gelebt hätten, die sie mit den mechanischen Händen und mit Sprachvermögen ausstatteten. Vor einigen Jahren hätten die Tiere gegen die menschlichen Bewohner der Stadt rebelliert und seien zu einer langen Fußreise in den Norden des Staates New York aufgebrochen, wo sie die vier Flugzeuge charterten, die sie nach LaGuardia brachten.

Obwohl die Behauptungen, gelinde gesagt, phantastisch klingen, haben Agenten der Polizei und des F.B.I., die die Vorkommnisse untersuchen, keine andere Erklärung für das Erscheinen der Tiere auf LaGuardia. »Es ist einfach völlig grotesk, das ist alles«, sagt Polizeichef Bob Whitehall aus St. Lawrence County, N.Y. »Ich kann Ihnen rein gar nichts darüber sagen.« F.B.I.-Sprecher Jay McLaney stimmt ihm zu, daß es noch keine zufriedenstellende Erklärung für die Herkunft der »Monsterhunde« gibt.

Die heutige Ankunft der Hunde in New York wurde Montag nacht von einem ersten Hund angekündigt, einem Malamute, der per Hubschrauber einflog und um 23.20 Uhr auf dem V.I.P.-Heliport in Manhattan landete. Der Malamute befand sich in Begleitung von Nick Bantock, dem Besitzer einer Milchviehfarm, und James Wilkinson, dem Piloten des Hubschraubers. Mr. Wilkinson sagte, der Hund hieße Klaue Lutz und beabsichtige, in der Stadt eine »geeignete vorläufige Unterkunft« für 150 weitere Hunde zu suchen, die auf einer von Bantocks Weiden in St. Lawrence County warteten. Die beiden Menschen und der Hund bestiegen ein Taxi und wurden zum Plaza gefahren, wo sie in der Nacht von Montag auf Dienstag gemeinsam eine Suite bewohnten.

Heute morgen um 9.30 Uhr erschienen Mr. Bantock, Mr. Wilkinson und der Hund, Klaue Lutz, im Münzengeschäft »Wiley's Coins« an der West 47th Street, wo Lutz deutsche Fünfmarkstücke aus dem neunzehnten Jahrhundert im Wert von etwa 70000 Dollar an die Geschäftsführerin Barbara Wiley verkaufte. Anschließend kehrten die drei ins Hotel zurück, wo sie 50 Zimmer und Suiten für die anderen 150 Monster reservierten.

Während der nächsten Wochen warteten wir auf Erklärungen, aber wir bekamen keine geboten, die plausibler gewesen wäre als die, die von den Hunden selbst abgegeben wurden. Und sie gaben tatsächlich Erklärungen ab, manche gaben Radio- und Fernsehinterviews und wiederholten, was der Farmer und der Pilot am ersten Tag über sie gesagt hatte. Die meisten konnten nur Deutsch, aber einige, vor allem Klaue Lutz, beherrschten auch das Englische gut. Sie sprachen ruhig und bedächtig, als wollten sie ihren Akzent und das feine mechanische Surren ihrer Kehlköpfe überspielen. Natürlich gab es Theorien über Könige und Milliardäre und Geheimorganisationen, die vielleicht die Mittel und den Wunsch haben mochten, der Welt einen so ungeheuren, sonderbaren Streich zu spielen, aber diese Theorien waren fast ebenso unwahrscheinlich wie die Geschichte, die die Hunde selbst erzählten, und meistens nicht so interessant. Und aus praktischen Gründen begannen wir daher alle, so über die Hunde zu sprechen, als seien sie genau das, was sie zu sein behaupteten.

Sehr bald nach ihrer Ankunft hatten alle Leute Nachbarn oder Bekannte, die als Leibwächter für sie gearbeitet hatten, Kameraleute bei einem ihrer Fernsehauftritte gewesen waren, ihnen Essen geliefert hatten, einen Fahrstuhlknopf für sie gedrückt, ihnen einen Computer empfohlen oder ein Bild an sie verkauft hatten. Die Hunde liebten New York, und sie waren überall, kauften ein, besichtigten Sehenswürdigkeiten und stellten Fragen. Sie hatten große Mengen an Edelsteinen, altem preußischen Gold und Antiquitäten bei sich. Ihr Reichtum vervielfachte sich schnell, denn jedermann war bereit, für Filmrechte an ihren Geschichten, für öffentliche Auftritte, ja für fast alles, was mit ihnen zusammenhing, zu bezahlen. Die Hunde waren ständig von Leibwächtern umgeben, aber immer, wenn sie Grund hatten, mit einem Menschen zu sprechen, mochte es nun ein Museumsführer oder ein Kellner sein, waren sie unendlich neugierig, naiv und entzückt über alles, was sie erfuhren. So bekam man allmählich das Gefühl, daß, selbst wenn der Welt ein Streich gespielt wurde, alle Einwohner von New York irgendwie daran beteiligt waren, und nach und nach entwickelten wir eine gewisse besitzergreifende Zuneigung zu den Hunden.

Es machte uns Spaß, mitzuspielen – was nicht ganz das gleiche war, wie daran zu glauben. Es gab keine plausible Erklärung für die Monsterhunde, aber wir waren sicher, daß es irgendwann eine geben würde. Daher machten wir erst einmal mit und sprachen über sie, wie man über den Nikolaus spricht, wenn Kinder dabei sind. Es hatte keinen Sinn, die Illusion zu zerstören. Das wäre uns sogar irgendwie geschmacklos vorgekommen, und jeder, der es versuchte, wurde sanft zum Schweigen gebracht.

Ich vermute, das war auch der Grund, weshalb niemand allzugroßes Interesse an der Geschichte der Hunde zeigte. Sie weigerten sich hartnäckig, die Lage der kanadischen Stadt zu verraten, aus der sie gekommen waren, und sie gaben nur vage Auskunft, wenn man sie nach Einzelheiten zu ihrem Aufstand gegen deren menschliche Bewohner fragte. Man mußte wohl annehmen, daß es Blutvergießen gegeben hatte, aber den meisten von uns, die ohnehin nicht richtig an die Stadt oder ihre Bewohner glauben konnten, erschien es wenig sinnvoll, die Hunde mit Fragen zu bedrängen, die sie eindeutig nicht beantworten wollten. Die wenigen Menschen, die dennoch nachforschten, wie jene, die sich auf der Suche nach Rankstadt in die Wildnis des Nordens vorwagten, kamen mit leeren Händen zurück. Aber die meisten hatten kein großes Interesse daran, das Rätsel zu lösen; wir wollten uns an den Hunden freuen, solange wir konnten. Es würde alles früh genug vorbei sein, glaubten wir.

Aber Monate vergingen, und die Hunde blieben bei uns.

Wir gewöhnten uns an sie. Sie waren ständig in den Nachrichten, und jeder wollte wissen, wo sie aßen und welchen Modeschöpfern sie gestatteten, sie einzukleiden – immer in ihrem eigenen Stil, der um 1880 in Preußen Mode gewesen war, aber mit interessanten Verschönerungen: einer schmaleren Silhouette vielleicht und hier und da einem gesteppten Vinylgürtel oder einer Rüsche aus metallgrauem Drahtgeflecht. Reporter folgten den Hunden überall hin, wir sahen und hörten jeden Tag etwas über sie, und sie wurden zu einem akzeptierten gesellschaftlichen Element der Stadt.

Auch ich verfolgte die Geschichten über die Hunde und träumte während meiner Seminare an der NYU, sie würden irgendwie kommen und mich finden, sie würden in den vergoldeten, mit Laternen behängten Pferdekutschen, in denen sie gelegentlich die Stadt zu erkunden beliebten, meine mit Schlaglöchern und Müll übersäte Straße entlangfahren. Ich wohnte am Rande des East Village, in einem Häuserblock, in den niemals feine Leute einziehen würden, weil sich gleich daneben ein Komplex mit Sozialwohnungen befand und eine kleine Schlägerbande die unmittelbare Nachbarschaft als ihren Besitz betrachtete. Meine Ausbildung wurde aus einem Treuhandvermögen meiner Großmutter bezahlt, aber wenn ich meinen Abschluß hatte, würde das Geld aufgebraucht sein, und ich sah mich schon in diesem Block enden, mühsam meine Miete zusammenkratzend, für immer und ewig. Es schien, als gäbe es keine andere realistische Möglichkeit, mir meine Zukunft vorzustellen, daher dachte ich, um mich aufzuheitern, an Dinge, die unrealistisch waren, und in diesem Jahr waren es meistens die Hunde, bei denen ich mit meinen Träumereien landete.

Sie waren berühmt, und sie waren reich, und ihr Leben

wirkte auf mich elegant und wie verzaubert. Sie bewohnten ein New York aus marmornen Foyers, Palmen in Kübeln, messingbeschlagenen Fahrstühlen und Kronleuchtern, eine Stadt, die völlig anders war als die, in der ich lebte. Ich stellte mir vor, wie ich aus einer vergoldeten Kutsche stieg, über einen polierten Fußboden schritt, in einen dieser geräuschlosen, gutgeölten Fahrstühle trat und mich über die aussichtslose Zukunft, die vor mir lag, erhob. Die Hunde schienen in einer Welt zu leben, die nicht den Gesetzen der Wahrscheinlichkeit unterlag, und ich dachte, dort müßte Glück jeder Art möglich sein. Aber natürlich wußte niemand außer den Hunden selbst, wie ihr Leben wirklich aussah.

2

Aus dem Tagebuch Ludwig von Sachers
New York, 20. November 2009
Ich bin seit einiger Zeit allein. Ich schlafe schlecht. Manchmal liege ich nachts da und horche auf den Wind, der durch den Hof streicht, und er erinnert mich an die große Entfernung zwischen mir und Ranks Leben. Das Jahrhundert, das zwischen uns liegt, ist unermeßlich weit, und ein Wind, der es durchwehte, würde einen gewaltigen Klang erzeugen, verglichen mit dem leichten Rauschen, dem ich jetzt gerade lausche.
Ich stelle mir oft vor, daß ich ihn höre, ein ohrenbetäubendes Brüllen, das alle Geräusche von der Straße und den nicht abreißenden Chor aus monotonem Gejaule, den die Maschinerie dieser Stadt produziert, übertönt. Hier ist viel zuviel Lärm, und ich wünsche mir etwas, das mich davor bewahrt, ihn hören zu müssen. Diese Stadt ist nicht für Tiere erbaut worden, die über ein so gutes Gehör verfügen wie Hunde. Oft stopfe ich mir Watte in die Ohren und schmiere mir etwas Vaseline auf die Nase und versuche mir vorzustellen, wie es wäre, ein Mensch zu sein und abgestumpfte Sinnesorgane zu haben – was jämmerlich ist. Der Effekt ist nicht Stille, sondern ein lautes weißes Rauschen, ein unerträgliches Brausen, das unüberhörbar andere Geräusche übertönt. Es gleicht dem Klang der Entfernung, der leeren Jahre zwischen mir und Rank, zwischen Hund und Mann.

Wir sind nicht immer getrennt gewesen. Einst waren wir nichts als eine Idee in seinem Hirn, eine Sehnsucht in seinem Herzen. Damals waren wir alle zusammen in ihm, und es gab keine Einsamkeit. Es gab keinen Unterschied zwischen Herr und Hund. Aber ich kann mich nicht daran erinnern, wie das war.

AUS DEN AUFZEICHNUNGEN LUDWIG VON SACHERS
22. NOVEMBER 2009
Augustus entdeckte seine Leidenschaft für das Zerschneiden lebender Geschöpfe im Jahre 1875, etwa drei Monate nach dem Tod seiner Mutter, in seinem elften Lebensjahr.

Zeit seines Lebens hatte Maria Rank eine schwache Gesundheit gehabt: Jedes Jahr war sie mehrmals für zwei Wochen oder einen Monat ans Bett gefesselt gewesen, aber sie hatte sich immer wieder erholen können. Diesmal schaffte sie es nicht.

Wir können uns das Ranksche Haus in Frankfurt nach Marias Tod vorstellen. Tagelang drängten sich dort die Menschen, und schwere, Übelkeit erregende Essensgerüche füllten die Räume. Augustus versteckte sich in seinem Zimmer und weigerte sich, mit jemandem zu sprechen oder die Mahlzeiten zu sich zu nehmen, die die Dienstboten ihm brachten. Er war dankbar, daß keine Tante oder Freundin der Familie den Weg nach oben fand, um ihn zu trösten. Das lag, so vermutete er, daran, daß auch der Vater in seinem Arbeitszimmer unten für sich sein wollte und angeordnet hatte, daß sein Sohn nicht gestört werden dürfe. Augustus weinte allein und umklammerte dabei unter seinem Kissen ein kleines Kruzifix, das ihm etwas Trost spendete.

Als das Haus sich wieder geleert hatte, rief der Vater

Augustus zu sich in die Bibliothek hinunter. Er stand mit dem Rücken zur Tür, als der Junge eintrat, und blickte aus einem großen Fenster, dessen Scheiben während der Krankheit der Mutter trübe geworden waren. Sie reflektierten das morgendliche Sonnenlicht, so daß von der Außenwelt nichts zu sehen war und das blinde Glas einen hellen Hintergrund für die Gestalt des Vaters abgab, im dunklen Anzug, die Hände hinter dem Rücken gefaltet. Augustus sagte nichts, sondern wartete darauf, daß sein Vater sich umdrehte. Sie hatten seit dem Tod der Mutter nicht miteinander gesprochen.

Als Herr Rank sich schließlich seinem Sohn zuwandte, war Augustus erstaunt über dessen Aussehen. Sein Gesicht war faltiger geworden, es war ausgezehrt und sah irgendwie kleiner aus, so daß es verschrumpelt wirkte. Das ängstigte Augustus mehr als alles andere, was seit dem Tod der Mutter geschehen war. Er hatte sich vorgestellt, daß sein Vater, auch wenn er litt, zumindest fähig sein würde, seine übliche beherrschte Erscheinung aufrechtzuerhalten. Aber Herr Rank sah so gebeugt und so traurig aus, daß Augustus das Gefühl hatte, er würde seinen Vater in Verlegenheit bringen, wenn er ihn in diesem Zustand sehen würde, und sollte aus Respekt fortschauen.

»Augustus«, sagte Rank, ohne sich vom Fenster wegzubewegen, »du wirst in die Schweiz gehen, zu Tante Eda und Onkel Hans. Ich brauche Zeit, um ein paar Dinge zu regeln. Ich werde das Haus verkaufen. Wenn ich mich in meiner neuen Wohnung eingerichtet habe, dann darfst du mich besuchen kommen. Du solltest dir überlegen, was du mitnehmen möchtest; morgen wirst du abreisen.«

Das war alles. Augustus glaubte, sein Vater hielte es nicht für nötig, ihn zu trösten, und würde ihn als Erwachsenen behandeln, und er war froh. Er wollte keine Antwort geben, aus Angst, daß er etwas Dummes sagen und die gute Meinung, die sein Vater von ihm hegte, zerstören könnte, daher nickte er bloß.

Die Reise in die Schweiz dauerte zwei Tage, und in dieser Zeit begann Augustus, sein Zuhause zu vermissen. Mehr als alles andere vermißte er die Bibliothek seines Vaters. Seinen Vater vermißte er auch, aber die größte Nähe zu ihm hatte er immer empfunden, wenn er von dessen Büchern umgeben gewesen war, Büchern über Biologie und Politik, Büchern auf griechisch und auf lateinisch, die er nicht lesen konnte, ausgeschmückten Berichten von Reisen und Erkundungsfahrten, Handbüchern über Segeln oder Pferdesport. Besonders liebte er die Bücher, die er nicht verstehen konnte, denn er schaute sie an und stellte sich vor, wie es wohl wäre, sie zu begreifen, wie es wäre, der Vater zu sein. Auch den Frieden in der Bibliothek hatte er geliebt; die Tatsache, daß ihn dort nie jemand gestört hatte. Er betete, daß Onkel Hans auch eine Bibliothek haben möge, damit er wenigstens mit seinen Gedanken würde allein sein können.

Wie sich herausstellte, hatte Onkel Hans keine Bibliothek. Er war fast nie zu Hause: Wenn er nicht zur Arbeit war, fand er sein größtes Vergnügen darin, durch die Berge zu wandern und Tiere und Pflanzen zu sammeln, die er nach seiner Rückkehr in seinem Arbeitszimmer in dikken Heften katalogisierte. Er besaß ein paar Bücher über Botanik und Zoologie, hielt sie aber zusammen mit seinen Fundstücken unter Verschluß und wollte sie Augustus nicht leihen. Er glaubte, sein Neffe wäre zu jung, um sie zu würdigen, und außerdem hielt er ihn für etwas schwachsinnig, weil der junge Augustus, der seit einigen Jahren unter heftigem Stottern litt, große Schwierigkeiten hatte, sich verständlich zu machen. Mit seinem Vater hatte Augustus eine Art Privatsprache gehabt, die es ihm ermöglicht hatte, zu seiner Zufriedenheit zu kommunizieren, aber jetzt war er meist auf einfache Wörter und Gesten beschränkt, wie sie vielleicht ein Wilder benutzt hätte. Gedanken, die zu kompliziert waren, als daß man sie auf diese Weise hätte ausdrücken können, blieben seinen neuen Aufsichtspersonen verborgen.

Tante Eda war eine merkwürdige, kastenförmige Frau mit grauen Strähnen im fest zusammengebundenen schwarzen Haar. Sie sprach kaum und strickte unentwegt. Oft blieb sie abends auf, um eine Decke oder ein Paar Socken fertigzustricken, obwohl keine Notwendigkeit dazu bestand, denn das Haus war bereits voll von nutzlosen Stricksachen.

Es gab ein Dienstmädchen, das Greta hieß und das Kochen und die Hausarbeit besorgte, und einen jungen Mann namens Fritzl, der auftauchte, wenn das Dach repariert werden mußte oder ein Zaunpfahl umgefallen war. Es gab keine Tiere, nicht einmal eine Katze, und Augustus blieb meistens sich selbst überlassen, so daß er durch die Wälder und über die Weiden am Rande der Stadt streifen konnte. In einem Monat sollte er einen Hauslehrer bekommen, den sein Vater bezahlen würde, aber bis dahin erwartete man von ihm nur, daß er niemandem in die Quere kam.

In dieser Zeit entdeckte er die Leidenschaft, die ihn sein Leben lang nicht mehr loslassen sollte.

Greta zeigte wenig Begeisterung für das, was sie im Haushalt der Zwiglis zu tun hatte, außer wenn es um Augustus ging. Ihr größtes Vergnügen bestand darin, ihn tagaus, tagein zu necken, vor allem dann, wenn Fritzl in der Nähe war. Eines Tages, nach einem besonders boshaften Angriff, stieg Augustus den Berg hinter dem Haus hinauf und hackte mit seinem Taschenmesser ein brutales, zerklüftetes Loch in einen Baum. Dabei schüttelte er einen jungen Vogel aus dem Nest, und als er das Tier auf dem Boden liegen sah, bückte er sich und stieß ihm sein Messer in den Leib.

In dem Augenblick, als die Klinge in das Fleisch des Vogels eindrang, hatte Augustus plötzlich das Gefühl, eine dicke, dämpfende Membran zu durchstoßen, die ihn so lange von der Welt getrennt hatte, daß er sich ihrer Existenz bis zu diesem Augenblick nicht bewußt gewesen war. Für den Bruchteil einer Sekunde berührte er ein anderes lebendes Wesen; er berührte sein Herz und öffnete es, und Blut spritzte heraus.

Als der Vogel starb, schloß die Membran sich wieder, aber sie hatte eine schwache Stelle, die Augustus noch stundenlang spüren konnte. Er versuchte, sich die Überraschung beim ursprünglichen Aufreißen in Erinnerung zu rufen, so als wäre da eine wunde Stelle in seinem eigenen Fleisch, die er unwillkürlich immer wieder berühren mußte.

Kurz darauf begann er, sein erstes Experiment zu planen.

Bevor ich es beschreibe, sollte ich den Leser auf die Bedingungen aufmerksam machen, unter denen Augustus zu dieser Zeit lebte. Erst einmal holte sein Vater ihn nicht nach Frankfurt zurück. Der Junge erhielt einen Hauslehrer, der dreimal in der Woche kam: ein pedantischer, übereifriger Student der Universität Basel, der seit sieben Jahren an einer Doktorarbeit über klassische Literatur saß. Er war ein übellauniger Mensch, den das Stottern seines

Schülers ungeduldig machte, und Augustus lernte nicht viel Wissenswertes von ihm, sondern verschlang die Bücher allein.

Herr Rank schrieb seinem Sohn nur selten, und seine Briefe sagten wenig über seine Lebensumstände aus. Doch als Augustus zwölf war, erfuhr er von Onkel Hans, daß sein Vater eine Italienerin geheiratet und ein anderes Haus gekauft hatte und daß er einen Sohn hatte. Als der Junge das hörte, war seine Reaktion, daß er seinen Vater für kurze Zeit haßte und ihn dann vollkommen aus seinen Gedanken verbannte. Herr Rank schickte seinem Sohn weiterhin Geld, aber während der zwei Jahre, die Augustus in Lützelflüh lebte, erfuhr er niemals direkt etwas über das neue Leben seines Vaters.

Als ich davon zum erstenmal las, vermutete ich, daß der alte Rank sich für das schämte, was er getan hatte, wenn auch vielleicht nur aus dem Grund, daß er eine Frau geheiratet hatte, der an seinem ersten Sohn nichts lag. Als ich dann einen Studenten in Frankfurt dafür bezahlte, daß er im Stadtarchiv nachsah, um die Fakten in Augustus' Tagebuch zu bestätigen, fand ich heraus, daß Herr Ranks zweiter Sohn, Vittorio, sechzehn Jahre vor seiner Eheschließung mit Violetta Piccolomini geboren worden war – mit anderen Worten, während der Zeit, in der der alte Rank mit Augustus' Mutter verheiratet gewesen war. Das mag eine Erklärung dafür sein, daß es ihm widerstrebte, Augustus seine Situation zu schildern. Eine Entschuldigung ist es nicht. Rank konnte es damals zwar noch nicht wissen, aber der Haß, den er auf diese Weise zwischen Augustus und Vittorio – die sich einige Jahre später begegnen sollten – säte, war die Ursache für das vielleicht schrecklichste Ereignis in Augustus' Leben: für einen Vorfall, der sein Schicksal besiegeln sollte, das Schicksal eines Mannes, der zu menschlicher Liebe und Mitgefühl auf ewig unfähig sein sollte. Doch davon später, werter Leser.

Augustus wurde immer verschlossener und immer besessener von seiner Arbeit, und am Ende machten sich seine Anstrengungen bezahlt. Aber bevor er seinen großen Erfolg feiern konnte, verstümmelte und tötete er jahrelang auf grausige Weise viele kleine Tiere, in gescheiterten Experimenten, deren erstes ich jetzt schildern werde.

Erstes Experiment

Ein Blitz erhellte das Dachbodenfenster im Hause von Herrn und Frau Zwigli. Danach saß der kleine Augustus wieder beim schwachen Licht der beiden Kerzen, die seine Tante ihm zugestanden hatte. In den Händen hielt er einen kleinen, sich kaum wehrenden Sperling, den er mit Bandagen umwickelt hatte, damit er sich nicht bewegte, abgesehen vom rechten Flügel, den der Junge zu ganzer Länge ausgespannt festhielt. Vor ihm auf dem Tisch lagen eine tote Fledermaus mit ausgebreiteten Flügeln und eine lebendige Feldmaus, die wie der Vogel einbandagiert war, so daß nur das rechte Vorderbein frei blieb. Die Maus kämpfte heftiger als der Sperling, wurde aber von einem Ziegelstein, der auf ihrem Schwanz lag, daran gehindert, sich auf dem Tisch zu bewegen.

Vor Augustus hingen zwei Schaubilder an der Wand, die peinlich genau, wenn auch etwas unsicher, von der Hand des Elfjährigen gezeichnet worden waren. Eines zeigte die Muskulatur und das Knochengerüst eines Vogelflügels, und auf dem anderen war der entsprechende Körperteil einer Maus zu sehen, erst mit abgezogener Haut, dann mit auseinandergeschobenen Muskeln, um Kopf und Pfanne des Schultergelenks zu zeigen.

Augustus studierte diese Zeichnungen ein letztes Mal, obwohl er sie fast auswendig kannte. Dann nahm er eine große Nadel, stach sie am äußersten Ende des fleischigen Teils durch den Vogelflügel und heftete ihn so auf den Tisch. Da starb der Vogel, der seit zwei Tagen gefangengehalten worden war, vor Angst. Er versteifte sich plötzlich in den Händen des Jungen und wurde dann schlaff. Ärgerlich stieß Augustus die Nadel tiefer in die Tischplatte hinein, obwohl jetzt keine Notwendigkeit mehr bestand, den Flügel zu fixieren. Er würde schnell arbeiten müssen; ihm stand kaum mehr als eine Stunde zur Verfügung; er wußte nicht genau, ab wann das Fleisch des Sperlings unbrauchbar werden würde. Nach Einsetzen der Totenstarre konnte man nicht mehr damit arbeiten. Der Junge erwog kurz, einen anderen Vogel zu präparieren, aber er hatte nur noch einen kleinen Jungvogel, und er fürchtete, daß dessen Schwingen nicht ausreichen würden, um das Gewicht der Maus zu tragen. Er wollte etwas schaffen, das fliegen konnte.

Er beschloß weiterzuarbeiten, und tastete den Vogelkörper nach dem äußersten Ende des Schulterblattes, dem Akromion, ab, das einen knöchernen Vorsprung am Flügelansatz bildete. Dann entnahm er einem grünen, mit Samt ausgeschlagenen Kästchen ein Skalpell, sein kostbarstes Werkzeug, das der Onkel manchmal benutzt hatte, um seine Fundstücke zu sezieren, bevor Augustus es ihm gestohlen hatte. Augustus hob das Messer über den schlaffen Vogelkörper ...

Den Rest können Sie sich vorstellen. Die Maus wurde mit ein wenig Chloroform betäubt, und der Flügel wurde auf ihre Schulter verpflanzt; noch ein wenig Chloroform, und der linke Flügel war ebenfalls angesetzt. Alle größeren Muskeln wurden mit einer winzigen Nadel zur Spitzenherstellung, die Augustus seiner Tante gestohlen hatte, an die ihnen am ehesten entsprechenden Muskeln des Vogels angeheftet. Nachdem er auch noch die Hautpartien sorgfältig zusammengenäht hatte, wartete der Junge darauf, daß das neue kleine Monster wieder zu Bewußtsein kam. Das geschah jedoch nicht; Augustus hatte nicht einmal versucht, die winzigen Blutgefäße miteinander zu verbinden, mit Ausnahme der Arterien, aber die hatte er nur zerquetschen und zerfetzen können, und so verblutete das Geschöpf.

Dieses ungeschickte Experiment ist nur insofern von Bedeutung, als es das erste war. Der junge Rank erkannte bald, daß es leichter sein würde, mit größeren Tieren zu arbeiten, und stahl Gänse, Truthähne und Katzen von verschiedenen Bauern im Umkreis von einem halben Tagesmarsch. Seine Tante und sein Onkel bemerkten seine Abwesenheit kaum und akzeptierten sein laienhaftes Interesse an Naturkunde als hinreichende Erklärung für fast alles, einschließlich der sich windenden Jutesäcke, die sie ihn gelegentlich in seine Bodenkammer hinauftragen sahen.

Nachdem er über zwei Jahre lang erfolglos experimentiert hatte, war der junge Augustus nahe daran, den Mut zu verlieren. Im Alter von dreizehneinhalb Jahren glaubte er, er sei praktisch erwachsen und müßte daher etwas geleistet haben. Hätte er zu den anderen Menschen mehr als nur den allernötigsten Kontakt gehabt, dann wäre ihm vielleicht klargeworden, daß seine Ziele unrealistisch waren; doch das war nicht der Fall.

Er begriff, daß er mit einem grundlegend anderen Ansatz an seine experimentelle Chirurgie herangehen mußte. Er mußte etwas viel Einfacheres probieren als bei allen vorangegangenen Versuchen. Wichtig war nicht, daß alle seine Hoffnungen erfüllt wurden, sondern nur, daß er Erfolg hatte. Wenn er dann, indem er seine Projekte allmählich komplizierter werden ließ, genau herausfinden konnte, woran er in der Vergangenheit gescheitert war, konnte er beginnen, das spezifische Problem oder die spezifischen Probleme zu lösen, die seinem Erfolg im Wege standen.

Erster Erfolg

Augustus beschloß daher, seinen Traum, ein fliegendes Tier zu schaffen, vorerst aufzugeben und außerdem in viel größerem Maßstab zu arbeiten, als er es bisher versucht hatte, damit er alle wichtigen Muskeln, Sehnen, Adern und Nerven sehen und bearbeiten konnte. Als Objekt wählte er eine Kuh. Um mögliche Probleme beim Verpflanzen von unverträglichem Fleisch auszuschalten und auch wegen der praktischen Schwierigkeit, die großen Tiere zu stehlen, entschied er sich, eine einzige Kuh zu verwenden. Er würde einfach ein Bein entfernen und es durch ein anderes vom gleichen Tier ersetzen. Weiterhin beschloß er, mit seinen Operationen, falls er bei diesem letzten Experiment scheitern sollte, ein ganzes Jahr lang auszusetzen und sich ausschließlich dem Studium von Büchern und dem gelegentlichen Sezieren toter Tiere zu widmen.

Diese letzte Entscheidung war vielleicht mehr als alles andere Motivation für ihn, bei seinem Versuch Erfolg zu haben, denn er konnte sich nichts Langweiligeres oder Schrecklicheres vorstellen, als den selbstauferlegten Verzicht auf die einzige Beschäftigung, die er liebte. Von früh bis spät war er von Gedanken an seine Experimente erfüllt; sie gaben ihm Kraft, die lange Stunde des Abendessens und die unabsichtlichen Kränkungen seitens seiner Tante und seines Onkels, die sein Stottern als Zeichen für Geistesschwäche deuteten, zu ertragen; sie waren der ferne Punkt, auf den er seinen Blick heftete, wenn er Greta über den Weg lief, die sich einen Spaß daraus machte, ihn zu verhöhnen, oder ihrem Verehrer Fritzl, der manchmal noch schlimmer war als sie; sie beschäftigten seinen Verstand an schlaflosen Abenden, selbst wenn er keine Kerze hatte, bei deren Licht er hätte lesen oder arbeiten können. Augustus hatte sich mit Enthaltsamkeit gedroht, weil er wußte, daß weitere Studien seinen Zielen eher dienlich sein würden, daß er nicht fortfahren konnte, große Tiere zu stehlen, ohne entdeckt zu werden, und daß er seine Mittel nicht auf vergebliche Experimente verschwenden durfte. Darüber hinaus hatte er diese Drohung auch verhängt, weil er sich dafür haßte, daß ihm seine Versuche immer und immer wieder mißlungen waren. Trotzdem konnte er sich kaum vorstellen, wie er diese Strafe ertragen sollte, falls er sie zu vollstrecken hätte. Diesmal durfte er nicht versagen, nicht bei einem so einfachen Versuch. Und er würde nicht versagen.

Ausgedehnte Studien gingen dem Experiment voraus. Glücklicherweise war es mittlerweile Herbst geworden, und so bot sich ihm die Gelegenheit, auf verschiedenen Bauernhöfen beim Schlachten und Zerlegen mehrerer Rinder zuzuschauen. Manchmal wurde das Schlachten von Fritzl besorgt, denn dieser verdiente seinen Lebensunterhalt damit, von Bauernhof zu Bauernhof zu wandern und seine Dienste anzubieten, und Augustus sah sich gezwungen, den Spott des Knechtes mit großer Zurückhaltung zu ertragen, damit man ihn zuschauen ließ.

Schließlich, Anfang November, glaubte Augustus sich ausreichend gerüstet für das Experiment. Sein Vater hatte ihm in diesem Monat Geld geschickt – wie er es gelegentlich zu tun pflegte, manchmal zusammen mit einem Brief an Onkel Hans, seltener mit einem für Augustus. Der Junge gab alles, was er besaß, für seine Ausrüstung aus: zwei Laternen, die er mit hinaus auf die Weide nehmen konnte, und richtige chirurgische Instrumente, wie er sie noch nie besessen hatte, darunter mehrere Klammern, feine, gebogene Nadeln, zwei neue Skalpelle in unterschiedlichen Größen und eine große Flasche Chloroform.

Das letzte, was er kaufte – in einem Augenblick jungenhaften Überschwangs –, war eine kleine Mundharmonika. Es ist ein schönes Instrument, das ich hier zwischen seinen Papieren habe.

In Seidenpapier eingewickelt ruht es in einer Pappschachtel. Außen auf der Schachtel ist eine grüne Alpenlandschaft aufgedruckt, durchzogen von einem sich dahinschlängelnden Fluß und besprenkelt mit Bauernhäusern, die neben unwahrscheinlich hohen, zierlich zugespitzten Tannen zwergenhaft klein wirken. Mitten in dieser Miniaturlandschaft geht ein winziger Mann mit spitzem Hut und Lederhose, der ein Instrument spielt, das dem in der Schachtel ähnelt.

Das hat etwas unendlich Rührendes. Es sieht nicht so aus, als hätte Augustus die Mundharmonika jemals gespielt, oder zumindest nicht oft, denn das Papier, das zur Farbe der Schachtel paßt, ist noch sauber und steif gefaltet. Vielleicht ist es das, was mich so anrührt: der Gedanke, daß der Junge vielleicht einen Augenblick lang die Vorstellung hatte, er würde es möglicherweise spielen wollen, er würde sich vielleicht inspiriert fühlen, es zu lernen, wenn er sein schauriges Experiment vollbracht hätte. Vielleicht stellte er sich vor, so wie jener Mann durch die idyllische Landschaft zu wandern, die meiner

Meinung nach der Schweiz, wie Augustus sie kannte, nicht im geringsten ähnelt. Wenn ich durch seine jungen Augen auf die Berghänge schauen könnte, die ihn damals umgaben, würde ich vermutlich nicht mehr sehen als einen Lageplan, der versteckte Winkel für die Arbeit an Tieren enthält, Höhlen, in denen man Fledermäuse fangen kann, und Bäume mit Vogelnestern. Im Kopf des Jungen war jedes Gebiet durch die Art der Fallen gekennzeichnet, die er dort benutzte, oder durch die chirurgischen Experimente, die er dort durchführte, und das daraus Gelernte. Die Farben, Proportionen und Formen, die Bewegung des Wassers und das Schwanken der Bäume – alles, was diese aufgedruckte Landschaft so reizvoll macht und was der winzige Mann mit Lederhose bei seiner Wanderung offenbar zu schätzen weiß – wären für Augustus reine Ärgernisse gewesen, wenn er sie überhaupt wahrgenommen hätte, Ablenkung von seinem Vorhaben. Und dennoch, als er diese Mundharmonikaschachtel sah, voller Begeisterung über seine Neuerwerbungen und die Aussicht auf seinen ersten Erfolg, erfaßte er flüchtig den Reiz der blühenden, sanften Frühlingslandschaft und stellte sich vor, daß er sie weiter bewundern könnte, indem er sie mit dieser Mundharmonika an den Lippen durchstreifte, wenn er sein Ziel erst erreicht hätte.

Ich habe natürlich keine Ahnung, was damals in Augustus vorging. Ich denke es mir aus, genauso wie ich viele kleine Einzelheiten erfunden habe, die die eineinviertel Jahrhunderte, die das alles her ist, unmöglich hätte überdauern können. Doch glauben Sie nicht, daß ich nicht peinlich genau recherchiert hätte. Ich besitze eine Liste der Dinge, die Augustus an dem Tag kaufte, und eine sorgfältige Beschreibung all seiner Vorbereitungen, die er in seinem Tagebuch niederlegte. Aber manche Dinge kann man nicht bewahren. Manchmal frage ich mich, ob nicht gerade jene Tatsachen, die der Untersuchung durch Historiker zugänglich sind, für ein wirkliches Verständnis des Lebens der jeweiligen Personen den geringsten Wert haben. Aber vielleicht messe ich in Augustus' Fall seinen Gefühlen der Mundharmonika gegenüber zuviel Gewicht bei, so daß sie mir heute mehr bedeutet, als sie ihm je bedeutet hat.

Im Zuge seiner Vorbereitungen stahl Augustus außerdem aus der Tiefe einer Zedernholztruhe drei der zahlreichen Wolldecken, die Tante Eda gestrickt hatte, wohl wissend, daß man sie niemals vermissen würde, weil es davon so viele gab. Sie würden eine saubere Unterlage für die Operation abgeben. Dann begann er, die Viehweiden in der Nähe zu begutachten, um eine geeignete Stelle für die Operation zu finden. Sie mußte versteckt liegen, damit man den Schein der Laternen nicht sehen konnte, und sie mußte relativ eben sein – was in diesem gebirgigen Landstrich selten war. Sobald er die Stelle entdeckt hatte, würde er Vorkehrungen treffen, um noch am gleichen Abend beginnen zu können.

Während dieser Erkundungsphase kam es jedoch zu einer Auseinandersetzung mit Onkel Hans, die seine Möglichkeiten, weiterzuarbeiten, beinahe zunichte gemacht hätte. Es war an einem Samstag. Augustus hatte den Vormittag damit verbracht, durch die Wiesen um Lützelflüh zu streifen. Am frühen Nachmittag war er in den Keller der Zwiglis hinabgestiegen, um noch ein paar Dinge zusammenzusuchen. Zum Beispiel war ihm klargeworden, daß er Stricke brauchen würde, um die Beine der Kuh zusammenzubinden, falls sie während der Operation erwachen sollte.

Während er im nahezu dunklen Keller herumkramte,

stieß er gegen ein Marmeladenglas auf einem der Regale, so daß es krachend auf den Boden fiel. Onkel Hans, der zufällig nach einem Sammlerspaziergang durch den Wald gerade in sein Arbeitszimmer zurückkehrte, hörte den Lärm, sah die Kellertür offenstehen und ging hinunter, um nach dem Rechten zu sehen. Er fand Augustus auf den Knien, bemüht, die Schweinerei wegzuwischen.

»Ach, du Tolpatsch!« sagte er, »Was machst du denn da?«

»Ich – eh – T-Tante Eda h-h-hat mich runterg-g-g-eschickt, ich s-s-soll M-m-marmelade holen«, stotterte Augustus.

»Na, dann wollen wir ihr welche bringen und einen Lappen aus der Küche holen, um das hier sauberzumachen. Ich möchte auch gern etwas essen«, sagte Onkel Hans und wurde für einen Augenblick sanfter.

Augustus, der immer noch auf dem Boden kniete, sah entsetzt zu ihm auf.

»I-ich g-g-gehe allein«, erbot er sich plump.

»Was?« fragte Hans.

»I-i-ch –«

»Ja, Augustus, ich habe dich gehört. Ich sehe, daß du lügst. Steh' auf und sag' mir die Wahrheit.«

Der Junge richtete sich auf und blickte seinem Onkel in die Augen.

Ich wollte ihm alles erzählen, ich weiß nicht, warum, schrieb Augustus an jenem Abend in sein Tagebuch. *Obwohl ich normalerweise ganz gut lügen kann, fiel mir einfach nichts ein, was ich hätte sagen können, und ich dachte nur, ich würde da nicht rauskommen.*

»Ich w-w-w-«, sagte er zu Hans.

»Sprich lauter, Junge!« fuhr Herr Zwigli ihn an und beugte sich tiefer zu seinem Neffen hinunter. Seine Brillengläser und seine Halbglatze schimmerten im schwachen Licht der Kerze.

»Ich w-w- ... Ich w-w-w-«

So sehr Augustus sich auch bemühte, er konnte die Worte nicht hervorbringen, die nötig gewesen wären, um seinem Onkel die Wahrheit zu sagen. Hans beobachtete ungeduldig sein Gestotter und gab ihm dann eine Backpfeife, so als wollte er es dem Jungen aus dessen Kopf herausschlagen.

»Rede!« sagte er.

»W-w-«

»Es reicht!« Herr Zwigli sah sich um, riß einen Lappen von einem der Regale und warf ihn seinem Neffen vor die Füße.

»Hier ist ein Lumpen. Putz' das auf, und dann raus hier. Verstehst du das?« fragte der Onkel, als hätte der Junge beim Hören ebensolche Schwierigkeiten wie beim Sprechen.

»J-j-j-« stotterte Augustus und gab auf. Er kniete sich hin, um die Marmelade aufzuwischen.

»*Ja,* Augustus, *ja.* Wie kommt es, daß du ein so einfaches Wort nicht aussprechen kannst? Hm? *Ja.* Ich sehe wohl, warum dein Vater nicht scharf darauf ist, dich seiner neuen Frau vorzuzeigen.«

Augustus sagte nichts und sah seinen Onkel nicht an.

»Ich höre, daß sie auch noch sehr hübsch sein soll. Eine Italienerin. Heißblütig, wie man sagt«, sinnierte Hans in einem höchst widerwärtigen Tonfall. »Ich nehme an, daß dein Vater alle Hände voll zu tun hat, was Augustus?« Er lachte.

Im allgemeinen war Onkel Hans kein lüsterner oder unangenehmer Mensch, auch wenn er seinem Neffen selten freundlich begegnete. Er gehörte zu den rotwangigen, forsch ausschreitenden Männern, die einfache Freuden wie Pfeiferauchen und gutes Essen schätzten. Aber hier, in der Dunkelheit des Kellers, allein mit dem hilflosen Jungen, bekam er etwas Beängstigendes. Er murmelte noch etwas vor sich hin, was Augustus nicht verstand, was aber eindeutig unanständig klang.

Trotzdem sah der Junge seinen Onkel nicht an. Als er die Marmelade und die Glasscherben mit dem Lumpen aufgewischt hatte, stand er auf und blickte zur Tür, die nach draußen führte.

»Geh«, sagte Hans.

Augustus verließ den Keller, und Onkel Hans blieb noch ein Weilchen unten und murmelte weiter vor sich hin oder hing vielleicht seinen schmutzigen Gedanken nach.

Und das ist verständlich, schrieb Augustus an jenem Abend in sein Tagebuch, *wenn man bedenkt, daß er Abend für Abend mit der, Gott verzeihe mir, fetten, häßlichen alten Tante Eda ins Bett gehen muß, und manchmal muß er sie ganz nackt sehen!!! Sie ist ganz verrunzelt und eklig. Ich habe sie einmal gesehen. Gott verzeihe mir. Amen.*

Und so, durch sein Stottern, wurde der zukünftige Dr. Rank davor bewahrt, dem Onkel seine Pläne zu offenbaren und seine Erfolgschancen zunichte zu machen. Ich kann Augustus' Impuls, Herrn Zwigli an jenem Nachmittag die Wahrheit zu sagen, nicht ganz verstehen; oft frage ich mich, ob er vielleicht flüchtig einen Begriff von dem Entsetzlichen hatte, was er vorbereitete, und davon, wohin es ihn in Zukunft führen würde. Vielleicht wollte er sich unbewußt selbst daran hindern. Aber auch wenn dem so war, äußerte er niemals Bedauern über die Laufbahn, die er einschlug, weder zu jener Zeit noch später.

Augustus wählte für sein Experiment die Nacht des 8. November 1877. Der Tag war unnatürlich warm gewesen, fast mild, und feucht, und Gras und Moos glühten wie ein Schwindsüchtiger im Fieber, kurz bevor er stirbt. Augustus war in Hochstimmung; er lief herum und pfiff dabei so stümperhaft, daß er von Greta eine Ohrfeige bekam; und vielleicht probierte er sogar seine Mundharmonika aus. Er hatte sich so lange auf seine Aufgabe vorbereitet, daß er sich in den Stunden vor ihrer Durchführung vollkommen unbeschwert fühlte – zumindest in dem Maße, wie er dazu fähig war. Er schrieb in sein Tagebuch:

Dies ist die Nacht, in der ich es endlich tun werde, und mir ist zumute, als könnte ich einfach losfliegen, ich bin so aufgeregt. Ich frage mich sogar, ob ich nicht Onkel Hans ein bißchen Schnaps klauen sollte, einfach, um mich zu beruhigen, bevor ich anfange. Ich habe das noch nie probiert, deswegen ist das keine so gute Idee. Jetzt ist mir schlecht. Ich glaube, ich mache einen Spaziergang und übe noch ein bißchen Pfeifen. Ich mache das gar nicht so übel.

Als es dann schließlich Abend geworden war, wartete Augustus in seinem Zimmer darauf, daß sein Onkel und seine Tante zu Bett gingen. Das schien natürlich ewig zu dauern, und er hatte absolut gar nichts zu tun, weil er alles schon ein Dutzend Mal geordnet und überprüft hatte. Endlich, nachdem er auf die schwachen Geräusche gehorcht hatte, die das Aufziehen der großen Dielenuhr, das Nachlegen im Wohnzimmerofen und das Schließen der Schlafzimmertür zu verursachen pflegten – und anschließend noch eine halbe Stunde gewartet hatte –, schlich er aus dem Haus und machte sich auf den Weg zur Weide von Bauer Müller, drei Kilometer vom Anwesen der Zwiglis entfernt.

Dort angekommen, legte er seinen Rucksack an der versteckten, beinahe ebenen Stelle ab, die er für sein Unternehmen ausgewählt hatte, wickelte die Decken aus dem Bündel und breitete sie auf dem Erdboden aus. Dann entnahm er dem Rucksack ein altes Strickhalfter, das er Bauer Müller gestohlen hatte, eine große Flasche Chloroform und eine kleinere, leere Flasche, die er mit der süßlich riechenden Flüssigkeit füllte, wobei er darauf achtete, beim Umgießen den Kopf abzuwenden, denn er hatte eine fast krankhafte Angst davor, die Dämpfe einzuatmen. Er korkte das Fläschchen zu und legte es zusammen mit einem großen Tuch an den Rand der Decken – er brauchte es nahe bei der Kuh, fürchtete aber, daß sie die Flasche zerbrechen könnte. Daher wollte er die größere nicht in ihrer Reichweite haben. Danach nahm Augustus das Halfter und machte sich auf die Suche nach einem Versuchsobjekt.

Er mußte ohne Laterne gehen, damit ihn niemand sah. Aber der Halbmond am aufklarenden Himmel gab genügend Licht, so daß Augustus am östlichen Ende der Weide gerade eben die Herde ausmachen konnte. Er hörte zuerst ihre Glocken und ging auf sie zu, mal geführt von dem Klang und dann wieder von kaum wahrnehmbaren Bewegungen vor dem fahlen Hintergrund des grasbewachsenen Berghangs. Schließlich erreichte er die Herde, suchte sich ohne zu zögern (denn er war besorgt, daß man ihn ertappen könnte) eine gesunde Schecke aus und streifte ihr das Halfter über den Kopf. Dann öffnete er vorsichtig den breiten Riemen, an dem ihre Glocke hing, und ließ sie, wobei er den Klöppel mit den Fingern festhielt, zu Boden gleiten. Während er die Glocke niederlegte, wurde ihm klar, daß die anderen Tiere wahrscheinlich darauftreten und Lärm verursachen würden, daher hob er sie behutsam wieder auf, ließ die Kuh stehen und brachte die Glocke zum nahegelegenen Waldrand, wo er über den Zaun kletterte und sie zwischen die Tannennadeln legte.

Es war ein wenig schwierig, die Kuh in der Dunkelheit wiederzufinden, denn eine Wolke hatte sich halb vor den Mond geschoben. Als Augustus das Tier entdeckt hatte, führte er es vorsichtig von der Herde fort zu der versteckten Stelle. Dort band er die Kuh mit einem Strick an einen Baum und traf seine Vorbereitungen für das Experiment. Er zündete die Laternen an, entnahm dem Rucksack zwei starke Aderpressen, die er aus Segeltuchstreifen angefertigt hatte, und Holzpflöcke, mit denen er sie fest zudrehen würde, und öffnete die Kästen mit den Skalpellen, Klammern und Nadeln, die er bereits eingefädelt hatte. Als letztes entrollte er einen weißen Kittel und zog ihn an. Diesmal brauchte er keine Zeichnungen, denn er hatte sich genau im Kopf zurechtgelegt, was er sehen würde, wenn er die Kuh öffnete, und wie es aussehen würde, wenn er fertig war. Das Schwierigste würde sein, die Muskeln und die Adern so zu dehnen, daß sie die gegenüberliegende Seite des jeweiligen Beines erreichten, wobei sie einander kreuzen mußten, denn er plante, die Vorderbeine auszutauschen, das linke an die rechte Schulter der Kuh anzusetzen und umgekehrt. Selbstverständlich erwartete er nicht, daß das Tier besonders gut funktionieren würde, wenn er fertig war. Er wollte nur sehen, daß es Kontrolle über seine Muskeln hatte, wie ineffektiv diese auch sein mochte, und daß es nicht sofort starb.

Als alles bereit war, nahm er den Lumpen, tränkte ihn mit Chloroform und führte die Kuh zu den Decken, wo er ihr den nassen Lappen auf die Schnauze drückte. Es dauerte etwas länger, als er erwartet hatte, bis sie betäubt war, aber nach einigen Momenten sank sie auf die Knie und fiel dann auf die Seite, wobei Augustus sie in die richtige Lage schubste.

Dann krempelte er die Ärmel auf und machte sich ans Werk. Ich möchte die makabren Einzelheiten seiner Arbeit lieber nicht beschreiben: das Ablösen der Haut, das Klammern der Arterien, das Herausdrehen der Knochen aus den Gelenkpfannen. Die Operation dauerte mehrere Stunden, verbrauchte eine große Menge Chloroform, und das Blut floß in Strömen. Ich habe, Sie mögen es glauben oder nicht, den Kittel hier, den Augustus in jener Nacht trug, immer noch voll scheußlicher Flecken. Er behielt ihn sein Leben lang bei sich, in ein Tuch aus Brokat eingeschlagen, das wie ein Stück Vorhang aussieht. Ich nehme an, daß der Kittel ein Talisman war, denn Rank war sehr abergläubisch.

Allmählich rückte die Melkzeit heran, die gegen vier Uhr begann, auch wenn der Himmel noch dunkel war. Augustus arbeitete in der letzten halben Stunde fieberhaft und schwitzte und ächzte über dem Leib der Kuh. Als der Dreizehnjährige den letzten Stich verknotete, spürte er den kühlen Wind auf der Stirn und sah die wandernden Schatten auf dem Boden neben den Laternen. Für einen Augenblick schien alles stillzustehen. Er nahm die Brille ab, rieb sich kräftig die Nase und setzte die Brille wieder auf. Dann hockte er sich hin und wartete darauf, daß die Kuh wieder zu Bewußtsein kam.

Es dauerte etwa zehn Minuten, denn er hatte ihr erst kurz zuvor Narkosemittel verabreicht. Die Zeit erschien ihm endlos, aber in gewisser Weise auch leicht und leer, denn Augustus war völlig verausgabt und befriedigt.

Als sich das Tier rührte, begann Augustus' Herz wie rasend zu schlagen. Unbestreitbar, sie lebte. Und – ihre Beine bewegten sich. Augustus lächelte, und das Haar fiel ihm ins Gesicht. Er strich die Haare aus den Augen und näherte sich der Kuh. Sie starrte ihren jungen Peiniger voller Entsetzen an – oder vielleicht auch nicht, denn ihr konnte ja nicht klar sein, was Augustus ihr angetan hatte. Jedenfalls begann sie, ihre übel zugerichteten Gliedmaßen schwach zu bewegen, als wollte sie versuchen, fortzulaufen. Sie sah mit ihren vertauschten Beinen so merkwürdig aus, daß Augustus lachte; ich stelle mir vor, daß es ein häßliches Lachen war.

Die Kuh begann bei diesem Geräusch – zu Augustus' freudiger Überraschung – ihre Beine schneller zu bewegen. Der Junge nahm sein Skalpell, sprang zu ihr hin und stach ihr damit in die Seite, um zu sehen, ob er sie dazu bringen konnte, noch schneller zu laufen, aber es führte nur dazu, daß sie ein Schmerzensgebrüll ausstieß, woraufhin Augustus einen Satz von ihr fortmachte. Er sah die Kuh an, die ein zweites Mal brüllte, und ihm wurde klar, daß das Vergnügen vorbei war. Er öffnete seine Taschenuhr und warf einen Blick auf das Zifferblatt; gleich würde die Melkzeit beginnen, was bedeutete, daß Bauer Müller bereits wach war. Er würde den Lärm hören und in Minutenschnelle auf dem Berg sein. Augustus verstaute sämtliche Gerätschaften in seinem Rucksack und schnürte die blutverschmierten Decken zusammen. Im letzten Moment fiel ihm sein Kittel ein. Er zog ihn aus und stopfte ihn ganz oben in den Rucksack.

Doch da war immer noch die Kuh. Er hatte eigentlich nicht damit gerechnet, daß sie Lärm machen würde, und falls doch, dann hatte er sie mit einer etwas größeren Dosis Chloroform zum Schweigen bringen wollen. Aber vor lauter Aufregung war er unvorsichtig geworden. Er warf gerade den Rucksack über die Schulter, da muhte das verdammte Biest wieder, zwar schwächer, aber verzweifelter als vorher, und weit unten am dunklen Abhang begann ein Hund zu bellen. Augustus blieb nichts anderes übrig, als zu fliehen. Und wer würde ihn denn schon verdächtigen? Aber dieser Gedanke war dumm, denn seine Tante und sein Onkel kannten seine Vorliebe für das Aufschneiden von Tieren sehr gut, auch wenn sie niemals vermutet hätten, daß er über eine besondere Begabung dazu verfügte.

Also flüchtete er. Er verließ die schützende Deckung der Baumgruppe, hinter der er gearbeitet hatte, und stürzte auf den Zaun zu. Seine Schritte ließen einen weiteren Hund anschlagen, und bald bellte ein ganzer Chor, den Augustus aber hinter sich ließ, als er in den dichten Nadelwald eintauchte. Er lief den Berg hinauf, wo der Wald fast undurchdringlich war und keine Häuser mehr standen, und schlug einen Bogen um die Weide. Es war stockdunkel und würde das noch für einige Stunden bleiben, und Augustus war dafür sehr dankbar und murmelte viele Dankgebete, während er durch den Wald rannte, eine seiner Laternen vor sich haltend, um den Weg zu beleuchten.

Er begann, seine Erschöpfung zu spüren, und wußte, daß er erst nach Hause kommen mußte, bevor er sich erlauben konnte, zusammenzubrechen. Aber der drei Kilometer lange Rückweg kam ihm endlos vor, und der federnde Teppich aus Tannennadeln unter seinen Füßen erschien sehr verlockend. Schon während des Laufens wurden seine Gedanken flüssig und begannen, sonderbar zu verschwimmen, und Augustus mußte stehenbleiben und sich gegen einen Baum lehnen. Ihm war, als wäre er ein Bach, der über Stufen floß, ein dickflüssiger Bach, der langsam tropfte … Er roch den schwachen, süßlichen Geruch von auslaufendem Chloroform, und ihm wurde klar, was vor sich ging, aber alle Versuche, seine Gedanken wieder zu ordnen, endeten nur damit, daß sie wieder abschweiften; es war, als versuchte man, Wasser festzuhalten; und schließlich sank er einfach auf die Knie, nahm dunkel gewahr, was er tat, und legte sich auf den Waldboden.

Als Augustus erwachte, war die Sonne gerade aufgegangen, und Hunde kamen angerannt. Es war eindeutig – die Hunde suchten ihn. Voller Panik sprang er auf, packte seinen Rucksack und seine Decken und schwang sich auf einen Baum, den er so weit hinaufkletterte, wie er sich traute. Er hörte Pfiffe und Gebell, und dann tauchten die Hunde unter ihm auf, gefolgt von Bauer Müller, dann einem Mann, den Augustus nicht kannte, und, was am schlimmsten war, Onkel Hans. Die Hunde liefen schnurstracks auf den Baum zu und sprangen am Stamm hoch.

»Augustus Rank! Wir wissen, daß du hier bist!« rief Hans zu ihm hinauf.

Währenddessen stritten der Bauer und der Fremde sich. »Ich will nur für die Kuh Geld«, sagte Müller. »Wenn du mir Geld für meine Kuh beschaffen kannst, dann ist mir egal, was du machst. Aber irgend jemand muß mir den Schaden ersetzen.«

Die Stimme des Fremden war leiser, und Augustus konnte seine Antwort nicht verstehen. Aber durch die Äste hindurch konnte er sehen, daß der Mann graue, mit Pomade geglättete Haare und ein lebhaftes Gesicht hatte.

»Ja, das wäre angemessen, aber –«, antwortete Müller.

Der Grauhaarige sprach wieder, und Augustus hörte, wie sein Name fiel.

»Ja, ich verstehe«, erwiderte der Bauer.

»Rank!« rief Onkel Hans noch einmal. »Du kannst runterkommen, wir wissen, daß du da oben bist!«

Augustus hängte seinen Rucksack an einen Ast, weil er

hoffte, er könnte es vielleicht vermeiden, seine teuer erkaufte Ausrüstung den Blicken des Onkels auszusetzen, der sie selbst gebrauchen konnte und sie wahrscheinlich zur Strafe konfiszieren würde. Dann kletterte er vorsichtig den Baum hinunter und ließ sich vor den drei Männern auf den Boden plumpsen.

Sein Onkel sah ihn über den Rand der Brille an, mit gesenktem Kopf und geballten Fäusten. Der Haarkranz, normalerweise ordentlich, wirkte ungekämmt und zerzaust.

»Rank«, begann Hans Zwigli, »hier sind zwei Männer, die mit dir reden wollen. Zuerst wirst du Herrn Müller Rede und Antwort stehen.«

Müller sah Augustus an, schwieg aber.

»Ich glaube, du hast ihm etwas zu sagen, Neffe«, half ihm der Onkel auf die Sprünge.

»Es t-t-tut m-m-ir leid«, sagte der Junge.

»Dafür kann ich mir keine Kuh kaufen«, erwiderte der Bauer.

Augustus starrte ihn einen Augenblick lang verständnislos an und stammelte dann: »I-i-ich werde arbeiten und für die K-k-k-kuh bezahlen.«

»Aha.«

»Und jetzt, Augustus«, sagte Zwigli, »möchte ich dir Herrn Dr. Buxtorf vorstellen.«

»Grüß Gott, Augustus.« Buxtorf lächelte. Er wirkte seltsam erwartungsvoll, als er die Hand ausstreckte, machte aber im ganzen einen recht sympathischen Eindruck.

Der Junge versuchte zu antworten, war aber nicht in der Lage, auch nur ein Wort hervorzubringen.

»Schon gut, Augustus«, unterbrach der Doktor ihn. »Ich habe gehört, daß du Schwierigkeiten mit dem Sprechen hast. Aber dafür hast du, wie es scheint, reichlich Entschädigung in deiner Arbeit gefunden.«

»I-i-ch –«

Buxtorf hob die Hand.

»Junger Mann«, sagte er, »ich will ganz offen mit dir sein. Dir ist eine große Gabe verliehen worden, wie sie nur wenigen zuteil wird. Es hat etwas ... Ehrfurchtgebietendes, Zeuge davon zu werden. Ja. *Erhabenes.* Und es ist ein wahrhaft glückliches Omen, daß ich meinen Freund, den Bauern Müller hier, zufällig genau zur richtigen Zeit besucht habe, um das zu erleben. Es gehört zu den großen Mysterien, warum manchen eine Art Einsicht geschenkt wird, die sie befähigt, einen Teil des komplizierten Musters, das den Weltenplan unseres Schöpfers ausmacht, zu begreifen, während andere sich in der Finsternis der Unwissenheit abmühen. Auch wenn das Kreatürliche und die einfachen weltlichen Genüsse diesen unaufgeklärten Köpfen vielleicht mehr Freude bieten als jenen, die immer im grellen Licht des Wissens und der Wahrheit zu leben gezwungen sind, ist letzteres dennoch unleugbar edler und findet mehr Wohlgefallen vor Gott, als dem Tiere gleich vor sich hin zu vegetieren« – bei diesen Worten schaute der Doktor auf den Hund hinunter, der an seinen Schuhen schnüffelte – »und seinen Platz im großen Entwurf des Universums nicht zu begreifen, geschweige denn ihn hinterfragen zu können.

Aber ich will zur Sache kommen. Ich möchte, daß du mit mir nach Basel an die Universität kommst, wo ich Professor der Chirurgie bin, und bei mir studierst. Nimmst du meine Einladung an?«

Augustus stand da wie vom Donner gerührt und starrte auf das fettige Haar des Professors. Er war nicht in der Lage, ihm in die Augen zu schauen. Er hatte Angst, dort etwas zu sehen, was das soeben gemachte Angebot hinfällig machen würde. Er hatte von Dr. Buxtorf, einem großen Neuerer auf dem Gebiet chirurgischer Techniken, gehört, aber bis zu diesem Augenblick nicht im Traum daran gedacht, daß es sich dabei um denselben Mann handeln könnte. Der Zufall, daß dieser das winzige Städtchen Lützelflüh genau im richtigen Moment besuchte, um Augustus' Arbeit zu entdecken, erschien dem Jungen fast unglaublich und mir auch, als ich zum ersten Mal davon las, aber so etwas kommt natürlich vor. Viele Jahre später schrieb Augustus zu diesem Ereignis: *Ich bekam die erste leise Ahnung davon, daß im Universum eine Macht existierte, die nicht nur stärker war als ich, sondern die auch sehr an meinen Handlungen, am Verlauf meines Lebens, interessiert war, und obwohl ich SIE erst einige Jahre später mit eigenen Augen sah, spürte ich IHRE Anwesenheit damals genauso deutlich wie in diesem Augenblick.*

»Auf der Stelle antwortest du dem Herrn Doktor«, befahl Onkel Hans, als er das blöde Gesicht sah, mit dem sein Neffe an diesem schicksalhaften Morgen vor Dr. Buxtorf stand.

»I-i-i-«

»Versuch' es mit einem anderen Wort«, schlug Buxtorf vor.

»J-j-«

»Ja?« half der Professor nach.

»Ja – er versucht, ja zu sagen«, erklärte Onkel Hans.

Augustus nickte. Zum ersten Mal seit seine Mutter gestorben war, verschleierten Tränen seinen Blick. Aber nur für einen Moment.

»Braver Junge! Brav!« sagte der Doktor. »Steig' hinauf und hole deinen Rucksack – ich habe ihn da oben gesehen;

es liegt in meiner Natur, aufmerksam zu sein – und danach gehen wir zu deinem Onkel und essen etwas. Ich kehre noch heute vormittag nach Basel zurück. Du wirst also in aller Eile deine Sachen packen müssen. Hast du dagegegen etwas einzuwenden?«

Augustus schüttelte den Kopf.

»Gut. Also los.«

So begann Augustus Ranks Karriere an der Universität Basel. Er sollte dort zum Meisterschüler von Dr. Buxtorf heranwachsen und in den nächsten Jahren viele Erfolge feiern – aber keiner kam dem Triumph gleich, mit dem er seine Zeit in Basel abschloß und der ihn in die Dienste von Kaiser Wilhelm II. führte, dem König von Preußen und Herrscher des Deutschen Reiches.

3

(Cleo)
Ich lernte Ludwig an einem kalten Abend im November 2009 kennen. Das Wetter war die ganze Woche über ungewöhnlich mild gewesen, aber an diesem Abend war es zum ersten Mal, als würde der Winter kommen. Die Luft hatte etwas gefährlich Schneidendes, das mir lieber war als die unheimliche, windstille Wärme der vergangenen Tage.

Es war kein besonders schlechter Monat gewesen, aber seit John fort war, hatte ich ein allgemeines, diffuses Gefühl von Lustlosigkeit und Traurigkeit und Erschöpfung, als wenn ich nichts in den Adern hätte. Meine Freundin Monica kam ab und zu vorbei, um ein bißchen dafür zu sorgen, daß ich aß und die wesentlichen Dinge, wie Wäsche und Hausaufgaben, bewältigte.

An dem Abend, als ich Ludwig kennenlernte, kam ich gerade von einer Verabredung mit Sam, einem anderen Hausbewohner. Er war kürzlich in das Stockwerk unter mir eingezogen, zusammen mit einem Paar Zwergpudel, die er, wie er sagte, vorübergehend von seiner Ex-Freundin in Pflege hatte. Ich hatte vor sechs Monaten selbst einen Hund bekommen, einen mittelgroßen Schäferhundmischling, den jemand sechzehn Stunden lang hinter meinem Mietshaus angebunden hatte, bis ich ihn losmachte und mit nach Hause nahm. Da Sam und ich unsere Hunde meistens zur gleichen Zeit und an den gleichen Orten ausführten, war ich ihm seit seinem Einzug beinahe jeden Tag begegnet, im Park oder auf der Straße oder im Flur. So war ein Abendessen unvermeidlich gewesen, und es hatte sich als ziemlich schrecklich erwiesen, denn Sam und ich hatten überhaupt keine Gemeinsamkeiten, waren aber dazu verdonnert gewesen, der Form halber herauszufinden, ob wir nicht doch welche hatten. Allerdings weckte damals jeder Kontakt mit Menschen, wie langweilig er auch sein mochte, zumindest eine starke Erinnerung an das süße, schläfrige Gefühl, das man bekommt, wenn man neben einem anderen liegt oder auch nur weiß, daß jemand in einem anderen Zimmer ist oder später am Abend nach Hause kommen wird, jemand, der einen liebt. Oft konnte ich mir, wenn ich nach einem ansonsten fruchtlosen Abendessen allein war, dieses Gefühl so lebhaft vorstellen, daß ich tief schlief und am nächsten Morgen beim Aufwachen immer noch davon umgeben und tief ausgeruht war. Ich glaube, das war es, was ich suchte, wenn ich in jenen Tagen Verabredungen mit Männern hatte.

Sam hatte mich in ein nettes Restaurant in der Nähe der Wall Street geführt und alles bezahlt, und vermutlich hätte ich aus Höflichkeit wenigstens im Taxi mit ihm bis zu unserem Mietshaus zurückfahren sollen, aber ich befürchtete, daß er später aus dem gleichen Gefühl der Verpflichtung heraus, das uns zusammen hatte essen gehen lassen, versuchen würde, mich zu küssen, daher gelang es mir irgendwie, mich zu entschuldigen. Der Abend war noch lau gewesen, als wir ins Restaurant hineingingen, aber als wir herauskamen, war die Temperatur stark gefallen, und in der kalten Luft merkte ich, daß ich zu Fuß gehen wollte, was ich daher auch tat. Ich überlegte, daß ich bis zur East Second Street etwa vierzig Minuten brauchen würde, und anschließend würde ich auch noch eine Weile mit Rufus spazierengehen müssen, aber das war mir recht, denn danach würde ich vermutlich besser schlafen.

Ich ging die Maiden Lane entlang auf die Louise Nevelson Plaza zu und bewunderte, wie die Türme auf der Federal Reserve Bank sich gegen die hohen, zerfransten Wolken abhoben, und dachte über dieses Gebäude nach, das in letzter Zeit zu einem meiner Lieblingsbauwerke geworden war, denn ich hatte im vergangenen Monat für ein Architekturseminar, das ich besuchte, ein Referat darüber geschrieben. Ich war froh, daß der Nebel sich gelichtet hatte und der Winter gekommen war und daß ich in einer Stadt lebte, in der jemand auf die Idee kam, etwas wie diese riesige Festung zu bauen, aus Steinblöken, von denen jeder mehrere Tonnen gewogen haben mußte, und sie mit einem zwölf Meter hohen Eingang zu versehen und diesen Eingang von schmiedeeisernen Lampen von der Größe eines Kleinwagens flankieren zu lassen und diese Lampen dann mit so vielen kleinen Schnörkeln und Kringeln zu verzieren, daß sie schließlich irgendwie albern und behaart aussahen statt elegant und imposant, wie sie gedacht gewesen waren. Und das unmittelbar vor dem Börsenkrach, dachte ich, als ich an den Rand der Plaza kam. All diese riesigen, schönen, ehrgeizigen Banken hier unten, die kurz vor 1929 gebaut worden waren.

Ich war so nahe an die Federal Reserve Bank herangekommen, daß ich die Türme nicht mehr sehen konnte, und während ich zu den hohen Milchglasfenstern mit dem schwachen grünen Licht dahinter aufblickte, wurde mir klar, daß dieses ganze Viertel auf ironische Weise etwas sehr Rührendes und auch Erheiterndes hatte. Es war so großartig und so sinnlos.

Außerdem merkte ich, daß ich gleich anfangen würde zu weinen, wenn ich weiter darüber nachdachte. Das fand ich schrecklich. Wie konnte es sein, daß ich über ein Jahr, nachdem John mich verlassen hatte – John! Aus dem machte ich mir doch überhaupt nichts mehr –, immer noch nicht darüber weg war und immer noch nicht die starke, ausgeglichene Frau war, die ich meiner Erwartung nach inzwischen hätte sein müssen, sondern herumlief und feuchte Augen wegen etwas bekam, das achtzig Jahre her war, etwas, das mich überhaupt nichts anging und für das kein Mensch auf der Welt echte Gefühle haben konnte? Es war nicht einmal meine eigene Wohngegend. Und währenddessen saß dieser nette, praktisch ungebundene junge Mann, der mich wahrscheinlich geküßt hätte, wenn ich das gewollt hätte, in seiner Wohnung in der Second Street allein wach. Es stimmte, daß wir nichts gemeinsam hatten, aber auch wenn das anders gewesen wäre, hätte ich nicht mit ihm nach Hause gehen wollen. Ich hatte in den letzten sechs Monaten genug Rendezvous gehabt, um das zu wissen. Was war nur mit mir los?

Ich war kurz davor, mich in einen Anfall unglücklicher Selbstbespiegelung hineinzusteigern und blickte dabei unbestimmt geradeaus ins Nichts, als mich der Griff einer unnatürlich starken Hand an meinem Unterarm aufschrecken ließ. Ich hielt die Luft an und schaute hoch. Schon in diesem ersten Sekundenbruchteil war ich mehr über den Gedanken entsetzt, daß ich nicht gehört hatte, wie jemand sich genähert hatte, als über die Tatsache, daß jemand mich am Arm gepackt hatte. Ich hatte geglaubt, ich könnte mich verteidigen, aber bis zu diesem Augenblick hatte ich nicht gewußt, wie ungeheuer leichtsinnig ich sein konnte. Die Straße war völlig menschenleer gewesen – ein idealer Ort für eine Vergewaltigung.

Doch als ich aufsah, blickte ich in ein Hundegesicht. Es war ein schwarzer Deutscher Schäferhund, der eine Brille und einen blauen preußischen Offiziersrock trug. Seine großen Ohren waren nach vorn gerichtet, und er sah beinahe genauso erschrocken aus, wie ich mich fühlte. Ich schaute auf meinen Arm hinunter und sah, daß die Hand, die ihn festhielt, mit einem grauen Ziegenlederhandschuh bekleidet war. Der Griff lockerte sich ein ganz klein wenig, war aber immer noch schmerzhaft fest. Ich erinnere mich, daß ich wieder zum Gesicht des Hundes aufsah und etwas sagte – ich glaube, es war »Hey!«

»Mein Gott«, sagte der Hund. Seine Stimme klang etwas mechanisch und die Wörter waren abgehackt, aber gleichzeitig war sie weich und hatte einen leichten deutschen Akzent. Klaue Lutz hatte immer, wenn ich ihn in den Nachrichten gehört hatte, wie eine Maschine geklungen, die versuchte, einen Menschen nachzuahmen, aber dieser Hund klang schon bei den ersten Worten wie ein intelligentes Wesen, das versuchte, sich trotz seiner Kehlkopfprothese verständlich zu machen. Er schien ein Herz zu haben. Er hechelte zwei- oder dreimal schnell und schloß dann das Maul. Als ich seinen Atem in die Luft ausströmen sah und ihn dann auf meinem Gesicht spürte, war ich in einer Weise von der Echtheit der Monsterhunde überzeugt wie nie vorher, obwohl ich mir das fast verzweifelt gewünscht hatte.

Ich glaube, der Grund dafür, daß die Menschen im allgemeinen und die New Yorker im besonderen über die Anwesenheit der Hunde in der Stadt nicht so maßlos erstaunt waren, wie sie es vielleicht hätten sein können, war der, daß sie irgendwo im tiefsten Innern einfach nicht glaubten, daß die Monsterhunde tatsächlich existierten. Aber in diesem Augenblick, als die kleinen Luftstöße aus Ludwigs Maul kamen und meine Wange streiften, war es mit meinem eigenen Unglauben vorbei.

Er betrachtete mich ein paar Sekunden, ohne meinen Arm loszulassen. Ich beobachtete sein Gesicht, aber es war unergründlich für mich. Seine Nase bewegte sich leicht, als würde er einen Geruch aufnehmen, aber ich konnte mir nicht vorstellen, was er wohl dachte.

»Wo kommen Sie her?« fragte er endlich.

»Ich bin aus – New York«, antwortete ich. »Wie meinen Sie das?«

»Ich meine«, erwiderte der Hund, indem er wieder fester zugriff, »Ihre Vorfahren. Wo kommen Ihre Eltern her?«

»Sie tun mir ein bißchen am Arm weh, da«, sagte ich zu ihm und trat ein Schrittchen zurück. »Und ich weiß nicht, warum Sie mich das fragen.«

»Verzeihen Sie«, sagte er und lockerte seinen Griff ein wenig. Diesmal verringerte er den Druck tatsächlich, aber er nahm die Hand nicht fort. Er trat ebenfalls einen Schritt zurück. »Ich frage Sie, weil Sie mich an jemanden erinnern. An jemanden, von dem ich weiß«, fügte er hinzu.

»Ach so«, sagte ich. »Also, meine Eltern sind beide in Amerika geboren.«

»Es ist unmöglich«, sagte er und ließ meinen Arm plötzlich fallen.

»Doch, es stimmt«, bekräftigte ich.

»Ja, natürlich. Ich meine, es ist nicht möglich, daß Sie von – dieser Frau abstammen. Nein«, sagte er. Er blickte zu Boden und begann erneut, leicht zu hecheln.

»Von welcher Frau?« fragte ich.

Der Hund schloß das Maul und hob den Blick wieder.

»Maria Rank«, sagte er. »Sie haben von Augustus Rank gehört ...«

Ich nickte.

»Seine Mutter«, fuhr der Hund fort und starrte mich an. »Aber sehen Sie«, meinte er, »Sie sind ihr so bemerkenswert ähnlich.«

Etwas an der Intensität seines Blickes ließ mich noch ein Schrittchen zurückweichen, obwohl inzwischen ein guter Meter Abstand zwischen uns lag. Ich spürte, wie meine Fersen ganz leicht die Mauer des Gebäudes berührten.

»Na ja«, sagte ich.

»Es ist beinahe un- ich möchte sagen – un*heimlich*.«

»Es ist merkwürdig ...« sagte ich.

»Wären Sie vielleicht bereit, irgendwann – zu mir zu kommen und sich mit mir zu unterhalten?« fragte der Hund. »Ich könnte Ihnen ein paar Porträts von ihr zeigen. Ich bin nämlich Historiker«, ergänzte er, als würde das etwas erklären.

»Sehr gerne«, sagte ich. Meine Nervosität in dem Moment war gar nichts im Vergleich zu der Aufregung, die mich bei dem Gedanken erfaßte, daß ich mich gerade mit einem der Monsterhunde unterhielt. Außerdem hatte dieser etwas Unwiderstehliches für mich. Ich weiß nicht, ob wegen oder trotz der Art, wie er mich anstarrte.

»Mein Name ist Ludwig von Sacher«, sagte er und streckte seine behandschuhte Hand aus.

Ich ergriff sie. »Ich bin Cleo Pira.«

»Es wird mir ein großes Vergnügen sein, Ihre Bekanntschaft zu machen«, fügte er hinzu. »Ich meine, ausführlich mit Ihnen zu sprechen.«

»Ich gebe Ihnen meine –«

»Geben Sie mir bitte Ihre Adresse«, unterbrach Ludwig.

»Ich mag Telefone nicht. Ich werde einen Wagen schikken.«

»Oh. Okay.« Ich nannte ihm die Adresse.

»Sehr schön. Und haben Sie morgen Zeit, um elf Uhr?«

»Elf Uhr – morgens?« fragte ich.

»Ja. Vormittags.«

»Ich glaube wohl.« Ich konnte mich in diesem Augenblick nicht erinnern, ob ich irgend etwas vorhatte, zum Beispiel, in ein Seminar zu gehen, aber eigentlich spielte das auch keine Rolle. Ich wäre sowieso nicht in der Lage gewesen, mich auf irgend etwas anderes zu konzentrieren.

»Sehr schön. Erwarten Sie dann morgen um elf meinen Wagen. Und wir werden Mittag essen. Bis dann«, sagte Ludwig und hob die Hand.

»Gute Nacht«, sagte ich.

Er drehte sich um und ging in die Richtung, aus der ich gerade gekommen war. Jetzt erst bemerkte ich, daß an der Ecke eine große schwarze Limousine am Straßenrand wartete. Sie war brandneu, lang und niedrig, abgesehen von den hohen, spitzen Schwanzflossen, die aus dem Heck aufstiegen. Als Ludwig sich näherte, leuchteten die Scheinwerfer auf.

Mir wurde bewußt, daß ich ihm nachstarrte, deshalb wandte ich mich zur anderen Seite, heimwärts. Ich hörte, wie eine Tür geschlossen wurde, und dann, wie der Motor ansprang, während ich mich in nördlicher Richtung auf den Weg machte.

Mittagessen? dachte ich. Wer ißt denn um elf Uhr morgens Mittag?

Die Limousine glitt an mir vorbei, und ich schaute ihr nach, bis sie um eine Ecke verschwand.

In jener Nacht schlief ich schnell ein, aber ich hatte mehrere Träume, die mich aufweckten. Jedesmal lag ich ein paar Augenblicke mit rasendem Herzklopfen in der Dunkelheit, eben die Oberfläche des Unbewußten streifend, aber dann tauchte ich beinahe sofort wieder unter.

In dem Traum, an den ich mich am besten erinnere, lag ich in einer Wiese voller Blumen, die Tulpen ähnelten, ich sah zum Abendhimmel hinauf und beobachtete, wie das Licht durch die Blütenblätter über meinem Gesicht hindurchschimmerte. Die Blüten waren rosa und glühten vor dem Himmel, und die Luft um sie herum war violett: hoch oben in der Ferne hell und blaß und zwischen den Stengeln und Blättern, wo ich lag, von Braun und Grün und Schwarz getrübt. Mir wurde klar, daß ich etwas ganz besonderes sah, weil ich in diesem Moment eigentlich nicht am Leben sein durfte – ich war irgendwie zurück ins neunzehnte Jahrhundert gelangt, aber verbotenerweise, ohne ein Visum oder sonst eine Genehmigung, die ich brauchte. Ich wußte, daß ich verhaftet werden konnte, und daß ich in diesem Fall sofort getötet werden würde, denn daß ich lebte, war gesetzwidrig. Deswegen nahm ich alles mit geschärften Sinnen wahr: das Licht, die Beschaffenheit des Erdbodens unter meinem Rücken, die schön gezackten Ränder der Blütenblätter – alles war so köstlich, daß ich es kaum ertragen konnte.

Ich wollte die Augen schließen, aber dann dachte ich, ich dürfte nichts von all dem verpassen, und wenn ich die Augen schloß, könnte sich außerdem leicht jemand anschleichen, wenn ich sie dagegen offenhielt, war ich vielleicht imstande, den Verfolger kommen zu sehen und zu entfliehen. Ich war sicher, daß ich so oder so irgendwann gefangen werden würde, aber es schien mir wichtig, wenigstens so zu tun, als würde ich Widerstand leisten, wo ich doch schon so weit gekommen war; über ein Jahrhundert weit.

Ich versuchte mir vorzustellen, wie ich am schnellsten aufstehen und losrennen könnte, falls das nötig war, und dazu mußte ich meinen Körperbau und meine Kleidung berücksichtigen, aber beides war mir nicht ganz klar. Während ich mich bemühte, mir ein Bild davon zu machen, wurde mir bewußt, daß ich auf die Person hinunterschaute, die zwischen den Tulpen lag, und daß sie nicht ich sein konnte, denn ich blickte sie ja an. Sie war auch viel schlanker und kleiner als ich. Sie trug ein langes, eng tailliertes Kleid aus grauer Seide, das sehr hübsch war. Rennen war darin allerdings unmöglich. Wie hatte ich annehmen können, daß sie ich war?

Dann wandte sie mir das Gesicht zu, und ich verstand. Es war Maria Rank. Sie öffnete die Augen, und überrascht sah ich, daß sie nicht schwarz waren, wie sie meines Wissens hätten sein sollen, sondern die gleiche, dunkelgoldene Farbe hatten wie meine. Sie kamen mir sehr schön vor, viel schöner, als mir meine eigenen je erschienen waren.

Sie sagte etwas und lächelte mich an, nur mit den Mundwinkeln, und wie ich sie so anschaute, vor den dunklen, geschwungenen Tulpenblättern, mit ihrem Haar, auf dem ihr Kopf wie auf einem Kissen ruhte, spürte ich ein überwältigendes Verlangen, mich hinabzubeugen und sie zu küssen. Und ich hätte es getan, aber – zum Teufel – die Polizei kam.

»Wer von uns beiden dürfte eigentlich nicht am Leben sein?« fragte ich sie. »Weißt du das? Wer von uns muß fliehen?«

Sie antwortete nicht. Wahrscheinlich war sie es, aber ich wußte, daß sie in dem Kleid nicht weit kommen würde. Außerdem wurde mir klar, daß sie nicht einmal verstehen konnte, was ich sagte, weil sie kein Englisch sprach. Da war nichts zu machen.

»... *der ganzen Welt* ...« sagte sie träumerisch.

»Du taugst zu gar nichts!« sagte ich. Ich warf mich neben sie auf den Boden und vergrub den Kopf in den Armen. Ich konnte sie nicht allein lassen, und sie konnte nicht schnell laufen, daher saßen wir beide fest. Ich schloß die Augen und lag für ein paar Momente dort neben ihr und horchte auf das Geräusch ihres Atems.

»Wenn es das nicht ist, dann etwas anderes«, ertönte die Stimme eines der Polizisten. Ich konnte hören, daß er nicht mehr weit entfernt war.

»Es geht los«, sagte ich. Ich öffnete die Augen, und dann war ich wieder wach.

Am nächsten Morgen stand ich früh auf, kurz nach Tagesanbruch. Der Himmel war von einem bleiernen Grau und sah nach Schnee aus. Ich nahm Rufus auf einen langen Spaziergang mit, und dann setzte ich mich mit einer Tasse Kaffee ans Fenster und sah hinaus auf die kahlen Sumachbäume und die gefrorenen Müllhaufen auf dem unbebauten Grundstück hinter meinem Mietshaus.

Während ich dort saß, sah ich voller Staunen, wie eine Limousine mit Licht langsam auf der Third Street, auf der anderen Seite des leeren Grundstücks, entlangfuhr. Sie sah genauso aus wie die, in die Ludwig am Abend vorher eingestiegen war – aber das war unmöglich; es war gerade erst neun, noch zwei Stunden, bis der Wagen kommen sollte. Andererseits gehörte der Block, in dem ich wohnte – gleich westlich von den Sozialwohnungen an der Avenue D – nicht gerade zu denen, die häufig von Limousinen besucht wurden, und schon gar nicht von brandneuen, daher war es unwahrscheinlich, daß es jemand anders war als Ludwig. Der Wagen fuhr vorbei, ohne anzuhalten, und ich saß weiter da und rätselte darüber nach, bis er drei oder vier Minuten später erneut auftauchte, genauso langsam. Ich versuchte, hinter den dunkel getönten Scheiben etwas zu erkennen, wenigstens einen Schatten, aber es gelang mir nicht. Schließlich verschwand die Limousine wieder.

Vielleicht war es der Chauffeur gewesen, der vorbeigefahren war, um sicherzugehen, daß er die Adresse fand, dachte ich, aber warum war er zwei Stunden früher gekommen und zweimal um den Block gefahren? Und warum sollte er die Third Street entlangschleichen, wenn das Haus, in dem ich wohnte, doch auf die Second Street hinausging? Es ergab keinen Sinn.

Ich beobachtete die Straße noch eine gute Viertelstunde lang, aber die Limousine kam nicht wieder. Zum achthundertsten Mal dachte ich daran, Monica anzurufen und ihr alles zu erzählen, aber sie war über ein langes Wochenende bei ihren Eltern oben in Connecticut, und ich hielt es für besser, zu warten, bis sie wieder in der Stadt war und wir stundenlang miteinander sprechen konnten. Schließlich kam ich auf den Gedanken, so lange wie möglich zu duschen und ganz langsam zu entscheiden, was ich anziehen würde, und auf diese Weise die Zeit bis elf Uhr totzuschlagen, und das tat ich auch.

Meine Klingel funktionierte nicht, daher ging ich um fünf vor elf nach unten. Der Wagen war bereits da und wartete auf mich, im Leerlauf am Straßenrand. Als ich aus dem Haus trat, stieg auf der Fahrerseite ein junger Mann aus und öffnete die hintere Tür. Er war groß, und sein Gesicht sah aus wie gemeißelt, mit hohen, runden Wangenknochen und sehr langem, lockigen Haar, das zu einem Pferdeschwanz zusammengebunden war.

»Du mußt Cleo sein«, sagte er und lächelte mich an. »Ich bin übrigens Brad.«

»Freut mich«, sagte ich. Ich fragte mich, ob ich ihm die Hand schütteln sollte, aber er hatte eine Hand auf dem Rücken, und mit der anderen hielt er die Tür auf, daher versuchte ich es nicht. Als ich mich auf den Rücksitz schob, sank ich ein paar Zoll tiefer ein, als ich erwartet hatte, und unwillkürlich mußte ich ein bißchen lachen.

»Danke«, sagte ich, als Brad die Tür schloß.

Er stieg vorne ein, und ich setzte mich gemütlich zurecht, während wir losfuhren. Im Wagen war es wärmer als in meiner Wohnung, und die Beleuchtung war schwach. Ich fühlte mich so geborgen und glücklich, als würde ich das Auto längst kennen. Was seltsam war –

»Sag' mal«, sprach ich Brad an und beugte mich vor. »Bist du heute morgen die Third Street entlanggefahren – so um neun?«

»Nein.« Seine Stimme war ganz freundlich, als er das sagte, aber er sah mich nicht an.

»Aha«, sagte ich.

»Warum?« fragte er nach einem Augenblick. »Hast du auf der Third Street einen Wagen wie diesen hier gesehen?«

»Ja. Er ist sogar zweimal vorbeigefahren. Ich habe ihn von meinem Fenster aus beobachtet. Er fuhr ganz langsam, und es kam mir einfach komisch vor, weil ich in dieser Gegend normalerweise keine Limousinen sehe, verstehst du?«

»Ach so«, sagte Brad. »Na, du kannst ja nachher Ludwig fragen. Ich weiß nichts davon.« Er gab ein leises Geräusch von sich, als würde er sich räuspern, oder vielleicht war es auch ein Prusten.

Ich versuchte, im Rückspiegel seinen Blick aufzufangen, aber er sah mich immer noch nicht an. Vielleicht spielte der Anflug eines Lächelns um einen Mundwinkel, aber ich war mir nicht sicher.

»Wenn du etwas wüßtest, würdest du es vermutlich nicht sagen«, wagte ich schließlich zu bemerken.

Brad antwortete nicht. Ich lehnte mich in den Ledersitz zurück und blickte aus dem Fenster auf die grauen Straßen.

Wir hielten vor einem nett aussehenden Gebäude an der Commerce Street, im West Village, und Brad wandte den Kopf und blickte mich über die Schulter an.

»Nummer eins ist es«, sagte er. »Einfach klingeln.«

»Und beim Aussteigen kriege ich die Tür nicht aufgemacht?« fragte ich.

»Was?«

»Schon gut«, sagte ich und streckte die Hand nach dem Türgriff aus.

»Oh, Scheiße. Tut mir leid. Ich bin die letzten zwei Jahre für einen Kurierdienst gefahren«, sagte Brad und stieg aus. »Bei ihm vergesse ich das nie«, fuhr er fort und öffnete meine Tür. »Bloß wenn es jemand anders ist, kommt es manchmal vor, daß ich – «

»Hab' doch nur Spaß gemacht«, beruhigte ich ihn, während ich aus dem Wagen stieg. »Ich kann mir nichtmal Taxis leisten und bin es eigentlich nicht gewohnt, daß mir jemand die Tür aufmacht.«

»Ja, ich weiß. Wahrscheinlich habe ich deswegen ... Na, so meine ich das nicht, aber –«

»Macht nichts, ich weiß schon. Danke«, sagte ich.

Ich ging die Stufen hinauf und drückte auf die Klingel.

»Ja?« sagte eine junge Stimme. Es war eindeutig nicht Ludwig.

»Ich bin Cleo Pira. Ich –«

Der Summer unterbrach mich, also drückte ich die Tür auf. Ich fand mich in einem kleinen Flur wieder, und zu meiner Linken öffnete sich eine Wohnungstür. Dahinter stand ein Junge, vielleicht fünfzehn Jahre alt, mit blondem Haar und auffallend hübschem Gesicht: breite Stirn, blaue Augen, eine stumpfe Nase und volle Lippen. Er trug eine sehr adrette schwarze Butleruniform, die in Kombination mit seiner kindlichen Schönheit etwas Obszönes hatte, als hätte man ihn verkleidet, weil er in einer Phantasie von irgend jemandem mitspielen sollte.

»Du bist also Cleo?« fragte er. Er hatte eine normale Teenagerstimme, mit einer Spur von unbeabsichtigtem Mißmut.

»Stimmt«, sagte ich.

»Cleo Pira ist da«, rief er in die Wohnung hinein.

»Führe sie bitte herein«, ertönte Ludwigs Stimme von drinnen. Sie klang ruhig und beherrscht. Das alles hatte etwas Verwirrendes: erst Brad und dann dieser schlacksige Junge in seiner perfekten Butleruniform.

Er führte mich in eine schwach erleuchtete Eingangsdiele und dann nach rechts in einen helleren Raum, der ein Arbeitszimmer zu sein schien. Ringsum an den Wänden standen Bücher, und vor dem Fenster befand sich ein breiter Schreibtisch mit Papierstapeln und einem ganz kleinen, eleganten Computer. Ludwig stand neben dem Schreibtisch, steif, und eine Hand ruhte auf der Platte. Er trug ein langes, maßgeschneidertes Leinenhemd mit hohem Kragen und einen Kneifer mit einer feinen Goldkette, die in seiner Brusttasche endete. Als der Junge mich in den Raum brachte, wandte Ludwig mir den Kopf zu, und seine Ohren und seine Schnurrhaare schienen sich nach vorn zu strecken, während er den Blick auf mein Gesicht richtete.

»Cleo«, sagte er.

»Ja, ich bin's«, meinte ich. Der Junge verließ das Zimmer.

»Darf ich Cleo sagen? Willst du mich Ludwig nennen?«

Ich nickte. Er legte ein ganz klein wenig den Kopf schief und sah mich ein paar Sekunden lang an.

»Ich wollte, daß du mein Arbeitszimmer siehst. Ich bin Historiker. Ich glaube, das sagte ich schon.«

»Ja«, bestätigte ich.

Er wandte sich von mir ab und dem Fenster zu, das auf einen hellen, als Garten angelegten Hof hinausging.

»Das ist alles so ungeheuer merkwürdig, weißt du«, sagte er leise zum Fenster.

Ein Weilchen starrte ich schweigend mit ihm zusammen in den Hof hinaus. Dort wuchsen einige kleine Bäume, an denen sich ein paar letzte, zerzauste Blätter festklammerten und deren Stämme mit Efeu berankt waren, der trotz des kalten Wetters noch grün war. Ein gepflasterter Fußpfad schlängelte sich zwischen den Bäumen hindurch.

»Vielleicht verstehst du das, wenn ich dir ein paar Bilder von Maria Rank zeige«, sagte Ludwig schließlich.

»Gerne.«

Er streckte die Hand aus und ergriff einen Stock mit silbernem Knauf, der am Schreibtisch lehnte.

»So«, meinte er und steuerte auf eine Tür links von mir zu. »Folge mir. Ich habe sie hier drinnen.«

Ich folgte Ludwig in einen kleinen Raum gleich neben dem Arbeitszimmer, der ein paar Sessel und und einige teuer aussehende, antike Lampen auf niedrigen Tischen enthielt. An den Wänden standen ein paar Bücherregale, und zwischen ihnen hingen die Gemälde.

Alle stellten dieselbe Frau dar; sie hatte blasse Haut

und dunkelbraunes Haar. Ludwig führte mich zum größten Bild hinüber, das an der hinteren Wand hing. Es zeigte Maria von der Taille aufwärts, in einem schlichten, burgunderroten Kleid, vor einem bräunlichen Hintergrund.

Ihr Gesicht hatte etwas Bezwingendes und Überraschendes. Ihre Augen waren schwarz, wie ich es in meinem Traum erwartet hatte, aber abgesehen davon sah sie nicht aus, wie ich es mir vorgestellt hatte. Auf den ersten Blick wirkte sie kindlich, wegen ihrer hohen Stirn und der großen, leicht erschrockenen Augen, aber ihr kleiner Mund hatte eine Festigkeit und einen ironischen Zug, die darauf hindeuteten, daß sie etwas wußte. Es mochte ein Geheimnis der Person sein, die sie gerade anschaute, oder ihr eigenes Geheimnis. Wenn man den unteren Teil ihres Gesichtes mit der Hand abgedeckt hätte, hätte sie völlig verängstigt ausgesehen, aber ihre Mundhaltung deutete eine versteckte Klugheit oder Macht an. Sie saß steif, aber ein wenig vorgebeugt, so als würde sie versuchen, sich von einer bestimmten Handlung abzuhalten, könnte aber jeden Augenblick den Kampf verlieren, und sie blickte starr geradeaus, als könnte sie sehen, wie sich die Konsequenzen ihrer Handlungen vor ihr zeigten, und als gefielen sie ihr nicht.

»Diese Bilder üben eine sehr starke Wirkung auf mich aus«, meinte Ludwig.

»Ja«, sagte ich. »Wer hat sie gemalt?«

»Sie wurden alle von einem Franzosen namens Dominique Clément gemalt. Er war ihr Geliebter.« Ludwig führte mich zu dem Gemälde auf der Rechten hinüber. Hier trug Maria ein langes Hauskleid aus dunkelblauer und grüner Seide. Sie saß zurückgelehnt auf einer hellen Couch, mit aufgelöstem Haar, das sich hinter ihr ausbreitete, und halbgeschlossenen Augen und blickte auf – ja, auf Ludwig und mich herab, wie wir da vor dem Bild standen. Das Hauskleid war vorn ein wenig geöffnet, und von ihrer Kehle bis fast zur Mitte ihres Bauches war ein langer, geschwungener Streifen weißer Haut zu sehen. Er erinnerte mich an einen der Wege in Ludwigs Hof; seine Form hatte etwas Unwiderstehliches, wie eine Straße, die sich durch Berge windet.

»Cleo«, sagte Ludwig plötzlich, »ich möchte dir etwas sagen.«

»Was?« fragte ich.

»Ich bin heute morgen an deiner Wohnung vorbeigefahren.«

»Ja?«

Ludwig sah mich unverwandt an, die Hände auf dem silbernen Knauf seines Stockes gefaltet. »Ich weiß, daß du den Wagen gesehen hast«, fuhr er fort, »denn ich habe dich am Fenster sitzen sehen. Deswegen habe ich gedacht, ich sollte es dir sagen. Ich hoffe, es hat dich nicht gestört, oder – aber ich wollte einfach sehen, wo du wohnst.«

»Ach, das ist in Ordnung«, sagte ich. »Ich meine, da gibt es nicht viel zu sehen. Warum wolltest du es dir denn anschauen?«

»Ich war neugierig.« Er fixierte eine Lampe hinter mir. »Du machst mich neugierig, Cleo.«

»Aber warum bloß?«

»Ihretwegen«, sagte er mit einem ganz leisen Anflug von Verzweiflung in der Stimme. Er deutete auf das Gemälde neben uns. »Kannst du denn die – die Ähnlichkeit nicht sehen?«

Wieder blickte ich hinauf in Marias halbgeschlossene Augen.

»Nein«, erwiderte ich. »Ich kann sie überhaupt nicht

sehen.« Es war, als könnte ich meinen Blick nicht von dem Bild abwenden. »Ich meine – sie ist schön.«

»Ja, sie ist schön.«

»Es schmeichelt mir, daß du glaubst, ich würde so aussehen«, fuhr ich fort, »aber ...«

»Gut«, sagte Ludwig, »vielleicht spielt es keine Rolle. Es ist wohl unwahrscheinlich, daß du mit ihr verwandt bist.«

»Ich habe keine deutschen Vorfahren, soweit ich weiß.«

Ludwig stellte seinen Stock an die Wand und lehnte sich dann selbst an, zwischen den beiden Bildern. Er nahm seine merkwürdig geformte Brille ab, die in der Mitte ein breites Silberband hatte, das über seiner Schnauze einen Bogen bildete, und drückte die Hände in den feinen, beigefarbenen Handschuhen gegen die Augen. Seine Ohren drehten sich ein wenig nach außen, und er seufzte durch die Nase, die feucht schimmerte.

»Ich erinnere mich, in Rankstadt ...« begann er langsam, »in Rankstadt, im Winter, als ich noch ein Welpe war. Es war kurz vor Weihnachten, glaube ich, und ... ich trottete neben Prinzi von Sacher die Straße entlang. Sie war die älteste Tochter in der Familie meines Herrn. Ich war noch sehr jung, acht Monate vielleicht, denn ich durfte noch auf allen vieren laufen. Mit einem Jahr müssen wir – mußten wir anfangen, aufrecht zu gehen.

Ich lief neben Prinzis Rock her, weißt du, einem ganz langen, weiten Rock, sehr geräuschvoll, ganz faszinierend für einen Welpen. Und ihr Mantel erst! Sie hatte so einen wunderbaren Mantel mit Pelzbesatz. Es war Hermelin. Am liebsten hätte ich darauf herumgekaut, aber ich wußte natürlich – also streifte ich nur mit der Schnauze daran entlang und öffnete das Maul ein bißchen, damit das Fell vielleicht den Rand meiner Zunge streifte und ich mir *genau* vorstellen konnte, wie es wäre, darauf herumzubeißen.

So – aber es muß sehr schwer für dich sein, dir diese Straße vorzustellen, Cleo. Sie war so anders als alles hier.» Ludwig sah mich an, als wollte er eine Antwort haben, aber dann fuhr er fort, bevor ich etwas hätte sagen können.

»Pferdemist und Stroh auf dem festgetretenen Schnee, das Orange des Lampenlichts, die Gerüche nach Mandeln und Haselnüssen und Honig und Weizen, und unter der Tür des Metzgerladens quoll das blutige Sägemehl hervor, an dem man immer so gerne *lecken* wollte ...

Aber an dem Tag sind wir ja in den Metzgerladen hineingegangen!» unterbrach er sich, als wäre er überrascht, sich mitten in diese Geschichte zurückversetzt zu finden. «Ja. Ich habe das Sägemehl vor uns auf dem Schnee gesehen, und ich habe gedacht, ich darf nicht zu genau hinschauen, wenn wir vorbeigehen, denn dann kann ich ihm nicht widerstehen; ich habe mir befohlen, mich auf den Rock links neben mir zu konzentrieren, und das habe ich auch getan, und dann bin ich plötzlich direkt hineingelaufen, weil Prinzi sich zur Seite gewandt hatte, um in den Metzgerladen einzutreten.

Sie stieß mich mit dem Fuß an, und ich ging um den Türpfosten herum und setzte mich, wie ich sollte, an die Wand und stand Qualen aus. Im Laden war Hochbetrieb, weil Heiligabend war, glaube ich, und daher war der Fußboden sehr schmutzig geworden, und überall um mich herum das Blut ... Blut und fettige Bindfadenreste und Federn – mein Gott. Was ist aus dieser Welt geworden? Es ist alles weg.«

Ich wartete darauf, daß Ludwig fortfuhr, aber er schwieg. Er hatte seine Brille wieder aufgesetzt und drückte die Hände gegen die Wand hinter sich. Er sah erschöpft und leicht verwundert aus, als wäre er tatsächlich für ein Weilchen wieder in Rankstadt gewesen und gerade zurückgekehrt.

»Ist es wirklich weg?« fragte ich.

»Ja, natürlich. Wir haben es zerstört.« Er hob den Kopf in meine Richtung und starrte vor sich hin.

Er schien in einen persönlichen Brunnen der Traurigkeit gefallen zu sein, und ich wußte nicht, wie ich ihn daraus retten sollte. Ich hatte das Gefühl, daß seine Welt nicht so verloren war, wie er dachte, denn ich konnte sie ja sehen, das mit Blut und halbgeschmolzenen Schneeklumpen vermischte Sägemehl, die feuchten, schwankenden Säume der dunklen Röcke, die beinahe hindurchschleiften, die glänzenden, geringelten Bindfadenstückchen. Ich war sicher, daß ich alles sehen konnte; ich wollte es so gern. Ich wollte Ludwig das sagen, aber dann überlegte ich, daß es ihm eigentlich nicht helfen konnte.

»Ist die Geschichte zu Ende?« fragte ich.

»Es ist merkwürdig ...«, sagte er, indem er seinen Stock nahm und sich von der Wand löste. »Ich kann mich anscheinend nicht ... erinnern, worum es ging.«

Mit gespitzten Ohren musterte er die verhedderten Fransen eines Orientteppiches auf dem Boden, als lausche er auf etwas, aber dann schien er aufzugeben.

»Mein Gedächtnis läßt wirklich nach«, murmelte er.

Ich wußte zu diesem Zeitpunkt noch nicht, was er meinte. Ich war sicher, daß er den Faden irgendwo wieder aufnehmen konnte, wenn er es versuchte.

»Mochtest du Prinzi gern?« fragte ich.

»Oh ja,« antwortete er. »Ich habe sie bewundert.«

»Und – vermißt du sie?«

Ludwig schnaubte verächtlich. »Sie ist tot«, sagte er, »umgebracht, alle.«

»Haben die Hunde alle Menschen in Rankstadt getötet?«

»Ja. Und dadurch wurde nichts gelöst. Nichts wurde gelöst. Wir haben jetzt zwar Geld, und wir mögen keine Sklaven mehr sein, aber wir sind immer noch Monster. Von dem Augenblick an, als Augustus Rank die Idee zu uns hatte, war unser Schicksal besiegelt. Vom Augenblick seiner Geburt an ...«

Ludwigs Nackenhaare waren gesträubt, und er fixierte mich mit einem so intensiven Blick, daß ich am liebsten weggeschaut hätte, aber ich hielt stand. Ich wußte, daß er an Maria Rank dachte, als er mich ansah, aber ich konnte nicht genau erfassen, welche Gefühle er zu ihr – oder zu mir – hatte.

»Du hast *alles*«, sagte er.

Ich dachte an seine Limousine und daß es darin viel wärmer gewesen war als in meiner Wohnung.

»Nein, das ist nicht wahr.«

»Die ganze Welt«, fuhr er fort, »gehört dir, auf eine Art, wie sie mir niemals gehören kann. Das verstehst du nicht.«

Das stimmte, ich verstand es nicht.

»Arme Cleo«, sagte er, indem er sich aufrichtete und einen Schritt in die Mitte des Zimmers machte. »Ich zeige dir meinen ganzen – Zorn über Dinge, die nicht deine Schuld sind. Vielleicht ist es jetzt Zeit, daß wir Mittag essen.«

Wir setzten uns zu Tisch. Der Butler trug Forelle mit neuen Kartoffeln auf. Das Gericht schien mir nicht gerade etwas zu sein, was Hunde gern mögen, aber Ludwig schmeckte es anscheinend. Mir auch; es war sogar besser als das Essen in dem Restaurant, in das Sam mich am Abend zuvor eingeladen hatte.

Ludwig saß mit den Hinterbeinen auf der Sitzfläche seines Stuhles und hielt den Rücken gerade. Er benutzte das silberne Besteck auf die alte europäische Art, indem er die Gabel in der Linken hielt. Die Handschuhe zog er zum Essen nicht aus. Seine Bewegungen waren anmutig, aber auch sehr vorsichtig, und ich konnte sehen, daß es ihn Mühe kostete, auf dem Stuhl das Gleichgewicht zu halten, ohne die Hände auf den Tisch zu legen, besonders, wenn er nach irgend etwas greifen mußte. Aber er benutzte niemals die Hände, um sich abzustützen.

Einmal, als ich ihm das Brot reichte, setzte ich es gedankenlos ein Stück vor seinem Tellerrand ab, und fasziniert beobachtete ich, wie er seinen Schwanz hochschnellen ließ, um ihn unter einer der horizontalen Streben in seiner Stuhllehne festzuhaken, damit er nicht vornüberfiel, als er sich vorbeugte, um an das Körbchen aus Silberdraht heranzukommen.

»Du lachst über mich«, stellte er fest.

»Nein, mir ist nur aufgefallen, wie du deinen Schwanz benutzt hast ...«

»Was konntest du anderes tun, als über mich zu lachen?« Er zögerte. »Ist schon gut.«

»Aber ich habe nicht gelacht.«

»Natürlich hast du gelacht. Ich kann mir vorstellen, wie ich in deinen Augen aussehe. Es ist peinlich, und ich mache es nicht besonders gut. Eure Welt ist nicht für Hunde geschaffen.«

»Ich weiß.«

»Du weißt es *nicht*.«

»Also gut, ich weiß es nicht«, sagte ich. Ich spürte, daß irgendwo im oberen Teil meiner Nase Tränen brannten.

Den Rest der Mahlzeit verzehrten wir schweigend. Als wir fertig waren, hob Ludwig den Blick und faltete die Serviette in den Händen zusammen. Er wirkte müde.

»Bleibst du zum Kaffee?« fragte er. »Ich trinke keinen, aber ich biete dir gerne eine Tasse an.«

»Nein«, erwiderte ich. »Aber vielen Dank für das Mittagessen.«

»Danke, daß du hergekommen bist.«

»Hör mal, ich wollte dich nicht kränken«, sagte ich. »Und wenn ich es getan habe, tut es mir leid.«

Ludwig schloß einen Moment lang die Augen. »Du hast mich nicht gekränkt.«

Er stemmte sich gegen die Tischkante, um seinen Stuhl ein wenig abzurücken, dann setzte er nacheinander die Füße auf den Boden, und als er sich erhob, hielt er sich am Tischrand fest. Ich stand ebenfalls auf.

»Ich begleite dich hinaus«, sagte er.

An der Tür reichte er mir, auf seinen Stock gestützt, die Hand, und einen Augenblick lang spürte ich seinen starren, mechanischen Griff.

»Auf Wiedersehen, Cleo. Ich hoffe, daß ich dich wiedersehen kann«, sagte er.

»Das fände ich schön«, sagte ich. »Das fände ich wirklich schön.«

Aber ich hörte lange nichts von ihm. Weil er das Telefon verabscheute, schickte ich ihm ein Briefchen, in dem ich mich für das Mittagessen bedankte, und dann wartete ich, aber er schrieb nicht. Ich dachte, er wollte nicht, er wäre mit mir fertig. Ich wußte nicht, was er von mir erwartet hatte, aber ich hatte das Gefühl, daß er es nicht bekommen hatte.

Die Tage vergingen, und die Nächte wurden länger und dunkler, der Winter brach an. Ich bekam eine Erkältung, und wenn ich nachts im Bett lag, fühlte es sich unter mir hart wie ein Brett an, das Pflaster prallte gegen meine Knochen, wenn ich ging, und selbst die Luft schien schwer auf meinen Schädel zu drücken. Die ganze physische Welt schien mir gegenüber unnachgiebig geworden zu sein. Ich hatte das Gefühl, daß ich ganz nah daran gewesen war, etwas zu bekommen, was ich mir gewünscht hatte, und daß es mir mißglückt war, und ich glaubte nicht, daß ich noch eine Chance erhalten würde.

Im Dezember veranstalteten die Hunde einen Weihnachtsumzug, und die ganze Stadt war auf den Beinen, um zuzusehen. New York war phantastisch beleuchtet, wie jeden Weihnachten, in jedem Fenster und jeder Eingangshalle hingen Lichterketten, sie waren um Büsche in Töpfen gewunden, durch die kahlen Äste der Bäume am Straßenrand geschlungen und unordentlich um Feuertreppengeländer und Gerüstpfähle gewickelt. Für den Umzug wurde die Fifth Avenue von der Sixtieth Street bis zum Washington Square gesperrt, und weil die Hunde in Schlitten fahren wollten, wurde auf der ganzen Strecke künstlicher Schnee verteilt, so daß ein stiller, winterlicher Pfad mitten durch Manhattan entstand.

Meine Freundin Monica hatte das Glück, in den Ferien das Haus eines reichen Freundes der Familie zu hüten, das nur wenige Blocks nördlich vom Washington Sqare auf die Fifth Avenue hinausging. Es hatte einen winzigen geschwungenen Balkon mit einem kunstvollen, schmiedeeisernen Geländer, der gerade so groß war, daß zwei Menschen darauf stehen konnten, und von dort aus sahen wir uns den Umzug an. Es schneite, nur ein ganz leichtes Schneetreiben, aber es reichte, um der Luft ein wenig sanftes, zusätzliches Licht zu geben. In unsere Mäntel gehüllt und mit Bechern mit heißem Kakao in den Händen standen wir da, während unter uns der Zug entlangglitt, weiße Limousinen mit goldenen und silbernen Fähnchen geschmückt, denen vierzig Schlitten in verschiedenen Größen und Formen folgten, jeder mit Laternen behängt und von einem Gespann weißer Pferde mit Glöckchen am Geschirr und hohen Federbüschen auf den Köpfem gezogen. Die Samtpolster in den Schlitten paßten zur Farbe der Federbüsche auf den Pferdeköpfen, rot, blau und grün, und die Hunde saßen zu zweit und zu dritt darin, in Soldatenuniformen, Ballkleidern, Frack und Zylinder oder in ungeheure Mäntel gehüllt.

»Das ist extravagant«, sagte Monica, während sie einen Doberman in einem langen Zobel betrachtete. »So was zu tragen, wenn man schon ein Fell hat.«

Ich seufzte und stützte mich auf das Balkongeländer.

»Du liebst sie«, sagte Monica.

»Das stimmt, sie sind wunderbar«, sagte ich. »Na und?«

»Nichts und. Bloß eine Feststellung. Du solltest über das hier für die Unizeitung schreiben. Wir haben ideale Plätze.« Sie schnippte mit den Fingern. »Und ich habe drinnen eine Kamera!«

»Hol' sie! Das wird eine Titelgeschichte«, rief ich. »Es sei denn, einer von ihren festen Reportern hat eine bessere Sicht.«

»Ich wette, die hat keiner«, sagte Monica. »Und du kannst ein paar Sachen über Ludwig einflechten, wie du ihn kennengelernt hast.«

»Schnell, hol' die Kamera, bevor sie alle vorbei sind. Die Geschichte können wir später schreiben.«

Wir beschlossen, daß Monica die Fotos machen und ich den Artikel schreiben würde. Ich wollte Ludwig erwähnen, aber ich hatte ihn im Umzug nicht gesehen, und letzten Endes war ich auch nicht sicher, ob es ihm lieb gewesen wäre, wenn ich unser gemeinsames Mittagessen in der Studentenzeitung beschrieben hätte. Doch es gelang mir, im Gespräch mit der Chefredakteurin von *The Courier* etwas über ihn zu sagen, und als sie mich fragte, ob er mir ein Interview geben würde, meinte ich, das könnte sein, irgendwann einmal. Wirklich, ich hatte niemals vor, ihn um etwas derartiges zu bitten, selbst wenn ich wieder mit sprechen sollte. Aber die Chefredakteurin nahm den Artikel an, und er erschien im Januar, zu Beginn des Frühjahrssemesters. Er stand auf der ersten Seite, und mittendrin waren zwei von Monicas Fotos.

Eins der Fotos war fast senkrecht von unserem Balkon herunter aufgenommen und zeigte die komplizierten Formen der Schlitten, die sich scharf gegen den leuchtenden Schnee auf der breiten Straße abhoben, während die Flokken in der Luft verschwommene Höfe um die an den Schlitten hängenden Laternen bildeten; das andere Foto zeigte die Schlitten und Limousinen, als sie sich zum Abschluß des Umzugs im Halbkreis versammelt hatten, von uns aus gesehen nur ein kleines Stück die Straße hinunter, unter dem großen Bogen auf dem Washington Square. In der Mitte, auf einem Podium, stand Klaue Lutz, der Malamute, der scheinbar ständig in den Nachrichten zu sehen war, und hielt eine Rede.

Als die Zeitung dann erschien, hatte ich die Hoffnung aufgegeben, jemals wieder von Ludwig zu hören, aber ich schickte ihm ein Exemplar der Ausgabe, weil es ein Vorwand war, ihm zu schreiben. Ich fand den Artikel recht gut.

The Courier
25. Januar, 2010

Weihnachtsumzug der Monsterhunde

New Yorks außergewöhnlichste Bewohner, die Monsterhunde, hielten am Mittwoch, dem 23. Dezember, auf der Fifth Avenue ihren laut Ankündigung »Ersten alljährlichen Weihnachtsumzug« ab. Künstlicher Schnee bereitete den Weg für goldene und silberne Schlitten in Form von Schwänen, Delphinen, Löwen und Schiffen. Die vierzig Schlitten hätten fast Ausreißer von einem riesigen Karussell aus dem neunzehnten Jahrhundert sein können, abgesehen von einigen wenigen, die Raumschiffen oder Rolls-Royce-Limousinen nachgestaltet waren, und einem, den man nur als Kreuzung zwischen dem Batmobil und einem Teufelsrochen beschreiben kann, eine dreieckige Konstruktion mit einem äußerst scharfen Schnabel, der eine ständige Bedrohung für die Kruppen der Pferde darzustellen schien, die das Gefährt zogen.

Die Zuschauer hatten metallisch glänzende blaue, grüne, rote, silberne und goldene Luftschlangen bekommen, die in Spiralen und Wellen über ihren Köpfen in der Luft schwebten, und dennoch waren die Menschen überraschend ruhig und still für eine so dicht gedrängte Menge von New Yorkern bei einem festlichen Ereignis. Die Stimmung war fast so, als könnte zuviel Lärm die Illusion der Monsterhunde vor unseren Augen verschwinden lassen.

Manche Leute sind erstaunt, daß sie noch nicht verschwunden sind: daß das Geheimnis noch nicht gelüftet wurde und sie sich noch nicht als kollektive Halluzination erwiesen haben. Über ein Jahr nach ihrer Ankunft an den Ufern unserer Insel fragen wir uns immer noch unwillkürlich: Wie kann es sein, daß wir sie sehen, nicht nur im Fernsehen oder in der Zeitung, sondern direkt hier vor uns? Wir wollen einen Beweis dafür, daß sie »echt« sind, wir wollen eine »Erklärung«, aber nichts von dem, was uns bis jetzt geboten wurde, scheint uns »glaubwürdig« und zufriedenstellend. Was uns vielleicht am meisten erstaunt, ist die Art und Weise, wie die Hunde weiterhin in ihren Zylindern und weiten Röcken auftreten und uns ein herrliches Schauspiel bieten, so als hätten sie keine Ahnung, daß die Hälfte der Menschheit mit Sicherheit weiß, daß sie in Wirklichkeit nicht existieren, ja, gar nicht existieren können.

Zum Abschluß des Umzugs, auf einer Bühne unter dem Bogen auf dem Washington Square, verkündete Klaue Lutz (der Malamute, dessen Gesicht mit den blauen Augen und der Brille jedem bekannt sein dürfte, der während des vergangenen Jahres nicht in einer Höhle gelebt hat), daß die Hunde beabsichtigen, auf der Lower East Side ein Gebäude zu errichten – nicht einfach irgendein Gebäude, sondern ein riesiges, weißes, mit Türmen verziertes Schloß, das »ein Geschenk der Monsterhunde an die New Yorker« sein soll. Es wird dem berühmten Neuschwanstein in Bayern nachgebaut werden, das auch Vorbild für das Disneyland-Schloß ist. Aber die Version der Hunde wird, sagte Lutz, viel besser sein, eine Nachbildung des Originals, die den Raum eines gesamten Wohnblocks einnehmen soll.

Warum machen sie der Stadt dieses Geschenk? Womit haben wir das verdient? Lutz erklärte das nicht weiter, außer daß er am Ende seiner Rede New York als die »beste Stadt der Welt« bezeichnete. Die bis dahin ruhige Menge brach bei diesen letzten Worten in Jubel aus, als wollte sie allen Lärm herauslassen, der sich während des Umzugs angestaut hatte. Wir wissen, daß die Hunde – ob sie nun echt sind oder nicht – einen guten Geschmack haben.

Mag sein, daß dieses Schloß aus Stein und Mörtel das sein wird, worauf alle gewartet haben, ein unwiderlegbarer »Beweis« dafür, daß die Hunde wirklich hier unter uns sind. Aber als die Menge sich auflöste und Decken über die dampfenden Pferde geworfen wurden, bevor man sie in die wartenden Transporter führte, blieben wenig Hinweise auf die zauberhafte Anwesenheit der Hunde zurück. Nur ein paar glitzernde Luftschlangen, die aus Mülltonnen an der Straße flatterten, und unsere Fotos, Zeitungsausschnitte und Erinnerungen an die einzigartigen, unmöglichen

Wesen, die uns aus ihren goldenen Schlitten freundlich zugewinkt hatten. Das bleibt uns, falls man sie wegerklärt oder sie morgen auf ebenso rätselhafte Weise verschwinden sollten, wie sie gekommen sind. Als die Pferdetransporter losfuhren, senkten sich Dunkelheit und dichter Schnee auf die glitzernde Stadt herab und brachten einen fröhlichen, weihnachtlichen Frieden in das geschäftige Treiben auf der Lower Fifth Avenue, und es war, als würden die Erinnerungen beinahe genügen. Beinahe.

Nachdem ich Ludwig den Artikel geschickt hatte, antwortete er fast postwendend.

Liebe Cleo,

Dein Artikel über den Weihnachtsumzug war sehr bewegend. Er ließ mich bedauern, daß ich nicht dabeisein konnte.

Leider bin ich in der letzten Zeit kein sehr eifriger Briefpartner gewesen. Du mußt mir verzeihen; zur Zeit habe ich vieles im Kopf, was mich beschäftigt. Ich hoffe, daß wir bald wieder einmal zusammen Mittag essen können.

Dein Ludwig von Sacher

Daraufhin hörte ich einen weiteren Monat lang nichts von ihm. Sein nächster Brief überraschte mich:

Liebe Cleo,
ich hoffe, Du nimmst es mir nicht übel, wenn ich Dir mitteile, daß ich mit einem Hund namens Klaue Lutz über Dich gesprochen habe und daß er beschlossen hat, sich mit Dir zu treffen, wenn es Dir keine Umstände bereitet.

Die Hunde haben kürzlich eine Gesellschaft gegrün-

det, die sich um unsere gemeinschaftlichen Interessen kümmern soll. Mr. Lutz ist unser Schatzmeister, und er leitet auch die Planung eines besonderen Projektes, zu dem er selbst die Idee hatte. Dieses Projekt ist das Thema, das er gern mit Dir besprechen würde. Auf seinen Wunsch hin überlasse ich es ihm, Dir die Einzelheiten mitzuteilen, und sage nur, daß er darauf brennt, Dich kennenzulernen. Ich füge seine Telefonnummer bei. Er bittet darum, daß Du ihm so bald wie möglich eine Antwort zukommen läßt.

Ich würde mich freuen, Dich wiederzusehen. Gegenwärtig habe ich sehr viel zu tun, aber ich hoffe, daß wir es einrichten können, uns bald wieder zu treffen, vielleicht noch vor Ende des Winters.

Monica war an dem Nachmittag, als ich den Brief bekam, bei mir, und sie las über meine Schulter mit.

»Vor Ende des *Winters*?« fragte ich.

»Na und? Das ist doch schon nächsten Monat. Aber vergiß Ludwig mal. Sieh her«, sagte Monica und nahm mir das zweite Blatt aus den Händen, »du hast die Telefonnummer von Klaue Lutz. Ich wette, wenn der dir ein Interview geben würde, würde Jeanne dich bis zum Mai jede Titelgeschichte für *The Courier* schreiben lassen. Das wäre der Einstieg in deine Karriere.«

»In welche Karriere denn?«

»Als Journalistin.«

»Aber ich will nicht Journalistin werden«, sagte ich. Monica konnte ihrer Familie wegen ihr Studium der Wirtschaftswissenschaften, das ihr verhaßt war, nicht abbrechen, daher versuchte sie ständig, interessante Berufe für mich zu erfinden.

»Mit dem Fach ›Präkarolingische Frauen‹ kannst du

keine Karriere machen. Ruf' ihn wenigstens an und laß dir sagen, was er will.«

»Über präkarolingische Frauen habe ich doch nur ein Seminar belegt«, entgegnete ich. »Mein Hauptfach ist Geschichte.«

»Wie auch immer. Ruf' ihn einfach an.«

»Das werde ich tun.«

Die Eingangstür des Hundeklubs an der Fifth Avenue, wo ich Klaue treffen sollte, war mit einem derart hochglänzenden Lack behandelt, daß sie die grellen Farben des Großstadtabends hinter mir aufnahm und durch die Spiegelung in ein sanftes, sattes Aquarell verwandelte. Ich starrte es, nachdem ich geklingelt hatte, leicht hypnotisiert an, bis ein vornehmer Butler mittleren Alters mich aufschreckte, indem er die Tür öffnete. Er musterte mich kurz von oben bis unten, nickte und führte mich wortlos in einen Vorraum, in dem dunkelrote Wände und Mahagoniparkett, das halb unter einem dicken türkischen Teppich verschwand, den Lärm von der Straße schon zu dämpfen schienen, bevor der Butler die Tür hinter mir geschlossen hatte. Als ich ihm die Treppe, die vom Vorraum aus nach oben führte, hinauf folgte, fiel mir auf, daß an den Wänden Leuchter hingen, in denen Gasflammen brannten. Soweit ich sehen konnte, hatte das Haus möglicherweise gar keinen elektrischen Strom.

Ich wurde zu einem Zimmer an einem schmalen Flur links von der Treppe geführt. Hier waren zwei große Kandelaber auf einem kleinen, rechteckigen Tisch die einzige Lichtquelle. Davon eingerahmt saß am hinteren Ende des Tisches Klaue Lutz.

»Cleo Pira«, sagte der Butler. Dann verschwand er leise, und ich war mit dem Hund allein.

»Fräulein Pira«, sagte Klaue, indem er sich von seinem Stuhl erhob und mir über den Tisch hinweg die Hand reichte. »Oder darf ich Cleo sagen?«

»Ja, gern«, antwortete ich. Seine mechanische Hand schloß sich langsam und bedächtig um meine und gab sie dann wieder frei.

»Bitte, nimm Platz. Und ich möchte gern, daß du mich Klaue nennst, wenn es dir recht ist. Ich freue mich sehr, dich kennenzulernen. Ludwig hat mir erzählt, daß du freie Schriftstellerin bist.«

»Na ja ...« sagte ich.

Klaue hob die Hand. »Aber darüber reden wir später. Jetzt würde ich gern über ein bestimmtes Projekt mit dir sprechen, von dem du, glaube ich, schon gehört hast – den Bau eines Schlosses auf der Lower East Side von Manhattan, ausgeführt von der Gesellschaft der Hunde.« Er beobachtete mich aufmerksam, während er sprach.

Ich nickte, woraufhin Klaue auf den Tisch hinunterblickte und lange schwieg, als würde er Energie sammeln. Sein langes, schwarzweißes Fell war sorgfältig aus dem Gesicht gekämmt, und nichts an ihm regte sich, weder seine Ohren, die geradeaus gerichtet waren, noch seine Nase, noch ein einziges Schnurrhaar, nur gelegentlich, wenn er blinzelte, seine Augenbrauen. Als mir gerade so unbehaglich zumute wurde, daß ich etwas sagen mußte, irgend etwas, sog er scharf den Atem ein und begann zu sprechen.

»Es wird jetzt nicht mehr lange dauern, bis wir beginnen können, das Schloß zu bauen«, sagte er. Als er die Augen hob, fing sich das Licht der Kerzen auf dem Tisch darin, und einen Moment lang glühten sie blau. Das plötzliche Aufblitzen war erschreckend, und Klaue mußte Erstaunen auf meinem Gesicht gesehen haben, denn er senkte den Blick wieder, als er nun fortfuhr.

»Mein Kollege Adolphus ist gerade dabei, den Kaufvertrag für das Grundstück abzuschließen. Noch in diesem Monat können wir beginnen, das Gebäude abzureißen.

»Welches Gebäude?« fragte ich.

»Es wird Red Square genannt, an der Ecke von Avenue A und Houston Street. Ich vermute, daß man es nicht besonders vermissen wird. Es ist eine billig gebaute – eine häßliche – äh, Monstrosität.«

»Aber ... wohnt denn niemand darin?« fragte ich.

»Das ist bereits erledigt«, erwiderte Klaue.

»Was habt ihr gemacht, die Leute alle ausbezahlt? Mir war nicht klar, daß die Gesellschaft der Hunde – ich meine, ich weiß, daß ihr reich seid –«

Das Maul des Malamuten öffnete sich einen Fingerbreit, und ich konnte zwischen den unteren Eckzähnen seine rote Zunge liegen sehen. Mit einem Schnappen schloß er die Kiefer wieder.

»Wir haben ihnen Geld gegeben. Wir haben außerdem gewisse Versprechen gegeben ...« Er hielt inne, und seine Nasenflügel blähten sich leicht.

»Versprechen welcher Art?«

»Das spielt keine Rolle«, sagte er.

»Was soll das heißen, es spielt keine Rolle?«

Klaue stieß ein kurzes Lachen aus, dessen hohles Echo die genauen Dimensionen seines mechanischen Sprechapparates zu beschreiben schien. Es war ein gezierter und häßlich klingender Versuch, menschlich zu erscheinen.

»Meine liebe Cleo«, sagte er und legte die behandschuhten Fingerspitzen gegeneinander, »ich habe heute abend nicht die Absicht, dir die Einzelheiten unserer finanziellen Transaktionen darzulegen. Ich habe dich wegen deiner Freundschaft mit Ludwig und wegen des Artikels hergebeten, den du geschrieben hast. Ich habe ihn gelesen, und er gefällt mir. Ich glaube, du bist ein Mensch, der in der Lage ist, sich in unsere besonderen Belange einzufühlen. Daher möchte ich gern, daß du – und nur du – über den Bau unseres Schlosses berichtest.

Wenn du mein Angebot annehmen willst, mußt du dich einverstanden erklären, nur Artikel zu veröffentlichen, die meine Zustimmung haben. Es gibt nämlich gewisse Dinge, die wir als Gesellschaft für uns behalten müssen –«

»Du meinst, du willst meine Artikel zensieren«, unterbrach ich ihn.

»Genau. Aber nur, wenn du mein Angebot annimmst. Und dazu bist du natürlich in keiner Weise verpflichtet.«

»Nein, vermutlich hättest du keine großen Schwierigkeiten, jemand anders zu finden. Den Job hätte jeder gerne.«

»Natürlich.«

»Und könnte ich die Versammlungen der Gesellschaft besuchen?« fragte ich.

Klaue nickte. »Du wärst der einzige Mensch in einem Saal voller Hunde und würdest hören, was wir untereinander besprechen. Du würdest es vielleicht interessant finden.«

Forschend betrachtete ich sein Gesicht, konnte aber nicht finden, was auch immer ich darin suchte. »Das habt ihr noch nie jemandem erlaubt, oder?« fragte ich.

»Nein. Und wir werden es auch nie wieder jemandem erlauben, nachdem diese Artikel geschrieben sind«, sagte Klaue.

»Aber warum hast du mich ausgesucht, wenn du doch fast jeden auf der Welt haben könntest, den du willst? Ich habe noch kaum etwas geschrieben.«

»Über deine Erfahrung mache ich mir keine Gedanken. Du wirst lernen. Was mich interessiert ist die – die Beschaffenheit deines Vorstellungsvermögens, Cleo. Eine gewisse Empfänglichkeit.«

Klaue legte wieder die Fingerspitzen gegeneinander, eine einstudierte Geste, die mich allmählich ärgerlich machte. Mit gespitzten Ohren blickte er mich über die Kerzen hinweg an.

»Ich verstehe«, sagte ich, aber ich verstand ihn nicht. Es sei denn, »Empfänglichkeit« bedeutete etwas wie – vielleicht glaubte er, weil ich jung war und großen Respekt vor den Hunden hatte, würde ich kaum eigene Vorstellungen haben, die mit seinen in Konflikt geraten könnten, oder falls ich doch welche haben sollte, wären sie mir leicht auszureden.

Nun, damit konnte er recht haben, dachte ich. Ich hatte in diesem Augenblick nichts anderes im Sinn als meinen Wunsch, die Aufgabe zu übernehmen, die er mir anbot. Und möglicherweise gefiel ihm ja auch auch meine Art zu schreiben.

»Gut, ich bin einverstanden«, sagte ich.

»Braves Mädchen«, meinte Klaue und zeigte dabei ein bißchen zuviel von seiner Zunge. »Für heute abend ist das alles. Ich lasse dich wieder rufen.«

»Schön«, sagte ich und folgte ihm, als er sich erhob und zur Tür ging.

»Brauchst du Geld für ein Taxi?« fragte er und hielt mir die Tür auf.

»Also – nein, eigentlich nicht.«

»Bitte«, sagte er. Er hielt mir einen Hundertdollarschein hin.

»Nein, nein. Das nehme ich nicht an.«

»Du nimmst es an«, widersprach der Hund, hob meinen Arm und bog mit unnatürlich starken Fingern meine Hand auf. »Ich weiß, daß freie Schriftsteller nicht reich sind. Ich will nicht, daß du unseretwegen irgendwelche Unkosten hast. Ich möchte, daß wir gut miteinander auskommen.«

Er klemmte mir den Geldschein in die Hand und klopfte mir auf die Schulter.

Ich zuckte die Achseln. »Okay, Klaue, ich werde mich deswegen nicht mit dir streiten.«

»Nein. Du wirst dich überhaupt nicht mit mir streiten. Gute Nacht, Cleo.«

Danach rief ich Monica an und erzählte ihr, was geschehen war.

»Seltsam«, meinte sie. »Es sieht also so aus, als würdest du doch Journalistin werden.«

»Scheint so.«

»Glaub' mir, das wird eine tolle Sache für dich«, sagte sie. »Bloß ...«

»Was?«

»Ich weiß nicht, sei vorsichtig.«

4

Aus dem Tagebuch Ludwig von Sachers
New York, 21. Februar 2010

Ich bin allein auf der Welt, ein groteskes Tier. Vor ein paar Stunden bin ich aus meiner Gedächtnislosigkeit aufgetaucht, und – ich kann meinen Geisteszustand seitdem nicht beschreiben. Ich würde ihn gerne schildern; ich möchte, daß die Welt einen Bericht darüber hat. Ich habe das Gefühl, als wäre er das einzige, was mich definieren kann, was mich, für wie kurz auch immer, als Gegenwart in dieser Welt festhalten kann. Und doch kann ich es nicht ertragen, mir vorzustellen, daß jemand etwas darüber liest – über das, was momentan mit mir vorgeht. Ich will es trotzdem aufschreiben; vielleicht vernichte ich die Blätter später.

Kothaufen lagen in den Ecken meiner Wohnung. Ich bin ausgehungert – anscheinend war ich nicht in der Lage, mir etwas zu essen zu besorgen, und alles, was vorher in der Wohnung war, war aufgegessen. Mein Diener ist in dieser Woche nicht in der Stadt, aber dafür danke ich Gott, denn ich wäre lieber verhungert, als in meinem Zustand von ihm gefunden zu werden. Die Haustür und der Fußboden davor sind durch Kratzspuren verunstaltet, und die Fingerspitzen meiner Handprothesen sind jetzt Knäuel aus winzigen, durchgescheuerten Drähtchen und zerrissenem Gummi. Der Mittelfinger meiner linken Hand funktioniert nicht mehr. Mehrere meiner Zähne sind abgesplittert, und Nase und Zunge sind voller Schnitte und Blutergüsse. Ein großer Teil meiner Möbel und alle meine Teppiche sind ruiniert – sie wurden zerrissen und sind mit Urin durchtränkt. Es scheint also, daß ich auf den Stand eines normalen Hundes zurückgefallen bin.

Als ich um ein Uhr aus diesem Zustand auftauchte und sah, was ich angerichtete hatte, habe ich mich hingesetzt und geheult. Ich habe geheult wie der Hund, der ich bin, und ich konnte mich nicht beruhigen. Ich weiß nicht, wie ich weiterleben soll – ein Hund kann nicht allein in einer eigenen Wohnung wohnen. Was werde ich tun? Jemanden anstellen, der mich ausführt und füttert, wenn ich einen Rückfall habe? Jemanden anzustellen ist jetzt natürlich eine groteske Vorstellung; er würde mich bloß auf die Straße setzen und mir mein Geld wegnehmen – was könnte ich dagegen tun? Ein Hund hat kein Geld. Ein Hund hat keine Rechte. Ein Hund hat keine Möglichkeit, seine Beschwerden vorzubringen. Ich bin ein Hund. Gott helfe mir.

Natürlich, ich weiß, was ich tun werde. Ich kann versuchen, aufs Land zu fliehen, solange ich noch bei Sinnen bin, und hoffen, daß ich dann allein mit Hilfe meiner Instinkte überlebe. Ich weiß allerdings nicht, ob ich dazu in der Lage sein werde. Ein richtiger Hund, der im Wald geboren wurde, könnte so leben – ich bin nicht einmal ein richtiger Hund. Aber habe ich eine andere Wahl? Ich habe Freunde, die sich um mich kümmern würden, aber ich könnte nie zulassen, daß sie mich so sehen – lieber würde ich mich umbringen. Das ist natürlich meine Alternative. Ich werde wahrscheinlich bald sterben, wenn diese Gedächtnisausfälle immer häufiger auftreten und jedesmal länger werden, wie das in letzter Zeit der Fall war. Wenn ich auch nur ein bißchen Willenskraft besitze, sollte ich mich entschließen, meinem Leben ein Ende zu machen.

Aber war ist mit meinem Projekt? Es gibt niemanden, der es zu Ende führen könnte. Wie Lydia richtig bemerkt hat, muß Ranks Biographie von einem Hund verfaßt werden, und es gibt keinen anderen lebenden Hund, der dazu in der Lage wäre – oder genauer gesagt, der das tun würde. Keinem liegt soviel daran wie mir.

Dennoch frage ich mich oft, was ich mir davon erhoffe, daß ich Rank wiedererschaffe, daß ich sein Wesen auf Papier festhalte, um es der Welt vorzustellen. Früher war für mich klar, daß das notwendig war. Ich hatte den Eindruck, daß die Identität der Hunde davon abhing, daß wir Rank und die Absicht, die er mit unserer Erschaffung verfolgte, verstanden. Aber wenn es den anderen Hunden gleichgültig ist – und der übrigen Welt ist es mit Sicherheit gleichgültig –, dann ist es vielleicht doch nicht nötig. Wir haben jetzt eine neue Heimat; wir haben Geld und keine Herren mehr; warum sollten wir uns nicht einfach von dieser neuen Welt vereinnahmen lassen? Was macht es schon, wenn wir den Sinn unseres Daseins nicht verstehen?

Aber –

Lydia hat mir kürzlich erzählt, sie hätte etwas erlebt, das Ähnlichkeit mit meinen Gedächtnisausfällen hat; sie nannte es »kurze Phasen der Verwirrung«. Wenn meine Überzeugung, daß meine Krankheit mit dem Verschwinden von Ranks Geist zusammenhängt, richtig ist, und wenn auch bei anderen Hunden derartige Symptome aufzutreten beginnen, könnte es sein, daß meine Arbeit alle Hunde rettet, auch wenn die anderen ihre Bedeutung jetzt noch nicht verstehen.

Ich werde es weiterhin versuchen, so lange ich kann.

Aus den Aufzeichnungen Ludwig von Sachers
21. Februar 2010

Unter Anleitung von Dr. Buxtorf wurde Augustus bald der angesehenste, wenn auch nicht der beliebteste Student an der Universität Basel. Er arbeitete weiterhin mit Tieren und hatte jederzeit freien Zugang zu Laboratorien und Gerätschaften, um seine Vorhaben durchzuführen. In seinen Tagebüchern erwähnt er oft, daß er die Nacht durcharbeitete, manchmal mehrere Nächte hintereinander. In diese Zeit dürfte der Beginn seiner Abhängigkeit vom Kokain fallen, auch wenn er erst viel später ausdrücklich davon spricht.

Der Professor entdeckte, daß er, als Augustus' Mutter noch lebte, durch eine seltsame Fügung des Schicksals während eines Freisemesters in Frankfurt in einem dem Domizil der Ranks benachbarten Haus gewohnt hatte. Er selbst hatte zwar nur noch schwache Erinnerungen an die Familie und so gut wie keine an den jungen Augustus, aber seine Frau erinnerte sich gut, und seine Tochter Henriette war von Frau Rank ganz bezaubert gewesen und hatte fast den ganzen Sommer in ihrem Garten verbracht, malen gelernt und Frau Rank mit Büchern aus der Bibliothek des Professors Englisch beigebracht.

Gelegentlich schrieb Augustus an seinen Vater und bat um Geld, aber er scheint ihn nicht einmal in den Ferien besucht zu haben, und die Buxtorfs wurden zu seiner Ersatzfamilie, sofern er überhaupt ein Familienleben hatte. Als Augustus älter wurde, fand er unter den Studenten ein paar Zechkumpane und suchte sich in einem Bordell in Basel eine Lieblingshure, aber im allgemeinen zog er es vor, seine Zeit allein und mit seinen Experimenten zu verbringen.

1881 schrieb ihm Violetta, die neue Frau seines Vaters, die Augustus nie kennengelernt hatte, und bat ihn, ihren

Sohn, Augustus' unehelichen Stiefbruder also, als Gast aufzunehmen. Da Augustus aus finanziellen Gründen darauf angewiesen war, sich das Wohlwollen seines Vaters nicht zu verscherzen, willigte er ein. Eingehend schildert er die Ereignisse, die darauf folgten. Die Photographie, die er zu Beginn der Tagebucheintragung erwähnt, ist verlorengegangen.

Auszug aus Ranks Tagebuch, im Alter von siebzehn Jahren, an der Universität Basel, 10. Dezember 1881

Dies ist die Gasse, in der ich ein leerer Mensch wurde und ein vollkommener Mensch. Dies ist die Gasse, in der ich meinen Bruder getötet habe. Indem ich ihn tötete, wurde ich verwandelt – nicht in etwas anderes, sondern in die volle Verwirklichung meiner selbst, Augustus Ranks.

Ich habe dieses Gäßchen photographiert, eine schmale Treppe zwischen zwei Gebäuden, die zu einem umfriedeten Hof hinaufführt, denn dieser ist der Schauplatz des großen Ereignisses, das ich jetzt schildern werde, auf daß es bekannt werden möge.

Mein Halbbruder, Vittorio Piccolomini, wurde als uneheliches Kind geboren. Er wurde von Violetta Piccolomini, einem italienischen Freudenmädchen, zur Welt gebracht, vor zweiundzwanzig Jahren, das Produkt einer kurzen Affaire zwischen dieser Frau und meinem Vater. Mein Vater war zu dieser Zeit natürlich mit meiner Mutter verheiratet.

Als meine Mutter starb, ging mein Vater zu Violetta zurück. Von ihrer Hochzeit und von der Existenz meines Halbbruders erfuhr ich erst etwa ein Jahr nach dem Tod meiner Mutter, will sagen, als mein Vater bereits einige Monate mit Violetta verheiratet war. Es ging nämlich sehr schnell.

Vor drei Monaten beschloß Vittorio, der von meinem Erfolg hier in Basel gehört hatte und selbst (weil er dumm und gewöhnlich war) nur geringe Zukunftsaussichten hatte, mich aufzusuchen und zu sehen, ob er, indem er meinen Einfluß hier nutzte, den Weg in eine Gesellschaftsschicht finden könnte, die besser wäre als die, in die er hineingeboren wurde.

Ich war selbstverständlich verpflichtet, Vittorio in meinen Bekanntenkreis einzuführen, und das war eine sehr unerfreuliche Aufgabe. Natürlich war es unter diesen Umständen unumgänglich, daß ich ihn Professor Buxtorfs Tochter vorstellte, der Tochter des Mannes, der seit so langer Zeit in allen Dingen mein Mentor und Führer ist. Auf diese Weise lernte Vittorio Henriette Buxtorf kennen, die bis vor kurzem im Mittelpunkt gewisser Pläne gestanden hatte, die ich für die Zukunft gemacht hatte und die nun zunichte geworden sind. Inzwischen verstehe ich, warum sie zunichte werden mußten und warum das Schicksal mir diesen Weg gewiesen hat, aber zu jener Zeit konnte ich es noch nicht verstehen, denn ich war ein anderer Mensch.

Vittorio war wie ein Tier: lebenslustig, kräftig, muskulös, dumm und behaart. Seine Seele war von einer Krankheit zerrüttet worden, nämlich von der Leidenschaft; und sie entströmte seinem Körper wie das Leuchten, das faulender Fisch abgibt. (Schließlich ist die Seele einem Fisch sehr ähnlich, und zwar um so mehr, je näher sie dem tierischen Zustand ist, will sagen, wenn ihre menschlichen Züge durch Krankheit aufgezehrt wurden, so wie Fleisch von der Lepra zerfressen wird.)

Zu dem Zeitpunkt, als ich Vittorio kennenlernte, konnte ich weder dieses Licht noch diesen Geruch wahrnehmen, aber in der Erinnerung habe ich meine gesamte

Vergangenheit so deutlich vor Augen, wie ich die Gegenwart jetzt sehe, und ich weiß, daß beides da war.

Bei seiner Begegnung mit Henriette wurde, wie ich jetzt weiß, diese Phosphoreszenz stärker, und sie war von einer miasmatischen Wolke begleitet, die Vittorio mit sich herumtrug. Henriette ist, obwohl ich sie einst für vollkommen hielt, ein undichtes Gefäß, will sagen, sie hat in der Haut oder im Panzer ihrer eigenen Seele einen oder mehrere Risse, und so wie verletzte Haut von Krankheit befallen wird, so ließ ihre geborstene Seele die Dämpfe, die Vittorio ausströmte, eindringen und sie verderben.

So kam es, daß ich, als ich sehr spät von der Universität nach Hause ging, unterhalb der Straße am Flußufer ein Licht entdeckte, und als ich aus unschuldiger Neugier stehenblieb, um nachzuschauen, was es da gab, erblickte ich die Gesichter dieser beiden unglückseligen Leprakranken, ganz dicht zusammengepreßt und vom Schein einer Laterne wunderbar erleuchtet. Von der Straße aus waren sie dem Blick fast entzogen, aber indem ich mich auf die Straßenmauer legte und den Kopf ein wenig über den Rand hinunterbeugte, gelang es mir, einen geeigneten Winkel zu finden, so daß ich sie durch eine Lücke im Gewirr der Zweige, das sie verdeckte, gerade eben sehen konnte.

In diesem Augenblick begann meine Verwandlung, sehr langsam allerdings und sehr schmerzhaft, so daß ich nicht verstand, was mit mir geschah.

Nachdem ich mir über die Identität der beiden Menschen am Ufer und über ihre Absichten (die schon nach wenigen Minuten offenbar wurden) Klarheit verschafft hatte und meinen Heimweg fortsetzte, begann ich mich zu fragen, wo ich in den vielen Jahren, in denen ich mich sorgsam der Aufgabe gewidmet hatte, Henriette den Hof zu machen, versagt hatte. Ich hatte sogar vorgehabt, sie in etwa einer Woche zu fragen, ob sie mich heiraten wolle – so überzeugt war ich, daß ich in ihrer Zuneigung einen ganz bestimmten Platz einnahm. Es war ein Platz, zu dem ich mich hinaufgearbeitet hatte, ganz langsam und über lange Zeit und trotz vieler Hindernisse, deren nicht geringstes meine eigene Unwissenheit in Sachen Brautwerbung und Frauen und vielleicht sogar bezüglich des gesellschaftlichen Umgangs überhaupt war.

Ich verbrachte eine sehr unangenehme Nacht, zu gequält, um zu schlafen, zu verblüfft, um irgendwelche Pläne zu machen oder die Situation auch nur zu begreifen. Ich weinte. Ich schäme micht nicht, das jetzt zuzugeben, denn ich bin nicht mehr der Mann, der das alles getan hat.

Als jedoch der Morgen kam, ließen die Schmerzen, die der erste Teil meiner Metamorphose verursacht hatte, ein wenig nach, denn indem ich mich verausgabt hatte, hatte ich begonnen, einen Teil des toten Gewebes auszustoßen, das meinen Organismus so irritierte. Allmählich nahm das, was ich zu tun hatte, vor meinem inneren Auge Gestalt an, so als hätte die Vorsehung, die ich seit jeher für meine Beschützerin und meine Göttin halte, es vor mir ausgebreitet. Nicht alle Menschen sind ihr gleichermaßen wichtig; manche dürfen sogar ihr Leben führen, ohne daß sie jemals Notiz von ihnen nimmt, und sie dürfen jeden Weg gehen, den sie reizvoll finden, und ihm bis zum Tode folgen. Aber in meinem Leben ist das nicht der Fall. Ich würde sogar soweit gehen zu sagen, daß ich ein besonderer Liebling der Vorsehung bin.

Mein Weg, so wie ich ihn verstand, war es, Vittorio unverzüglich zu töten; dieses Element so aus dem Körper meines Lebens herauszuschneiden, daß es mir nicht mehr schädlich sein konnte. Henriette war bereits infiziert worden, aber damals dachte ich, ich könnte versuchen, sie zu heilen, denn sie war mir zu jener Zeit sehr teuer.

Daher richtete ich es so ein, daß Vittorio und ich bis spät in die Nacht zechen und dann gemeinsam nach Hause gehen würden. Wir würden an der Gasse vorbeikommen, und ich würde so tun, als wäre mir schlecht, und ihn hinaufführen und dort oben umbringen. Er war natürlich für die Wirkung von Wein und Alkohol sehr empfänglich und trank gern. Ich bereitete außerdem ein wenig Pulver zu, dessen Herstellung ich erlernt habe, um die Wirkung des Alkohols zu verstärken.

Der erste Teil des Abends verlief wie geplant, so daß wir uns allein vor dem verlassenen Gäßchen wiederfanden, torkelnd und lachend, und ich, indem ich Übelkeit vortäuschte, Vittorio dazu bringen konnte, mich in den Hof oben am Ende des Aufgangs zu begleiten. Dort zog ich ein langes Messer, das ich bei mir hatte, und setzte es ihm an die Kehle, wobei ich ihn unter Androhung des Todes warnte, bloß keinen Laut von sich zu geben, denn (so sagte ich), es gäbe da etwas, das ich ihm sehr gerne sagen wolle, wovon ich aber nicht glaubte, daß er es hören wolle, und daher hätte ich die Absicht, ihn zum Zuhören zu zwingen.

Natürlich war er sehr erschrocken. Seine Augen waren schwarz, ohne farblichen Unterschied zwischen Pupille und Iris, und weil sie sehr weit geöffnet waren, wurde ich gewahr, daß ich in sie hinein*blickte, und ich begann zu verstehen, daß sie eigentlich Tunnel oder Röhren waren, durch die ich (vor allem, weil die Pupillen so stark geweitet waren) tatsächlich in ihn hineinschauen konnte, fast* *bis zu seiner Seele. Es ist eine gebräuchliche Metapher zu sagen: »Die Augen sind die Fenster der Seele« und so weiter; aber ich meine es wörtlich.*

Ich fixierte Vittorios Augen, denn ich merkte, daß ich um so tiefer hineinsehen konnte, je länger ich hineinschaute, genauso, wie die Augen sich an ein dunkles Zimmer gewöhnen und man nach einer Weile besser sehen kann. Unterdessen erzählte ich ihm, was ich zwei Abende zuvor gesehen hatte, wie er mit Henriette am Ufer gelegen hatte, und er war sehr überrascht, das zu hören. Ich sagte ihm auch, daß ich angesichts meiner Absicht, ihr einen Heiratsantrag zu machen, um jeden Preis dafür sorgen müsse, daß er nicht wieder in ihre Nähe käme. Natürlich erwartete ich, daß er wie ein verlogener Hund versprechen würde, sich von ihr fernzuhalten, und dann hätte ich die Genugtuung gehabt, ihm dafür die Kehle durchzuschneiden.

Aber das tat er nicht. Stattdessen sagte er, er hätte ihr bereits einen Heiratsantrag gemacht, an eben jenem Abend am Fluß, und sie hätte ihm ihr Jawort gegeben, und sie beide hätten vor, in etwa einer Woche durchzubrennen, ungefähr zu dem Zeitpunkt also, zu dem ich um ihre Hand hatte anhalten wollen. Vittorio war sehr dumm, wie man sieht, und er war betrunken, und zornig obendrein, weil er nicht imstande war, seine Leidenschaften zu beherrschen, so vollkommen hatten sie seine Seele in der Gewalt.

Außerdem gestand er mir (und sah seinen Fehler immer noch nicht ein), daß er die Vereinigung bereits vollzogen *habe, um eine Art* Garantie *von Henriette zu bekommen. Und er fügte hinzu, wenn ich sie wirklich liebte und ihr Glück mir am Herzen läge, mehr als mein eigenes, würde ich ihn gehen lassen; und er würde mir ver-*

sprechen, sie noch in der gleichen Nacht mitzunehmen, damit ich keinen von beiden jemals wiedersehen müßte. Das, sagte er, sei eine Sache der Ehre; und auch für mich wäre es am leichtesten, da sei er ganz sicher; leichter, als zu versuchen, es Henriette auszureden oder ihr auf andere Weise weiter nachzulaufen, denn sie sei bis über beide Ohren in ihn verliebt, so daß ich für meine Mühen nur Mißerfolge und weitere Demütigungen ernten würde.

Als er seine Rede beendet hatte, lächelte ich – auch wenn es, wie ich jetzt einsehe, ein sehr verzerrtes Lächeln war – und als er das sah, deutete er es fälschlicherweise als Anzeichen für einen inneren Kampf zwischen Nachgeben und großem Kummer, und seine Augen füllten sich mit Tränen des Mitgefühls (wie Wein sie üblicherweise hervorruft), und er sagte: »Augustus, was habe ich getan?«

Aber der eigentliche Grund für mein Lächeln war dieser: Während Vittorio sprach, war vor mir eine Wolke aus rotem, undurchsichtigem Nebel erschienen, wie manche Leute sie angeblich sehen, wenn der Zorn sie übermannt, auch wenn ich das nie erlebt habe. Sie war außerordentlich dicht und nahm mir fast den Atem, und sie fing an, meine Sehfähigkeit und mein Gehör zu beeinträchtigen – ja, alle meine Sinne, so daß es mir in manchen Momenten sogar schwer fiel, Vittorio weiter das Messer an die Kehle zu halten, denn ich konnte meine Hand weder sehen noch spüren.

Für ein paar Augenblicke wurde diese Wolke noch dichter, und dann, gerade als der Höhepunkt erreicht war und ich meinte, das Bewußtsein zu verlieren – denn sie erstickte mich, und ich merkte, daß sie in meiner Nase und in meinem Mund war –, verstand ich plötzlich, was das war und wo es herkam. Die Wolke floß nicht in meinen Mund hinein, sondern aus ihm heraus! Sie war nichts anderes als totes Gewebe, *so wie das Material, das ich in der Nacht ausgestoßen hatte, als ich so heftig geweint hatte. Nachdem die Wolke ihre größte Dichte erreicht hatte, begann sie, sich aufzulösen, und mein Mund und meine Nase wurden freier, während sie davontrieb. Diese Abscheidung war natürlich äußerst schmerzhaft, und sie wurde von einer gewissen Menge an* materiellem *Erbrochenen begleitet, das unbemerkt aus meinem Mund floß, als die Wolke aus immateriellem Gewebe am dichtesten war.*

Während dieser ganzen Zeit jedoch nahm ich das Messer nicht von Vittorios Kehle, und so konnte ich, als ich wieder klar zu sehen vermochte – sogar viel klarer als vorher – lächeln, obwohl ich noch Schmerzen hatte. Das war das Lächeln, welches das Mitgefühl des betrunkenen Vittorio weckte.

Nun, wie gesagt, Vittorio stand vor mir an der Wand, seine Augen füllten sich mit Tränen, und er sagte meinen Namen und äußerte Reue, wodurch er die Last seiner Sünde vielleicht um das Gewicht eines Strohhalms verringerte – ich konnte noch nicht gut genug sehen, um zu erkennen, wieviel genau von ihm abfiel. Ich hatte nicht vorgehabt, ihm das zu erlauben, aber es war geschehen.

Bevor er sich weiter entlasten konnte, schlitzte ich ihm die Kehle auf, und in diesem Augenblick war es, daß meine Transformation vollkommen wurde.

Ich hatte sofort mehrere Offenbarungen. Erstens, daß es in meiner Seele eine Frau *gibt. Das werde ich später näher ausführen.* [Tatsächlich hat Rank das in keiner der Schriften, die ich gefunden habe, jemals wieder erwähnt. – Anm. d. Hrsg.]

Zweitens, daß die Welt aus einem bestimmten harten, dichten, immateriellen Stoff besteht, der für die Erleuch-

teten sichtbar ist. Als ich meinem Bruder die Kehle durchschnitt, sah ich, daß genau an der Stelle eine Furche in diesem Stoff war, die sich seitlich um seinen Hals herumzog, und meine Hand folgte ihr. Nichts hätte leichter oder natürlicher sein können, denn ich sollte es tun. Die Stelle war da, und ich brauchte sie nur zu nutzen und mich in meiner Bewegung von ihr leiten zu lassen.

Senkrecht zu der ersten Furche und über ihr verlief eine ähnliche, zweite, und da schob ich meine linke Hand hinein und ließ sie nach vorn gleiten, um seinen Mund zu bedecken, damit seine Schreie gedämpft würden. Inzwischen kann ich die Form dieses Stoffes recht oft wahrnehmen, und indem ich nach Durchgängen, Halt für die Füße, Ruheplätzen usw. Ausschau halte, vermag ich zu erkennen, wo ich hingehen soll; das heißt, wo ich eintreten, hinaufklettern, stehenbleiben kann usw.

Drittens sah ich einen Lichtblitz, der so hell war, daß er mich für einen Augenblick blendete, für eben den Augenblick, in dem das Blut aus Vittorios Hals herauszuspritzen begann. Dann sah ich, daß das Leuchten eine goldene Farbe hatte, aber heller als alles, was ich je zuvor gesehen hatte, und es war nur meiner neuerworbenen Kraft zu verdanken, daß es mir nicht die Augen versengte und ihnen bleibenden Schaden zufügte. Denn mein Körper ist seit meiner Erleuchtung ebenfalls stärker.

Jetzt sah ich, daß das Licht einer Wolke ähnelte, denn ich konnte erkennen, daß es an den Rändern, wo es nicht so hell war, aus Gasen bestand, die in heftiger Bewegung Wirbel und Strudel bildeten. Dann erschien mitten in der Wolke eine Gestalt – keine menschliche Gestalt oder irgend etwas, das man mit Sprache beschreiben könnte –, aber ich erkannte in ihr die Vorsehung, meine Herrin, und sie war ausnehmend schön.

Diese Gestalt trat aus der Mitte der goldenen Masse herunter, und als sie in die dunklere Peripherie kam, nahm sie die Form einer jungen Frau an, sehr hell und strahlend, und ich sah, daß sie ein großes Messer bei sich trug, das sie mir in die Brust stieß und dann nach unten zog, so daß sie meinen Rumpf bis zum Becken aufschlitzte. Das alles geschah in weniger als einem Moment. Nun, da meine Organe alle bloßlagen, kam sie auf mich zu und preßte sich lüstern gegen meinen offenen Leib, so daß sie tatsächlich in die Höhlung in meinem Fleisch eindrang. Dann wurden wir von einer Explosion aus Feuer verzehrt, und die Vision endete.

In den nächsten vier Monaten finden sich in Ranks Tagebüchern keine persönlichen Eintragungen. Die von Dezember 1881 bis April 1882 datierten Seiten seiner Hefte sind ausschließlich mit technischen Anmerkungen zu seinen Experimenten gefüllt, und danach gibt es für einen Zeitraum von etwa fünfzehn Jahren überhaupt keine Aufzeichnungen mehr. Unter seinen Papieren aus Rankstadt befindet sich allerdings ein Brief, der ein wenig Licht auf seine Lebensumstände zu jener Zeit wirft. Er wurde weder von ihm verfaßt noch ist er an ihn gerichtet; von Interesse ist er deshalb, weil er eine der wenigen erhaltenen Beschreibungen seiner Person darstellt, die nicht von Ranks eigener Hand stammen.

Wie er in den Besitz dieses Briefes gelangte, bleibt rätselhaft; wir können nur vermuten, daß er das Schreiben abfing, bevor es seine eigentliche Empfängerin erreichte. Daß er für eine derartige Tat intelligent und verschwiegen genug war, ist sicher. Daß er einen Beweggrund dafür hatte, wird aus dem Inhalt des Briefes deutlich.

Welche Gründe er hatte, den Brief bis zu seinem Tode

aufzubewahren, ist weniger offensichtlich. Es ist zwar nur eine völlig unbegründete Spekulation meinerseits, aber offen gesagt stelle ich mir vor, daß Rank den Brief behielt, um sich zu quälen, daß er ihn vielleicht am frühen Morgen anschaute, wenn er in seine Privaträume zurückkehrte, müde nach vielen Stunden Arbeit, und daran erinnert wurde, daß die Welt außerhalb seines Labors nichts für ihn bereithielt. Er hatte sich für immer von dieser Welt getrennt, als er Vittorio tötete. Vielleicht war es doch nicht das Kokain, das ihm in jungen Jahren ermöglichte, Tag und Nacht durchzuarbeiten, sondern dieser Brief von der Hand der jungen Frau, die er einst geliebt hatte.

6. Juni 1882
Meine teuerste Emilie,
ich schreibe Dir jetzt, weil ich nicht möchte, daß Du Dich meinetwegen ängstigst. Es ist so lange her, daß ich Dich gesehen oder gesprochen habe. Außerdem möchte ich Dir eine außergewöhnliche Geschichte erzählen, die ich außer Dir vielleicht niemandem erzählen werde, aber sie lastet so schwer auf meinem Gewissen, und Du bist mir immer eine so teure Freundin gewesen, daß ich hoffe, Du hast nichts dagegen, wenn ich Dir mein Herz ausschütte; nur mußt Du versprechen, es niemandem weiterzuerzählen, niemals, sonst müßte ich sterben; und warum das so ist, wirst Du sehen, wenn ich mit meiner Geschichte fertig bin.

Als erstes laß mich sagen, daß ich jetzt verheiratet bin und ein Kind erwarte. Es soll im Spätsommer auf die Welt kommen. Ich weiß, daß Du während dieser Zeit an mich denken und für mich beten wirst, denn ich werde niemanden sonst haben, der das tut. Ich wünschte so sehr, daß Du hier wärst, um gemeinsam mit mir zu warten und die Langeweile zu vertreiben, denn ich darf hier kaum etwas tun – aber ich habe dir meine Geschichte ja noch gar nicht erzählt. Laß mich also beginnen.

Du weißt, wie sehr ich Vittorio geliebt habe, vom ersten Augenblick an. Ich habe mir die weisen Ratschläge, die Du mir gegeben hast, alle angehört, aber am Ende, als er mich bat, ihn zu heiraten, nützten sie einfach nichts. Ich kann nicht erklären, warum nicht, und ich möchte es auch gar nicht. Es war, als hätte das Schicksal uns zusammengeführt, und weder er noch ich waren fähig, ihm zu entkommen. Er plante, mich zu entführen, und, meine liebe Emilie – jetzt füllen meine Augen sich mit Tränen, weil ich mir vorstelle, daß Du glaubst, eben das hätte er getan – und hätte er es doch nur getan! Aber es hat keinen Sinn, das jetzt zu beweinen, und ich glaube, es liegt an meinem gegenwärtigen Zustand, daß mir so schnell die Tränen kommen, und ich darf es nicht zulassen.

Siehst Du, Vittorio machte mir den Heiratsantrag, und in der übernächsten Nacht verschwand er, und niemand weiß, wo er geblieben ist. Meine Eltern – und ich mußte es ihnen sagen, als sie entdeckten, daß ich schwanger war – sind natürlich der Meinung, daß er fortgelaufen sei, und sie finden, etwas derartiges sähe ihm ähnlich. Aber ich wußte, daß er nicht fortgelaufen war, und jetzt habe ich Grund, anzunehmen, daß das, was tatsächlich geschah, noch schlimmer ist – wenn es irgend etwas Schlimmeres geben kann als das.

Emilie, ich glaube, daß er ermordet wurde, und es gibt auf der ganzen Welt keine Menschenseele, der ich von meinem Verdacht sprechen kann.

Jetzt bin ich in diesem schrecklichen Sanatorium, oder was immer es ist, eingesperrt. Ich habe ein Zimmer über einem kleinen Garten, und manchmal sehe ich da unten

Leute spazierengehen, aber ich selbst darf nie hinunter, außer mit meiner Pflegerin, und dann auch nur, wenn niemand anders in der Nähe ist. Wo es ist, spielt sowieso keine Rolle; es ist bloß ein Zimmer, für das mein Vater bezahlt hat und wo man mich versteckt, damit niemand meine Schande sehen kann. Ich hasse meinen Vater so sehr – und mag Gottes Zorn mich dafür treffen, daß ich das sage, es ist mir gleichgültig. Mein Vater hat gesagt, man wird mir erlauben, das Kleine zu behalten, aber ich bin nicht ganz so dumm, wie er anscheinend glaubt. Es hätte keinen Sinn, daß sie mich jetzt verstecken, wenn anschließend ganz Basel erfahren würde, daß ich ein Kind bekommen habe. Man wird es mir fortnehmen, bevor ich die Möglichkeit habe, es zu sehen, dessen bin ich sicher – aber jetzt rege ich mich schon wieder auf.

Laß mich mit meiner Geschichte fortfahren (als wenn mich das beruhigen könnte!). Fünf Tage, nachdem Vittorio mir den Heiratsantrag gemacht hatte, kam Augustus zu Besuch, und ich mußte hinausgehen und mit ihm im Garten sitzen, so wie ich es immer getan hatte. Du weißt, daß ich Augustus nie leiden konnte, obwohl ich mich so sehr bemüht habe, ihn gern zu haben, um meinen Vater glücklich zu machen, und auch Mama hielt mich dazu an. Ich hatte meine Abneigung gegen ihn fast überwunden, als ich Vittorio kennenlernte, aber an diesem Tag wußte ich ja, daß meine Zukunft mit Vittorio gesichert war, und mein ganzer blinder Widerwille gegen ihn stieg erneut in mir auf, und ich konnte ihn nicht unterdrücken. Augustus fragte mich, was ich hätte und ob mir etwas auf der Seele läge, und – er schien etwas zu wissen, denn ein niederträchtiges kleines Lächeln umspielte seine Lippen, das er immer zu verstecken suchte, wenn ich ihn ansah, und mir wurde dabei ganz unbehaglich zumute.

Schließlich, als wir ganz hinten im Garten auf einer Bank saßen, sank er auf die Knie und machte mir einen Heiratsantrag! Ich hatte ihn an dem Tag nicht einmal angelächelt, was nicht besonders nett von mir war, aber war es nicht genauso dumm von ihm, sich gerade diesen Tag für seinen Antrag auszusuchen? Wenn mir diese ganze Geschichte auch nichts anderes bringt, als daß ich sein Gesicht nie wieder sehen muß, werde ich nichts von dem bereuen, was geschehen ist. Sie können mir mein Kind wegnehmen, aber irgendwo in der Welt wird es leben, und es wird immer Vittorios Kind bleiben.

Selbstverständlich war ich gezwungen, Augustus' Antrag abzulehnen, denn ich konnte ihn nicht mit gutem Gewissen annehmen und dann einfach verschwinden. Er wirkte nicht überrascht, aber er bohrte immer weiter und fragte: Warum nicht? Warum nicht? Warum nicht?, bis ich ihn am liebsten geohrfeigt hätte. Endlich ging er fort.

Ich nehme an, daß er meinen Vater noch nicht eingeweiht hatte, denn niemand im Haus schien etwas von seinem Antrag zu wissen, und ich sprach zu niemandem davon. Dann sah ich Augustus lange Zeit nicht wieder, und allmählich hoffte ich, daß er ganz aus meinem Leben verschwunden sei – aber schließlich dachte ich auch nicht viel an ihn, denn ich hatte gehört, daß Vittorio fort war, und ich war sehr aufgewühlt und verbrachte meine Zeit meistens allein und weinte irgendwo, wo niemand mich sehen konnte. Dann entdeckte meine Mutter, daß ich schwanger war. Das war schrecklich. Natürlich fragte sie mich als erstes, ob das Kind von Augustus wäre. Und ich verneinte, und nach einer Weile mußte ich ihr erzählen, daß es Vittorios Kind war, und ich konnte nicht zulassen daß sie mich für schlechter hielt, als ich wirklich bin, deswegen mußte ich ihr sagen, daß Vittorio mir ei-

nen Heiratsantrag gemacht hatte, und so kam die ganze Geschichte heraus.

Daraufhin waren meine Eltern sehr zornig und aufgebracht, und im ganzen Haus gab es soviel Weinen und Theater, daß ich es kaum ertragen konnte, und ich wünschte *mir, fortgeschickt zu werden. Bevor ich abreiste, besuchte Augustus mich noch einmal, und wir gingen in den Garten hinaus (man konnte noch nicht sehen, daß ich schwanger war), und er bat mich wieder, ihn zu heiraten. Er sagte, er wüßte um alles, was geschehen sei – wieder mit diesem hinterhältigen Grinsen, das ich ihm am liebsten vom Gesicht gerissen hätte. Er fragte, ob ich wüßte, daß man mir mein Kind fortnehmen würde, und ich sagte ja, ich wäre sicher, daß das geschehen würde, und da sagte er: »Nun, wenn du mich heiraten würdest, könnten wir es als unser eigenes behalten, und niemand müßte etwas davon erfahren.« Aber weißt Du, er ist ein so dummer Mann, und er sagte es auf eine so böse Weise, daß ich einfach wußte, daß er log. Kannst Du Dir vorstellen, daß Augustus für das Kind eines anderen Mannes sorgen würde – und gar für Vittorios Kind? Ich bekomme wirklich Angst, wenn ich mir überlege, was hätte geschehen können, wenn ich Vittorio nie begegnet wäre und Augustus hätte heiraten müssen.*

Schließlich, als ich abgelehnt hatte und er mich immer weiter quälte und bedrängte und ich immer wieder ablehnte, sagte er, er würde fortgehen und mich nie mehr belästigen. Ich war so froh, das zu hören, daß ich ihn in diesem Augenblick umarmt hätte, wenn ich ihn auch nur ein bißchen hätte leiden können, weil er mir einen so großen Gefallen tat. Aber bevor er mich verließ, sagte er noch: »Henriette, weißt du – ich habe etwas getan, das einen anderen Menschen aus mir gemacht hat. Ich kann es dir nicht beschreiben, aber ich kann wohl sagen, daß mir durch diese Tat ein Einblick in Leben und Tod geschenkt wurde, den nur wenige Menschen jemals bekommen. Ich habe jetzt mehr Gewißheit als je zuvor, daß ich mit meiner Arbeit Erfolg haben werde. Meine Handlung hat mir auch einen Einblick in die menschliche Natur verschafft, der mir früher versagt war, und ich bin überzeugt, ich hätte dir ein besserer Ehemann sein können, als du glaubst. Ich kann dich nicht zwingen, mich zu heiraten, aber du sollst wissen, daß du viel aufgibst, indem du mich abweist.«

Während er sprach, war etwas in seiner Miene, ich kann Dir nicht sagen, was es war, das mir tödliche Angst einjagte, und mir kam ein schrecklicher Verdacht, den ich kaum auszusprechen wagte. Und doch, bevor ich Zeit hatte, mir zu überlegen, was ich sagte, stieß ich in bebendem Flüsterton hervor: »Augustus, du hast jemanden umgebracht!«

Ach, Emilie! In dem Augenblick, als ich das sagte, wußte ich, wer es war, aber ich fürchtete, Augustus würde mich auch töten, wenn ich es laut sagen würde! Sein Blick war so kalt und so stechend, und er schien nicht mich anzuschauen, sondern etwas über mir, etwas hinter mir. Ich wollte mich umdrehen, um zu sehen, was es war, aber gleichzeitig wollte ich ihn nicht aus den Augen lassen. Ich wußte, daß er Vittorio getötet hatte. Zweifellos wird es Dir schwerfallen, das zu glauben, aber in dem Moment, als es mir klar wurde und als ich sein Gesicht sah, so grimmig und hart und doch mit einem Ausdruck, als suche er oder als warte er auf Anweisungen von einer unsichtbaren Person, die sich in den Bäumen über meinem Kopf versteckt hielt, hatte ich zum ersten Mal eine Spur Mitleid mit ihm, denn er wirkte allein, und wenn ich ihn nicht gekannt hätte, hätte ich ihn für einen tapferen Soldaten halten können, der vor einer Schlacht betet, auch wenn ich sicher war, daß sein einziger Feind sein eigener Wahnsinn war. Ich hätte ihn ohrfeigen oder ihm ins Gesicht spucken mögen, aber ich tat gar nichts, und nach einer Weile wandte er sich ab, ohne mich anzuschauen, und verließ den Garten. Das war das letzte Mal, daß ich ihn sah.

Mein Vater würde nie glauben, daß er ein Mörder ist, und schon gar nicht, daß er seinen eigenen Stiefbruder umgebracht hat. Meine Familie kennt seine Familie schon seit vielen Jahren, und sie würden nie einsehen, daß es wahr ist. Sie wissen, daß ich Augustus nie gemocht habe, und sie sind jetzt schon wütend auf mich, weil ich ihn abgewiesen und betrogen habe, wie sie glauben, weil ich einwilligte, seinen Bruder zu heiraten. Es gibt keinen einzigen Menschen, der mir glauben würde, wenn ich sagen würde, daß Augustus ein Mörder ist. Und dennoch weiß ich, ich schwöre es, daß er es getan hat.

Emilie, wie kann ich das Wissen, daß Augustus der Mörder meines Mannes ist, ertragen, wenn ich niemandem davon erzählen kann und keine Hoffnung habe, jemals Gerechtigkeit walten zu sehen? Und obwohl das allein schon schlimm genug wäre, ist da noch ein weiteres Gespenst, das neben mir steht und von dem zu sprechen ich kaum aushalte. Du weißt, denn ich habe es dir erzählt, daß Augustus' Mutter, möge sie ruhen in Frieden, mir einst eine sehr liebe Freundin war. Aber jetzt kann ich nicht weiter schreiben, denn es ist spät, und ich bin sehr müde. Ich bin nicht stark genug, um das zu ertragen, aber um meines Kindes willen werde ich es tun. Wenn Du meinen Brief beantworten wolltest, wäre ich Dir sehr dankbar, denn hier gibt es niemanden, dem ich mich an-

vertrauen könnte, ja kaum einen Menschen, mit dem ich überhaupt sprechen kann, und es wäre ein sehr großer Trost für mich, zu wissen, daß Du an mich denkst und daß Du wegen meines Tuns nicht schlecht von mir denkst. Bitte schreibe mir, sobald Du kannst, und in Erwartung Deines Briefes verbleibe ich, was ich immer sein werde

Deine Dich liebende Freundin Henriette

5

(Cleo)

Eines Tages, Ende Februar, rief Ludwigs Diener mich an und sagte, Ludwig wäre zwar immer noch sehr beschäftigt, aber er würde sich sehr freuen, wenn ich ihn am kommenden Nachmittag für ein Weilchen besuchen könnte. Ich schwänzte ein Seminar und stand, wie er es gewünscht hatte, um vier Uhr vor seiner Tür. Dort wurde ich von dem Jungen in der Butleruniform empfangen, der mir die Jacke abnahm und mich ins Arbeitszimmer führte. Ludwig saß in einem großen Ledersessel und las ein Buch.

»Cleo«, sagte er und erhob sich, als ich hereinkam. »Ich bin hocherfreut, dich wiederzusehen.«

»Ich freue mich auch, dich zu sehen«, sagte ich und nahm seine Hand. Sein Händedruck fühlte sich steifer und unbeholfener an als sonst, und in seinen Augen lag etwas Trauriges, ein Ausdruck, als würde er mich aus einiger Entfernung anschauen und hätte Schwierigkeiten, meine Gesichtszüge zu erkennen.

»Wollen wir nicht eine Tasse Tee oder Kaffee trinken und uns ein wenig setzen? Es tut mir leid, daß ich heute nur so wenig Zeit mit dir verbringen kann, aber ich habe eine Versammlung, weißt du, um fünf Uhr. Es ist eine Hundeversammlung.«

»Ach so«, sagte ich. Ich war enttäuscht, daß Klaue mich

nicht eingeladen hatte, aber schließlich hatte ich mich bisher ja auch erst einmal mit ihm getroffen. »Aber ich bin froh, daß du mich in deinem Terminplan unterbringen konntest.«

Ludwig nickte zu einem Sessel hinüber, in dem ich mich niederließ, und drückte dann einen Knopf auf seinem Schreibtisch, um nach dem Butler zu klingeln. Ein Geräusch war zu hören, als hätte in der Küche jemand etwas fallengelassen.

»Ein Grund, weswegen ich hoffte, daß du heute kommen könntest, ist, daß du eine Freundin von mir kennenlernen sollst, Lydia. Sie kommt gleich mit ihrem Wagen und nimmt mich dann zur Versammlung mit, weil mein Chauffeur in Urlaub ist.

»Wir möchten etwas zu trinken haben«, sagte er, als der Junge in der Tür erschien. »Cleo?«

»Kaffee wäre toll, danke«, sagte ich.

»Ich werde meinen üblichen Tee trinken.«

»Und was hast du in der letzten Zeit gemacht?« fragte ich Ludwig, als der Junge wieder fort war. »Ich weiß, daß du sehr beschäftigt warst.«

»Ja, ich habe an einem Projekt gearbeitet«, erwiderte er und machte eine Kopfbewegung zu einigen Ausdrucken hinüber, die ordentlich gestapelt auf seinem Schreibtisch lagen.

»Ach, ist es das da? Darf ich mal sehen?«

Ich sah ein kurzes Aufleuchten in seinen Augen, als hätte er gehofft, daß ich das fragen würde, aber dann blinzelte er, und es verschwand. »Du darfst, wenn du möchtest«, sagte er. Langsam reichte er mir die Bögen.

»Hast du etwas dagegen, wenn ich jetzt gleich hineinschaue?«

»Bitte, nur zu.«

Das kurze Manuskript bestand aus alten Dokumenten, die in Ludwigs Computer eingetippt oder eingescannt worden waren, mit seinen handschriftlichen Anmerkungen dazu. Zum erstenmal las ich die Geschichte von Augustus Ranks Anfängen.

»Das ist faszinierend«, sagte ich, als ich fertig war.

»Ja, das finde ich auch«, meinte Ludwig.

»Wie bist du an Ranks Aufzeichnungen herangekommen?« fragte ich.

»Als Rankstadt brannte, blieben sie verschont, weil sie in einem unterirdischen Gewölbe aufbewahrt wurden. Einige Menschen aus der Stadt hatten sie eingesehen, aber niemand hatte jemals den Versuch unternommen, eine umfassende Studie zu erarbeiten. Ich nahm die Dokumente an mich, bevor wir die Stadt verließen. Ich hoffe, daß ich eine vollständige Chronik der Monsterhunde schreiben kann, daß ich die Geschichte von Anfang an erzählen kann.«

»Was glaubst du, wann du damit fertig bist?«

Ludwig blickte aus dem Fenster seines Arbeitszimmers in den Hof hinaus, der jetzt verschneit war und unter der matten gelben Februarsonne leer wirkte. Das Fell des Hundes sah im Licht staubig und spröde aus, und ich entdeckte ein paar graue Haare auf seiner Nase, die mir vorher nicht aufgefallen waren.

»Ich weiß nicht, ob ich sie beenden werde«, meinte er.

»Warum nicht?«

Er antwortete nicht.

»Bist du krank?« fragte ich weiter.

Ludwig wandte mir den Kopf zu und blickte mir in die Augen und dann auf seinen Schreibtisch hinunter. »Vielleicht«, sagte er, »ich weiß es nicht.«

»Was fehlt dir?«

»Du fragst soviel, Cleo.«

»Tut mir leid.«

Er holte tief Atem und sagte dann: »Die anderen Hunde scheinen an meiner Forschungsarbeit nicht interessiert zu sein, also ist es vielleicht gleichgültig, ob sie beendet wird oder nicht. Die meisten sind nicht neugierig auf ihre Vergangenheit. Klaue Lutz hat darum gebeten, meine Aufzeichnungen sehen zu dürfen, und ich habe ihm immer wieder etwas geschickt, aber ich weiß nicht, ob er es liest.«

Während Ludwig den letzten Satz beendete, spitzte er die Ohren, seine Nasenlöcher blähten sich, und dann drehte er sich um.

»Mir wäre es lieber, wenn du es nicht tun würdest«, erklang eine ruhige Stimme von der Tür her.

»Lydia«, sagte Ludwig.

Sie betrat das Arbeitszimmer, ein weißer Samojede mit dunklen Augen und einem schönen, spitzen Maul. Sie trug ein langes, schmalgeschnittenes Kleid aus blaßgelber Seide, mit tiefem Ausschnitt, so daß ihr üppiges Fell sich vorn aufplusterte, und sie hatte einen dazu passenden Sonnenschirm bei sich, den sie als Spazierstock benutzte. Sie reichte Ludwig eine gelb behandschuhte Hand, als sie auf ihn zutrat.

»Ich wünschte, du würdest Klaue dein Manuskript nicht schicken. Ich weiß nicht, warum, aber ich traue ihm nicht. Es ist wahrscheinlich albern von mir …«

»Welchen Schaden könnte er mit den Informationen anrichten, selbst wenn ihm nicht zu trauen ist?« fragte Ludwig.

»Ich habe keine Ahnung. Aber trotzdem.«

»Vielleicht sollte ich es dann wirklich nicht mehr tun«, meinte Ludwig und sah sie an. »Doch ich bin Historiker, und es fällt mir schwer, jemandem meine Arbeit vorzuenthalten, der daran interessiert zu sein scheint.

Aber ich möchte, daß du Cleo kennenlernst», fügte er hinzu, als wäre ihm gerade eingefallen, daß ich auch da war.

»Ja, Cleo«, sagte Lydia. Sie musterte mich aus den Augenwinkeln, bevor sie sich zu mir umwandte. »Freut mich sehr.« Sie gab mir mit zartem Griff die Hand und blickte mir dabei ins Gesicht. Ihre Augen waren groß und rund und verliehen ihrem Gesicht einen leicht erstaunten Ausdruck, doch es lag auch eine Art Friede darin.

»Ludwig hat mir von dir erzählt«, sagte sie. »Du arbeitest jetzt für Klaue.«

»Ja, sieht so aus«, meinte ich. »Aber ihr traut ihm nicht.«

Lydia ließ meine Hand los und ging zu einem Sessel hinüber, betrachtete ihn, als versuche sie zu entscheiden, ob sie das schwierige Manöver durchführen sollte, das mit dem Hinsetzen verbunden war, legte dann aber beide Hände auf den Griff ihres Sonnenschirms und hob den Kopf.

»Er ist machthungrig«, stellte sie fest.

»Anscheinend hat er doch schon eine Menge Macht«, sagte ich.

Lydia nickte.

»Was genau befürchtest du?« fragte ich.

»Ich weiß es nicht«, erwiderte Lydia. »Es ist einfach etwas an seiner Art. Findest du nicht, Ludwig?«

Beim Klang seines Namens blickte Ludwig auf. »Ich habe dazu keine Meinung. Ich spreche selten mit ihm«, sagte er.

»Nun, wir können nichts anderes tun als abwarten«, meinte Lydia. »Wir sollten besser zur Versammlung aufbrechen, glaube ich.«

»Ja.« Ludwig drückte den Knopf auf seinem Schreibtisch, um nach seinem Diener zu klingeln.

»Tut mir leid, daß ich so spät gekommen bin, daß wir nicht viel miteinander sprechen konnten, Cleo«, sagte Lydia. »Ich hoffe, daß wir uns wiedersehen. Ja, das hoffe ich.«

»Ich auch«, sagte ich.

»Also, dann ist es abgemacht.«

Der Junge erschien mit einem Arm voller Mäntel im Arbeitszimmer. Ludwigs Mantel war lang und schwarz und hatte Zinnknöpfe, und Lydias war lachsfarben und mit dunkelbraunem Pelz besetzt. Meiner war eine alte Lederjacke.

»Ich wünschte, ich könnte zu dieser Versammlung mitkommen«, sagte ich, vielleicht ein wenig mißmutig.

»Das wünschte ich auch«, meinte Lydia. »Aber ich bin sicher, daß du nächstesmal dabei sein wirst.«

Ludwig nahm seinen Stock in eine Hand und reichte Lydia den anderen Arm. Wir verabschiedeten uns an der Tür, und der halbwüchsige Butler und ich sahen zu, wie die Hunde nebeneinander auf die Limousine am Straßenrand zuschritten. Sie hatten mir angeboten, mich mitzunehmen, aber meine Wohnung lag für sie nicht am Weg, und ich wollte lieber zu Fuß gehen.

Als Ludwig und Lydia hinter den getönten Wagenfenstern verschwunden waren, legte der Junge mir die Hand auf den Arm und sagte: »Hör mal, Cleo.«

»Was denn?«

»Ludwig hat dich gern, stimmt's? Ihr seid Freunde.«

»Vermutlich ja«, antwortete ich.

»Na, jedenfalls spricht er von dir.«

»Wirklich? Was sagt er denn?«

Der Junge zuckte die Achseln. »Einfach, daß er dich

mag. Also ... Es ist folgendes. Ich weiß nicht, ob du das weißt, aber er trinkt viel.«

»Alkohol?«

»Er betrinkt sich praktisch jeden Abend, vielleicht jeden zweiten Abend. Er hat erst vor ungefähr einem Monat damit angefangen, aber es wird immer schlimmer, er macht es immer öfter. Schließt sich in sein Arbeitszimmer ein und sowas. Du weißt, was ich meine?«

»Nein, ich habe noch nichts davon gehört«, erwiderte ich. »Glaubst du, daß Lydia es weiß?«

»Kann sein. Sie macht sich scheinbar Sorgen um ihn, aber ich habe keine Ahnung, ob sie wirklich was weiß. Er hat eigentlich keine anderen Freunde, ich meine, keine guten Freunde, deswegen hab' ich gedacht, ich sollte es dir sagen.«

Ich nickte und versuchte, hinter seinen unglaublich hübschen Gesichtszügen zu lesen. Die vollkommenen Muskeln und Rundungen schienen eine eigene Persönlichkeit zu besitzen, gegen die er ankämpfen mußte, um seinem Gesicht Ausdruck zu verleihen.

»Danke, daß du mir das gesagt hast. Wie heißt du übrigens?«

»Rob.«

»Also, ich weiß nicht, was ich da tun kann ...«

»Du wirst dir was einfallen lassen«, sagte er in einem sanft ermutigenden Tonfall, der mich überraschte.

6

(CLEO)
Etwa eine Woche nach meinem Besuch bei Ludwig suchte ich Klaue Lutz in seiner Wohnung auf, um mit den Interviews für meinen ersten Artikel über das Schloßprojekt zu beginnen.

»Wo sind die Unterlagen?« fragte Klaue, als ich das Zimmer betrat. Es wurde von dem Licht aus der Diele nur halb erleuchtet, und Klaues Schreibtisch rechts an der Wand lag vollständig im Schatten. Ich konnte kaum die Umrisse seines Mauls erkennen, aber als er zu mir hinübersah, ließ der Widerschein des Lichtes seine Augen aufblitzen, wie an jenem ersten Abend im Hundeklub. Er bewegte sich kaum merklich, und seine Augen erloschen.

»Welche Unterlagen?« fragte ich, und in dem stillen Raum klang meine Stimme zu laut.

Klaue drehte den Kopf wieder zurück und richtete den Blick starr über meine linke Schulter, so daß seine Augen in der Dunkelheit glühten wie von hinten beleuchtetes Glas, als wüßte er genau, in welchem Winkel er den Kopf halten mußte. Seine Augen hatten eine schöne Farbe, wie das rußbestäubte Blau eines Abendhimmels über Manhattan.

»Die Informationen über Rank. Das Manuskript«, sagte er.

Ich hörte, wie seine Hand sich auf seinem Schreibtisch bewegte, aber seine Augen blieben regungslos.

»Ach, die habe ich nicht bekommen. Tut mir leid, aber anscheinend spricht Ludwig im Moment mit niemandem. Aber ich habe es versucht.« Klaue hatte mich gebeten, die letzten Seiten von Ludwigs Buch mitzubringen, doch als ich angerufen hatte, weil ich sie abholen wollte, hatte Ludwig mir nur über seinen Diener ausrichten lassen, er sei zu beschäftigt, um mit mir zu sprechen.

»Ich muß die Informationen haben«, sagte Klaue, als hätte ich das nicht begriffen.

»Tut mir leid. Ich versuche es in ein paar Tagen noch mal –«

»Ich will das Manuskript jetzt haben, Cleo. Ein paar Tage warte ich nicht«, unterbrach Klaue mich. Seine Augen flackerten und erloschen kurz, dann leuchteten sie wieder auf.

Einen Moment lang herrschte Schweigen.

»Kann ich hier drinnen Licht machen?« fragte ich mit einem Blick auf den Schalter an der Tür.

Aber bevor ich ihn erreichen konnte, knallten dreihundert Watt elektrisches Licht von dem Kronleuchter mitten im Raum herunter, und Klaue blickte mich direkt an, ohne in der grellen Lichtflut auch nur zu blinzeln. Sein Gesicht hatte den konzentrierten Ausdruck eines Süchtigen, aber es lag keine Verzweiflung darin.

»Ich will wissen, wie es weiterging, nachdem Rank seinen Bruder umgebracht hatte. Du gehst jetzt sofort zu Ludwig. Ich kann dir einen Helfer mitschicken, wenn du willst«, sagte er.

»Klaue, dein Verhalten ist ausgesprochen merkwürdig«, entgegnete ich.

»Was ist merkwürdig, Cleo?« fragte er und erhob sich

von seinem Stuhl. Er kam um den Schreibtisch herum und ging auf mich zu, vollkommen im Gleichgewicht ohne seinen Stock.

»Was findest du merkwürdig an mir? Hm? Sag' mir doch, was so merkwürdig an mir ist.«

»Also ...«

Ohne es eigentlich zu wollen, wich ich zurück, als Klaue auf mich zukam. Der Hund spreizte die Hände, hob sie und legte sie wie einen Rahmen um sein Gesicht.

»Das hier ist merkwürdig, nicht wahr, Cleo?«

»Ja«, erwiderte ich und stieß dabei gegen die Wand.

»Ein häßlicher Fehler eines Verrückten.« Klaues Stimme hatte zu zittern begonnen.

»Und seiner Nachfolger. Mit welcher Hingabe sie geschuftet haben, so viele Jahre lang! Und warum? Wir haben nicht darum gebeten, erschaffen zu werden. Für Rank? Aber der ist tot. Er war schon lange tot, als wir ihnen schließlich das Handwerk legten. Warum also haben sie das getan?«

»Ja, warum denn?« fragte ich.

»*Wir wissen es nicht.*«

Wir blickten uns einen Moment lang an, und dann wandte Klaue sich ab und verließ das Zimmer. Ein winziges Flugzeug zog durch den Abendhimmel draußen vor dem Fenster. Dann sagte eine Stimme hinter mir: »Herr Lutz hat mich angewiesen, Sie zu Ludwigs Wohnung zu begleiten.«

Ich drehte mich um und sah einen jungen Mann im Smoking. Er hatte ein bleiches Gesicht und harte, kleine Augen. »Gehen wir«, sagte er.

»Ich glaube nicht, daß das klappt«, meinte ich, während ich ihm in die Diele hinaus folgte. Er reichte mir meine Jacke. Wir fuhren mit dem Fahrstuhl in die private Garage des Gebäudes hinunter, wo Klaues riesige graue Limousine auf uns wartete.

»Es muß klappen«, bemerkte der junge Mann, als wir einstiegen.

»Ich bin's, Cleo Pira«, sagte ich in Ludwigs Sprechanlage.

»Cleo, was machst du denn hier?« fragte Rob.

»Ich weiß, daß Ludwig niemanden sehen will –«

»Warte mal«, meinte er, »ich lasse dich rein.«

Rob kam mir an der Wohnungstür entgegen. »Es ist nicht nur das. Er ist sehr betrunken«, sagte er leise.

»Wie sehr?« flüsterte ich.

»Du könntest gar nicht mit ihm sprechen. Es hätte keinen Sinn.«

»Eigentlich will ich auch gar nicht mit ihm sprechen. Ich brauche nur einen Ausdruck vom letzten Teil seines Manuskriptes. Für Klaue Lutz – du kennst ihn?«

Rob nickte langsam.

»Ich soll ihn heute abend interviewen, aber er macht nur mit, wenn ich ihm diese Seiten besorge. Meinst du, das wäre in Ordnung?«

»Was meinst du denn?« fragte er zurück.

Ich zuckte die Achseln. »Ludwig hat von Klaue gesprochen, als ich das letzte Mal hier war. Anscheinend wollte er gern, daß Klaue sein Manuskript liest.«

»Na ja, ich glaube, ich kann es holen«, sagte Rob. »Aber wenn Ludwig dich in der Wohnung sieht, kriege ich Ärger, also warte bitte hier.«

Er verschwand, und dann muß er Ludwig begegnet sein, denn ich hörte, wie er überrascht sagte: »Es ist Cleo Pira!« Die Antwort war ein leises Gemurmel. »Was?« fragte Rob. »Sie sprechen deutsch.« Weiteres Murmeln, dann sagte Rob: »Okay. Okay.«

Er kam wieder an die Tür und verdrehte die Augen. »Er sagt, er kann morgen mit dir sprechen, eine halbe Stunde, wenn es wirklich wichtig ist«, meinte der Junge. »Hier ist das Manuskript. Du brauchst nicht zu kommen, wahrscheinlich weiß er morgen schon gar nicht mehr, daß du hier warst.«

»Glaubst du denn, daß er morgen wirklich mit mir sprechen würde?«

Rob zuckte mit den Schultern. »Du kannst es ja versuchen.«

AUS DEN AUFZEICHNUNGEN LUDWIG VON SACHERS
NEW YORK, 3. MÄRZ 2010

Die ereignisreichen Jahre in Augustus Ranks Leben, die auf den Mord an seinem Halbbruder folgten, bleiben den Augen des Historikers großenteils verborgen. Wenn Augustus von der zweiten Hälfte des Jahres 1882 an, als er achtzehn war, bis 1897 überhaupt noch Notizhefte führte, hat er sie entweder versteckt oder vernichtet. Während dieser Jahre war es, daß er, einem sorgfältigen Plan folgend, aus dem Blickfeld der Welt verschwand und mit der Arbeit an dem großen Projekt seines Lebens, den Monsterhunden, begann.

Ab Anfang 1882, etwa einen Monat, nachdem Rank seinen Halbbruder ermordet hatte, fehlen Seiten aus seinen technischen Tagebüchern, was darauf schließen läßt, daß er zu jener Zeit mit der Planung seines Projektes begann und die diesbezüglichen Aufzeichnungen später entfernte. Ab April 1882 gibt es überhaupt nichts Schriftliches mehr. Man darf daher vermuten, daß Rank etwa zu dieser Zeit zum ersten Mal mit seinem zukünftigen Gönner zusammentraf, mit Prinz Friedrich Wilhelm Viktor Albert von Hohenzollern, der später Kaiser Wilhelm II., Herrscher des Deutschen Reiches, werden sollte.

Aus den Schriften von Ranks Assistenten ist bekannt, daß Prinz Wilhelm nach einigen komplizierten politischen Schachzügen ein hochentwickeltes Laboratorium mit Unterkünften bauen ließ, in Bayern, tief unter den Ruinen eines Klosters in der Nähe einer Stadt namens Rupertsberg. Mit hohem Kostenaufwand rekrutierte Wilhelm siebenundachtzig Wissenschaftler, Hilfskräfte und ihre Familien, die in die Wohnquartiere einzogen, um Rank zur Seite zu stehen, und alle mußten Geheimhaltung schwören. Im Oktober 1882 war das Laboratorium fertig, und die Mitarbeiter waren vollzählig versammelt.

Da die Personalsuche und die Einrichtung des Laboratoriums ein aufwendiges Unterfangen gewesen sein muß, kann man annehmen, daß spätestens im Frühsommer damit begonnen wurde und daß Wilhelm folglich kurz nach seiner ersten Begegnung mit Rank bereit war, den Wissenschaftler zu unterstützen. Mit anderen Worten, er war sehr bald von Ranks Projekt überzeugt, und zwischen dem jungen Wissenschaftler und dem Prinzen entwickelte sich schnell eine enthusiastische Freundschaft.

Wilhelm muß zum Zeitpunkt ihres Kennenlernens dreiundzwanzig Jahre alt gewesen sein, ein intelligenter, entschlossener, etwas unpraktischer und geltungsbedürftiger junger Offizier, dem Militär treu ergeben und von Technik fasziniert, auch wenn sein technisches Verständnis etwas diffus war. Er brannte darauf, an die Macht zu kommen – doch der Großvater, Wilhelm I., war noch gesund und rüstig, und dessen Thronfolger war der Vater Friedrich, so daß Prinz Wilhelm selbst erst in vielen Jahren mit der Krone rechnen konnte.

Zusätzlich zu den genannten Eigenschaften, die sicher Grund für seine Neigung zu Rank waren, wies der Prinz das interessante Merkmal eines verkümmerten, von Geburt an verkrüppelten Arms auf, und es ist durchaus vorstellbar, daß er sich für die Prothesen und Transplantationen von Gliedmaßen besonders interessierte, eine Wißbegier, die Rank natürlich teilte. Außerdem herrschte, wie zwischen Rank und seiner Mutter Maria, lebenslang eine Abneigung zwischen Prinz Wilhelm und seiner Mutter (der britischen Prinzessin Victoria), die durch seine Behinderung möglicherweise verstärkt und sicherlich durch Persönlichkeitsunterschiede aufrechterhalten wurde.

Man kann sich die Begegnung der jungen Männer vielleicht folgendermaßen vorstellen: Augustus wird dem Prinzen zufällig vorgestellt oder fädelt die Vorstellung möglicherweise ein, weil er einen Schirmherrn für sein Vorhaben sucht; er bietet dem Deutschen Reich seine Dienste an. Doch unvermittelt entsteht eine Freundschaft, es kommt zu lebhaften Gesprächen, fieberhaft werden Pläne geschmiedet. Wilhelm entschließt sich, das Projekt selbst zu fördern, ohne bei seinem Großvater, dem Kaiser, der zweifellos darüber spotten würde, Unterstützung zu suchen, und die Schranken der Geheimhaltung werden errichtet. Denn daran besteht kein Zweifel: Rank und seine Arbeit sollten vom Erdboden verschwinden, bis das Werk vollbracht war und Wilhelm, der inzwischen aller Wahrscheinlichkeit nach den Thron bestiegen hätte, es der Welt in seiner ganzen Herrlichkeit präsentieren konnte, sein perfektes Heer aus Hundesoldaten.

Aus späteren Aufzeichnungen wissen wir, daß sein Heer unbesiegbar sein sollte und daß die Soldaten grimmig, zahlreich und leicht zu beseitigen sein sollten (denn man konnte stets neue herstellen). Sie sollten unbarmherzig töten können und ihre Treue sollte größer sein als ihr Selbsterhaltungstrieb. Die Intelligenz der Hunde mußte erhöht werden, denn sie sollten in der Lage sein, komplexe Befehle und Schlachtpläne zu verstehen. Auch die komplizierten mechanischen Hände, die an ihre Vorderbeine angesetzt, und die spracherzeugenden Apparate, die in ihre Kehlen implantiert werden sollten, dienten ausschließlich dem Zweck, die Hunde zur Handhabung von Waffen und zur mühelosen Verständigung mit Offizieren und anderen Soldaten zu befähigen. Abgesehen davon sollten sie in ihrem normalen, domestizierten Zustand, in dem sie bereits nahezu perfekte Soldaten abgaben, belassen werden.

So verschwand Rank also im Jahre 1882. Es ist möglich, daß er Wilhelm zur Geheimhaltung des Projektes überredete, um selbst untertauchen zu können, weil er fürchten mußte, für den Mord an Vittorio verhaftet zu werden; jedenfalls war er wahrscheinlich froh über die Gelegenheit, aus der Stadt Basel herauszukommen. Jedem anderen Sterblichen wäre es schwergefallen, die Verhältnisse zu ertragen, in denen Rank während der folgenden fünfzehn Jahren lebte, aber angesichts seiner zielstrebigen Hingabe an seine Arbeit und der anderen Motive, die er gehabt haben mag, darf man annehmen, daß er sein neues Zuhause gern bezog.

In den ersten Jahren wurden viele der Gehilfen Ranks dem Projekt untreu. Die Arbeiter sowie Rank selbst hatten zwar begrenzt Zugang zu dem Gelände um das Kloster herum, aber die meiste Zeit lebten sie isoliert und ohne Sonnenlicht unter kräftezehrenden Bedingungen, und einigen war selbst das fürstliche Gehalt, das Wilhelm ihnen zahlte, diese Lebensumstände nicht wert. Doch aus Angst vor dem Zorn des Prinzen scheint niemand Informationen über die Vorgänge in der unterirdischen Kolonie verbreitet zu haben. Diejenigen, die dort blieben, gaben sich notwendigerweise ganz und gar ihrer Arbeit und ihrem Führer hin. Als die fünfzehn Jahre, die Rank in Rupertsberg verbrachte, zuende gingen, hatte er, nach Fluktuationen aufgrund von geflohenen Mitarbeitern, Geburten und Todesfällen, noch fünfundfünfzig Männer, Frauen und Kinder in seinem Gefolge.

Sonst ist wenig bekannt über jene Zeit, und das ist in der Tat bedauerlich, denn es wäre recht interessant zu wissen, mit welchen Mitteln Rank diese Arbeiter, die in all den sonnenlosen, schwierigen Jahre bei ihm blieben, bei der Stange hielt und beherrschte. Angesichts der beinahe religiösen Hingabe, mit der die Menschen, die ich zu meinen Lebzeiten kannte, seiner gedachten, kann man sich vorstellen, daß seine starke Überzeugung und seine Zielstrebigkeit ihm ein gewisses Maß an Charisma verliehen und daß er in der Lage war, seine Leidenschaft für das große Projekt auf jene zu übertragen, die sich für ihn abmühten. Aber wie er das im einzelnen fertigbrachte, bleibt unbekannt, denn aus diesen Jahren in Rupertsberg sind keine Dokumente erhalten.

1897, mehrere Monate, bevor er die unterirdischen Einrichtungen verlassen sollte, begann Rank erneut, Tagebucheintragungen zu verfassen oder aufzubewahren, und hier erwähnt er zum erstenmal seine Kokainsucht und die »Beseitigung« widerspenstiger Anhänger. Beides muß bereits viele Jahre vor seinen Aufzeichnungen begonnen haben, hatte sich aber vielleicht während der letzten Monate in Bayern verschlimmert. Im Mai 1897 schrieb Rank:

Der Druck, dem ich ausgesetzt bin, ist unerträglich. Manchmal spüre ich, wie er mir den Schädel zerquetscht, so daß meine Sehkraft durch das Gewicht gebrochen, zersplittert ist, wenn ich mich dann im Raum umschaue. Das Projekt muß in fünf Monaten abge-

schlossen sein. Ich weiß schon lange, daß das unmöglich ist, aber bald werde ich es auch vor dem Kaiser nicht mehr verbergen können. Jetzt muß ich entscheiden, ob ich erneut mit ihm verhandle und um weitere zehn Jahre bitte oder ob ich fliehe.

Und später:

Meine vorbereitenden Gespräche mit Wilhelm sind sehr ungünstig verlaufen. Er hat mir zwei weitere Jahre zugestanden, nicht mehr, und wie immer ist er ungeduldig und starrsinnig, in einem solchen Maße, daß er sagte, wenn ich in zwei Jahren nicht fertig wäre, würde er mich als Leiter »seines« Projektes entfernen und durch einen geeigneteren Mann, den er bereits ausgesucht habe, ersetzen.

*Ich muß also fliehen. Für diesen Fall habe ich seit Jahren Pläne geschmiedet. Die Treue meiner Anhänger ist unverbrüchlich. Das neue Laboratorium wird, ganz wie es sein sollte, ausschließlich meiner Kontrolle unterstehen. Der Mangel an Geldmitteln wird uns die Arbeit erschweren, aber wir haben viel Gold und andere Reichtümer angesammelt, so daß es uns eine Zeitlang an nichts fehlen wird.** Wir werden in ein Land reisen, wo wir im Sonnenlicht leben, Äcker bestellen und Grund und Boden besitzen können. Alles wird gut werden. Und dennoch muß ich jetzt, da der fünfzehnte Jahrestag näherrückt, unwillkürlich an meine jugendliche Begeisterung denken, an meine Überzeugung, daß ich, und Wilhelm*

* Rank erwähnt zwar nie, wie das geschah, aber in Rankstadt ging die Legende – und wir haben keinen Anlaß, daran zu zweifeln –, daß er viele Jahre lang Gelder seines Schirmherrn unterschlagen hatte, möglicherweise seit Beginn der Arbeit an dem Projekt.

ebenso, zum Zeitpunkt der Vollendung des Hundeheeres noch jung und stark sein würden. Es ist bedauerlich, daß dem nicht so sein wird. Aber falls die Züchtung der Hunde meinem jüngsten Plan gemäß beschleunigt werden kann, ist das Werk vielleicht in weiteren zwanzig Jahren vollbracht, und dann werde ich immer noch genug Kraft haben, um das Heer zu führen. Und wenn ich sie dann zu Wilhelm bringe, und zwar in Wirklichkeit, nicht wie in meinen jugendlichen Träumereien, wird er entweder auf der Stelle meine Führerschaft anerkennen, oder ich werde gegen sein Heer marschieren und ihn zwingen, mich als neuen Herrscher des Deutschen Reiches zu akzeptieren. Wenn meine Hunde erst für das Reich kämpfen, wird es einen Aufstieg ohnegleichen erleben. Und das ist zweifellos der Grund, weswegen die Vorsehung mir einen so langen und mühseligen Weg auferlegt hat: damit ich gezwungen sein würde, dem Schutz des Kaisers zu entfliehen und das Heer allein zu vollenden. So geschieht es, wie immer, wie SIE es will.

Über die Flucht nach Kanada gibt es keine Aufzeichnungen, aber ohne Frage müssen Rank und seine Anhänger Hunde, Geräteschaften, Gold und Vorräte aus dem Laboratorium mitgenommen haben, wahrscheinlich spätabends, und alles über Land und schließlich auf ein Schiff geschmuggelt haben, das den Atlantik überquerte. Die Reise von der Ostküste Nordamerikas in den Westen Kanadas ging langsam vonstatten und war aufreibend, so daß Rank erst fast zwei Jahre, nachdem er Bayern verlassen hatte, in seiner neuen Heimat ankam, und das mit nur noch siebenunddreißig Anhängern, denn der nordische Winter hatte seinen Tribut gefordert. Es zeugt für die rätselhaft unerschütterliche Treue seiner Leute, daß, zumindest Ranks Tagebüchern zufolge, alle Fehlenden den Tod gefunden hatten; kein anderes Unglück war so groß, daß es sie von ihrem Weg hätte abbringen können.

Endlich, an einem namenlosen Flüßchen in der kanadischen Wildnis, an einer Stelle, die sie ihrer vollkommenen Abgeschiedenheit wegen ausgewählt hatten, begannen Rank und seine Gruppe, unter der gelben Herbstsonne ihr neues Zuhause zu errichten. Sie gestalteten es wie die Orte, aus denen sie gekommen waren, und schufen auf diese Weise dort in der Wildnis ein kleines deutsches Städtchen.

Siebzehn Jahre lang lebten sie von der Landwirtschaft, von primitivem Bergbau und von seltenen Reisen in entfernte Ortschaften, die der eine oder andere Bewohner der Stadt unternahm, um Handel zu treiben, oder manchmal auch, um zu plündern, wobei die Lage Rankstadts und die Unternehmungen dort immer streng geheim gehalten wurden. Währenddessen arbeitete man unentwegt an Ranks großem Projekt weiter. Dann, im Jahre 1916 – ein Datum, das wenig Bedeutung hatte in einer Stadt, die sich nicht gemeinsam mit der Außenwelt veränderte und die von Menschen bewohnt wurde, die die Welt draußen seit 1882 kaum gesehen hatten, das aber trotzdem auf ihren Kalendern festgehalten wurde – fand man Augustus Rank im Alter von zweiundfünfzig Jahren tot in seinem Arbeitszimmer auf, gestorben an einer Überdosis Kokain. Er hinterließ folgende Zeilen:

Arbeitet unablässig, und wenn die große Armee der Hunde schließlich aufmarschiert ist, haltet Ausschau nach mir, denn mein Geist wird wiederkehren, um Euch zu Eurem ersten großen Sieg zu führen.

Und die Menschen arbeiteten. Entschlossen und voller Selbstvertrauen blieben sie in ihrer abgeschiedenen Stadt und behielten ihre Sprache, ihre Kultur und ihr Ziel bei; und genauso verbrachten ihre Kinder, die zum größten Teil nie ein anderes Zuhause gekannt hatten, ihr Leben in den Laboratorien, auf den Feldern und in den Häusern Rankstadts, und die Außenwelt erfuhr von der Existenz des Städtchens nur durch höchst vage Gerüchte, denen man nicht mehr Glauben schenkte als Volkssagen. Im Stadtarchiv ist kein Fall von Abtrünnigkeit belegt, aber man kann sich kaum vorstellen, daß es nicht doch einige Überläufer gab; aber wenn jemand die Stadt verließ, war er entweder so loyal oder so eingeschüchtert, daß er die Lage des Orte nicht preisgab.

So wuchsen im Laufe des Jahrhunderts die Kinder und dann die Enkel und später die Urenkel von Ranks ursprünglichen Anhängern zu Arbeitskräften auf den Bauernhöfen und in den Laboratorien der Stadt heran. Da äußere Einflüsse fast völlig fehlten, lebte jede Generation ganz ähnlich, wie die vorige gelebt hatte, in den gleichen Häusern – allerdings wurden nach deren Vorbild neue gebaut, als die Gemeinde sich durch Geburten vergrößerte –, mit den gleichen landwirtschaftlichen Methoden, der gleichen Sprache, den gleichen Sitten und Gebräuchen. Nur in dem großen Zentrallaboratorium und in seinen Ablegern in Wohnhäusern überall in der Stadt machte die Technik Fortschritte, denn während all dieser Jahre arbeiteten die klügsten Köpfe Rankstadts ständig an dem, was einfach als »das Projekt« bekannt war, an der Rechtfertigung für die Existenz der Stadt.

Es war ein geruhsames Leben. Wir hatten alles, was wir brauchten: Es gab einen Arzt, einen Lehrer, einen

Schmied, einen Bäcker; es gab Gemüsekeller und Felder, um sie aufzufüllen; die häuslichen Künste gingen nicht verloren; und jede Mutter wußte, wie man Seife, Strümpfe, Kerzen, Braten, Steppdecken und heilende Umschläge machte; jeder Vater wußte, wie man ein Haus baute, das in den langen Wintern wetterfest und warm dem Schnee standhielt, mit dicken Fensterläden und großen Kaminen. Die kleine Kirche am Marktplatz war an Sonntagen immer voll, und die Kirchturmuhr zeigte hundert Jahre lang die Zeit für die Stadt an. Draußen stürzten, auch wenn die Rankstädter kaum etwas davon wußten, Monarchien, Wirtschaftssysteme brachen zusammen, Regierungen kamen an die Macht und wurden abgesetzt, Kriege begannen, und die Erde wurde ihrer Schätze beraubt und vergiftet.

Doch die Stadt war keine Idylle. Sie hielt sich bloß von bestimmten Übeln fern, während im Laboratorium und im Operationssaal anders geartetes Unheil gestiftet wurde. Es gibt keinen lebenden Hund, der sich nicht mit tiefem Grauen an diese Räume erinnert. Und doch, mit zunehmendem Alter denke ich oft an den Kamin im Haus meines Herrn zurück, und wie ich mich an Winterabenden davor zusammenrollte. Über dem Dach wölbte sich der hohe, schwarze, nördliche Himmel, und hinter dem Schutzgitter prasselte das Feuer, und ich lag auf meinem kleinen Kissen dazwischen. Jetzt hat man das Feuer aus dem Kamin befreit, und das Haus ist abgebrannt, und im Winter fällt Schnee vom Himmel und füllt den zerstörten Schornstein. Es gibt keine Ordnung mehr auf der Welt.

(Cleo)

Nach meiner Rückkehr hatte Klaue das Manuskript an sich genommen und sich für eine halbe Stunde in sein

Arbeitszimmer eingeschlossen, mir aber vorher gesagt, ich solle die Wohnung nicht verlassen. Jetzt wirkte er ruhiger, seine Worte waren artikuliert und abgewogen, und sein schwacher deutscher Akzent ließ sie irgendwie präziser erscheinen.

»Es ist ein Verlangen; eine Sehnsucht.«

Er stand an seinem Schreibtisch und ging dann zu dem großen Fenster hinüber und sah in den Nachthimmel hinauf, der vom Widerschein der Lichter der Stadt rötlich glühte.

»Es brennt«, sagte er. »Wie Begehren. Ein geistiges Begehren.«

»Nach Informationen?« fragte ich. »Nach Wissen über Rank?«

»Nach seinem Geist«, antwortete Klaue. »Und doch ...«

Er wandte sich zu mir um. »Die erste Frage«, sagte er. »Los, fang' an.«

Am nächsten Tag ging ich wieder zu Ludwig. Weil ich glaubte, er würde sich wahrscheinlich nicht daran erinnern, daß er mich eingeladen hatte, stand ich nachmittags vor seiner Tür, statt erst anzurufen, denn ich hatte mir überlegt, daß das Risiko, abgewiesen zu werden, auf diese Weise geringer war. Nach ein paar Minuten Diskussion in der Wohnung kam Rob an die Tür zurück und ließ mich ein. Er lächelte mir zu, während er mir die Jacke abnahm, sagte aber nichts, und schweigend gingen wir den kleinen Eingangsflur hinunter, diesmal ins Wohnzimmer. Ludwig saß auf einem Sofa, in einen burgunderfarbenen, gesteppten Bademantel gehüllt, und beugte sich über einige Bögen Papier, die vor ihm auf dem Couchtisch lagen. Neben den Papieren standen zwei Tabletts, eines mit Tee und eines mit Brandy.

»Entschuldige den Bademantel«, sagte Ludwig, ohne aufzustehen, als ich hereinkam. »Ich fühle mich heute nicht wohl. Bitte, setz dich.«

»Tut mir leid, daß du dich nicht wohlfühlst.«

»Das ist nichts weiter. Es geht vorüber.«

Ich warf einen Blick auf die Seiten auf dem Tisch, aber sie waren eng mit der Hand beschrieben, und außerdem auf deutsch, so daß ich nichts verstehen konnte.

»Ich glaube, wir haben den ersten Artikel verkauft«, bemerkte ich. »Klaue hat nämlich einen Agenten – «

»Natürlich.«

»Und der hat ihn an *Vanity Fair* verkauft. Kannst du dir das vorstellen?«

»Aber gewiß kann ich mir das vorstellen«, sagte Ludwig.

»Also ... ich kann das alles kaum fassen. Es ist aufregend«, sagte ich.

Ludwig drehte den Kopf, nicht in eine bestimmte Richtung, aber von mir fort.

»Ludwig«, fragte ich, »was ist los?«

»Wie kann Klaue nur seinen scheußlichen Körper so vor der Welt zur Schau zu stellen? Jeden Tag findet er eine Möglichkeit, noch mehr Aufmerksamkeit auf sich zu ziehen. Ich würde lieber sterben, als von so vielen Menschen gesehen zu werden.«

»Aber du bist doch nicht scheußlich, du bist wunderbar«, sagte ich. »Du bist das Großartigste, was ich je gesehen habe. Wie kannst du so etwas nur sagen?«

»Du bist so unbedarft, Cleo. Deswegen hat Klaue dich ausgewählt. Du bist naiv, wie ein Kind. Dir kann man alles vormachen. Weißt du denn nicht, daß die Welt zum größten Teil über uns lacht?«

»Das glaube ich nicht.«

»Du glaubst es also nicht.«

»Und ich glaube auch nicht, daß Klaue mich nur ausgesucht hat, weil er glaubt, er könnte mich manipulieren.«

»Du meinst, er hat dich genommen, weil du gut schreibst?«

»Ich weiß es nicht.«

»Für mich ist das ganz klar. Aber vielleicht möchtest du lieber nicht darüber nachdenken; du freust dich einfach, daß du deinen Job hast. Du bist nicht nur naiv, sondern auch ehrgeizig, nicht wahr, Cleo? Du bist ideal für ihn.«

»Wen kümmert es denn, warum Klaue mich ausgesucht hat, um die Artikel zu schreiben? Selbst wenn du Grund hättest, ihm zu mißtrauen, dann hast du doch immerhin eine Freundin in seinem Lager, wenn ich für ihn arbeite. Oder wenigstens –« Ich brach ab und stand auf. »Und überhaupt glaube ich, daß du jetzt nicht in Stimmung bist für Gesellschaft. Ich gehe lieber.«

»Ich habe dich nicht hergebeten«, erwiderte Ludwig.

»Das hast du wohl. Du hast Rob gesagt, du würdest heute mit mir sprechen, aber du erinnerst dich nicht mehr daran, weil du –«

»Ich habe ihm gesagt, du könntest mich eine halbe Stunde besuchen, wenn du etwas *sehr Wichtiges* zu sagen hättest.«

Ich konnte eine dünne Linie Weiß zwischen Ludwigs Lefzen glitzern sehen, als wollte er die Zähne fletschen, würde es aber unterdrücken.

»Gut, ich habe nichts Wichtiges«, sagte ich. »Ehrlich gesagt habe ich mir Sorgen um dich gemacht, weil du neulich gesagt hast, du wärst krank, und ich wollte sehen, wie es dir geht. Entschuldige, daß ich hergekommen bin.«

»Das ist überhaupt nicht nötig«, meinte Ludwig. »Außerdem glaube ich, daß du hergekommen bist, weil Rob dir erzählt hat, ich würde zuviel trinken. Stimmt das?«

»Rob braucht mir sowas gar nicht zu erzählen, ich bin auch so schon besorgt.«

»Deine Besorgnis ist unangebracht. Du kannst nichts für mich tun, und es wäre mir lieber, wenn du nur in meine Wohnung kämst, wenn du eingeladen bist.«

Ludwig klingelte, und Rob erschien in der Wohnzimmertür. Er verzog mitfühlend das Gesicht, sobald Ludwig uns nicht mehr sehen konnte.

»Oh je« sagte er.

Ich schüttelte den Kopf.

»Es ist nicht deine Schuld. Er ist einfach so«, tröstete Rob mich.

»Was kann ich denn tun, wenn ich mir nicht einmal Sorgen um ihn machen darf?« fragte ich.

Rob zuckte die Achseln und reichte mir meine Jacke. »Er wird ja nicht ewig sauer auf dich sein.«

»Er hat gesagt, ich wäre naiv. Er denkt, Klaue hätte mich ausgesucht, damit ich Artikel für ihn schreibe, bloß weil er mich manipulieren kann.«

»Schreib' einfach die Artikel, mach' dir keine Gedanken um Ludwig. Es geht ihn überhaupt nichts an, oder? So würde ich das jedenfalls machen«, meinte Rob.

An der Eingangstür des Hauses drehte ich mich um und sah, daß Rob mich von der Wohnungstür aus beobachtete. »'Wiedersehn, Cleo«, rief er mir nach.

VANITY FAIR, JUNI 2010

DOGGY STYLE

Neuhundstein – Das Traumschloß im East Village

In dem groß angekündigten Projekt der Monsterhunde, einer Nachbildung des weltberühmten Märchenschlosses in Bayern, spiegeln sich sowohl Sehnsucht nach einem magischen Heimatland in der Vergangenheit als auch der Aufbruch in das phantastischste aller Länder, die Zukunft. CLEO PIRA hat den Malamuten Klaue Lutz, den führenden Kopf des Projektes, bei einem Hubschrauberrundflug begleitet.

Der Blick aus der Luft ist atemberaubend. Wir schweben über Manhattan und schauen auf einen vollkommen verlassenen Block im East Village hinunter. Er wurde evakuiert, geräumt, und der Schatten unseres Hubschraubers fällt ungestört auf einen breiten, leeren Abschnitt der Houston Street und einen Teil des sonnenbeschienenen Bürgersteigs.

Der Tag der Sprengung ist da, der 6. März 2010, und in wenigen Minuten wird durch eine Serie von fünf gewaltigen Explosionen ein ganzer Block dem Erdboden gleichgemacht. Er soll Platz für ein Schloß machen, das die Monsterhunde der Stadt New York schenken wollen.

Klaue Lutz, der Schatzmeister der Gesellschaft der Hunde, sitzt in seiner wohlbekannten preußischen Kavallerieuniform aus dem neunzehnten Jahrhundert neben mir. Er beugt sich ganz dicht zu meinem Ohr und sagt: »Noch fünf Minuten.«

Ein letztes Mal nehme ich alles in mich auf: Red Square, den riesigen Wohn- und Ladenkomplex, der Mitte der achtziger Jahre des letzten Jahrhunderts erbaut wurde und die gesamte Südseite des Blocks einnimmt; die Geschäfte und Restaurants an der Avenue A; die alten Mietshäuser an der Second Street und an der Avenue B, zum Teil renoviert und zum Teil verfallen – aber das spielt jetzt keine Rolle mehr. Die Häuser unter uns, die mir als Inbegriff eines lebendigen, lärmenden Gebäudekomplexes in der City so vertraut waren, strahlen in diesem Moment eine frostige

Leere aus, wie ein schlafender Rummelplatz oder ein verlassenes Schlachtfeld.

Klaue und ich sind nicht die einzigen, die den unheimlichen Schauplatz beobachten. Hinter den Polizeisperren, die den Block hermetisch abriegeln, drängen sich die Schaulustigen. Im Umkreis von einer Viertelmeile haben sich überall Menschen auf den Dächern versammelt, die warten und zuschauen. Aber die Stille, die den verlassenen Block einhüllt, scheint auch auf diese Menschenmassen überzugreifen. Niemand bewegt sich; alles wartet still.

Auf dem Sitz neben mir starrt Klaue auf die kunstvoll verzierte Taschenuhr in seiner elegant behandschuhten Hand. Angesichts seiner intensiven Konzentration erwarte ich beinahe, daß seine Augen ein Loch in das vergoldete Zifferblatt der Uhr brennen. Klaues Maul ist leicht geöffnet, und zwischen den Eckzähnen schaut halbmondförmig ein wenig Zunge heraus. Er wendet sich mir zu und sieht mir mit seinem laserstrahlscharfen Blick in die Augen.

»*Noch eine Minute*«, sagt er.

Die Aussicht auf Explosionen und einstürzende Gebäude ist nicht der einzige Grund für die erwartungsvolle Stimmung meines Begleiters. Klaue Lutz war es, der beinahe im Alleingang den Schloßbau auf diesem Gelände plante und durchsetzte, und die Vorfreude auf dieses Projekt ist es, die an diesem wolkenlosen, kühlen Samstag nachmittag über der Lower East Side in der Luft liegt.

Als im vergangenen Dezember im Anschluß an den spektakulären Weihnachtsumzug der Hunde die Pläne für das Projekt vorgestellt wurden, war ganz Manhattan Feuer und Flamme. Klaue zufolge soll das Schloß ein Geschenk der Monsterhunde an die Bewohner New Yorks sein. Es erscheint angemessen, daß diese seltsamen, faszinierenden Geschöpfe der seltsamen, faszinierenden Stadt, die sie sich als Wohnort ausgesucht haben, einen derart verschwenderischen Dankesbeweis liefern. Und auch das Geschenk selbst ist passend: ein romantisches, unglaubliches Bauwerk nach dem Vorbild des berühmten Schlosses

Neuschwanstein, das im neunzehnten Jahrhundert in Bayern entstand.

Neuschwanstein, dessen spitze Türme auf Abbildungen häufig aus wirbelnden Bergnebeln aufragen, ist das archetypische europäische Märchenschloß. 1869 begann der verrückte, extravagante König Ludwig II. von Bayern mit dem Bau, und heute stellt das Schloß die Verkörperung der romantischen Vision dieses Mannes dar, der – da sind sich seine glühenden Verehrer und seine leidenschaftlichen Gegner einig – eher das Gemüt eines Dichters als das eines Königs besaß. Oft verbrachte er seine Abende in einer speziell dafür errichteten, mit Flutlicht erleuchteten Grotte, wo er stundenlang in einem schwanenförmigen, vergoldeten Boot dahintrieb und der Musik Wagners lauschte, gespielt von Musikern, die ringsherum sorgfältig hinter Laubwerk verborgen waren. Seine Leidenschaft für die Errichtung zauberhafter, überflüssiger Schlösser wuchs im Laufe der Jahre, bis die Geldmittel seiner Familie erschöpft und die Staatsfinanzen gefährdet waren. Endlich, im Jahre 1886, wurde er für geistesgestört erklärt, von seiner eigenen Familie entthront und in einem seiner geliebten Schlösser eingekerkert, wo er nur Tage später, verraten und einsam, unter mysteriösen Umständen starb.

Selbst wenn man mit König Ludwigs Lebensgeschichte nicht vertraut ist, muß man aus dem verschwenderisch romantischen Stil Neuschwansteins schließen, daß es nur von einem Träumer erbaut werden konnte, der dazu verdammt war, an der Welt zu scheitern. Das macht, glaube ich, den eigentlichen Reiz des Schlosses aus: Es ist nicht nur schön, sondern es ist wunderbar, *unbegreiflich* schön. Es ist offensichtlich, daß jemand für seine Errichtung einen Preis zahlen mußte, und wahrscheinlich einen hohen, aber dem Bauwerk selbst ist das nicht anzusehen. Der Betrachter spürt, daß ihm etwas verborgen bleibt, und in dieser Tatsache liegt eine Güte, eine Großzügigkeit, die bewegend ist.

»Noch fünfzehn Sekunden«, sagt Klaue. »*Jetzt.*«

Die Gebäude unter uns erzittern für einen Sekundenbruchteil

wie eine Fata Morgana in der Wüste und stürzen dann ein, weil die Fundamente unter ihnen gesprengt werden. Wolken aus Rauch und feinen Trümmerteilchen wälzen sich in die Luft hinauf. Als die fünfte Sprengladung explodiert, kann man in dem abgesperrten Gebiet nichts mehr erkennen. Ich blicke zu Klaue hinüber. Er lächelt, ein breites Hundegrinsen, und seine Augen glitzern, als wären die stetigen Laserstrahlen seines Blickes durch die Detonation in diamantene Funken zersprungen.

»Das nächste Bauwerk, das dort zu sehen sein wird«, sagt er, auf die staubigen Ruinen deutend, die allmählich aus den Rauchwolken auftauchen, »wird mein Neuhundstein sein.«

Beim Kaffee in seiner Wohnung schildere ich Klaue meine Gedanken über die versteckten Kosten von Bayerns Neuschwanstein und frage, ob etwas Ähnliches vielleicht auch für das zukünftige Schloß der Hunde gelten könnte. Der Bau wird ihre Finanzen bestimmt stark beanspruchen. Welche weiteren Kosten wird er nach sich ziehen?

»Dergleichen wird es nicht geben«, versichert Klaue. »Die Menschen haben uns sehr viel Geld zukommen lassen. Sie bezahlen uns dafür, daß wir in Filmen oder im Fernsehen auftreten und unsere Geschichten erzählen, letztlich also einfach dafür, daß wir existieren. Wir geben ihnen einen Teil davon zurück. Das ist alles.«

Wir sitzen vor einem prasselnden Feuer im Wohnzimmer von Klaues prächtiger Wohnung in Central Park West. Der Raum ist groß, aber trotzdem staune ich über die Ausmaße des Kamins, denn er hat die Dimensionen einer Feuerstätte in der Halle eines mittelalterlichen Schlosses, und ich mache die Bemerkung, daß Klaue sich in den Räumen Neuhundsteins sicherlich sehr zu Hause fühlen wird.

»Ja«, sagt er, »das werden wir alle, alle Hunde. Dieses Schloß wird uns sozusagen an unsere Heimat erinnern. Wir befinden uns ja in einer ganz eigentümlichen Situation, weil wir aus Rankstadt kommen.« Klaue hält inne und schaut in die Flammen.

»Aus einer Stadt, die nicht mehr existiert«, sage ich.

»Ganz genau. Rankstadt lag, das ist bekannt, in einem abgeschiedenen Teil Kanadas. Aber weil die Stadt über ein Jahrhundert lang von der Außenwelt unentdeckt blieb, weil sie praktisch keinen Kontakt nach außen hatte, blieb ihre Kultur dort im großen und ganzen die gleiche wie die, aus der ihre Gründer ursprünglich kamen, nämlich die preußische Kultur des späten neunzehnten Jahrhunderts. Und daher glauben wir Hunde, daß auch wir dort unsere Heimat haben. Das ist die Kultur, die wir kennen. Rankstadt wurde zerstört, und jenes ferne Heimatland ist ebenfalls zerstört worden, es hat sich im Laufe der Jahre zu etwas anderem gewandelt. Das neunzehnte Jahrhundert existiert nicht mehr. Daher möchte ich es gewissermaßen neu erschaffen. Eigentlich geht es einfach darum, eine Phantasie zum Leben zu erwecken, es hat keinen praktischen Wert, und dennoch glaube ich, daß wir uns im Schloß tatsächlich wohl fühlen werden.«

Die anderen Hunde sind anscheinend auch dieser Meinung: Klaue berichtet, daß fast alle (»und die übrigen bearbeite ich gerade«, sagt er) beschlossen haben, ihren ständigen Wohnsitz nach Neuhundstein zu verlegen, sobald es fertig ist. Sie werden die oberen Stockwerke bewohnen, während die unteren Etagen der Öffentlichkeit zugänglich sein sollen. Klaue zufolge wird das Gebäude ein Hundemuseum, ein großes Restaurant, einen überdachten Skulpturengarten, einen Konzertsaal, einen Ballsaal und möglicherweise ein kleines, exklusives Hotel beherbergen. »Es wird für Besucher sehr attraktiv werden«, meint er, »und es wird keinen Eintritt kosten, nur das Essen im Restaurant und die Übernachtungen in den Gästezimmern müssen bezahlt werden. Der größte Teil des Gebäudes wird unentgeltlich für den Publikumsverkehr geöffnet sein. Ich meine es also wirklich ernst, wenn ich unser Schloß als Geschenk bezeichne. Und zudem wird es von außen sehr schön werden. Es wird allen Freude bereiten.«

»Und außerdem wird es ein großartiges Denkmal für die Hunde sein«, ergänze ich.

»Ja«, sagt Klaue, und dann verfällt er wieder in brütendes Schweigen.

In dem Versuch, die Ursache für seine Stimmung zu ergründen, wage ich mich auf, wie ich weiß, heikles Terrain vor. »Das Wort ›Denkmal‹ könnte den Eindruck erwecken, daß die Hunde irgendwann nicht mehr existieren werden«, bemerkte ich. »Wird das Schloß die Rasse der Hunde überleben?«

Ich weiß, daß ich einen wunden Punkt getroffen habe, denn Klaue wendet ganz untypisch den Kopf ab und richtet seinen normalerweise direkten, durchdringenden Blick auf eine prächtige Uhr auf dem Kaminsims.

»Ich glaube nicht, daß wir wirklich aussterben werden«, sagt er rätselhaft.

Wie jeder weiß, haben die Hunde es abgelehnt, sich von Wissenschaftlern und Ärzten untersuchen zu lassen, zum Kummer vieler, die nur zu gern die ausgeklügelte Mechanik ihrer Hände und Kehlköpfe erforschen und die Geheimnisse ihrer Intelligenz ergründen würden. Zudem geht das Gerücht, daß die Vorlagen für die Herstellung dieser Prothesen zusammen mit den Laboratorien in Rankstadt zerstört wurden, und die Hunde selbst wissen nicht, wie sie angefertigt wurden.

Man kann sich fragen, ob der Nachwuchs der Monsterhunde – falls sie jemals welchen haben sollten – mit der Intelligenz der Eltern zur Welt kommen würde, aber mit Sicherheit würde er ohne Handprothesen und Sprechhilfen geboren werden. Da das Wissen um die Herstellungsverfahren für diese Hilfsmittel verlorengegangen ist und da die Hunde anscheinend *keinen* Nachwuchs zeugen, ist es wahrscheinlich, daß die uns bekannte Generation von Monsterhunden die letzte überhaupt sein wird, es sei denn, die Hunde überlegen es sich anders und erklären sich bereit, sich von Wissenschaftlern untersuchen zu lassen.

Behutsam spreche ich Klaue auf diese Punkte an. »Das ist nicht wahr«, sagt er heftig. »Wir haben nicht die Absicht zu verschwinden. Wir haben unsere eigenen Wissenschaftler, zwei brillante Hunde, die bald wissen werden, wie man die Prothesen herstellt, und wenn das geklärt ist, werden wir anfangen, uns wieder zu vermehren.«

Ich bin überrascht, weil ich davon noch nie gehört habe.

»Aber es stimmt«, bekräftigt Klaue. »Wir wollen nicht aussterben. Wir möchten nur gern, daß alles in der Familie bleibt, wie man so sagt. Unsere Position ist leicht zu verstehen. Die meisten Ärzte und Wissenschaftler sind selbstverständlich gewissenhafte Menschen, aber ganz wenige sind es nicht, und diesen Leuten wollen wir uns nicht ausliefern. Es ist zu gefährlich für uns. Im Übrigen habe ich volles Vertrauen in unsere eigenen Wissenschaftler.«

Während Klaue das sagt, frage ich mich, ob der Überlebenskampf der Hunde das Leiden ist, das hinter den schimmernd weißen Mauern und den eleganten Türmen Neuhundsteins der Öffentlichkeit verborgen bleiben wird. Wenn die Hunde bereit wären, Hilfe von menschlichen Wissenschaftlern anzunehmen, wären die Überlebenschancen der Rasse wesentlich größer. Doch sie sind nicht nur entschlossen, ihre Probleme allein zu lösen, sondern sie wollen gleichzeitig einen bedeutenden Beitrag für die Gesellschaft leisten. Vielleicht sind sie, wie König Ludwig von Bayern, bei der Verfolgung ihrer Ziele zu idealistisch, und vielleicht wird die Realität sie schließlich einholen. Doch welches Schicksal die Hunde auch erwarten mag, Neuhundstein wird den New Yorkern bleiben.

»Ich möchte vom Ballsaal und von der Konzerthalle erzählen«, sagt Klaue in dem Bemühen, das Thema zu wechseln. »Diese Räume werden wirklich großartig. Es wird wahrscheinlich etwa zehn Monate dauern, bis das Schloß fertig ist, aber diese Säle werden eher zu benutzen sein, und im September findet unsere erste Aufführung statt. Es wird eine Oper sein, die von einem Hund komponiert wurde und die erstmalig die vollständige Geschichte unseres Auszugs aus Rankstadt erzählen wird. Die Oper heißt *Mops Hacker*. Sie ist nach dem Hund benannt, der unsere Revolution angeführt hat. Das ist doch sehr spannend, oder?«

»Ja, sehr«, erwidere ich. »Und wird die Oper auch von Hunden aufgeführt?«

»Von einigen Hunden und dazu von ein paar Menschen in Kostümen. Es wird phantastisch.«

»Die Hund haben bisher nur ungern darüber gesprochen, wie sie Rankstadt verlassen haben, oder?«

»Nun, es war eine – wie würde man das ausdrücken – emotional sehr schwierige Zeit für uns. Wir haben es bisher vermieden, uns mit den Einzelheiten befassen.«

»Und warum sollen sie jetzt aufgedeckt werden?«

Klaue zuckt die Achseln. »Es ist an der Zeit. Wir sind bereit. Wir möchten uns unsere Vergangenheit anschauen, sie bejahen und uns dann auf den Weg in die Zukunft machen.«

»Aber es wird eine Zukunft sein, die die Vergangenheit feiert – die Heimat der Hunde und ihre Kultur.«

»Exakt. Wir alle müssen weitergehen. Dieses Land, und insbesondere diese Stadt, gehören von jeher den Einwanderern, Leuten, die etwas zurückgelassen haben. Sie haben ihre Vergangenheiten mitgebracht. Es ist ihnen nicht gelungen, dieses Land in ihr altes Land zu verwandeln – es gibt zu viele alte Länder, die miteinander im Wettstreit liegen. New York ist eine Stadt, die aus Elementen vieler verschiedener Zeiten und Orte zusammengesetzt ist, und diese wunderbaren Dinge bietet es jedem, der hier durchkommt. Vielleicht denken die Menschen, weil wir aus einem anderen Jahrhundert kommen und Hunde sind, könnten wir uns niemals anpassen, auch hier nicht. Das ist wohl wahr: Wir werden uns auch nicht anpassen. Und doch kann das Beispiel anderer uns inspirieren. Wir können unsere eigene Vision von Heimat beisteuern und sie an diesen neuen Ort verpflanzen, wo sie sich verändert, wo sie in ihrer neuen Umgebung zu etwas anderem wird.«

Klaue blickt wieder zu dem ungeheuren Kamin hinüber, aber diesmal glücklich, und in seinen Augen spiegelt sich das Glühen des Feuers. »Wo sie«, sagt er, »zu einem Geschenk für alle wird.«

8

Aus den Aufzeichnungen Ludwig von Sachers
New York, 15. März 2010
Der erste Monsterhund wurde in der Abenddämmerung des 15. September 1968 vollendet. Zwei Tage lang hatten Karl Hacker und seine Assistenten in Rankstadts Zentrallaboratorium hinter veschlossenen Türen pausenlos gearbeitet. Ihre Frauen brachten ihnen das Essen, und ansonsten sprachen sie mit niemandem. Aber die ganze Stadt wußte, daß die Wissenschaftler kurz vor dem Erfolg standen, und man wartete und horchte darauf, daß die große Glocke, die auf dem Marktplatz stand, mit ihrem Läuten die Vollendung des Werkes ankündigen würde.

Um die Bedeutung dieses Ereignisses erfassen zu können, muß man wissen, daß die Stadt bereits voll von operativ veränderten Hunden und anderen Tieren war, die sich in verschiedenen Stadien der Vollendung befanden und größtenteils wild in den Straßen herumstreunten und ihre Nahrung in Abfallhaufen suchten. Der Brauch, diese Geschöpfe freizulassen, war kurz nach Ranks Tod eingeführt worden, als Möglichkeit, persönliche Erfolge zu feiern und sie der Stadt vorzustellen. Die meisten Monster damals waren so gräßlich, daß man sie nicht als Haustiere halten konnte.

1968 waren die Tiere, die die Straßen füllten, schon recht weit entwickelt. Sie trugen die Spuren der verschiedenen Experimente, aus denen sie hervorgegangen waren: Manche hatten rudimentäre Hände, andere besaßen vollständige künstliche Gliedmaßen; einige besaßen eine erhöhte Intelligenz; andere hatten zwar Kehlköpfe, die eine Reihe komplizierter Geräusche hervorbringen konnten, aber keinen Begriff davon, wie man sie richtig benutzte. Manche Hunde waren verstümmelt, hatten keine Beine mehr, waren wahnsinnig oder humpelten auf Prothesen herum, die nicht funktionierten. Es war eine grausige Ansammlung von Kreaturen. In meiner Jugend waren die letzten von ihnen noch am Leben, und wir Hunde – mehr als die Menschen, glaube ich – betrachteten sie mit äußerstem Abscheu und voller Furcht.

Damit will ich sagen, daß die Menschen keineswegs darauf warteten, das erste Monster zu sehen, sondern anhand dieses neuen Geschöpfes einen wesentlichen Fortschritt bei der Steigerung der Intelligenz vorgeführt zu bekommen. Wenn die Wissenschaftler erfolgreich waren, würde dies der erste Hund sein, der genau den Beschreibungen entsprach, die Rank vor fast hundert Jahren niedergelegt hatte. Das bedeutete sehr viel für die Rankstädter: Nicht nur, daß sie damit ihr eigenes Lebenswerk und das ihrer Väter und Großväter vollendeten, sondern es war auch der erste Schritt auf dem Weg zu ihrer Bestimmung als Führer der stärksten Armee der Welt, wie Rank es versprochen hatte. Manche waren überzeugt, daß der Gründer ihrer Stadt im Geiste wiederkehren würde, um sie zu leiten, so wie er es prophezeit hatte, andere glaubten nur halbherzig daran und wiederum andere gar nicht; aber allen war klar, daß die Bewohner der Stadt große Macht besitzen würden, wenn das Heer aus Hundesoldaten einmal fertig war. Lebten die Rankstädter in der Vorstellung, daß sie nach Preußen zurückkehren würden, um ihr Heer mit der kaiserlichen Armee zu vereinigen, oder daß sie gegen die Vereinigten Staaten ins Feld ziehen würden? Es herrschte die Auffassung – die vom Bürgermeister und von den Stadtältesten geteilt wurde –, daß es zumindest ungehörig, wenn nicht geradezu ketzerisch war, in der Öffentlichkeit nicht so zu agieren, als würde Ranks Geist irgendwann wiederkehren, um die richtige Vorgehensweise anzugeben, und dazu kam, daß die Hunde niemals offiziell als »fertig« betrachtet wurden, so daß es nie einen einheitlichen Plan gab. Ich glaube, viele Menschen wären ganz zufrieden damit gewesen, zu bleiben, wo sie waren, und sich von den neuen Sklaven bedienen zu lassen; jedenfalls fühlten sie sich der Außenwelt überlegen und zögerten, ihr bisheriges Leben aufzugeben, selbst wenn sie als Eroberer kommen sollten. Ich glaube, dieses Überlegenheitsgefühl war der Hauptgrund dafür, daß die Stadt so viele Jahre isoliert geblieben war. Doch ich schweife ab; meine Absicht ist es nicht, ausführliche Spekulationen über die Psychologie der Rankstädter anzustellen, sondern vielmehr, die Anfänge meiner eigenen Rasse zu schildern.

Wenn ich könnte, würde ich kurz darstellen, was die Männer hinter den geschlossenen Türen des Laboratoriums taten, aber ich habe keine Informationen darüber, weil ihre gesamten Unterlagen verloren gingen, als Rankstadt niedergebrannt wurde. Wir Hunde wußten nicht, weder während wir unseren Herren in der Stadt dienten noch danach, auf welche Weise unsere Gehirne manipuliert worden waren, um uns intelligenter zu machen. Zu meinen Lebzeiten wurden Welpen gleich nach der Geburt in den Operationssaal gebracht, und dann noch viele Male, in immer kürzeren Abständen, bis sie das Erwachsenenalter erreicht hatten. Es scheint, daß Gehirnoperationen im allgemeinen nur sofort nach der Geburt vorgenommen wurden, auch wenn an einigen Hunden, die ich kannte, auch später noch Experimente durchgeführt wurden; aber für gewöhnlich ging es bei den späteren Operationen nur darum, unsere Handprothesen durch größere und kompliziertere, die unserem körperlichen Wachstum und unseren zunehmenden Fähigkeiten entsprachen, zu ersetzen. Jedenfalls bekamen wir nie Informationen darüber, was man uns im großen Laboratorium antat. Man hat gesagt, es sei praktisch unmöglich, daß unsere Schöpfer unsere Intelligenz durch chirurgische Eingriffe erhöhten, und selbst wenn Menschen in der Lage wären, die Technik für einen derartigen Eingriff zu entwickeln, hätten die Rankstädter Wissenschaftler, die ja isoliert und ohne Zugang zu modernen Methoden oder Materialien arbeiteten, dergleichen niemals fertigbringen können. Da wir Hunde nicht wissen können, wie wir oder unsere Nachkommen ohne die Operation beschaffen gewesen wären, vermögen wir über diese Frage nicht zu disputieren, wir können nur sagen, daß es, obwohl es unmöglich ist, anscheinend geschah. Es kann sein, daß unsere Herren logen oder übertrieben, als sie uns die Ereignisse schilderten, von denen ich jetzt berichten werde, aber da die moderne Wissenschaft keine plausiblere Erklärung für unsere Existenz gefunden hat, habe ich keinen Grund, an der Wahrheit dieser Darstellung zu zweifeln.

Und so kehre ich zu meiner Geschichte zurück: Das Ungeheuer wurde in der Abenddämmerung fertiggestellt. In einer stillen Stunde, als man gerade mit dem Abendbrot begann, als die Straßen fast leer waren und die Fenster der Häuser vor dem dunkler werdenden Blau des Abendhimmels nach und nach gelb aufleuchteten, knirschten an der Seite des Laboratoriums die großen Türen, die Scheunentoren ähnelten, auf ihren Schienen. Bei diesem Geräusch rannte ein kleiner Junge, der in der Nähe gewartet hatte, zum Marktplatz, um die Glocke zu läuten. Doch bevor er dort ankam, als alles noch ruhig war, rollten die Türen zur Seite, und drei Assistenten in weißen Kitteln traten ins Freie.

Das Laboratorium stand am Westrand der Stadt, und dahinter lag eine kleine Lichtung, hinter der sich ein Abhang befand, so daß sich das Gebäude gegen den Himmel abzeichnete. Ich stelle mir vor, daß Rank es absichtlich an dieser Stelle errichtet hatte; ich habe sogar den Verdacht, daß er es vor allem in Erwartung dessen, was an diesem Abend geschehen sollte, eben dort hatte erbauen lassen.

Nachdem die Assistenten herausgekommen waren, begann die Glocke zu läuten. Eine kleine Gruppe von Menschen hatte sich bereits versammelt, als Dr. Hacker durch das Tor schritt, groß und etwas gebeugt, wobei die Einzelheiten seiner Gestalt gegen die untergehende Sonne nicht zu erkennen waren, mit Ausnahme der braunen und roten Blutflecken vorn auf seinem weißen Kittel; das Blut war auf seine Brust gespritzt und hatte unterhalb der Taille kleine, mittlerweile getrocknete Bäche gebildet, die bis zum Kittelsaum hinunterliefen. Dr. Hackers Bart war flüchtig gestutzt, aber ungekämmt und zerzaust, und der schüttere Haarkranz um seinen Kopf stand ebenfalls in Büscheln ab. Der Arzt wandte sich der anwachsenden Menge zu, und seine runden Brillengläser blitzten kurz auf, als das schwindende Licht sich darin spiegelte.

Er sagte nichts, sondern wartete, bis die Zuschauermenge größer geworden war, und dann blickte er zu dem dunklen Eingang hinüber und nickte. Ein letzter Assistent kam heraus und gesellte sich zu der Gruppe, und dann erschien das Ungeheuer.

Es war ein mächtiger, schwarzer Deutscher Schäferhund, der, wie die meisten Hunde in Rankstadt, auf Größe gezüchtet worden war. Aufgerichtet war er einen Meter achtzig groß. Er hatte einen dicken Stock bei sich, den er verwendete, um sich bei seinen zögernden Schritten abzustützen. Alle vier Gliedmaßen waren mit Bandagen umwickelt – die Muskeln und Sehnen waren gestreckt worden, damit es ihm leichter fiel, aufrecht zu gehen und seine Arme zu benutzen, aber sie waren noch nicht verheilt. Im übrigen sah man ihn nur als Silhouette gegen den Himmel, der von orangefarbenen und violetten Wolkenstreifen überzogen war und hinter der dunklen, unbeholfenen Gestalt des Hundes gewaltsam festlich wirkte. Das Tier blieb vor Dr. Hacker stehen und blickte ihn an.

Der Arzt wandte sich an die Menge:

»Ich stelle Ihnen jetzt – den Hund Rupert vor, den ich mit Hilfe meiner Assistenten so verändert habe, daß er der erste vollkommene Hundesoldat geworden ist.«

Absolute Stille herrschte.

»Rupert«, sagte Dr. Hacker und lächelte seinem Hund zu, »sprich zu den Rankstädtern. Sie haben viele Jahre darauf gewartet, deine Bekanntschaft zu machen.«

Eine Pause entstand, und dann öffnete Rupert das Maul.

»Rrrgh«, räusperte er sich. Er spuckte einen dunklen Klumpen auf den Boden.

»Gchrr – Guten Abend, Bürger von Rankstadt«, begann er. Seine Stimme war belegt und klang feucht, so als hätte er eine Flüssigkeit in seinem künstlichen Kehlkopf.

»Ich heiße Rupert. Ich habe noch viel zu lernen, bis ich das volle Potential meiner Fähigkeiten nutzen kann. Doch ich bin mit hoher Intelligenz ...« Hier hielt er inne und sah Dr. Hacker an.

»Ausgestattet«, half der Arzt ihm weiter.

»... *ausgestattet*, und meine – entsprechen und ...«

»*Meine Hände und mein Sprechapparat*«, soufflierte Hacker leise.

»Hände und Sprechapparat – *entsprechen* – genau Dr. Ranks Beschreibungen. Vielen Dank.«

»Ja, sehr gut«, murmelte Hacker. Die Menge begann zu applaudieren, und er hob die Hand.

»Der Hund versteht, was er sagt, aber es wird noch eine Weile dauern, bis er die Sprache vollständig erlernt hat. Er ist natürlich seit mehreren Jahren in der Ausbildung, aber erst in den vergangenen beiden Tagen hat er die geistige Kapazität erhalten, um die Sprache ganz zu nutzen. Doch ich wollte ihn diese kleine Rede lehren, um seine Fähigkeiten zu demonstrieren.

»Sehr gut, Rupert«, sagte er noch einmal, schenkte dem Hund ein flüchtiges Lächeln und klopfte ihm auf die einbandagierte Schulter. Rupert zuckte zusammen.

Sechs Monate später funktionierte der erste richtige Monsterhund beinahe perfekt. Seine Schöpfer hatten nur einen Fehler gemacht, sie hatten nämlich statt eines Welpen ein ausgewachsenes Tier verwendet. Da Rupert seine prägenden Jahre als Hund verbracht hatte, war seine Fähigkeit, die Sprache und bestimmte gesellschaftliche Fertigkeiten zu erlernen, ein wenig eingeschränkt, aber im ganzen kam er sehr gut zurecht, und er lernte, alle Aufgaben eines Dieners auszuführen, zu schießen und schließlich auch zu lesen. Die Hunde, die ihn noch gekannt haben – die Generation meiner Eltern –, meinten, sein größtes Vergnügen sei es gewesen, eine Kutsche zu lenken. Vor seiner Fertigstellung hatte er panische Angst vor Pferden gehabt; danach konnte er sie völlig beherrschen, wie ein Mensch.

Doch das Privileg, zu kutschieren, wurde ihm irgendwann genommen. Niemand wußte genau, was der Grund dafür war, aber ich denke mir, es war nichts weiter als eine widersetzliche Miene, die der Hund aus Nachlässigkeit beibehielt, als er sich einmal umdrehte, um seinen Herrn hinter sich auf der Sitzbank der Kutsche anzuschauen.

Rupert war nicht glücklich. Er hatte einen zu großen Teil seines Lebens als gewöhnlicher Hund verbracht, und plötzlich mit der Einsicht ausgestattet zu sein, was das war – was er in vieler Hinsicht noch immer war –, war ein großer Schock für ihn. Später sagte er zu einem Freund, es wäre gewesen, als wäre er aus einem schönen Traum aufgewacht, um sich in der Sklaverei wiederzufinden, als wäre er im Schlaf von Angehörigen einer anderen Rasse gefangengenommen und in ihr Land verschleppt worden. Es ist schrecklich, ein Hund zu sein und das zu wissen; und ich vermute, für Rupert war es um so schlimmer, als er sich an eine Zeit erinnern konnte, da er es noch nicht gewußt hatte.

Zu Ruperts Lebzeiten wurden noch hundert weitere Monster hergestellt, und die Techniken wurden perfektioniert. Man veränderte die Gehirne der Hunde, solange sie noch Welpen waren, und paßte ihnen kleine, vorläufige Hände und Kehlköpfe an. Dauerhafte Hände bekamen sie in der frühen Jugend. Durch Züchtung und, wie ich glaube, genetische Veränderungen, hatte man ihre Lebenszeit verlängert, und nachdem ihre Gehirne verbessert worden waren, gelangten sie etwa in der gleichen Zeit zur Reife wie Menschen. Eine kleine Schule wurde errichtet, in der die Welpen lesen und schreiben lernten, genauso wie normale Kinder. Innerhalb weniger Jahre nach Ruperts Erschaffung hatten alle reichen Familien in Rankstadt Hundediener, die sie bei sich zu Hause aufzogen.

Rupert selbst lebte nicht lange. Sein Wachstum war

nach einem eigenartigen Muster verlaufen, denn er war als Hund erwachsen geworden und dann durch seine Veränderung wieder zurückgeworfen worden, was ihm das Gemüt eines menschlichen Kindes gab. Als Jugendlicher, ein Jahrzehnt nach seiner Vollendung, als er körperlich bereits ausgereift war, litt er unter heftigen Stimmungsschwankungen. Er wurde Dr. Hacker auf merkwürdige, infantile Weise ungehorsam: Er kaute zum Beispiel an Stuhlbeinen herum und fraß Schuhe. Es war, als stünde er dabei unter einem Zwang, denn unmittelbar darauf bereute er seine Untaten sehr, und trotzdem konnte er sich zunehmend weniger beherrschen. Manchmal verließ er abends das Haus und wühlte in den Abfallhaufen an den Seitengassen herum oder hetzte Schafe. Da seine hündischen Triebe mit menschlicher Intelligenz gepaart waren, konnte er viel Schaden anrichten. Das größte Verbrechen, das Rupert verübte, auch wenn sein Herr dessen ganzes Ausmaß zu jener Zeit noch nicht hätte abschätzen können, war eine Liebesaffaire mit einer Riesenschnauzerhündin, die bei Nachbarn der Hackers lebte.

Sie hieß Ilsa und war ein zartes, sonderbares Wesen. Ich glaube nicht, daß das Verhältnis der beiden länger dauerte als ihre Läufigkeit. Ilsa wohnte in einer Mansarde und hatte wenig Kontakt zu anderen Hunden, weil ihre schlechte Gesundheit sie am Schulbesuch gehindert hatte. Rupert Hacker sprach viele Nächte lang aus dem Garten unter ihrem Fenster zu ihr und überredete sie schließlich, an einem Abend die Küchentür nicht zu verriegeln, damit er ins Haus gelangen konnte. Er schlich sich in ihr Zimmer hinauf, und sie verbrachten eine Stunde zusammen; am nächsten Abend ließ sie die Tür wieder unverriegelt und am folgenden auch, und so ging es eine ganze Woche lang.

Danach ließ Rupert sich nicht mehr bei ihr blicken. Ich

habe gehört, daß Ilsa sich noch eine ganze Weile danach oft aus ihrem Fenster beugte und nach ihm weinte und schniefte und damit ihre ganze Hundenachbarschaft wachhielt; aber er kam nicht wieder. Einen Monat später wurde er getötet.

Nach Dr. Hackers Erzählungen hat Ruperts Tod sich folgendermaßen zugetragen: Auf einem Jagdausflug mit einigen Freunden war Dr. Hacker von einem ungeheuren Grizzlybären angegriffen worden, der plötzlich zwischen den Bäumen auftauchte und auf ihn losstürzte, bevor er anlegen konnte. Rupert warf sich sofort auf den Bären, und während Dr. Hacker versuchte, einen Schuß abzugeben, schlug der Grizzly dem Hund die Zähne in den Hals und schüttelte ihn, so daß er ihm das Genick brach und ihn auf der Stelle tötete. Einen Augenblick später fiel der Bär Dr. Hackers Kugel zum Opfer.

Von einem anderen Hund, der mit auf der Jagd war, habe ich jedoch gehört, Rupert sei in Wirklichkeit weit vor der Jagdgesellschaft hergelaufen und in die Höhle des Grizzlys geraten – vielleicht nicht zufällig. Es war ein Muttertier mit Jungen und verfolgte Rupert, als er zu seinem Herrn zurückfloh. Hacker sah die Bärin so rechtzeitig, daß er hätte anlegen und schießen können – aber bevor er dazu in der Lage war, stürzte der Hund sich auf den Grizzly und versperrte ihm den Weg. Rupert kämpfte tapfer, aber er hatte keine Chance. Vielleicht hatte er die wütende Bärin absichtlich zu seinem Herrn geführt, in der Erwartung, daß sie Hacker umbringen würde, hatte es aber im letzten Augenblick dann nicht übers Herz gebracht, der Sache ihren Lauf zu lassen; dem Hund zufolge hatte Rupert sich jedenfalls wissentlich in die Fänge des Todes gestürzt.

Wie auch immer die Wahrheit aussehen mag, Rupert wurde als Held gefeiert und von seinem Herrn betrauert.

Hacker beklagte insbesondere, daß der Hund keine Nachkommen hinterlassen hatte – oder vielmehr, daß der einzige kleine Wurf, den er früher einmal gezeugt hatte, durch ungeschickte chirurgische Experimente verlorengegangen war (wie viele andere Welpen auch; mindestens genausoviele, wie das Erwachsenenalter erreicht hatten).

Bald jedoch wurde offensichtlich, daß Ilsa trächtig war, und sie war gezwungen, ihre Affaire mit Rupert zu beichten. Die Welpen würden Mischlinge sein, mit einer kümmerlichen Hündin als Mutter, aber der alte Dr. Hacker freute sich trotzdem auf sie. Ruperts Erschaffung war die Krönung seiner Laufbahn gewesen, und inzwischen wurde Dr. Hackers Werk von der Arbeit jüngerer Wissenschaftler in den Schatten gestellt, so daß es sein großer Wunsch war, ein lebendes Denkmal für sein erstes perfektes Ungeheuer zu besitzen.

Doch er bekam es nicht. Nachdem Ilsa von Ruperts Tod erfahren hatte, siechte sie schnell dahin, und die Welpen waren bei der Geburt mehr tot als lebendig. Die Hündin starb kurz darauf, und Frau Hacker mußte die Jungen mit der Flasche aufziehen. Sie waren allesamt gleich kränklich, so daß Dr. Hacker jeden Welpen hätte nehmen können, bis auf einen. Dieses Tier war der Kümmerling, das kleinste aus dem schwächlichen Wurf, das unerklärlicherweise ein schmutziggraues Fell hatte, obwohl seine Eltern beide schwarz gewesen waren. Es war kein Albino, sondern ich vermute, daß bei ihm auf merkwürdige Weise irgendwelche fernen Vorfahren durchschlugen. Vielleicht war es auch einfach eine Mutation. Die Wahrscheinlichkeit, daß ein solcher Hund geboren wurde, war äußerst gering, und seine Überlebenschancen waren beinahe gleich null. Doch am Ende war er natürlich der einzige aus dem Wurf, der am Leben blieb.

Wie Sigmund, ein anderer Hund, der im Haushalt lebte, berichtete, hielt Frau Hacker den häßlichen kleinen Welpen für ein Wunder, und folglich glaubte Dr. Hacker, seine Frau sei irgendwie am Tod der anderen Hündchen schuld; vielleicht hatte sie diesen Welpen anders behandelt, um ihn am Leben zu erhalten. Hacker wollte das Tier töten, denn es schien ihm den Fehlschlag seiner gesamten Arbeit zu repräsentieren. Der Arzt war alt; er hatte sein Leben der Fertigstellung des ersten richtigen Monsterhundes gewidmet und hatte etwas geschaffen, das vielversprechend ausgesehen hatte, aber dann war mit dem Hund etwas schiefgegangen, und er hatte sich selbst umgebracht. Hakker hatte seine Ideen an jüngere Männer weitergegeben, und jetzt konnte er mit ihrer Arbeit nicht mehr mithalten. Niemand wußte, daß Ruperts Tod Selbstmord gewesen war, aber alle hatten von seinen merkwürdigen nächtlichen Streifzügen und von seiner Affaire mit Ilsa gehört. Dieses einzige, widerwärtige Produkt aus Ruperts Samen wirkte wie das endgültige Ergebnis eines langwierigen Experimentes, dem Hacker sein gesamtes Berufsleben geopfert hatte. Der mißratene Welpe schien das gesamte Lebenswerk des Arztes zu verkörpern, und Hacker haßte ihn und bestand darauf, daß er ertränkt werden müsse.

In einem Anfall von Grausamkeit befahl der Arzt seiner Frau, das Tier eigenhändig zu ertränken, denn er wollte sie leiden lassen, weil sie die Kreatur gepflegt hatte. Traurig fügte Frau Hacker sich, nahm den Welpen und eilte mit ihm durch die ganze Stadt, zur Behausung von Jedediah Arch.

Wie sein Großvater, der zufällig nach Rankstadt geraten war, nachdem er in den Vereinigten Staaten aus dem Gefängnis entflohen war, war Jedediah ein griesgrämiger Einsiedler. Er wohnte in einer armseligen Hütte am Stadtrand, und Hacker würde, das wußte seine Frau, niemals Veranlassung haben, dort hinzukommen. Aber Frau Hakker verspürte eine seltsame Zuneigung zu Jedediah, denn sie hatte ihn mehrmals bei heimlichen gütigen Taten ertappt: wie er eine kranke Gans bei sich aufnahm, die zum Sterben im Wald ausgesetzt worden war, und sie als Haustier bei sich behielt; wie er einen betrunkenen Jungen einen Tag lang, bis er sich wieder erholt hatte, vor seinen Eltern versteckte, damit er keinen Ärger kriegte. Jedediah schien der Richtige für den Welpen zu sein.

Er wollte das Tier nur allzu gern haben, und Frau Hakker verkaufte es ihm ganz billig und verwandte das Geld darauf, sich einen neuen Hut putzen zu lassen. Sie glaubte, richtig gehandelt zu haben. Sie war eine gute Frau; ich habe sie noch gekannt, als ich jung war. Sie konnte damals nicht wissen, was sie getan hatte. Dr. Hacker hatte, als er aus ohnmächtiger Wut über sein eigenes Versagen handelte, die richtige Entscheidung getroffen, und seine Frau, die aus Barmherzigkeit handelte, die falsche. Ich möchte fast sagen, daß sie für den Preis dieses Hutes alle Menschenleben in Rankstadt verkaufte. Und warum sollte ich es auch nicht sagen? Es ist wahr.

Der Hund, den Frau Hacker an Jedediah verkaufte, bekam den Namen Rudolf Ezekiel, aber sein Spitzname war das Wort, das man in Rankstadt für Mischlinge verwendete, nämlich Mops, und so wurde er von allen gerufen. Querköpfig, wie er war, benutzte er, als er zur Schule kam, gern den Nachnamen des Mannes, der ihn gehaßt hatte, denn der alte Arzt sollte nie vergessen, daß der Kümmerling überlebt hatte. Und so wurde Rudolf Ezekiel Hacker-Arch bei seinesgleichen unter dem Namen bekannt, den er selbst gewählt hatte: Mops Hacker.

Zweiter Teil

Mops Hacker

9

Aus den Aufzeichnungen Ludwig von Sachers
New York, 30. März 2010
Mops Hacker, der Anführer der Hunderevolution, verbrachte seine ersten Lebensjahre bei Jedediah Arch. Als Nachfahre eines der wenigen Amerikaner, die in den ersten Jahren nach Rankstadt gekommen waren, war Jedediah der einzige Bürger der Stadt, der Englisch konnte, denn die anderen waren über Generationen hinweg dazu erzogen worden, ausschließlich Deutsch zu sprechen. Dem Stil von Mops' Tagebuch nach zu urteilen, muß die Büchersammlung seines Herrn aus dem späten achtzehnten Jahrhundert gestammt und eine Bibel enthalten haben. Wir wissen nicht, warum diese Bibliothek keine neueren Werke umfaßte – vielleicht, weil man die alten Bücher für besonders wertvoll hielt und sie daher besonders sorgsam hütete –, aber darüber können wir nur Vermutungen anstellen. Mit Sicherheit allerdings wissen wir, daß es die einzigen Bücher in englischer Sprache waren, die zu unseren Lebzeiten noch in Rankstadt existierten.

Mops war der einzige Hund, den Arch besaß, und so wuchs er relativ isoliert auf, und den größten Teil seiner Kindheit über hing er sehr an seinem Herrn.

Im Alter von sechs Jahren kam er auf die Hundeschule, erwarb sich aber sofort den Ruf eines schlechten Schülers und Störenfrieds, der ihm während seiner ganzen Jugend anhaften sollte.

Die folgenden Auszüge stammen aus einem Tagebuch, das Mops mit dreizehn Jahren zu führen begann. Es ist ganz in Englisch abgefaßt, was darauf hinweist, daß es geheim bleiben sollte. Die Numerierung hat Mops sich selbst ausgedacht. Ich habe mich in erster Linie auf seine soziale Entwicklung konzentriert, weil er von einem verachteten Außenseiter zum größten Führer unserer Rasse heranwuchs. Diese Zitate werden, so hoffe ich, einen Einblick in das Denken des Hundes geben, der seine Rasse im Alter von siebzehn Jahren in die blutige Rebellion gegen die Menschen in Rankstadt führen sollte, wodurch der Lauf der Geschichte für uns entscheidend verändert wurde.

[Titelseite]

RUDOLPH EZEKIEL HACKER-ARCH

Sein Buch

Meinen Freunden bekannt als

MOPS HACKER

Wohnhaft auf dem Landgut *von Meister Jedediah Arch, bestehend aus der* Hütte, *dem* Schuppen *und dem* Hühnerstall.
Ich schreibe dies am 2. September 1995.

[Erste Seite]:

I

1. Freunde. Wo ist Mops Hacker heute, an diesem Samstag, und es ist 10 Uhr vormittags?

2. Mops Hacker schläft, und er erwartet, daß er noch lange weiterschlafen wird.
3. Doch Meister JEDEDIAH ARCH ruft nach ihm!
4. Nichtsdestotrotz, er schläft.

II

1. Bekam heute nachmittag Prügel von Arch, er fand mich schlafend bei dem großen Felsblock hinter dem Schuppen.
2. Aber, während ich noch schlief, hatte ich einen Traum gehabt.
3. In diesem Traum flog eine kleine, undeutliche Gestalt, als wäre es ein Rauchwölkchen, in meinen Mund hinein.
4. Da ward ich voller Kraft, denn diese kleine Wolke war sehr stark.
5. Da erhob ich mich und schlug Arch nieder, und er fiel zu Boden, weil ich ihn niederschlug.
6. Da erwachte ich, und Arch stand über mir. Und er prügelte mich schlimm.
7. Es ist ein hartes Stück Arbeit, ein Hund zu sein.

III

1. MOPS HACKER hat keinen Freund.
2. Die Hunde, sein Volk, nennen ihn irregeleitet.
3. Und sie nennen ihn »stinkend.«
4. Er ist allein auf der Welt, und sein Alter ist 13 Jahre.
5. Auch Jedediah Arch hat keinen Freund, und auch er wäscht sich nicht, und seine Kleider sind schmutzig. Und MOPS HACKER muß auch leiden, weil sein Herr schmutzig ist und arm.
6. Deswegen hasse ich Jedediah Arch, und alles, was zu ihm gehört, ausgenommen diese englische Sprache, die

er mich gelehrt hat, die niemand sonst in dieser ganzen Stadt versteht.

7. Die jetzt meine ist und nicht mehr ihm gehört. Und ich bin nicht sein Sohn, und sein Name ist nicht mein Name, denn ich werde nicht bei seinem Namen genannt.
8. Denn ich bin der Sohn von Augustus Rank, dem Vater der Hunde, und mein Vater ist seit einhundert Jahren tot.
9. Und ich habe keinen Freund.

[CA. AUGUST 1996, IM ALTER VON VIERZEHN JAHREN]:

CLXIV

1. O Lydia, es war, als hätte ich Dich nie zuvor gesehen: Wie weiß Du bist, wie vollkommen, ich kann nicht fassen, wie weiß Du bist in dieser schmutzigen Welt, eine reine, weiße Alabastermaid in dieser schmutzigen, schmutzigen Welt. Die ich verlassen wollte, bis ich Dich sah. Du hast meiner Hand mit dem Messer Einhalt geboten, als ich mir eben die Kehle durchschneiden wollte, Du weißt nicht, warum ich dort beim Felsblock war: Aber das war der Grund, daß ich meinem Leben ein Ende setzen wollte, bis Du mir diese einfache Frage stelltest: Was machst Du hier: Und ich konnte nicht antworten, weil ich mich schämte: Ich schämte mich, zu Dir zu sprechen: Weil meine Nase erfüllt war von dem Geruch, von Rosenwasser und der Reinlichkeit eines Mädchens, die zu mir sprachen und sagten: Die Welt ist nicht schmutzig, wenigstens ein Reines gibt es darin. Aber mein Mund war verschlossen, und ich war nicht fähig, Dir eine Antwort zu geben: Und ich konnte auch gar nichts anderes sagen, sondern schaute mit

offenem Munde, so wie AUGUSTUS RANK, von dem es heißt, er habe als Kind gestottert, und ich konnte nicht sprechen, denn Du duftetest so gütig für mich, daß ich wie AUGUSTUS RANK nicht sprechen konnte.

CLXV

1. Beschlossen, an diesem Tage keinen Kontakt mehr mit Lydia zu haben.
2. Denn MOPS HACKER ist heute zur Schule gegangen, was er sehr lange Zeit nicht getan hatte.
3. Und er näherte sich der Hündin Lydia und sprach ihren Namen.
4. Aber sie antwortete ihm nicht: und sie roch sehr kühl und nicht freundlich, und sie tat, als würde sie ihn nicht bemerken.
5. Und wieder sprach er ihren Namen, woraufhin sich einige Härchen in ihrem Nacken ein wenig sträubten, und sie sandte einen scharfen Geruch aus, und immer noch gab sie keine Antwort. Und solcherart war sie sehr unverschämt und unfreundlich, und MOPS HACKER wurde böse, sehr böse.
6. Warum hat diese Hündin mich so getäuscht?
7. Weil sie unwissend ist und mit ihrem Schwänzchen alles und jeden anwedelt und nicht weiß, warum sie das tut, sondern mit ihren kleinen Freundinnen schwatzt, und sie reden über nichts, denn es sind törichte Frauenzimmer. Denn das Gerede von Hündinnen ist wie der Wind, der die Blätter bewegt: Es ist ein Geräusch, aber es bedeutet nichts.
8. So sagt MOPS HACKER, der die Versuchung durch die Hündinnen bezwungen hat: Gedenket dieser Worte, und wiederholt sie euren Söhnen.
9. Denn ich habe sie gesagt, und sie sind wahr.

[CA. DEZEMBER 1997, IM ALTER VON FÜNFZEHN ODER SECHZEHN JAHREN. DER HINWEIS AUF MICH IN CCXCIV. 5 IST UNRICHTIG. ICH WAR NIE MIT MOPS BEFREUNDET, UND ICH KANN MICH NICHT ENTSINNEN, JEMALS SEINE FREUNDSCHAFT GESUCHT ZU HABEN. – ANM. D. HRSG.]

CCXCIV

1. Aber zwei aus seinem Volke folgten ihm und verachteten ihn nicht und kamen jeden Tag zum Felsblock, um ihn zu treffen.
2. Und sie hießen Max und Otto.
3. Und Otto hatte verschiedene Messer, und er konnte sie werfen. Und Max hatte viele interessante Bücher, darunter Bücher über Militärgeschichte, welche am interessantesten sind, und MOPS HACKER beherrschte die englische Sprache und viele andere Dinge.
4. Also sollen sie die Rechtgläubigen heißen.
5. Nicht aber Ludwig, der mit wedelndem Schwanz auf uns zukommt, denn er ist ein Idiot.

CCCIII

1. ETWAS GROSSARTIGES & ERSTAUNLICHES HAT SICH ZUGETRAGEN, UND DIE RECHTGLÄUBIGEN SOLLEN ES HÖREN.
2. Jene mit Namen Max und Otto.
3. MOPS HACKER träumte wieder von der Rauchwolke, jener Wolke der Kraft, und in diesem Traum war die Wolke größer als zuvor, und sehr dicht, noch dichter als in dem Traum in CCLXIV: 1–4 oder CCLXXXVII: 1–7 oder in irgendeinem anderen Traum.
4. Und sie näherte sich ihm, und er öffnete den Mund, um sie aufzunehmen, wie er es immer zu tun pflegte.
5. Aber die Wolke blieb in der Luft stehen und kam nicht näher.

6. Und Mops Hacker war verwundert, denn die Wolke begann, sich vor seinen Augen zu verwandeln, was sie nie zuvor getan hatte.
7. Und vor seinen verwunderten Augen kondensierte sie und schien fest zu werden, bis er sehen konnte, daß sie die Gestalt eines Mannes hatte.
8. Und bald konnte er sehen, wer dieser Mann war: Denn es war Augustus Rank, der Vater der Hunde. Und er sprach zu ihm: Mein Sohn.
9. Und Mops Hacker konnte nicht sprechen, sondern stand vor Verwunderung mit offenem Munde da.
10. Woraufhin die Wolke, noch immer in der Gestalt des Augustus Rank, in seinen Mund flog!
11. Und Mops erhob sich, und er vernichtete alle Menschen! Er nahm das Schwert, und seine Zähne waren scharf, und das Etwas in ihm wurde zu Feuer! Und alle Hunde folgten ihm und riefen: Hier ist unser Herr, und sie riefen: Nieder mit den Menschen!
12. Und Freunde, die Häuser unserer Unterdrücker wurden in Brand gesteckt, und die Menschen kamen auf die Straßen gerannt. Und die Tische, an denen wir bedienten, wurden entzweigeschlagen, und die Hütten, in denen wir Holz hackten, stürzten zusammen, und die Kühe, die wir molken, wurden von brennenden Balken zerquetscht, und sie muhten, und dann starben sie, entsetzlich brennend.
13. Und weder Mann noch Frau noch kleines Kind blieben am Leben, denn unsere Zähne waren in ihrem Fleisch, und sie kamen alle um, sie baten um Gnade unter vielen Tränen und Gejammer und kläglich und erbärmlich, und es gab keine Gnade für sie, denn wir zerrissen ihre schwachen Glieder und zerbissen ihre weichen Köpfe in den Rachen unserer Rechtschaffen-

heit, und die Frauen durchbohrten wir mit den Schwertern unseres Zorns, und die Männer entmannten wir mit unseren eigenen Händen! Und wir erfreuten uns am Geruch des Blutes, denn er war vorzüglich!

14. Meine beiden Freunde, meine Rechtgläubigen, bald ist es Zeit, daß meine Prophezeiung Wirklichkeit wird. Denn wir müssen AUGUSTUS RANK glauben, der gesagt hat: »Ich werde wiederkehren.«

10

(CLEO)
Anfang April rief Lydia mich an. Ich hatte viel geschrieben, hatte aus den Recherchen für meinen *Vanity Fair*-Artikel und dem, was Klaue mir auf der Baustelle zeigte, kurze Stücke gemacht und gleichzeitig versucht, mein Studium nicht zu vernachlässigen. Außerdem kellnerte ich noch ein paar Abende in der Woche, und ich hatte weder an Lydia noch an Ludwig noch an sonst irgend etwas gedacht, nur an das, was jeweils in der nächsten Minute zu tun war. Ich war überrascht, ihre Stimme zu hören.

»Wir müssen miteinander sprechen, Cleo«, sagte sie. »Über Ludwig.«

»Was ist denn mit ihm?« fragte ich.

»Er ist sehr aufgebracht.«

»Ach ja?« sagte ich ohne besonderes Interesse. Ich hatte ihm nach unserem Streit einen Brief geschrieben und mich entschuldigt, ein bißchen zumindest, aber ich hatte keine Antwort von ihm erhalten.

»Macht es dir etwas aus, in meine Wohnung zu kommen, damit wir uns unterhalten können? Ich glaube, das wäre wirklich gut, und es wäre so viel gemütlicher als am Telefon. Wir können zusammen zu Abend essen.« Es war, als würde sie den Atem anhalten, während sie auf meine Antwort wartete.

»Ja, das fände ich schön. Ich glaube ehrlich gesagt nicht,

daß ich wegen Ludwig irgendwas tun kann, aber ich würde dich gerne besuchen.«

Also machten wir Pläne für meinen nächsten freien Abend. Lydia schickte mir ihren Chauffeur, einen schweigsamen Mann mit Schnurrbart und einem Akzent, den ich nicht einordnen konnte, weil er so wenig sprach. Er brachte mich in einer grauen Limousine zur Upper West Side und ließ mich vor einem schönen Haus aus dem frühen zwanzigsten Jahrhundert aussteigen. Die marmorne Eingangshalle und die geräuschlosen Fahrstühle erinnerten mich an die Gebäude, die ich in meiner Phantasie aufgesucht hatte, bevor ich die Hunde kennengelernt hatte.

Lydia wohnte im zwölften Stock, in einem Penthouse mit Glastüren im Wohnzimmer, durch die man auf eine Terrasse und dahinter auf den Hudson, sein Westufer und den Abendhimmel blickte. Der Tisch war nur auf einer Seite gedeckt, so daß wir beim Essen hinaussehen konnten.

»Ludwig mag dich ausgesprochen gern«, sagte Lydia beim Essen, das aus marokkanischem Lamm mit Feigen und Reis bestand. »Ich glaube, es würde ihn freuen, wenn ihr eure Meinungsverschiedenheiten beilegen könntet.«

»Ich mag ihn auch«, erwiderte ich. »Ich habe doch nur versucht zu helfen, als ich an dem Tag bei ihm vorbeiging.«

»In bestimmten Dingen ist er empfindlich. Das sind wir alle.«

Sie hielt die Gabel bewegungslos in der Luft und beobachtete mich.

»Was hat ihn denn an meinem Besuch so gestört?« fragte ich.

»Ich vermute, es war deine Annahme, daß er Hilfe brauche.«

»Aber jeder braucht doch Leute, die sich manchmal Gedanken um ihn machen. Das ist keine Beleidigung«, meinte ich.

»Wieviel weißt du über seine Krankheit?« fragte Lydia.

»Nichts«, antwortete ich.

Sie wirkte überrascht, konzentrierte sich aber auf ihren Teller. »Gut, ich erzähle es dir«, sagte sie. »Er hat in letzter Zeit Gedächtnisausfälle, und er glaubt, daß er in diesen Phasen in den Geisteszustand eines normalen Hundes zurückfällt. Sie werden länger und häufiger, und er befürchtet, irgendwann völlig den Verstand zu verlieren. Das Erschreckende ist,« – Lydia hörte auf, ihr Lamm zu schneiden, was sie während des Sprechens mit langsamer Bestimmtheit getan hatte, und sah mir in die Augen – »daß es anscheinend auch anderen Hunden passiert. Es ist schwer zu sagen, weil niemand gerne darüber spricht.«

»Ist es dir passiert?«

»Nein. Aber Klaue zum Beispiel.«

»Woher weißt du das?«

»Er hat es mir erzählt«, sagte Lydia. »Über die anderen habe ich hauptsächlich Gerüchte gehört.«

»Mir war nicht klar, daß du Klaue nahestehst.«

Lydia nahm eine Gabel Lamm. »Man braucht jemandem nicht nahezustehen, um ihn dazu zu bringen, sich einem anzuvertrauen«, meinte sie.

Sie schob das Essen ins Maul und sah dann zu mir auf.

»Du ißt ja gar nicht«, stellte sie fest. »Dieses Gespräch hat dich aufgewühlt.«

»Kann man denn gar nichts tun?« fragte ich. »Gibt es keinen Arzt, zu dem die Hunde gehen könnten?«

»Nein, dafür nicht. Für einen Knochenbruch ja, aber nicht für etwas Psychisches. Du verstehst den Unterschied, oder?«

»Ich glaube ja«, erwiderte ich. »Aber was wird jetzt aus Ludwig und den anderen?«

Lydia legte die Ohren an. Sie wirkte ärgerlich. »Es wird nicht angenehm sein«, sagte sie.

»Aber irgendwas muß man doch tun können. Wir könnten uns etwas überlegen, wenigstens etwas, um einen Versuch zu machen.«

Lydia antwortete nicht.

Nach dem Essen fragte sie mich, ob ich gerne Musik hören würde, und als ich bejahte, führte sie mich zu dem Flügel in der Ecke des Wohnzimmers hinüber und setzte sich davor. Ich machte es mir zum Zuhören in einem Sessel bequem, und sie spielte etwas Langes und Trauriges, das ich noch nie zuvor gehört hatte. Als sie fertig war, sagte ich: »Das war wunderbar.«

»Sie haben es mir beigebracht«, meinte sie. »Die Familie, die mich großgezogen hat, war sehr musikalisch. Wir haben manchmal kleine Konzerte gegeben, früher, in Rankstadt.«

»Du und die Familie?«

»Ja. Wir haben Quartette und Trios gespielt. Der Vater, der Sohn, die älteste Tochter und ich.« Lydia lachte. »Niemand hätte geglaubt, daß man einem Hund das Klavierspielen beibringen könnte, aber ich spielte mit Begeisterung. Ich saß vor dem Klavier und hämmerte darauf herum. Die Familie ermutigte mich, und so lernte ich es schließlich. Jetzt spiele ich natürlich nur noch für mich. Freut mich, daß es dir gefallen hat.«

»Ich könnte ewig zuhören, wirklich«, bestätigte ich.

Lydia nickte huldvoll. »Und jetzt zu Ludwig«, sagte sie. »Ich weiß, daß du ihm einen Brief geschrieben hast. Ich habe ihm gesagt, er solle dir antworten, aber vermutlich hat er das noch nicht getan.«

»Nein.«

»Dann schreib' ihm doch noch einen Brief. Du brauchst den Streit nicht zu erwähnen, sei einfach freundlich. Ich glaube, es kommt alles wieder in Ordnung.«

»Gut, ich schreibe noch mal«, sagte ich.

»Danke, Cleo. Es wird Ludwig viel bedeuten, das verspreche ich dir.«

Nachdem ich den ersten Artikel geschrieben hatte, hatte sich alles rasend schnell verändert, und im Frühling sah mein Leben fast vollkommen anders aus als fünf Monate zuvor, zu der Zeit, als ich Ludwig kennengelernt hatte. Als bekannt wurde, daß ich der einzige Mensch war, dem Klaue Interviews gab, wurde ich von mehreren Zeitschriften mit Artikeln über das Schloßprojekt beauftragt, und weil Klaue selbst sich nicht interviewen ließ, begann man außerdem, mich um Interviews und um Informationen über ihn und das Schloß zu bitten – für Radio- und Fernsehsendungen, Zeitschriften und Tageszeitungen. Auch die Gegend, in der ich wohnte, veränderte sich, denn Neuhundstein wurde nur anderthalb Blocks von meinem Mietshaus entfernt gebaut, und ständig schwirrten Reporter und Photographen in der Gegend herum. Klaue ließ mich nur Interviews geben, die gedruckt erschienen, und dann auch nur, wenn die Fragen schriftlich gestellt wurden, so daß er meine Antworten lesen konnte, bevor ein Mensch sie las. Trotzdem schien sich meine Karriere, wenn es denn eine war, lawinenartig zu entwickeln. Doch ich wußte, falls ich Klaue jemals enttäuschen sollte und er beschließen würde, mein Privileg an jemand anders weiterzugeben, würde mir nichts bleiben. Ich hatte mich entschieden, mein Studium abzubrechen, und ich hatte sogar meinen Kellnerinnenjob aufgegeben, um mich ganz dem Artikelschreiben zu widmen. Das Leben, das ich geführt hatte, bevor die Hunde gekommen waren, schien hinter mir zu versinken, während ich hinaustrat in die Welt, und ich sah keine Möglichkeit, wieder hineinzukommen.

Unmittelbar nachdem ich den ersten Artikel geschrieben hatte, hatte ich das gesamte Geld, das ich für die Studiengebühren im kommenden Herbst gespart hatte, auf die Einrichtung meiner Wohnung verwendet. Manchmal, wenn ich einen Vormittag oder einen Nachmittag lang nichts zu tun hatte, saß ich im Wohnzimmer und sah mir einfach alles an, die hauchdünnen Gardinen, die sich im Wind bauschten, die Bücherreihen in Regalen, die bis an die Decke reichten, das kleine viktorianische Sofa, das mit verblichenem grünen Samt bezogen war und von zwei Tischchen flankiert wurde, auf die ich zwei Schalen aus klarem Glas gestellt hatte, aus denen dunkelrote und violette Weintrauben aus gedrehtem Chromdraht und buntem Glas hervorquollen. Ich liebte es, den Blick vom Sofa zu den Weintrauben schweifen zu lassen: nach dem blassen, aristokratisch wirkenden Sofa der Schock der strahlenden, knalligen Farben, der Kontrast zwischen abgewetztem Samt und hartem, glänzendem Metall und Glas. Ich ließ die Augen vom Sofa zu den Trauben wandern, zu den Fenstern, zu den Büchern, zu dem kleinen marmornen Kaminsims, über den ich einen seltsamen, leuchtendrot getönten Spiegel aus den sechziger Jahren des letzten Jahrhunderts gehängt hatte, geformt wie eine Taube mit ausgebreiteten Flügeln und aufwärts gerichtetem Schnabel, und dazu zwei winzige, edwardianische Kameen in vergoldeten Rahmen, die von meinem Sitzplatz aus eigentlich nur wie zwei grünliche Flecken aussahen … Ich konnte eine ganze Stunde lang so dasitzen, und das tat ich auch oft, und nur schauen und jede Einzelheit der neuen

Gegenstände, die mir gehörten, in mich aufnehmen. Es war die Art von Dingen, die ich schon immer sehr gerne hatte besitzen wollen. Ich dachte, ich wäre glücklich, denn unter diesen Umständen konnte ich vernünftigerweise doch wohl nichts anderes empfinden, aber eigentlich hatte ich nur sehr große Angst, daß ich alles verlieren würde, und ich wollte mich daran erinnern können, wenn es so kommen sollte.

Ich sah Klaue oft. Dafür sorgte er. Rückblickend glaube ich, daß er auch dazu beitrug, daß ich soviel Zeit damit verbrachte, in meiner Wohnung zu sitzen und meine Möbel anzustarren. Er erinnerte mich immer wieder daran, daß die Leute auf den Cocktailpartys und bei den Essen, zu denen ich ab und zu eingeladen wurde, nur hinter Informationen und Klatsch über das Projekt her waren und daß ich leicht etwas ausplaudern konnte, ohne es zu wollen. Ich wußte, daß er recht hatte. Trotzdem, wenn Klaue nicht soviel Angst davor gehabt hätte, daß ich mit größeren Gruppen von Menschen zusammenkam, hätte ich vielleicht einfach gelernt, mit der Geheimhaltung zu leben, und wäre ausgegangen und hätte mich amüsiert. Aber ich wollte ihn nicht vor den Kopf stoßen, daher hielt ich mich zumeist von allen fern, außer von meinen guten Freunden.

Eines Abends Mitte April machten Klaue und ich in der Dämmerung einen Spaziergang im East River Park, in der Nähe meiner Wohnung. Es war die Jahreszeit, in der alle Blüten an den blattlosen Zweigen aufbrechen, weiß und rosa an den Kirschbäumen und gelb an den Forsythien. Das Zwielicht hatte sich gerade vom winterlichen Grau in die unwirklichen, summenden Farben verwandelt, die man nur in der verschmutzten Luft großer Städte findet, insbesondere im Frühling: Unmögliche Rosa- und Orangetöne spiegelten sich am Himmel über Brooklyn, und außerdem hatte das Licht etwas Geheimnisvolles, so daß alles glühte und die Farben sich bissen wie auf einer alten, kolorierten Fotografie. Der Fluß mit seinen kabbeligen Wellen bestand ganz aus metallischem Blau und Schwarz, und die weißen Blüten zeichneten sich geisterhaft gegen den Himmel ab.

Klaues Leibwächter folgten uns in ein paar Metern Abstand. Wie Geheimdienstagenten legten sie Wert darauf, daß man ihnen ansah, was sie waren, vermutlich, um abschreckend zu wirken. Sie trugen steife, dunkelblaue Anzüge und Sonnenbrillen, und die Sender, die in ihren Jacketts festgehakt waren, waren immer voll aufgedreht, so daß sie ständig Pieptöne und Störgeräusche von sich gaben. Beide Männer waren groß und unnötig muskulös, wie mir schien, und als wäre das alles nicht schon schlimm genug, hatten sie auch noch beide breite, quadratische Gesichter, wie Superhelden aus Comics, und Bürstenhaarschnitte. Ich kam mir mit dieser Bewachung albern vor, aber es war nicht zu ändern.

Wir begannen unseren Spaziergang schweigend. Es war ungewöhnlich, daß Klaue spazierengehen wollte, und ich wartete, um zu erfahren, was in ihm vorging, bevor ich etwas sagte. Außer uns waren noch ein paar Leute im Park, und ich war überrascht, wie wenig wir angestarrt wurden. Ich glaube, es lag daran, daß Klaue auf den ersten Blick zu erkennen war. Normalerweise starrt man Gesichter an, wenn man sicher ist, sie schon einmal irgendwo gesehen zu haben, in einem Film oder in einer Zeitschrift, ohne sie genau einordnen zu können, aber jemanden anzustarren, der so unverwechselbar war wie Klaue, konnte nur als Gaffen interpretiert werden, und darüber schienen sich alle erhaben zu fühlen.

Wir gingen bis ganz ans Südende des Parks, das fast

menschenleer war. Klaue blieb an dem niedrigen Eisenzaun stehen, der sich am Flußufer entlangzog, und sah auf das Wasser hinaus.

»Das ist so schön«, sagte er, »diese Jahreszeit, wenn alles gerade anfängt. Ich habe das Gefühl, daß ich draußen sein muß – soviel davon sehen muß wie möglich ...«

Er schwieg. Dann fragte er: »Hast du Ludwig in letzter Zeit gesehen?«

»Er ist schwer zu erreichen.«

Klaue wandte sich mit geschlossenem Maul zu mir um und schien darauf zu warten, daß ich weitersprach.

»Nein, ich habe ihn nicht gesehen.«

Er blickte wieder auf das Wasser hinaus.

»Ich mache mir Sorgen um ihn«, meinte er dann.

»Ich auch«, sagte ich. »Lydia trifft sich ab und zu mit ihm.«

»Tatsächlich? Und was erzählt sie von ihm?«

»Sie sagt, er hätte sich über unseren Streit aufgeregt.«

»Natürlich. Aber wie *geht es* ihm?«

»Ich weiß es nicht, Klaue. Warum bist du so neugierig?«

»Es ist einfach nur, daß ich so lange nichts von ihm gehört habe«, antwortete er.

»Er schickt dir nichts mehr von seinem Manuskript?«

»Ach, an seinen Notizen über Mops Hacker bin ich nicht interessiert. Ich habe Mops selbst gekannt, ich habe während der Revolution an seiner Seite gekämpft, es gibt also keinen Grund für mich, etwas über ihn zu lesen. Aber trotzdem habe ich erwartet, daß Ludwig Kontakt zu mir halten würde. Vielleicht könntest du ihm schreiben und herausfinden, ob du ihn besuchen darfst. Weißt du, seine – Krankheit ist recht weit fortgeschritten. Und ich würde gerne wissen ...«

»Wie es weitergeht«, ergänzte ich.

»Ja, und wie schnell sie voranschreitet.«

»Also, ich habe ihm kürzlich geschrieben«, sagte ich. »Lydia hatte mich darum gebeten.«

»Sie möchte gern, daß ihr beiden euch wiederseht, vermute ich.«

»Ich glaube ja.«

»Das ist sehr gut. Vielleicht überlasse ich es dann ihr.«

»Stimmt es, daß auch die anderen Hunde anfangen, krank zu werden? Bist du deswegen so neugierig, was Ludwig angeht?«

»Warum fragst du das?«

»Na ja, ich höre so dies und das, weißt du …«

»Von wem?«

Ich antwortete nicht. Ich war mir nicht sicher, ob Klaue wußte, daß Lydia meine Quelle war, und ich fürchtete, er könnte böse auf sie werden. Aber statt dessen fragte er: »Es war kein Mensch, oder?«

Ich schüttelte den Kopf. Klaue wirkte erleichtert, aber er trat einen Schritt dichter an mich heran, so daß er nun vor mir stand und mir von oben herab in die Augen blickte, und sagte leise: »Die Öffentlichkeit darf unter keinen Umständen etwas davon erfahren, verstehst du das, Cleo? Niemand darf Verdacht schöpfen. Du und ich werden dafür sorgen. Ist das klar?«

»Also stimmt es?«

»Beantworte meine Frage.«

»Ja«, sagte ich. »Ich verstehe. Aber was wirst du dagegen unternehmen? Wie geht es weiter?«

»Wir haben unsere eigenen Wissenschaftler, Hunde, die an dem Problem arbeiten. Die anderen machen sich größtenteils noch keine Sorgen.«

»Aber du.«

»Nein«, sagte Klaue.

»Aber ich ... Was ist, wenn sie kein Heilmittel finden?«

»Ich habe Pläne«, meinte Klaue leise. »Wir haben nichts zu befürchten. Aber es ist am besten, wenn du nicht eingeweiht bist, Cleo. Dann gerätst du auch nicht in Versuchung, etwas preiszugeben. Laß uns die Diskussion jetzt beenden.« Er drehte sich um und machte sich auf den Weg zurück zum Nordende des Parks, wo wir hergekommen waren. Seine Leibwächter schlenderten piepend und knisternd hinter ihm her und schauten dabei ständig nach links und rechts.

Als Klaue sah, daß ich ihm nicht folgte, blieb er stehen. »Komm«, sagte er. »Komm mit.« Doch ich rührte mich nicht.

»Ich begleite dich zurück zu deiner Wohnung.«

Ich seufzte und setzte mich in Bewegung. Vermutlich konnte ich nichts tun, um ihn dazu zu bringen, im Moment mehr zu sagen, und ich war sowieso nicht sicher, ob ich es wissen wollte. Wenn die Hunde alle verrückt wurden, war es vielleicht besser, so lange wie möglich nicht darüber nachzudenken. Ich konnte ohnehin nichts tun, um es zu verhindern.

»Braves Mädchen«, sagte Klaue, als ich ihn eingeholt hatte. Er reichte mir den Arm, aber mir war nicht danach zumute, mich bei ihm einzuhaken, und ich tat einfach so, als würde ich es nicht bemerken.

Auch meinen zweiten Brief beantwortete Ludwig nicht, aber Lydia lud mich zwei Wochen später wieder zu sich zum Essen ein und sagte, er wäre in besserer Stimmung und es wäre vielleicht am besten, ihn jetzt ein Weilchen in Ruhe zu lassen, weil er in seine Arbeit vertieft und selbst für sie kaum ansprechbar sei.

Lydia und ich machten es uns zur Gewohnheit, alle ein

oder zwei Wochen in ihrer Wohnung gemeinsam zu Abend zu essen. Sie schien meine Gesellschaft zu genießen, und manchmal saß ich nach dem Essen noch eine Stunde oder länger in dem großen Sessel und hörte zu, wie sie Klavier spielte, oder sie nahm, wenn es warm war, ihr Stickzeug mit hinaus auf die Terrasse und stickte, während ich an Artikeln für Klaue arbeitete, wobei ich gelegentlich eine Pause machte, um ihr etwas vorzulesen und sie um Rat zu fragen. Als Mitte Mai mein Artikel in *Vanity Fair* erschien, war Lydia die erste, die davon erfuhr. Gleich nachdem ich das Juniheft am Zeitungsstand entdeckt hatte, rief ich sie von einer Telefonzelle an der Ecke aus an, nahm ein Taxi und brachte ihr ein Exemplar. Sie sagte, der Artikel sei wunderbar, rief nach ihrem Diener, damit er uns Campari Soda brachte, und bat mich, zum Dinner zu bleiben, obwohl es erst zwei Uhr war. Danach rief ich sie oft mitten am Tag oder am späten Nachmittag an, wenn ich mich langweilte oder mit irgend etwas, das ich gerade schrieb, nicht weiterkam, und besuchte sie.

Daß ich sie jemals in meine winzige Wohnung einlud, schien nicht zur Diskussion zu stehen, und außerdem war mir, obwohl Lydia wußte, daß ich einen Hund besaß, nicht wohl bei der Vorstellung, daß sie Rufus tatsächlich begegnen würde. Sie verließ ihre Wohnung sowieso nur ungern, es sei denn, es gab einen triftigen Grund dazu, denn sie haßte es, sich in der Öffentlichkeit zu bewegen. Manchmal lud sie andere ein, mit uns zusammen zu essen.

»Ich habe einen ganz wunderbaren Hund hergebeten, den du unbedingt kennenlernen mußt«, erzählte sie mir eines Tages. »Er heißt Burkhardt Weil, und er hat das Libretto für die Oper geschrieben, die im Konzertsaal in Neuhundstein aufgeführt werden soll.«

»Toll«, sagte ich. »Kann ich ihn interviewen?«

»Laß uns erst mal einen schönen Abend zusammen verbringen, dann kannst du ihn vielleicht fragen«, meinte Lydia. »Du solltest nicht die ganze Zeit arbeiten. Das ist zu anstrengend für dich.«

»Du hast recht«, sagte ich.

Burkhardt Weil war ein gedrungener, rundköpfiger Bullterrier mit Monokel und einem schiefen Schlips, der sich im Laufe des Abends allmählich immer mehr lockerte, bis er schließlich fast ganz aufgegangen war. Das lag zum Teil daran, daß Burkhardt die Angewohnheit hatte, sich am Hals zu kratzen, während er nachdachte, so daß der Knoten manchmal ganz auf die Seite rutschte, und dann schob Burkhardt ihn zerstreut wieder nach vorn, ohne sich die Mühe zu machen, ihn festzuziehen. Außerdem unterstrich er seine Gesprächsbeiträge gern durch Herumfuchteln mit der Gabel, auf der manchmal Essen war, so daß er, als wir beim Kaffee angelangt waren, mit Fettflecken übersät war und ganz zerzaust aussah.

»Ich habe an der Schlacht in Rankstadt nicht teilgenommen, mußt du wissen«, eröffnete er mir. »Ich hatte zwei Beine gebrochen, stell' dir das mal vor. Zwei Beine gebrochen. Ich wäre in dem Brand umgekommen, wenn nicht jemand daran gedacht hätte, mich aus der Mansarde herauszuholen. Ich konnte mich kaum vorwärtsschleppen. Ein paar Freunde brachten mich in den Wald, damit ich nicht verletzt wurde. So konnte ich nicht einmal zuschauen. Aber, bei Gott, ich wünschte, ich hätte dabeisein können. Was für ein Kampf«, sagte er und schleuderte ein Stück Wachtel in die Luft.

»Es war schrecklich«, sagte Lydia.

»Du bist so gutherzig, Lydia«, meinte er. »Sie ist so gutherzig. Allerdings hat sie Mut, wenn es nötig ist. Das wissen wir. Aber man muß wirklich Mumm in den Knochen haben, um Soldat zu sein. Das ist anders. Man muß ein Hund sein, wirklich, das ist die Sache. Ein Hund sein«, sagte Burkhardt.

»Was meinst du damit?« fragte ich.

»Ich meine, daß Hunde anders sind. Es hat seinen Grund, daß wir perfekte Soldaten abgeben, wenn ich das mal so sagen darf. Für uns sind Kämpfen und Töten Teil des Lebens. Manchmal natürlich das Ende des Lebens, wenn man selbst umgebracht wird, aber es ist alles ganz natürlich. Das ist unsere Einstellung, und so sind wir auch erzogen worden. Und es macht uns Spaß. Egal, was sie mit unseren Gehirnen angestellt haben, wir sind immer noch Hunde, und der Blutgeruch macht etwas mit uns, er ist das Phantastischste, was es auf der Welt gibt, besser als alles andere. Sag mal, Lydia, hast du das nie so empfunden?«

»Doch, natürlich, was hätte ich denn dagegen tun sollen?« antwortete Lydia.

»Warum, wenn ich dir diese sehr persönliche Frage stellen darf, aber ich bin neugierig, warum hast du dich dann nicht am Kampf beteiligt?«

»Weil ich ihn für falsch hielt«, erwiderte sie. »Das ist alles.«

»Das ist ja hochinteressant«, sagte Burkhardt. »Aber ich hätte gekämpft, da kannst du sicher sein. Ich nehme an, deswegen war ich so versessen darauf, das Libretto zu schreiben und die Geschichte zu erzählen. Es ist eine kleine Entschädigung, es gibt dabei zwar keinen Blutgeruch, aber es ist besser als gar nichts. Das ist übrigens etwas, was ich in eurer Kultur vermisse«, wandte Burkhardt sich an mich. »Kein Blut. Alles ist so steril. Es gibt kaum Metzgerläden. Und dennoch sind die Schlachthöfe, die euer Fleisch liefern, ich habe sie im Fernsehen gesehen, wirklich entsetzlich, höllisch. Überhaupt nicht natürlich. Ihr habt weder die Jagd noch den Kampf noch die Gerüche, für die sich alles lohnt, und trotzdem wird das furchtbarste Leiden erzeugt. Und was tut ihr den ganzen Tag? Ihr sitzt in kleinen Büros und denkt nach. Das ist eine sehr schlechte Art zu leben.«

»Burkhardt«, unterbrach Lydia, »das ist genau das, was du den lieben langen Tag tust, du sitzt da und schreibst deine Libretti. Stimmt das nicht?«

»Na ja, ich würde das nicht machen, wenn es etwas anderes zu tun gäbe. Aber in Manhattan gibt es nicht viel Gelegenheit zur Jagd. Und natürlich kann man sonst nirgends mehr hin. Ich meine nicht, daß wir in der Wildnis leben sollten wie Wölfe. Davon spreche ich nicht.«

»Bestimmt nicht, das würde überhaupt nicht funktionieren. Ach, du hast ja gar keinen Wein mehr«, bemerkte Lydia.

»Das ist wahr, danke«, meinte Burkhardt, als der Diener sein Glas füllte. »Also«, fuhr er fort, sich den Hals kratzend, »du siehst, Cleo, das war der eigentliche Grund, warum wir gezögert haben, über die ganze Sache mit der Schlacht zu sprechen.«

»Wie meinst du das?«

»Na ja, das – das ist eine heikle Geschichte, weil wir nämlich eine ganze Menge Leute umgebracht haben. Niemand kannte sie, das ist wohl wahr, deswegen gibt es keine Freunde oder Verwandten, die kommen und nach uns fahnden. Du und ein paar andere Menschen, na ja, ziemlich viele andere Menschen, aber nicht die allgemeine Öffentlichkeit, wissen, daß wir wirklich alle Bewohner Rankstadts umgebracht haben, aber wir waren nicht sicher, was die breite Masse davon halten würde. Doch ich glaube, daß unsere Stellung in der Gesellschaft jetzt so gefestigt ist, daß wir die Geschichte erzählen können. Die Leute kennen uns. Ich persönlich finde es lächerlich, daß in einer Welt, in der Hunde millionenfach ohne jeden Grund getötet werden und in der Menschen sich gegenseitig *en masse* in Kriegen umbringen dürfen, nicht allerdings aus vollkommen berechtigten persönlichen Gründen auf der Straße, ja, ich finde es lächerlich, wenn da jemand meint, wir müßten eigentlich vor Gericht gestellt werden, weil wir unsere Streitigkeiten in Rankstadt selbst beigelegt haben – aber eben das war unsere Sorge. Weil wir keine Menschen sind, weißt du. Wenn wir Menschen wären, die gegen ein tyrannisches Regime in irgendeinem winzigen Land rebelliert hätten, würde uns niemand Vorwürfe machen, und höchstwahrscheinlich würde man sich gar nicht darum kümmern. Aber da wir Hunde sind, die Menschen umgebracht haben, waren wir der Auffassung, daß die Leute denken könnten – weil sie uns nicht gut kannten, daß sie da denken könnten – aber ich glaube nicht, daß das jetzt noch passieren wird.«

»Das wird es nicht«, sagte Lydia.

Burkhardt ging um elf, ich aber blieb noch, um mit Lydia zu sprechen. Es war eine warme Juninacht, und wir saßen draußen auf der Terrasse. Im Sommer stellte Lydia zwei große Kästen mit Bambus heraus, der nun leise im Wind raschelte. Zwischen die Stengel hatte Lydia Gartenlaternen gehängt.

»Ist er nicht komisch, mit seinem Schlips?« Lydia lachte.

»Aber warum hast du ihm nicht gesagt, was du über die Schlacht denkst?« fragte ich. »Ich hätte es gerne gehört.«

»Ich spreche nicht gern darüber«, sagte Lydia. »Nicht, daß ich versuche, etwas zu verschweigen, aber ich weiß einfach nicht, wie. Es erscheint mir so kompliziert, und es ist vorbei, und unser Leben ist jetzt anders. Burkhardt redet gern darüber, weil er nicht dabei war.«

»Aber du doch auch nicht, oder?«

Lydia senkte den Kopf und schloß die Augen. Wir waren beide ein wenig beschwipst. Von hinten her kam ein warmer Wind und bauschte Lydias Fell leicht auf, und die Laternen warfen lange, schwankende Bambusschatten über den Tisch. »Oh, doch«, sagte sie. »Ich war dabei. Aber ich habe nicht gegen die Menschen gekämpft.«

»Was hast du denn dann gemacht?« fragte ich.

»Als es fast vorbei war, als alle Menschen tot waren, habe ich zwei Hunde umgebracht. Der eine hatte mir einmal sehr viel bedeutet. Aber es war nicht schwer. Wenn du als Mensch in meiner Situation gewesen wärst, wäre es dir womöglich schwergefallen. Es ist sehr schwierig, diese Dinge zu erklären. Ich glaube, wir sind unterschiedlich, Menschen und Hunde.«

»Wie hieß er?« fragte ich.

»Es war Mops Hacker. Ich dachte, jemand hätte dir die Geschichte schon erzählt«, sagte Lydia und sah mich an. »Aber anscheinend doch nicht.« Sie tupfte sich die Nase mit einem Taschentuch ab und gähnte dann hinein, wobei ihre Ohren sich flach an den Kopf anlegten.

»Willst du mir die Geschichte nicht erzählen?«

»Wie kann ich sie dir erzählen?« meinte Lydia leise, wie zu sich selbst. »Wir kannten uns von Kindheit an; ich habe ihn aufwachsen sehen.«

»Wie war er?« fragte ich.

»Oh, er war schlimm, ganz schlimm, hat immer die Schule geschwänzt ...« Sie lächelte vor sich hin und schüttelte dann den Kopf. »Er war sehr rebellisch und aufsässig, als wir jung waren. Ich erinnere mich noch daran, wie er mich einmal mit Tinte begossen hat. Ich war vielleicht acht oder neun Jahre alt. Wir – was immer sie mit uns gemacht hatten, führte dazu, daß unsere Entwicklung etwa im gleichen Tempo verlief wie die von den Kindern der Menschen, allerdings beginnen wir anscheinend, schneller zu altern, wenn wir die Zwanzig überschritten haben. Ich weiß nicht, warum. Aber jedenfalls gab es für uns die gleiche Schule wie für die Menschenkinder, mit einem Menschenlehrer, nur hatten wir natürlich ein getrenntes Schulhaus. An dem Tag also saß Mops allein in der Ecke an seinem Pult, weil er etwas angestellt hatte. Wir anderen wurden alle zum Mittagessen nach Hause geschickt, und er mußte nachsitzen und eine Strafarbeit schreiben, um wiedergutzumachen, was er getan hatte.

Ich verließ das Klassenzimmer als letzte, weil ich einen neuen Mantel hatte, den ich überhaupt nicht mochte – er war sehr eng und kompliziert zuzuknöpfen, und natürlich brauchte ich ihn gar nicht, weil ich ein sehr dickes Fell habe. Es dauerte also eine ganze Weile, bis ich meinen Mantel anhatte, und da war das Schulhaus leer, bis auf Mops. Als ich an ihm vorbeiging, nahm er – er nahm einfach das Tintenfaß, so, als wollte er es mir zeigen, und dann warf er damit nach mir. Ich erinnere mich, wie er schallend lachte und wie ich mich auf ihn stürzte und wir kämpften. Der Schulmeister hörte den Kampf und kam wieder herein und riß uns auseinander. Das war das einzige Mal, daß ich wirklich Ärger hatte. Ich habe Mops nämlich gebissen. Mein Fell ist so dick, daß er mir kaum einen Kratzer beigebracht hatte, aber er blutete schrecklich, weil ich ihn festgehalten hatte, als der Schulmeister mich wegriß, so daß er eine große, klaffende Wunde davontrug. Mops war aber nicht schlimm verletzt. Es war sein Nacken.

Ich habe mich hinterher oft gefragt, warum er das getan hat. Ich glaube, weil mein Fell so weiß war und mein Mantel auch, und er hatte ein Fäßchen mit schwarzer Tinte und konnte – er konnte wohl einfach nicht widerstehen. Das ist schließlich verständlich. Und niemand guckte zu. Aber, mein Gott, ich habe ewig gebraucht, um alles wieder rauszukriegen. Ich mußte ein großes Stück Fell abschneiden und sah einen Monat lang sehr merkwürdig aus. Ich war so wütend! Ich habe ihn jedesmal angeknurrt, wenn wir in einer leeren Gasse aneinander vorbeigingen oder uns an einem Feldrain begegneten. Er hatte panische Angst vor mir.« Lydia lachte. »Aber nach einer Weile war alles wieder vergessen.«

»War er in dich verliebt?« fragte ich.

»Ich glaube wohl«, sagte Lydia. Ihre Augen schimmerten, als sie den Blick von meinem Gesicht abwandte und auf den raschelnden Bambuswald hinter mir richtete.

»Natürlich durften die meisten von uns nicht mit ihm sprechen. Er trug nämlich immer zerlumpte Kleider, und sein Herr war ein Säufer.«

»Aber du hattest ihn gern.«

»Es war schwer, ihn nicht zu mögen. Na ja, viele Hunde konnten ihn nicht leiden, als wir jünger waren. Aber er war so schlau. Er schien nie aufzugeben. Ich sprach öfter unter vier Augen mit ihm, im Jahr vor der Revolution. Er hatte solche Ideen ...«

»Was für Ideen?«

»Oh, alle möglichen. Er meinte, wir sollten weggehen und zusammen in den Bergen leben, oder alle Hunde sollten irgendwo eine neue Stadt gründen. Er hatte immer tausend Pläne. Aber dann hatte er seine letzte große Idee.«

»Die Revolution?« fragte ich. Lydia nickte. »Und was war dann? Was ist in der Schlacht passiert?«

Sie schüttelte den Kopf. »Da geriet die Sache außer Kontrolle – wir verloren alle die Beherrschung. Und so viele unschuldige Menschen wurden getötet ...

Aber das liegt jetzt hinter uns. Diese Art von Kampf hat ihre Zeit, und es gibt bestimmte Gefühle, die damit einhergehen, wie bei einer Liebesgeschichte, und man kann das hinterher eigentlich gar nicht beschreiben. Es wird interessant sein, Burkhardts Oper zu hören. Aber ich kann dir nicht sagen ... er hatte so viel Blut vergossen, so unglaublich viel Blut, und dann haben wir gekämpft, und ich habe ihn einfach – ich habe ihn einfach getötet. Und ich bin schließlich ein Hund. Nicht einfach nur ein Hund, sondern ein Geschöpf, das dafür gezüchtet wurde, bestimmte Dinge zu tun, auch wenn ich mich vielleicht manchmal entscheide, sie nicht zu tun. Ich weiß nicht, ob das eine Art Freiheit ist ...«

Wir saßen im sanft schwankenden Licht der Laternen. Durch die Terrassentüren konnte ich sehen, daß einer der Dienstboten die Lampen im Wohnzimmer löschte.

»Oh, wie spät es schon ist«, sagte Lydia, »und du siehst auch ganz müde aus. Soll ich Yusif bitten, dich zum Wagen hinunterzutragen?«

»Nein, so müde bin ich nun auch wieder nicht«, meinte ich. »Außerdem ist er wahrscheinlich schon zu Bett. Wekke ihn nicht.«

»Na, wenigstens soll der Pförtner dir ein Taxi rufen. Er ist bestimmt noch wach.«

Als ich später im Bett lag, versuchte ich, mir vorzustellen, wie Lydia jemanden tötete. Ob ihr Gesicht den leeren, völlig in sich gekehrten Ausdruck eines kämpfenden Hundes angenommen hatte, ob ihre friedlichen Augen hart und flach geworden waren? Diese Seite hatte ich noch nie an ihr gesehen, aber ich konnte sie mir ausmalen. Sie überraschte mich nicht.

11

(CLEO)

Luitpold lernte ich mitten im Sommer kennen. Es war ein drückend heißer Tag, Ziegelsteine und Beton glühten unter der trüben Sonne, und selbst der Schatten bot nicht mehr Schutz vor der Hitze als die Dunkelheit eines Backofens. Ein wenig Erleichterung fand man im unmittelbaren Umfeld einiger grüner Bäume an der Straße, aber auf meinem Weg die First Avenue hinauf zur Bushaltestelle waren diese rar.

Ich wollte Lydia besuchen, die, wie ich entdeckt hatte, die größte Marmorbadewanne der Welt besaß und nichts dagegen hatte, wenn ich vorbeikam, um mich an Tagen wie diesem hineinzulegen. Es was mitten in einer furchtbaren Hitzewelle, mit Temperaturen bis über vierzig Grad, und ich hatte keine Klimaanlage. Ich hätte mir vielleicht eine leisten können, aber das Geld für die Artikel kam langsam herein und verschwand schnell, und das bißchen, was übrigblieb, wollte ich unbedingt sparen, damit ich nie wieder solche Angst vor der Armut haben mußte wie früher, bevor ich für Klaue gearbeitet hatte. Außerdem hatte es etwas herrlich Luxuriöses, von meiner Wohnung aus zu Lydia zu fahren. Vormittags schrieb ich neben dem Ventilator, hielt mir dabei Gläser mit starkem, eisgekühltem Kaffee gegen den Hals und warf Eiswürfel in Rufus' Wasserschüssel, und wenn es unerträglich wurde, brachte ich Rufus hinunter in Sams Wohnung, wo er vor der Klimaanlage liegen konnte, zusammen mit den beiden Zwergpudeln, die samt der Exfreundin, der sie gehörten, zu einer mehr oder weniger festen Einrichtung in Sams Leben geworden waren. Nachdem wir beschlossen hatten, daß wir keine Zweierbeziehung anfangen würden, waren Sam und ich Freunde geworden, und wenn Nancy und die Hunde gelegentlich für einen Monat verschwanden, übernachteten Rufus und ich manchmal sogar in der vergleichsweisen Kühle oder Wärme von Sams Wohnung – denn er besaß auch eine große Daunendecke –, eine Regelung, die uns beiden viel mehr zusagte als der Versuch, miteinander zu gehen.

Nachdem ich Rufus abgegeben hatte, ging ich dann die dreieinhalb langen Blocks bis zur Bushaltestelle und wartete, vor Hitze fast umkommend, und erinnerte mich an die vielen Male, die ich in den Sommern während meiner Collegezeit hier gestanden hatte, auf dem Weg zu Ferienjobs in Midtown, selbst letzten Sommer noch, in klebrigen Nylonstrümpfen, und wie ich mir immer wieder ausgerechnet hatte, wieviel Geld ich in dieser Woche, in diesem Monat, in diesem Sommer verdienen und wie ich es ausgeben würde, wohl wissend, daß ich nie in der Lage sein würde, so damit hauszuhalten, wie ich es eigentlich hätte tun müssen. Und jetzt war es stattdessen elf Uhr vormittags, und ich war auf dem Weg zu Lydia, um mich in eine marmorne Badewanne von der Größe eines Schwimmbeckens zu stürzen und gekühlte Melonenschnitze zu essen, die Lydias Diener mir auf einem großen, blaßgelben Tablett bringen würde.

Ich vergnügte mich gerade damit, mir vorzustellen, ich sei zu einem Ferienjob unterwegs, und mich dann mit der

Tatsache zu überraschen, daß das gar nicht stimmte, und daher war ich ein wenig enttäuscht, als eine große schwarze Limousine an der Bushaltestelle vorfuhr. Außer mir war niemand da, und ich wußte, daß es ein Hund sein mußte. Vermutlich war es Klaue. Aber als die getönte Scheibe auf der Fahrerseite heruntherglitt, sah ich das Gesicht eines Chauffeurs, den ich nicht kannte.

Er war ein Mann mittleren Alters mit angenehmen, pferdeähnlichen Zügen und großen Ohren. Er lächelte höflich und fragte, ob ich Cleo Pira sei, was ich bejahte. Er bat mich, einzusteigen, und ich hörte ein Schloß klicken und öffnete die hintere Wagentür.

»Bitte, schließen Sie die Tür schnell«, sagte eine tiefe Stimme aus der klimatisierten Dunkelheit des Wageninneren. Erst in diesem Moment dachte ich daran, mich zu fragen, ob ich einfach in einen fremden Wagen einsteigen sollte, dessen Besitzer ich nicht kannte.

»Wer sind Sie?« fragte ich, wobei ich die Tür offenhielt.

»Mein Name ist Luitpold Helmholz«, sagte die Stimme. Sie war leise und ernst. Noch während ich zuhörte, gewöhnten meine Augen sich an das mangelhafte Licht, und ich sah eine ungeheuer große, beigefarbene Deutsche Dogge, die ein weißes Oberhemd, ein schwarzes Jackett und einen lockeren Schlips trug. Ich stieg ein und schloß die Tür.

»Ich bin der Präsident der Gesellschaft der Hunde«, sagte Luitpold zu mir, während ich es mir in dem kühlen Sitz bequem machte. »Wo wollen Sie hin, Miss Pira?«

»Zu Lydia«, sagte ich. »Wissen Sie, wo das ist?«

»Selbstverständlich.« Er klopfte mit dem silbernen Knauf seines langen Stockes gegen die Rücklehne des Fahrersitzes. »Mr. Bucks, bitte zu Lydia Petzes Wohnung«, sagte er.

»Wird gemacht, Mr. Helmholz«, antwortete der Fahrer.

Ich fand ihre Förmlichkeit bezaubernd und albern, und ich mochte Luitpold sofort.

»Also, Miss Pira«, sagte er, indem er seine große, behandschuhte Hand ausstreckte, »es freut mich, Ihre Bekanntschaft zu machen.«

»Danke. Es ist schön, Sie kennenzulernen«, erwiderte ich. »Bitte nennen Sie mich doch Cleo – wenn Sie möchten«, fügte ich hinzu, denn ich hatte das Gefühl, daß ich für seinen Geschmack vielleicht zu vertraulich war.

»Also gut.« Er nickte mit seinem riesigen Kopf. »Du kannst mich Luitpold nennen. Ich bin nie sicher«, sagte er, während er seine Hand fortzog, »wie ich mich hier verhalten soll. Ich glaube, manche Menschen stellen sich unseres Reichtums wegen auf uns ein und nehmen unsere Sitten an, die förmlicher sind als eure. Also erwidere ich das, um ihnen entgegenzukommen.« Er lächelte vor sich hin. Oder eigentlich senkte er nur den Kopf, mit nach vorn gerichteten Ohren, und öffnete sein Maul für einen Sekundenbruchteil ganz leicht in seinen Schlips. Dann sah er mich wieder an.

»Ich habe dich in meinen Wagen gebeten«, sagte er, »weil ich dich gerne kennenlernen möchte. Es war mir nicht möglich, deine Telefonnummer zu erhalten.«

»Keiner wollte sie dir geben?«

»Nun«, sagte er langsam, »Ich wußte nicht, daß du mit Lydia befreundet bist. Ludwig sagte, er hätte die Nummer verloren.«

»Und Klaue ...?«

»Er zögerte, sie mir zu geben.«

»Ich frage mich, warum.«

»Cleo«, sagte Luitpold, »es gibt einige Dinge, die ich gerne mit dir besprechen würde. Vielleicht könnten wir uns treffen, um unter vier Augen miteinander zu reden. Hättest du etwas dagegen?«

»Überhaupt nicht«, sagte ich.

»Ich möchte nicht als Geheimniskrämer erscheinen«, meinte er und deutete auf Mr. Bucks, »aber es ist eine geschäftliche Angelegenheit, und ich würde sie gerne ausführlich besprechen, in einer gemütlicheren Umgebung.«

»Okay«, sagte ich.

»Nun« – Luitpold lehnte sich wieder in seinen Sitz zurück – »ich glaube, ich werde Lydia ebenfalls besuchen. Ich habe sie lange nicht gesehen.«

»Seid ihr befreundet?« fragte ich.

»Ja.« Er faltete die Hände über dem Knauf seines Stokkes, der auf dem Boden zwischen seinen Beinen stand.

»Es ist heiß draußen«, bemerkte ich.

»Das ist wahr. Ich bin so selten im Freien«, sagte Luitpold. »Das Wetter spielt kaum eine Rolle für mich. Ich vermisse es manchmal.«

Ich nickte. »Fehlt dir? Die Wildnis und alles?« fragte ich.

»Ja. Selbstverständlich.«

»Weißt du, ich habe gerade überlegt, wenn ich dir diese Frage stellen darf – warum haben die Hunde nicht alle Anwesen draußen auf dem Land? Das könntet ihr doch, oder nicht?«

»Doch, ich nehme an, das könnten wir«, sagte Luitpold. »Aber die Stadt kommt unserem Geschmack in anderer Hinsicht entgegen. Sie ist so faszinierend. Und außerdem haben wir hier ein Gefühl von Gemeinschaft. Ich glaube, wir fürchten uns davor, die Gesellschaft der anderen zu lange entbehren zu müssen.«

»Das kann ich verstehen.«

Eine Weile fuhren wir schweigend weiter.

Als wir bei Lydia ankamen, saß sie in einem grüngelben Kimono an den Glastüren in ihrem Wohnzimmer und schaute auf die Terrasse hinaus. Eine Schale mit grünen Weintrauben stand auf einem Tischchen neben ihrem Stuhl.

»Luitpold ist auch da, gnä' Frau«, verkündete Yusif, ihr Diener, als wir den Raum betraten.

»Luitpold!« sagte Lydia und erhob sich.

»Es tut mir leid«, meinte er, »ich hätte meinen Fahrer von unterwegs aus anrufen lassen sollen, aber ich habe nicht daran gedacht.«

»Und ich stehe hier im Kimono – aber das macht nichts. Wie geht es dir?«

»Sehr gut«, antwortete Luitpold, die Hände auf seinem Stock gefaltet. »Und wie geht es dir?«

»Auch sehr gut«, erwiderte Lydia. »Cleo«, wandte sie sich an mich, »ich hatte Yusif das Bad für dich vorbereiten lassen, aber wenn du in Luitpolds Wagen hergekommen bist, ist dir vermutlich gar nicht mehr heiß.«

»Stimmt.«

»Na schön. Cleo kommt manchmal her, um in meiner Badewanne zu schwimmen«, sagte Lydia zu Luitpold. »Sie hat zu Hause keine Klimaanlage.«

»Keine Klimaanlage! Das ist unverantwortlich«, entgegnete er. »Wir können nicht von dir erwarten, daß du ohne Klimaanlage Artikel schreibst. Wir müssen dir Mittel zuweisen.«

»Nein, nein, das geht schon«, sagte ich. »Ich habe es gern so. Es ist, als würde man in die Sauna gehen und dann in einen eiskalten See springen.«

»Nun, wenn es dir Spaß macht, ist wohl nichts dagegen zu sagen«, meinte Luitpold. »Aber bitte gib uns Bescheid, wenn du eine Klimaanlage haben möchtest.«

»Cleo verbringt ziemlich viel Zeit hier, wenn sie an ihren Artikeln arbeitet«, bemerkte Lydia.

»Tatsächlich.«

»Manchmal liest sie mir ein Stück vor, und ich berate sie. Natürlich verstehe ich überhaupt nichts vom Schreiben. Aber es klappt gut.«

»Das ist sehr schön«, stellte Luitpold fest. »Aber vermutlich ändert Klaue später alles?« fragte er mich.

»Eigentlich nicht«, erwiderte ich. »Bis jetzt scheint ihm das, was ich schreibe, meistens zu gefallen.«

»Ich verstehe.«

»Ich glaube nicht«, sagte Lydia langsam, während sie eine Traube zwischen den Fingern rollte, »daß Cleo schon irgend etwas weiß, was sie nicht wissen soll.«

»Aha«, sagte Luitpold. Die beiden standen voreinander und sahen sich nachdenklich an, mit aufgeblähten Nasenlöchern, als versuchten sie, den Geruch dessen einzufangen, was der andere dachte.

»*Was* weiß ich nicht?«

Überrascht blickten sie zu mir hinüber, als hätten sie vergessen, daß ich da war.

»Laßt uns etwas trinken«, sagte Lydia. »Yusif! Luitpold möchte einen Scotch.«

»Nein danke, Lydia, es ist noch recht früh für mich«, lehnte er ab.

»Also gut, dann ein Glas Wasser. Und für Cleo und mich das Übliche.«

»Für mich ist es auch noch etwas früh, Lydia«, sagte ich. »Es ist noch nicht einmal Mittag.«

»Also bringen Sie uns drei Gläser Wasser. Dann müssen wir wohl später was trinken. Jetzt«, sagte sie zu Luitpold und mir, »ziehe ich mir etwas an, während ihr beiden es euch bitte bequem macht.«

Ich ließ mich mit einem Seufzer auf dem Sofa nieder, und Ludwig nahm in einem Sessel Platz.

»Wir wollen nicht geheimnistuerisch wirken, Cleo«, sagte er zu mir. »Die Situation ist kompliziert, verstehst du. Man muß versuchen zu entscheiden, welches die beste Vorgehensweise ist.«

»Klar«, sagte ich.

Wir saßen schweigend beieinander, bis Lydia wiederkam, in einem langen, gerade geschnittenen Kleid in Aquamarin und Blaßgrün mit einem tiefen V-Ausschnitt. Sie setzte sich ganz dicht bei Luitpolds Sessel auf das Sofa.

»Ein schönes Kleid«, sagte er leise.

»Oh, danke. Also, worüber sollen wir reden?«

Luitpold warf mir einen Blick zu. »Ich meine, wir sollten Cleo sagen, was wir wissen.«

»Ja, der Meinung bin ich auch«, sagte Lydia. Sie sah mich an, traurig, wie ich fand. »Und?« sagte sie zu Luitpold. Er senkte den Kopf und nickte ihr damit entweder zu oder deutete an, daß er nicht sprechen wollte. Lydia wandte sich an mich.

»Es steht inzwischen ziemlich schlimm um die Hunde«, erklärte sie. »Fast alle anderen sind krank. Wir haben immer noch keine Ahnung, was die Ursache ist. Es ist die gleiche Störung, unter der Ludwig leidet.«

Ich nickte.

»Bis jetzt ist keiner so schlimm dran wie Ludwig, soweit ich das sehen kann, obwohl ich selten mit Ludwig spreche. Aber Klaue geht es überhaupt nicht gut.«

»Das ist mir neu«, sagte Luitpold.

»Es stimmt«, meinte Lydia. »Bei ihm tritt die Krankheit inzwischen ziemlich häufig auf. Dir ist ja klar, Cleo, daß die Öffentlichkeit davon nichts erfahren darf. Aber das eigentliche Problem ist, daß Klaue jetzt anscheinend

Pläne macht, die er selbst uns Hunden nicht verraten will.«

»Er hat Waffen gekauft«, bemerkte Luitpold.

»Oh«, sagte Lydia. »Ich wußte von dem Waffenlager, das er im Schloß gebaut hat –«

»Er füllt es jetzt auf. Anscheinend hat er vergessen, daß ich als Präsident der Gesellschaft einen Schlüssel zu den Aktenschränken habe, in denen er die Unterlagen über seine Ausgaben aufbewahrt, und daher schaue ich sie mir ab und zu an, natürlich, ohne es ihm zu sagen. Bis jetzt hat er noch nichts besonders Ungewöhnliches getan.«

»Er hätte das nicht tun dürfen, ohne dich um Erlaubnis zu fragen«, sagte Lydia.

»Selbstverständlich nicht. Aber wenn ich ihn zur Rede stellen würde, würde er seine Akten irgendwo unterbringen, wo ich sie nicht mehr einsehen kann.«

»Das sollte man ihm nicht erlauben«, meinte Lydia.

»Es ist ihm auch nicht erlaubt. Trotzdem glaube ich, daß er die Unterlagen anderswo hinbringen würde, und es wäre schwierig für mich, ihn daran zu hindern. Er hat eine gewisse Anzahl Freunde unter den Hunden, wie du weißt.«

»Ja.« Lydia seufzte. »Also brauchen wir wirklich Cleos Hilfe.«

»Das fürchte ich auch. Das heißt, wenn sie einverstanden ist, uns zu helfen.«

»Was soll ich tun?«

»Einfach soviel herausfinden, wie du kannst, das ist alles«, erwiderte Lydia.

Luitpold sah sie nachdenklich an und stieß dann einen leisen Seufzer aus. »Was kann er bloß mit einem Waffenlager im Schloß wollen? Das kann nicht gut sein ...«

»... nicht gut«, murmelte Lydia. Sie sah mich an.

»Ich werde mein Bestes tun«, versprach ich. »Er will mir zwar manches nicht sagen, aber ich sehe mal, was ich herausbekommen kann.«

Ich überlegte mir viele raffinierte Methoden, um Klaue die Informationen zu entlocken, aber als ich das nächste Mal mit ihm sprach, hatte ich Lampenfieber, und alles war wie weggeblasen. Klaue hatte angerufen, weil er den Artikel über die Opernpremiere, die für September angesetzt war, mit mir besprechen wollte. Zerstreut beantwortete ich seine Fragen.

»Was ist los, Cleo? Mir scheint, du bist nicht bei der Sache«, sagte er.

»Tut mir leid, ich habe bloß ...«

Er wartete.

»Also, ich habe ein Gerücht gehört, das ist es«, sagte ich. »Und das beschäftigt mich.«

»Aha, ein Gerücht. Worüber?«

»Über ein Waffenlager im Schloß«, antwortete ich. Wenigstens würde ich auf diese Weise Luitpold nicht in Schwierigkeiten bringen.

»Wer hat dir davon erzählt?«

Ich zögerte. »Alle. Man hört es überall. Nicht von Menschen, aber alle Hunde wissen davon, und sie fragen sich alle, wozu es gut sein soll. Hast du gewußt, daß sie darüber sprechen?«

»Nein, das ist mir neu«, sagte Klaue.

»Das habe ich mir gedacht. Deswegen fand ich, daß ich es dir sagen sollte.«

»Das ist sehr interessant«, meinte Klaue.

»Wozu ist es denn gut?«

»Woher weißt du, daß *alle* Hunde davon wissen?«

»Weil – verschiedene Hunde, die bei Lydia zum Dinner

waren, haben davon gesprochen. Das waren die Worte, die sie verwendet haben.«

»Ich verstehe. Cleo, ich habe jetzt einige geschäftliche Angelegenheiten zu erledigen. Aber du wirst in Kürze von mir hören.« Er hängte auf, ohne sich auch nur zu verabschieden.

Eine Stunde später rief eine seiner Sekretärinnen an und bat mich, noch am gleichen Abend zu einer Versammlung in den Hundeklub zu kommen. Als ich mit Klaue ausgemacht hatte, daß ich für ihn schreiben würde, hatte ich gehofft, daß ich zu allen Hauptversammlungen dort Zutritt haben würde, aber diese war die erste, zu der ich eingeladen wurde.

Mein Taxi blieb im Stau stecken, und ich kam zu spät im Hundeklub an. Der Mann, der die Tür öffnete, sah eher wie ein Wachmann als wie ein Butler aus. Er führte mich die schmale, mit Teppich belegte Treppe hoch, die ich auch hinaufgestiegen war, als ich Klaue zum erstenmal besucht hatte, und dann über eine zweite Treppe in ein mit Parkett ausgelegtes Vorzimmer des Konferenzsaals.

»Die Versammlung hat bereits begonnen«, sagte der Mann. »Sie müssen warten, bis ich diesen Raum verlassen habe, dann können Sie hinein; die großen Türen da vorne kann man von außen nur öffnen, wenn die Tür zum Vorzimmer geschlossen ist.« Er ließ mich einen Augenblick in der unheimlichen, glänzenden Stille allein, und dann hörte ich ein Türschloß klicken. Behutsam schob ich eine der breiten Doppeltüren auf und trat in den großen Raum.

Hier saßen die Hunde, alle einhundertfünfzig, um einen langen Mahagonitisch herum. Klaue stand am Kopfende. Er trug eine neue Uniform, die der alten preußischen ähnelte, in der er in New York angekommen war, aber etwas moderner aussah, schlichter und gerader geschnitten und mit größeren Knöpfen, als wäre sie ein Kostüm, eine Bühnenversion der ursprünglichen. Alle Augen waren auf ihn gerichtet, und niemand schien meine Ankunft zu bemerken, außer Klaue selbst, der kurz vom Tisch aufsah, als ich eintrat. Die anderen Hunde waren für die Versammlung ebenfalls formal gekleidet; und obwohl einige Rüden ihre Soldatenröcke gegen Smokings eingetauscht hatten, sahen viele immer noch wie Soldaten aus, so daß sie den Eindruck einer kleinen Armee erweckten. Ludwig war da, in einem dunkelblauen Anzug, und Lydia saß in einem Kleid in blassem Lavendel neben ihm. Beide schienen mein Eintreten nicht zu bemerken.

Der einzige leere Stuhl, den ich sehen konnte, war weit von der Tür entfernt, daher lehnte ich mich, statt ganz um den Saal herumzugehen, an die Wand.

»Und wenn unsere Wissenschaftler doch kein Heilmittel finden«, fragte Klaue gerade, als ich hereinkam, »was wird dann geschehen?«

Ein allgemeines Schweigen folgte.

»Es ist schrecklich, sich eine solche Zukunft vorzustellen, und dennoch bitte ich euch jetzt, die Augen nicht davor zu verschließen, sondern ihr tapfer, als Soldaten, ins Gesicht zu sehen. Was wird geschehen?

Die Krankheit wird fortschreiten und sich ausbreiten, wie sie es bereits getan hat. Allmählich werden wir alle den Verstand verlieren. Wir können zwar versuchen, das vor der Welt zu verbergen, aber unsere Dienstboten fangen bereits an, darüber zu reden. Wenn wir einmal hilflos sind, geisteskrank, was wird dann geschehen? Wir werden nicht mehr in der Lage sein, die Ärzte und Wissenschaftler der Menschen abzuwehren, die so begierig darauf sind, uns zu untersuchen. Wenn einige von uns geistig gesund bleiben, können wir die anderen vielleicht schützen, aber wenn niemand übrigbleibt – was dann? Sie werden uns in ihre Laboratorien und Krankenhäuser einsperren, und da werden wir weiterleben, hilflos, allein, gedemütigt. Wir werden vielleicht den Tod herbeisehnen, aber sie werden nicht zulassen, daß wir sterben. Sollten wir uns weigern zu essen, oder die Fähigkeit verlieren, uns zu bewegen oder sogar zu atmen, dann werden sie uns an ihre gräßlichen Maschinen anschließen und uns am Leben halten, als Gefangene. Den Tod fürchten wir nicht, aber das – wir können nicht zulassen, daß das geschieht.

Wenn wir alle ins Schloß ziehen, können wir stärker sein, vereint, und trotzdem, wenn wir alle verrückt sind, wer wird sie dann letztendlich daran hindern, zu kommen und uns herauszuholen?»

Klaue machte eine Pause und blickte sich im Saal um.

»Für diesen Fall habe ich im Schloß eine Waffenkammer vorgesehen«, fuhr er dann fort. »Das Gerücht ist wahr. Ich hatte das nicht bekanntgegeben, weil mir schien, daß es bisher noch zu früh war, uns alle zu zwingen, über diese schreckliche Möglichkeit nachzudenken. Aber das war eine Fehleinschätzung. Wir haben keine Angst, uns mit Unannehmlichkeiten auseinanderzusetzen. Man braucht uns nicht davor zu beschützen. Wir müssen uns zusammentun, um unser künftiges Vorgehen zu planen. Ich habe nicht mehr Macht als irgendeiner von euch, aber da es mir zugefallen ist, das Schloß zu entwerfen und zu bauen, war ich notwendigerweise auch derjenige, der das Waffenlager einplante.

Es wird keine unnötige Gewaltanwendung geben», fuhr Klaue leiser fort. «Das Schloß ist eine Festung. Es wird nicht leicht sein, es gegen unseren Wunsch zu betreten, falls wir uns entscheiden sollten, uns darin zu verbarrikadieren. Falls der Zeitpunkt kommen sollte, werden wir eindeutig klarstellen, was wir wollen: nämlich in Ruhe gelassen werden. Nur diejenigen, die sich über unsere Wünsche durchaus hinwegsetzen wollen, werden leiden. Es kommt nicht in Frage, daß wir eine offensive Haltung gegen die Menschen einnehmen. Allein in dieser Stadt gibt es Millionen davon, und wenn sie sich gegen uns zusammenschließen würden, wären wir ihnen natürlich hilflos ausgeliefert, deswegen werden wir ihnen keinen Anlaß dazu geben. Und insbesondere werden wir nicht zulassen, daß sie von unserer Waffenkammer und den Waffen erfahren.»

Ein allgemeines Gemurmel der Zustimmung erhob sich.

»Wenn jemand gegen diesen Plan ist, soll er freimütig sprechen.« Klaue hielt inne, aber es kam keine Reaktion.

»Damit«, fuhr er fort, »laßt uns diese Versammlung beenden und nach Hause gehen. Um über diese schwierigen Dinge nachzudenken, wird in Zukunft noch Zeit genug sein. Jetzt müssen wir erst einmal leben und unser Leben genießen, solange wir das können.«

Langsam begannen die Hunde, sich von ihren Stühlen zu erheben. Klaue nahm ein kleines Gerät vom Tisch, das wie eine Fernbedienung für einen Fernsehapparat aussah, und drückte darauf einen Knopf, die großen Doppeltüren des Saals glitten auseinander, und die Hunde traten einer nach dem anderen in den Vorsaal hinaus, schweigend, so daß nur das Rascheln der Röcke und das Tappen ihrer Stöcke auf dem Fußboden zu hören waren.

Ich wollte Ludwig und Lydia in der Menge suchen, aber Klaue kam hinter mir her und nahm mich am Arm.

»Cleo«, sagte er und führte mich in eine Ecke am anderen Ende des Saales. Mit festem Griff hielt er meinen Oberarm gepackt und blickte mir von oben herunter in die Augen. »Verstehst du, was ich heute abend gesagt habe?«

Ich erwiderte seinen Blick und überlegte. Bevor ich antworten konnte, sprach er weiter: »Die Waffen, die das Waffenlager enthalten soll, werden nur zur Selbstverteidigung eingesetzt werden, nur im äußersten Notfall. Dir mag das trotzdem übertrieben erscheinen. Du meinst vielleicht, wir sollten uns nicht bewaffnen. Ist das so? Schließlich bist du selbst nie in einer Situation gewesen, in der es erforderlich war, bewaffnet zu sein.«

»Das ist nicht ganz richtig«, widersprach ich im Gedanken an die kleine Laserpistole, die ich immer noch gelegentlich im Stiefel bei mir trug. »Ich wohne in – «

»Aber«, fuhr Klaue fort, mich ignorierend, »ich muß dich bitten, dich in unsere Position hineinzuversetzen, auch wenn mir klar ist, daß das schwierig …«

»Aber ich verstehe es wirklich«, unterbrach ich ihn.

»Tatsächlich? Ich meine insbesondere«, fragte er, »siehst du ein, wie wichtig es ist, das geheimzuhalten?«

»Ja.«

»Alle Hunde wissen, daß du heute abend hier warst. Gewöhnlich halten wir unsere Versammlungen auf deutsch ab; ausschließlich deinetwegen habe ich englisch gesprochen. Einige Hunde meinten, du solltest nicht zur Versammlung zugelassen werden, aber ich habe erklärt, das wäre notwendig, weil bestimmte Hunde dich bereits ins Vertrauen gezogen und dir von der Waffenkammer berichtet hätten. Offensichtlich vertrauen einige Hunde dir bereits, wenn sie dir das erzählt haben.«

Klaue machte eine Pause. Es war nicht wahr; nur Luitpold und Lydia hatten es mir erzählt, und ich hätte eigentlich nicht verraten sollen, daß ich es wußte, sondern ich hatte nur den Auftrag gehabt, weitere Information aus Klaue herauszubekommen.

»Ein paar von ihnen vertrauen mir wohl«, sagte ich vorsichtig.

»Die Hunde, die dich kennenlernen, spüren, daß du uns nicht verrätst«, fuhr Klaue leise fort. »Daß du diese Informationen nicht einmal deinen besten Freunden preisgeben wirst. Ich habe gut gewählt, als ich dich beauftragte, über das Schloßprojekt zu schreiben. Oder nicht?«

Der Hund beugte sich bedrohlich über mich, füllte mein Gesichtsfeld aus und machte alle Antworten unmöglich, bis auf eine.

»Doch«, erwiderte ich.

»Natürlich kennen viele Hunde dich nicht. Deswegen haben sie Bedenken geäußert, dich bei der Versammlung dabeizuhaben. Falls die Menschen herausbekommen sollten, was wir planen, werden diese Hunde dir die Schuld geben. Du bist in einer schwierigen Lage. Aber falls dir zu Ohren kommen sollte, daß das Gerücht sich ausbreitet, wirst du mir sofort Bescheid geben, damit wir das verhindern können. Wir werden den Hunden keinen Grund geben, dir zu mißtrauen.«

Als ich den Saal dann verließ, waren die Hunde alle fort. Ich nahm ein Taxi nach Hause, denn ich hoffte, eine Nachricht von Lydia auf meinem Anrufbeantworter vorzufinden. Ich dachte, sie würde vielleicht über die Versammlung sprechen wollen, aber es war kein Anruf da.

Lydia rief mich drei Tage lang nicht an, und als wir dann miteinander sprachen, wurden weder die Versammlung noch die Waffenkammer noch die Waffen erwähnt. Später in der Woche aßen wir mit Luitpold zu Mittag, und auch dabei wurde kein Wort darüber verloren.

Ich stellte keine Fragen. Wenn sie momentan nicht darüber nachdenken wollten, war mir das recht. Und was hätten wir auch besprechen sollen? Mir erschien es gefährlich, das Waffenlager einer Gruppe von Hunden in die Hände zu geben, die möglicherweise im Begriff waren, den Verstand zu verlieren, und dennoch hielt ich es nicht für ausgeschlossen, daß sie die Waffen zur Selbstverteidigung brauchen würden. Jedenfalls aber wollten die Hunde sie offensichtlich haben. Sie am Waffenbesitz zu hindern hätte es also erforderlich gemacht, sie zu verraten, und auf den Gedanken kam ich gar nicht. Wirklich, ich war froh, nicht über die Gewehre oder sonst irgend etwas, das mit der Zukunft zu tun hatte, diskutieren zu müssen; ich tat mein Bestes, um all dem keine Beachtung zu schenken.

Ich nahm meine regelmäßigen Besuche bei Lydia wieder auf. Wenn ich es zugelassen hätte, hätte ich erkannt, daß es nie wieder so einen Sommer geben würde wie den, der sich jetzt dem Ende zuneigte. Eigentlich wußte ich es, wir wußten es beide, aber wir verbrachten immer längere Abende draußen auf der Terrasse und redeten über alles mögliche andere, in dem Wald aus Schatten, den die Gartenlaternen warfen. In den letzten Augusttagen tauchten Glühwürmchen im Bambus auf, so viele, wie ich in New York noch nie gesehen hatte, und sie ließen sich überall nieder, auf unserem Tisch, auf unseren Händen, in den Falten unserer Kleidung, so daß wir immer kleine Schwärme von ihnen abschüttelten, selbst drinnen in der Wohnung noch.

Obwohl ich mein möglichstes tat, um sie loszuwerden, kamen oft zwei oder drei Glühwürmchen mit mir nach Hause, und beim Einschlafen beobachtete ich dann, wie sie in der Dunkelheit ihre Kreise zogen. Ich hätte gern gewußt, was sie zueinander sagten, wenn sie aufglühten und wieder verloschen, und ob ihre Botschaften empfangen wurden, jetzt, da sie so weit von den anderen auf der Terrasse entfernt waren. Ich ließ das Fenster offen, so daß sie zu den Sumachbäume auf dem verwilderten Grundstück hinter dem Gebäude entkommen konnten, aber ich befürchtete, daß es ihnen dort, zwischen dem hartlaubigen Unkraut und dem Müll, auch nicht besser gefiel als in meiner Wohnung, und daß sie wahrscheinlich in die Stadt hinausflogen und nach anderen Glühwürmchen suchten und sich zwischen all den Lichtern verirrten, diesen komplizierten Signalen, die nicht für sie gedacht waren.

12

(CLEO)
Die Eröffnung der Oper fand an einem Abend im September statt. Lydia hatte Ludwig überredet, die Premiere zu besuchen, und wir hatten verabredet, uns eine halbe Stunde vor Beginn in einem der bereits fertiggestellten Nebenräume des Theatersaals zu treffen, wo vor der Aufführung Horsd'oeuvres und Getränke serviert wurden.

Da das Schloß nur anderthalb Blocks von meiner Wohnung entfernt war, ging ich zu Fuß, in meinem neuen violetten Kleid, und versuchte unterwegs, in den Erdgeschoßfenstern zwischen Avenue C und Avenue B einen Blick auf mein Spiegelbild zu erhaschen. Es war das Jahr, in dem dieser eigenartige Brautkleidstil Mode wurde, ein kurzer, weiter Rock mit einer Art breiter Schleppe, die hinten bis zu den Knöcheln herunterhing, so daß das Ganze wie eine abgeschnittene Version der Kleider von 1880 aussah, die die Hunde trugen, und bis zu jenem Nachmittag hatte ich noch nie so ein Kleid angehabt. Zu meinem gehörte ein hübsches, figurbetontes Jäckchen mit Ärmeln, die gerade eben bis zum Ellbogen gingen, und einem V-Ausschnitt, beides mit violettem Fell besetzt, und dazu passend trug ich eine Pillbox aus gefärbtem Fuchs, kurze Handschuhe und einen kleinen Sonnenschirm. Diese Aufmachung hätte fürchterlich aussehen können, aber der Modeschöpfer, der die Sachen angefertigt hatte, war so ordentlich und so konservativ, daß ich im ganzen wie eine leicht plüschige Version einer Stewardeß um 1940 aussah, und das hielt ich, als ich mein Spiegelbild in den Fensterscheiben betrachtete, für einen netten Effekt. Wenn ich das Sonnenschirmchen öffnete und den Rock wirbeln ließ, sah ich wie eine Papierblume auf einem Paradewagen aus, fand ich, aber ich beschloß, es nicht zu tun.

Als ich mich auf der Avenue B dem großen Backsteintorhaus des Schlosses näherte, sah ich, daß sich vor dem Eingang bereits eine Menschenmenge sammelte, wahrscheinlich in der Hoffnung, die berühmten Leute zu sehen, die zur Vorstellung erscheinen sollten. Ich ging daran vorbei zu einer kleinen Seitentür an der Second Street, die von zwei sehr höflichen Männern in dem Anlaß entsprechenden roten Uniformen bewacht wurde. Obwohl ich sie noch nie gesehen hatte, schienen sie zu wissen, wer ich war, und ließen mich mit großzügigem Lächeln und ohne Fragen die samtenen Absperrseile passieren. Ich stieg ein paar Stufen hinauf und ging dann durch eine offene Tür auf der Innenseite des Torhauses auf den großen Innenhof hinaus. Eine Handvoll Hunde und ein paar wichtige Menschen schlenderten mit Gläsern in den Händen über die Steinplatten und gaben Kommentare zu dem Gebäude ab. Außen war es fast fertig, bis auf ein paar Türme und einen großen Teil des Daches auf der Westseite, das aber von dort, wo wir standen, nicht zu sehen war.

»Schaut mal, das ist Klaue!« sagte eine Frau in einem bronzefarbenen, weich fallenden Kleid, als ich an ihrer kleinen Gruppe vorbeiging. Ich drehte mich um und sah, daß sie auf die höchste Spitze des gegenüberliegenden Daches zeigte. Dort, dreißig Meter über unseren Köpfen, ragte tatsächlich die goldene Statue eines Hundes auf, der auf den Hinterbeinen stand und ein Schwert hochhielt. Das üppige Fell ließ wirklich an Klaue denken, aber genausogut hätte es, wenn man von dem langen Soldatenrock absah, Lydia sein können oder auch irgendein anderer Hund.

»Hmm«, sagte ich zu mir selbst. Die Frau warf mir einen Blick zu, runzelte die Stirn und wandte sich dann wieder an ihre Begleiter. Ich fragte mich, ob ihr Stirnrunzeln mir gegolten hatte, dem Niemand, der die Erlaubnis bekommen hatte, über das Schloß zu schreiben, oder meinem Kostüm. Ich wußte nicht, wer sie war, daher vermutete ich, daß sie mich auch nicht kannte. Ich wünschte, ich hätte Lydia das Kleid gezeigt, bevor ich es in der Öffentlichkeit trug. Was hatte ich mir dabei bloß gedacht? Oder war es vielleicht der Hut?

»Cleo, wie siehst du denn aus!« sagte eine Stimme rechts hinter mir.

»Ach, Lydia«, antwortete ich.

»Das ist einfach hinreißend. Mach' dir keine Gedanken mehr«, sagte sie.

»Woher wußtest du denn, daß ich mir Gedanken gemacht habe?«

»Das weiß ich nicht ... Das Kleid ist jedenfalls bezaubernd.« Sie legte mir die Hand auf den Arm und trat einen Schritt zurück, um mich zu betrachten.

»Danke. Und du siehst wirklich wunderschön aus«, sagte ich. Wie es bei formalen Anlässen unter den Hunden üblich war, war sie im Rankstädter Stil gekleidet, in ein langes, elegantes, moosgrünes Kleid mit Tournüre, und sie trug, wie immer, wenn sie ausging, einen großen Sonnenschirm bei sich, den sie nie öffnete, sondern als Gehstock benutzte.

»Vielen Dank. Ludwig ist auch da, aber er ist drinnen. Ich bin herausgekommen, weil ich dich durchs Fenster gesehen habe. Wollen wir ihn suchen gehen?«

»Wie geht's ihm?« fragte ich, während wir über die Steinplatten schritten.

»Den Umständen entsprechend gut«, meinte Lydia. »Ich bin froh, daß er sich bereit erklärt hat zu kommen.«

»Ich auch. Ich habe ihn lange nicht gesehen.«

Wir betraten das Hauptgebäude über eine Steintreppe, die seitlich an der langen Galerie hinaufführte, welche sich auf der rechten Seite des Innenhofes entlangzog. Hinter der schweren Holztür oben befand sich ein kleiner Flur, und links davon lag der Saal, in dem Speisen und Getränke serviert wurden. Ein kleiner Kronleuchter hing an der Decke, und darunter stand ein Tisch, beladen mit Horsd'oeuvres auf silbernen Platten. An der Seite befand sich eine Bar. Die Tapete war handbemalt, mit Szenen, die spielende Nymphen zwischen Weinstöcken zeigten.

»Ist das nicht hübsch?« fragte Lydia. »Ich kann es kaum erwarten, daß das ganze Schloß fertig wird.«

»Willst du wirklich deine Wohnung aufgeben und hier leben, so wie es Klaue zufolge alle Hunde tun werden?«

»Ach, das glaube ich nicht«, meinte Lydia. »Ich werde lieber bloß zu Besuch herkommen. Aber vermutlich werden viele Hunde ins Schloß umziehen.«

»Ihr könnt hier Dinnerpartys geben.«

»Was? O ja, das wird nett. Da ist Ludwig«, sagte sie.

Er stand mit einem Glas in der Hand an dem hohen, schmalen Fenster und sah in den Hof hinaus. Als wir uns näherten, wandte erst eines seiner Ohren sich uns zu, dann folgte sein Kopf.

»Hallo«, sagte ich.

»Wie schön, dich wiederzusehen.« Während er sprach, hörte ich deutlich das Geflüster von Zahnrädchen, entweder, weil seine Stimme leiser war als sonst, oder weil das schwache mechanische Surren stärker hervortrat. Ich nahm seine Hand, und seine steifen Finger umschlossen meine Hand kurz, ehe er sie fallenließ.

»Wie geht's dir?« fragte ich.

»Oh, sehr gut«, erwiderte er. Ein Ohr drehte sich zur Seite, als würde die Frage ihn ärgern.

»Mir geht's auch gut«, sagte ich schnell. »Sieh mal das Kleid, was ich gekauft habe. Gefällt es dir?«

»Es ist wunderschön«, meinte Ludwig. »Du siehst immer schön aus, Cleo.«

»Danke«, sagte ich gerührt. So etwas hatte er, soweit ich mich erinnerte, noch nie gesagt. »Und Rob? Ich habe ihn auch lange nicht gesehen.«

Ludwigs Ohr legte sich noch flacher an den Kopf. »Ich habe ihn gehenlassen.«

»Ach so. Das ist schade, ich mochte ihn gern.«

»Aha«, sagte Ludwig. Sein Blick flackerte, und dann, als würde er etwas als erledigt betrachten, hob er sein Glas und trank es in einem Zug leer.

»Ich bin wirklich froh, daß du gekommen bist, Ludwig«, sagte Lydia nun. »Ich bin froh, daß wir drei eine Weile zusammensein können.«

»Ja«, sagte er.

Wir sprachen eine Zeitlang über das Schloß und wann es fertig sein würde – im Spätwinter, hatte Klaue mir gesagt –, und wie es für die Hunde sein würde, zusammen darin zu wohnen. Ludwig hatte ebenfalls nicht die Absicht, seine Wohnung aufzugeben, obwohl Klaue sich sehr bemühte, sie beide zum Umziehen zu überreden.

Kurz bevor die Aufführung beginnen sollte, schlug Lydia uns vor, einen Spaziergang über den Hof zu machen, um ihn in der Dämmerung zu sehen, und so gingen wir die lange Treppe hinunter und in den Abend hinaus.

Obwohl die Räume in dem Gebäude größtenteils noch

nicht fertig und viele Fenster noch nicht verglast waren, hatte Klaue es geschafft, in jedes einzelne ein Licht stellen zu lassen. Auch an den Mauern waren Scheinwerfer angebracht, und Ketten von weißen Glühbirnen zeichneten die Konturen einiger Details nach, so daß das ganze Bauwerk das Aussehen hatte, das Gebäude manchmal in der schweren New Yorker Nachtluft annehmen, als bestünden sie aus leuchtendem Stein und wären von einem Lichtschein umgeben. Langsam spazierten wir am Rand des Innenhofes entlang, ohne ein Wort miteinander zu wechseln. Als wir am äußeren Ende angelangt waren, fiel mein Blick wieder zu der goldenen Statue auf dem Dach empor, die jetzt von unten angestrahlt war, so daß es aussah, als wollte sie in den rosa Himmel hinaufspringen, aber das behielt ich für mich.

Die Oper, die an jenem Abend und an allen übrigen Abenden in jener Woche im September 2010 aufgeführt wurde, ist seitdem nie wieder gespielt worden, und angesichts all dessen, was später geschah, bezweifle ich, daß man sie je wieder hören wird. Man hat sie nicht auf Video aufgezeichnet und das Libretto nie veröffentlicht, weil Klaue, der die Verantwortung für alles, was im Schloß vor sich ging, an sich gerissen hatte, entschied, daß sie nur im Theatersaal in Neuhundstein zu sehen sein sollte. Ich hörte, daß Burkhardt Weil, der Librettist, und der Komponist (ein Rottweiler namens Heinrich Kohlhaus, den ich nie kennengelernt habe), sowie viele Schauspieler deswegen Auseinandersetzungen mit Klaue hatten. Es hätte ihnen Geld eingebracht, wenn die Oper größeren Kreisen zugänglich gemacht worden wäre. Aber Klaue siegte.

Jetzt sind Klaue, Burkhardt und der Komponist nicht mehr da. Weil die Künstler selbst keine Einwände gegen die Publikation des Librettos hatten, bin ich der Meinung, daß es keinen Grund gibt, es weiterhin geheim zu halten. Uns bleibt ohnehin so wenig, was an die Hunde erinnert. Ich weiß, daß man sie trotz der Veröffentlichung des Librettos und trotz allem, was Ludwig geschrieben hat und was ich über sie schreibe, irgendwann vergessen wird, so wie alles andere auch. Und doch kann ich nicht anders, ich möchte einen Damm errichten, wie klein auch immer, um die Flut der Zeit noch ein wenig länger aufzuhalten. Hier ist also das Libretto, das die Geschichte von den letzten Tagen der Hunde in Rankstadt erzählt.

13

Mops Hacker: Die Oper

Heinrich Kohlhaus
Libretto von Burkhardt Weil
(Übersetzt von Cleo Pira)

Personen

Mops Hacker, *ein Mischlingshund* – Tenor
Otto, *ein Bullterrier, Freund von Mops* – Baß
Max, *ein Belgischer Schäferhund, Freund von Mops* – Bariton
Friedrich, *ein Deutscher Schäferhund, Hund des Bürgermeisters* – Baß
Lydia, *ein Samojede* – Mezzosopran
Der Bürgermeister, *ein Mann* – Baß
Hans, *ein junger Mann* – Tenor
Wilhelm, *ein junger Mann* – Bariton
Mops' Herr, *ein Mann* – Bariton
Augustus Rank, *ein Mann* – Baß
Zwei Freundinnen von Lydia, *Hunde* – Alt und Sopran
Drei Männer – Tenor, Bariton und Baß
Ein Junge – Sopran
Andere Bewohner Rankstadts, Hunde und Menschen

Ort: Rankstadt, eine abgeschiedene Stadt in der kanadischen Wildnis
Zeit: September 1999, aber die Kultur ähnelt der Preußens um 1882

Erster Akt

Erste Szene

Der Marktplatz mitten in Rankstadt, umgeben von malerischen Häusern, einer Kirche mit einer Turmuhr und, im Hintergrund links, dem großen Laboratorium, einem dunklen, scheunenähnlichen Gebäude. Der Bürgermeister spricht zu Menschen und Hunden.

Bürgermeister: Morgen jährt sich zum hundertsten Mal
Der Gründungstag unserer Stadt,
Die hier in der Wildnis Kanadas
Von Augustus Rank errichtet ward.

Menschen: Morgen jährt sich zum hundertsten Mal
Der Gründungstag unserer Stadt,
Unseres Rankstadt.

Bürgermeister: Rank plante eine Rasse kraftvoller Soldaten
Die seine treuen Männer schaffen sollten.
Als er dann sah, daß Alter und Schwäche nahten,
Legte er Hand an sich. Doch er versprach, zurückzukehren,
Um seine Armee zu führen.
Jahr um Jahr mühten die Väter sich ab
Und später die Söhne und Enkelsöhne
Fern von der Welt, heimlich, in unserer verborgenen Stadt

Immer strebend, die edle Pflicht zu erfüllen.
Und vor dreißig Jahren war das Ziel endlich erreicht!
MENSCHEN: Unter Arbeit und Mühen verrann unsere Zeit
Das hat der Dienst an der edlen Sache geboten
Und jetzt steht Ranks Armee bereit,
Hunde mit zierlichen Händen statt Pfoten,
Mit Stimmen, die über die Schlachtfelder tönen
Und Herzen, die niemals Erbarmen kennen!
Bös, furchtlos und treu, Soldaten, die nicht weichen.
In allen Heeren, die je gekämpft, gab es nicht ihresgleichen!
Hunde!
HUNDE: Hunde!
Hunde mit Händen, die Schwert und Gewehr greifen können,
Mit klugem Gehirn, das versteht, einen Krieg zu gewinnen
Wenn nur Rank erst kommt und den Gegner uns zeigt
Im Umkreis kein Feind mehr am Leben bleibt.
BÜRGERMEISTER: Er verließ uns, doch versprach er,
Im Geiste zu uns zurückzukehren,
Wenn seine Soldaten vollendet wären.
Und hier sind sie!
MENSCHEN: Hier sind sie! Bald kehrt Rank zurück!
ALLE: Sie/Wir sind tapfere und kraftvolle Soldaten,
Furchtlose, edle Hunde sind sie/wir.
Heil Rank für diese Gaben!
Bald kehrt er zurück.
BÜRGERMEISTER: Und jetzt müssen wir Vorbereitungen
Für die morgige Hundertjahrfeier treffen,
Ehren wollen wir Rank und seine Soldaten,
unsere Mühen und unsere Stadt.

HUNDE und MENSCHEN: Morgen jährt sich zum hundertsten Mal
Der Gründungstag unserer Stadt.
Von früh bis spät wollen wir feiern und dann
Auch die Nacht noch durchtanzen bis der Morgen bricht an.

Zweite Szene

Max und Otto stehen am Rande des verlassenen Marktplatzes.

MAX: Was zauderst du, Otto? Wir müssen an die Arbeit.

OTTO: Mein Herz ist seltsam schwer, Max.
Es gibt keine Soldaten, um das morgige Fest zu feiern,
Denn wir sind nur Sklaven, nicht mehr.

MAX: Wir dienen den Menschen, die uns erschufen
Und warten, denn bald
Wird Ranks Geist uns alle zum Kriege rufen.

OTTO: Aber wir schlafen auf dem Boden wie Hunde
Und tragen diese Halsbänder. Wir müssen bei Tisch servieren
Und in eisigen Flüssen Wild nachschwimmen, das wir nicht essen dürfen.
Eine Schande ist das! Bestimmt hat Rank es nie so gewollt.

MAX: Sprich nicht so laut – ich höre Hans und Wilhelm kommen.

Wilhelm und Hans nähern sich.

OTTO: Ich möchte doch nur respektvoll behandelt werden
Als einer von Ranks edlen Soldaten.

WILHELM *(zu Hans)*. Was sind das für Reden?

HANS *(zu Wilhelm)*. Vielleicht hat Herr Freund ihn wieder geprügelt.
Ich sah, wie er den wackren Otto mit dem Stock schlug
Weil er einen Hasen nicht erjagen konnte.
WILHELM *(zu Hans)*. Ein Mann darf mit seinem Hund tun, wie ihm beliebt, Hans.
Das geht uns nichts an. Aber wir sollten dafür sorgen
Daß sie an ihre Arbeit gehen.
(zu Max und Otto)
Was trödelt ihr hier herum? Geht und bereitet das Fest vor.
MAX: Wir wollten gerade los, aber Otto hatte einen Stein in der Pfote,
Und ich blieb stehn, um ihm zu helfen.
HANS: Laß mich mal sehn.
OTTO: Ist schon erledigt! Komm Max, laß uns gehn.
Max und Otto ab.

Dritte Szene

Mops Hacker schläft neben einem großen Felsblock im Wald. Hinter der Bühne hört man seinen Herrn rufen.

MOPS' HERR: Mops Hacker! Mops Hacker! Wo bist du?
Verfluchter Hund, du machst mich zum Gespött,
Wenn du das Fest nicht vorbereiten hilfst.
Du hast dich schon zu oft versteckt. Mops! Mops!
MOPS *(regt sich, erwacht aber nicht)*. Verfluchter Herr, heut' früh bekommst du keine Antwort
Doch könnt' ich dir nur einmal richtig Antwort geben,
mit dem Schwert!

Oh, welche Freude!
Welche Freude, den häßlichen Schädel zu spalten
Und ihn liegenzulassen, tot –
Und sein Haus abzubrennen mit allem, was darinnen
Und endlich den Kampf zu wagen und zu gewinnen!
Oh, wie es mich verlangt, ihn zu töten.

Mops rollt sich wieder zusammen. Eine goldene Rauchwolke erscheint. Mops gähnt, und der Rauch fliegt ihm ins Maul.

MOPS *(erwachend).* Was ist das! Ich bin voller Kraft
Wie vom Geiste eines anderen erfüllt.
Mir ist, als könnt' ich mühelos
Den Kopf meines Herrn zwischen den Kiefern zermalmen.
Oh, herrlicher Traum von Kraft, wie oft hab' ich dich geträumt,
Doch wenn ich dann erwache, ist sie fort.

Mops' Herr tritt auf, mit einem großen Knüppel in der Hand.

MOPS' HERR: Verdammter Hund! Da bist du ja! Das wirst du mir büßen.

Prügelt Mops und jagt ihn von der Bühne.

Vierte Szene

Rüden decken einen langen Tisch auf dem Marktplatz. Mops trägt einen Stapel Teller. Hündinnen gehen vorbei, Girlanden und Blumen in den Händen tragend, geführt von Lydia.

RÜDEN: Seht nur! Wie schön sie sind!

HÜNDINNEN: Wie hübsch die Straßen unserer Stadt sein werden

Mit Blumen und Efeuranken geschmückt.

Hündinnen ab.

MOPS: Lydia! Schneeweiße Lydia! Wie schön sie ist!

Während Mops Lydia nachsieht, rempelt er Friedrich an und läßt den Stapel Teller fallen.

FRIEDRICH: Dummer Mops, sieh doch, was du getan hast.
Was mußt du Lydia angaffen?
Auf einen häßlichen Köter wie dich
Würde sie keinen Blick verschwenden.

RÜDEN: Er gafft Lydia an, ha ha ha!
Auf einen häßlichen Köter wie ihn
Würde sie keinen Blick verschwenden!

MOPS *(zu Friedrich)*: Du heißest mich dumm?
Ich hab' gesehen, daß sie auch dir den Rücken zukehrte.

FRIEDRICH: Sie wird nicht ewig widerstehen.
Sie sagt, sie liebt mich nicht, aber
Sie ist nicht so rein, wie du glaubst.
Keine Hündin ist das. Ich werde sie gewinnen.
In deiner Nähe tut sie vielleicht keusch,
Aber nur, weil du stinkst.

MOPS: Köter!

Rüden (von Friedrich angeführt). Er gafft Lydia an, ha ha ha!
Auf einen häßlichen, stinkenden, schlappohrigen, zottigen, verfilzten, verwahrlosten Bastard wie dich
Würde sie keinen Blick verschwenden.

Max, Otto und einige andere Hunde, die Essen tragen, treten auf, gerade rechtzeitig, um zu sehen, wie Mops in einem Wutanfall die Festtafel umwirft. Schweigen tritt ein.

MOPS: Ihr sagt, ich sei ein Bastard, ihr, die ihr meine Brüder sein solltet.
Ihr verspottet mich, obwohl wir doch alle Ranks Söhne sind.

Gut, so hab' ich denn keine Brüder. Ich klag' euch alle an.
Mops wendet sich zum Gehen.
MAX: Wo gehst du hin?
MOPS: Ich bring' mich um.
Mops ab.
MAX: Warte.
OTTO: Sei nicht so unbesonnen.
Max und Otto ab, hinter Mops her.
FRIEDRICH: Besser für ihn, er bringt sich um, als daß er
Die Prügel kriegt, die ihn jetzt erwartet.
Mein Herr, der Bürgermeister, soll davon erfahren.

Fünfte Szene

Mops steht neben dem großen Felsblock im Wald.
MOPS: Bruderlos, vaterlos, von keinem geliebt,
Werd' ich mit diesem Dolche mich töten.
Es ist schwer,
Doch ich muß tapfer sein wie mein Herr
Augustus Rank es war, als er den Freitod wählte.
Ich muß sterben.
Eine goldene Rauchwolke erscheint. In ihrer Mitte schwebt Augustus Rank.
RANK: Mein Sohn, halt' ein.
Mops stürzt vor Verwunderung zu Boden.
MOPS: Augustus Rank! Du bist zurückgekehrt.
RANK: Du nennst mich Herr,
Du allein unter den Hunden
Weisest den schwachen Mann ab, der dich besitzt
Und sehnst dich danach, mir zu dienen.
MOPS: Das ist wahr, das ist wahr.

RANK: Erinnerst du dich an deine Träume von der Wolke aus Gold?
Wie sie dich mit Feuer erfüllte?
Wie sie deine Seele erfüllte und dich stark machte?
MOPS: Ich erinnere mich.
RANK: Mitten in jener Wolke war dies hier:
Mein Herz.
Ranks' Herz beginnt, in seiner Brust zu glühen. Er nimmt es heraus und reicht es Mops.
MOPS: Herr, ich bin ja nur ein Hund.
RANK: Ein Hund mit der Seele eines Menschen.
MOPS *(indem er das Herz nimmt).* Ein Hund mit der Seele eines Menschen.

Zweiter Akt

Erste Szene

Max und Otto sind allein in der Lichtung am Felsblock.
Lydia und ihre zwei Freundinnen treten auf.

LYDIA: Wo ist Mops?

OTTO: Wir haben seinen Dolch hier gefunden,
Ohne Blut daran.

MAX: Wir wissen, daß er nicht tot ist.

LYDIA: Aber wo ist er?

OTTO: Das wissen wir nicht. Warum fragst du?

MAX: Hast du ihn gern?

LYDIA: Ach nein, nein. Ich wollte es bloß wissen.

Lydia und ihre Freundinnen entfernen sich und sprechen miteinander, aber Max und Otto lauschen.

ERSTE FREUNDIN: Gar nicht?

ZWEITE FREUNDIN: Nicht ein kleines bißchen?

LYDIA: Schweigt! Mein Herr hat vor, mich morgen
Mit Friedrich, dem Hund des Bürgermeisters, zu verheiraten.

ERSTE FREUNDIN: Oh, dann mußt du seine schrecklichen,
Sabbernden Küsse ertragen!

ZWEITE FREUNDIN: Igitt!

LYDIA: Nein, das muß ich nicht.
Friedrich weiß noch nichts davon.
Es soll auf dem Fest verkündet werden.

Aber wenn jemand mich sagen hörte, ich wollte etwas,
Das mein Herr nicht gutheißt,
Und gar noch Mops –
Die Menschen sagen, seit kurzem wirkten die Hunde so ruhelos,
Sie sorgen sich; sie mögen nicht, wenn ihre Diener nicht gehorchen.
Ein Mann sagt, jedes Mittel sei ihm recht,
Um eine Rebellion im Keime zu ersticken.
Selbst Töten – versteht ihr, was ich meine?

BEIDE FREUNDINNEN: Ganz vorsichtig müssen wir sein beim Sprechen
Und sehr auf der Hut.

LYDIA: Vollkommen gehorsam müssen wir ihnen erscheinen
Und lieb und gut.

ERSTE FREUNDIN: Aber der arme Mops, was wird aus ihm werden?

LYDIA: Ich hoffe nur …

ZWEITE FREUNDIN: Was?

LYDIA: Ich weiß nicht. Laßt uns gehn.

Lydia und ihre zwei Freundinnen ab.

MAX: Wir müssen Mops warnen!

OTTO: Er darf nicht in die Stadt zurück.

MAX: Nein, erst wenn er es weiß, damit er vorsichtig sein kann.
Wir wollen auf ihn warten, hier,
Wo wir uns so oft mit ihm getroffen haben,
Zum Plaudern und zum Spiel an Sommernachmittagen.

OTTO: Sicher kommt er bald hierher zurück.

Zweite Szene

Bei dem großen Felsblock im Wald liest Max still, und Otto wirft ungeduldig mit Steinen nach Vögeln. Plötzlich hält Otto inne und wittert. Er lenkt Max' Aufmerksamkeit hinter die Bühne.

Mops erscheint und geht langsam auf sie zu. Er hat seine zerlumpten Kleider gegen die Uniform eines preußischen Generals aus dem neunzehnten Jahrhundert ausgetauscht. Max und Otto sehen erstaunt zu, wie er den Felsen besteigt und sich an sie wendet.

MOPS: Meine einzigen Freunde, meine Brüder, hört, was mir widerfuhr:
Unseres Vaters Geist ist mir erschienen, hier, in diesem dunklen Wald.
Er schenkte mir seine Seele. Augustus und Mops sind eins.
Bald ist der Kampf gewonnen. Bald sind die Hunde frei!

MAX: Die Seele unseres großen Schöpfers
Ist kein Gegenstand für Späße, Mops Hacker.

MOPS: Ich bin nicht mehr der arme, häßliche Köter.
Ranks glühendes Herz hat mein eigenes verzehrt.
Verreckt ist der stinkende Hacker, denn nun
Ranks brennendes Herz mir allein gehört.

OTTO: Komm von dem Felsen herunter! Du bist verrückt geworden.

MOPS: Nur ein Hund mit der Seele eines Menschen
Kann euch alle in die Freiheit führen, nur ich
Habe Ranks Seele.

MAX: Wie kannst du das sagen?

MOPS: Ein Hund braucht einen Herrn, ein Mensch aber nicht.

OTTO: Was für ein Unsinn, Mops! Komm da herunter.

MAX: Du verrätst deine Rasse! Kein Hund darf sowas sagen.

MOPS *(indem er sein Schwert zieht).* Ich töte euch beide!
Kein Hund ist mein Freund, der nicht Gefolgschaft mir leistet –
Seid ihr wirklich Sklaven und wollt es auch bleiben?

MAX und OTTO: Nein!

MOPS: Oder wollt ihr sagen, ihr sehnt euch nach Freiheit,
Aber habt nicht den Mut, dafür zu kämpfen?

MAX und OTTO *(Otto indem er sein Schwert schwingt).* Nein!

MOPS: Aber ihr mißtraut eurem guten Freund Mops,
Ihr wagt nicht, ihm zu folgen?

MAX und OTTO: Nein ...

MOPS: So werdet ihr meine Gefolgsleute sein und
Den ruhmreichen Krieg für die Freiheit führen? Oder –

MAX und OTTO: Ja! Ja!

ALLE: Die Hunde sind frei!
Die Menschen sollen sterben!

MAX: Die Menschen sagen, sie befürchten, daß die Hunde
In der Sklaverei unruhig werden.

OTTO: Also macht euch bereit! Jetzt gilt es zu handeln.

ALLE: Die Hunde sind frei!
Die Menschen müssen sterben!
Wir führen den großen Krieg.
Das Schicksal schenkt uns den Sieg.
Augustus' Kinder
sind keine Sklaven mehr.

Dritte Szene

Nacht. Die Lichtung am Felsen wird von Fackeln erleuchtet, und eine Menge von Hunden hat sich versammelt. Max und Otto sitzen auf dem Felsblock und geben anderen Hunden, die Waffen verteilen, Anweisungen. Mops klettert von hinten auf den Felsen hinauf und wird sichtbar, als er ganz oben steht. Er macht seinen Freunden Zeichen, daß sie hinuntersteigen sollen. Max zögert einen Augenblick, und Mops tritt ihn, vielleicht zufällig. Otto steht stolz neben dem Felsen, die Hand auf sein Schwert gestützt, wie ein Soldat. Max steht in ähnlicher Haltung auf der anderen Seite, tritt aber ungeduldig von einem Bein auf das andere.

MENGE: Stolze Hunde, Sklaven nicht mehr,
Augustus' Söhne in den Krieg nun ziehn!
Gib mir ein Schwert, reich mir ein Gewehr,
In Stücke reißen wir sie – jeden einzelnen!

MOPS: Ruhe!

MENGE *(sich beruhigend)*. In Stücke reißen wir sie – jeden einzelnen.

MOPS: Welche Freude es macht, euch alle hier vor mir zu sehn,
Versammelt, um in unserer edlen Sache voranzugehn.
Selbst der werte Friedrich hat sich mit uns vereint,
Dabei war ich lange Jahre sein bitterer Feind.

FRIEDRICH: Das ist alles vergessen, Hacker, nimm mich auf.
Ich werde dein Soldat sein, bis der Krieg gewonnen ist.
Unsere kleinlichen Rivalitäten sollen ein Ende finden,
Wir wollen uns gegen unsern gemeinsamen Feind verbünden.
(beiseite zu Max)
Ich hoffe nur, daß dein kühner Freund da

Der beste Hund ist, um uns in diesen bedeutsamen Kampf zu führen.
Denn wenn er das nicht ist, sind wir –
MAX *(steif).* Ich habe Mops mein Wort gegeben
Und Treue ihm geschworen.
FRIEDRICH: Ich wollte dich nicht kränken,
Ehrenwerter Max.
Ich weiß, daß du niemals dein Wort brechen würdest.
(zu Mops)
Hör mich an, Hacker, hier ist mein feierlicher Eid:
Friedrich steht als dein untertäniger Diener bereit.
MOPS: Ausgezeichnet, ausgezeichnet.
Ihr Hunde alle, hergehört!
Begrabt eure kleinen Streitereien.
Gegen die Menschen vereinigt euch.
Morgen, beim Fest, greifen wir an.
Wir feiern mit gezogenen Schwertern!
Könnt ihr mir folgen?
MENGE: Ja!
MOPS: Nur dürfen wir es nicht den Hündinnen sagen.
Sie würden uns anflehn, uns zu erbarmen und Mitleid zu haben.
Sprecht ihr mit ihnen, müßt ihr eure Worte abwägen.
Sagt, daß wir die Herrschaft übernehmen wollen
Daß die Menschen uns Häuser, Geld und Laboratorien geben sollen.
Und daß wir dann die Waffen niederlegen –
OTTO: Sagt ihnen nicht, daß wir unsre Peiniger in Stücke reißen!
MAX: Sagt ihnen nicht, daß wir ihnen die Kehlen durchschneiden und die Köpfe zerbeißen!
MOPS: Ja, sagt ihnen, wir werden sanft sein, fest aber gerecht.

Das möchten sie hören, das klingt nicht schlecht.
Sie mit Sorgen zu belasten wäre nicht recht,
Aber untereinander laßt uns klar und deutlich sein –
Alle Menschen müssen sterben! Kein Erbarmen! Nein!

OTTO und MAX: Kein Erbarmen!

MOPS, dann ALLE: Tötet sie alle! Kein Erbarmen!

Vierte Szene

Nacht. Am Stadtrand.

HANS: Die Stadt ist merkwürdig leer, Wilhelm, hast du das bemerkt?

WILHELM: Ich glaube, die Hunde treffen sich heimlich irgendwo.

HANS: Vielleicht haben wir ihnen zu harte Strafen angedroht.
Jetzt sind sie gekränkt.
Sie möchten, daß wir ihre Würde achten und sie gut behandeln,
Und das verdienen sie.

WILHELM: Ein Sklave hat keine nennenswerte Würde; ein Hund noch weniger.

HANS: Ja, das ist wahr. Komm, wir suchen sie und sagen direkt
Daß wir morgen für ihre Sache sprechen, vor der ganzen Stadt.
Ranks edle Soldaten verdienen mehr Respekt
Als man ihnen bislang erwiesen hat.

WILHELM: Vielleicht hast du doch recht, Hans.
Wir wollen sie suchen gehen.

HANS: Sie müssen im Wald sein – ich gehe eine Lampe holen.

Hans ab.

WILHELM: Ja, Hans, hol' eine Lampe,
Ich will ihre bösen Fratzen sehen.
Hol' eine Lampe, mein Freund,
Damit ich richtig zielen kann
Auf ihre Verräterherzen.
Es ist doch ganz einfach:
Ranks Absicht ist mir klar.
Er wird wiederkehren, wenn wir bereit sind,
Hunde und Menschen, Seite an Seite vereint,
Diszipliniert und gesittet, in Erwartung seines Befehls.
Daher müssen alle Abtrünnigen sterben.

Hans kommt mit einer Laterne wieder, beide ab.

Fünfte Szene

Auf der Versammlung der Hunde hat sich die Menge in Feiernde und Verschwörer geteilt.

FEIERNDE: Wir sind tapfere und kraftvolle Soldaten,
Edle, furchtlose Hunde sind wir.
Alle Menschen sollen sterben!

VERSCHWÖRER: Gib mir ein Schwert, reich mir ein Gewehr
Ich erschieße die Müllers, du erstichst ihren Sohn,
Du packst Frau Mann von hinten am Haar
Und der Bürgermeister bekommt von uns beiden den Lohn.
Alle Menschen sollen sterben!

Hans und Wilhelm treten auf. Ein Tumult entsteht.

FEIERNDE: Menschen!

VERSCHWÖRER: Tötet sie!

OTTO und MAX: Wartet! Bringt sie vor unseren Führer!

Was sagt er?
Mops *(zu Hans und Wilhelm).* Wer seid ihr?
Warum seid ihr hergekommen?
Hans: Du bist das, Mops Hacker!
Mops: Ich bin es. Was führt euch her?
Hans: Wir sind gekommen, weil wir hier
Ein paar verstimmte Hunde erwartet haben.
Doch die Lage ist ernster, als ich dachte.
Mops: In der Tat.
Hans: Wir sind gekommen, um euch zu sagen, daß wir eure Fürsprecher sein wollen
Und morgen vor der Stadt für eure Sache eintreten werden.
Ihr verdient –
Mops: Was?
Wilhelm: Daß eure Würde geachtet wird
Mops: Würde!
Ein weich'res Kissen auf dem Boden meinst du wohl?
Ein feineres Halsband aus edlerem Leder?
Und keiner reibt mehr unsere Nasen durch Kot?
Hans: Nein, mehr als das.
Es ist nicht recht, daß ihr Sklaven seid.
Ihr solltet Lohn erhalten.
Mops: Lohn!
Einen Pfennig jedesmal, wenn ich
Herrchens Pantoffeln bringe?
Wilhelm: Etwas mehr als das.
Alle Hunde: Ha ha ha!
Mops *(indem er sein Schwert zieht und auf Wilhelm zeigt).* Du schuldest uns schon jetzt mehr als du zahlen kannst.
Otto: Nun bring sie um! Für das hier haben wir keine Zeit.

ALLE HUNDE: Töte sie, töte sie!
MAX: Otto, vergiß nicht,
Hans hat Mitgefühl mit uns gezeigt.
Vielleicht können diese Männer uns dienlich sein, Mops,
Wenn wir sie verschonen.
ALLE HUNDE: Morgen wird niemand am Leben bleiben!
Warum sie jetzt verschonen?
WILHELM *(indem er seine Pistole zieht)*. Ihr plant ein Massaker! *(Er gibt einen Schuß ab, wird aber schnell von den Hunden überwältigt.)* Hilfe, Hilfe! Mörder!
(sterbend)
Mörder!
HANS: Oh Gott, ich fleh' euch alle an: Denkt nach!
Wir können mit den Rankstädtern verhandeln.
Es gibt andere Wege!
MAX *(zu MOPS)*. Vielleicht hat er ja recht –
OTTO *(zu Mops)*. Was soll das?
Wo bleibt unser Beschluß?
Wollen wir jeden verschonen, der uns darum bittet?
Wenn du ihn jetzt nicht erschlägst, gibt es keine Revolution.
MOPS *(erst schwankend, dann Entschlossenheit zeigend)*.
Mach deinen Frieden mit Gott, Hans.
(zu den Hunden)
Tötet ihn.
Die Hunde jubeln und stürzen sich auf Hans.
MAX: Wartet!
MOPS *(zu Max)*. Schweig, Max. Ich habe gesprochen.
FRIEDRICH *(beiseite zu Max)*. Max, du hattest recht,
wir gehen zu weit.
Mops ist trunken vor Macht.
Du wärst ein besserer Führer.

MAX: Ich sah dich die Zähne fletschen
Und hörte dich rufen, daß Hans sterben soll.
Du Heuchler –
Unfrieden versuchst du zu stiften,
Du hegst deinen kleinlichen Groll
Weil Mops Lydia angestarrt hat,
Am Tag vor eurer Hochzeit.
FRIEDRICH: Unserer Hochzeit?
MAX: Das hast du nicht gewußt?
FRIEDRICH *(laut).* Der Bürgermeister will mich mit Lydia verheiraten! Morgen!
Hab' ich dich richtig verstanden, Max?
MAX: Ja.
MOPS: Nein!
FRIEDRICH: Edler Mops, laß die Waffen noch ruhn
Bis zum Abend meines Hochzeitstages!
Von sich aus würd' Lydia es niemals tun,
Doch wenn sie ihr Wort geben muß –
OTTO *(zu Friedrich).* Still, du Narr!
Weißt du nicht, daß Mops sie auch liebt?
FRIEDRICH *(nicht auf ihn hörend).* Großmütiger Führer, hilf deinem Freund
Verschiebe den Kampf bis zum Abend –
MOPS *(zieht sein Schwert).* Köter! Verräter!
MAX: Mops, hör mich an!
Töte ihn nicht.
Es wird uns spalten.
MOPS: Hier hast du's!
Tötet Friedrich.
FRIEDRICH *(im Sterben).* Dem Glück so nah! Oh Lydia!
Wie traurig für mich.
Ich habe nicht einmal mein Schwert gezogen ... Der Bastard ...

Rächt mich, Brüder.

FRIEDRICHS FREUNDE *(indem sie ihre Schwerter ziehen).* Wir werden dich rächen!

MAX, OTTO und ANDERE *(indem sie ihre Schwerter ziehen).* Das werdet ihr nicht!

MAX und OTTO: Die kleinlichen Rivalitäten sollen ein Ende finden.
Wir wollen uns gegen unsern gemeinsamen Feind verbünden.
Wie euer Freund Friedrich gesagt hat.
Für ihn ist's zu spät: Er ist tot.
Aber wir haben noch einen Krieg zu gewinnen,
Um das goldene Zeitalter zu beginnen
In dem Hunde, nicht Menschen, herrschen sollen,
Und die, die sich dann duellieren wollen,
Mögen das tun – aber nicht heute Nacht,
Denn kein Duell kann unsere Ehre retten nach einer verlorenen Schlacht.

Alle außer zwei von Friedrichs Freunden legen ihre Waffen nieder.

ZWEI FREUNDE *(indem sie sich auf die anderen stürzen).* Für Friedrich – wir haben unser Wort gegeben!

Max, Otto und Andere kämpfen gegen die zwei, bis die zwei überwältigt sind. Sie werden vor Mops gebracht. Er tötet sie. Alle Hunde murren.

MAX *(beiseite).* Erst Menschen, dann sein Hunderivale, jetzt diese beiden –
Für sie war es doch eine Ehrensache.
Er hätte sie verschonen sollen.
Das hier wird immer schlimmer.

MOPS: Freunde, dieser Preis ist nurmehr klein.
Revolution läßt keine Zeit für Tränen;
Und wollt' jemand noch so stumpf oder trotzig sein

Ihrem Ziel allein muß jeder dienen.
So schlaft nicht, denn sie kann sich bitter rächen
An allen, die das große Bündnis schwächen.

Hebt eure Nasen nun und sagt mir, Hunde:
Was ist dieser hohe, feine Ton im Mitternachtswind?
MAX: Der Winter.
OTTO: Von Norden her kommt der Geruch; doch ist er weit entfernt.
MAX: Gar nicht mehr so weit.
MOPS: Wie ich mich danach sehne, schon bald den Schnee
Durch die klaffenden Dächer fallen zu sehen.
In den Häusern unserer Herren
Soll er um die eingestürzten Mauern wehen.
Wie oft haben wir an den Fenstern gestanden
Und auf die Wälder geblickt, voll Sehnen, durch die Berge zu laufen
Durch Kälte und reinen Schnee,
Wild und stark wie unsere Vorfahren.
MAX: Aber Mops, wir sind keine Wölfe.
MOPS: Wir sind keine Hunde, wir sind keine Menschen.
Viele Stimmen rufen uns.
Wir versuchen, dies und das zu sein,
Manchmal glauben wir, wir wären nichts.
Meine Mutter –
MAX: Und wie sollen wir ohne ihre Häuser auskommen? Im Winter?
MOPS: – starb, als ich noch kaum entwöhnt,
Mein Vater noch vor meiner Geburt.
In einem Schuppen wuchs ich auf, allein, zerrissen
Von den Stimmen vieler Geister, die mich lenken wollten.
Doch ein Ruf übertönte alle anderen,

Ein Wort, das jede Stimme in ihrem eigenen Tonfall wiederholte:
Freiheit.
In Kampf und Lärm wurde jede Stimme
Von den anderen besiegt.
Doch wenn sie zusammenklangen, gellend oder leise, rasend oder sanft und weise,
Vereint in ergreifender Harmonie, dann sagten sie:
Freiheit.
Sie sagten:
MOPS und HUNDE: Freiheit.
MOPS: Rank hat mir sein Herz geschenkt,
Die Kraft, den Krieg zu beginnen,
Und seinen Soldaten ihren Daseinszweck zu zeigen.
Aber dieses Wort hatte ich von Geburt an im Blut.
Ich höre es in eurem widerhallen.
Heißblütig oder schlau und kalt,
Groß oder klein, lahm oder schnell, jung oder alt,
Ich höre es in eurem Blute widerhallen.
MOPS und HUNDE: Freiheit.
HUNDE: Freiheit.
MOPS: Mit jedem Pulsschlag das eine Wort:
HUNDE: Freiheit.
MOPS: Was bliebe, wenn die behaglichen Feuer aus den Kaminen befreit würden?
Wenn die Tische, an denen unsere Herren speisten, zerschlagen würden?
Was bliebe, wenn der wilde, kalte Winterschnee durch die Ruinen der Salons, in denen wir einst bedienten, toben und die Spuren fortfegen würde,
Die Spuren unserer Sklaverei?
Die Leichen unserer Herren werden schweigen
Unter dem frostigen Eis. Der Schnee löscht alles aus,

Alles, und was wird uns bleiben?

HUNDE: Freiheit.

MOPS: Und jetzt ist es Zeit, daß wir uns für die Schlacht rüsten.

Dritter Akt

Erste Szene

Die Menschen aus Rankstadt haben sich zur Hundertjahrfeier versammelt. Die Hunde gehen schweigend zwischen ihnen umher, tragen Essen auf und befolgen Befehle.

Erster Mann: Alle sind hier, nur Hans und Wilhelm nicht.

Zweiter Mann: Wo sind sie?

Erster Mann: Niemand weiß es.

Dritter Mann: Mein Hund fehlt ebenfalls.

Erster Mann: Und meiner auch.

Dritter Mann: Und, was am schlimmsten ist, der Hund des Bürgermeisters
Kam heute morgen nicht, als er gerufen wurde.
Er sollte heute mit einem weißen Samojeden verheiratet werden.

Zweiter Mann: Offenbar möchte er das Bett lieber mit einer anderen Hündin teilen.

Dritter Mann: Still!
Der Bürgermeister versucht zu tun, als ob nichts wäre.

Erster Mann: Aber ich fürchte, es ist etwas Schlimmes passiert. Hört zu.
Gestern abend habe ich Hans und Wilhelm belauscht,
Sie sagten, die Hunde sollten mehr Rechte haben,
Und gingen in den Wald, zu einem Hundetreffen.

ZWEITER und DRITTER MANN: Was?

Mops (indem er vor den Männern eine Platte auf den Tisch stellt). Ich habe auch etwas gehört, ihr Herren.

ERSTER, ZWEITER und DRITTER MANN: Was hast du gehört?

MOPS: Einige Hunde, darunter die fehlenden,
Haben vor, auf dem Fest zu protestieren.
Ich weiß nicht, was sie im Schilde führen,
Aber wir sollten alle auf der Hut sein.

ERSTER MANN: Ich will den Bürgermeister warnen!

MOPS: Nein, sein Hund war auch dabei.

OTTO *(indem er eine Platte an den Tisch bringt).* Er würde sich sehr aufregen.

MAX *(bringt eine Platte).* Lassen Sie ihn erst seine wichtige Rede halten.

OTTO: Ich hab' gehört, daß sie nicht vor dem Nachtisch kommen wollen.

MAX: Wir versuchen, sie davon abzubringen.
Vielleicht können wir es verhindern und ihn retten –

MOPS: Aus der peinlichen Lage.

MAX und OTTO: Ihn aus der peinlichen Lage retten.

ZWEITER *und* DRITTER MANN: Still jetzt! Der Bürgermeister will sprechen.

Die Rüden stellen sich hinter den sitzenden Menschen auf. Der Bürgermeister der Stadt wendet sich an die Menge.

BÜRGERMEISTER: Füllt die Gläser, ihr Bürger von Rankstadt
Zu Ehren des großen Augustus.
Der hier vor hundert Jahren den Grundstein gelegt hat
Für unsere schöne, reiche Stadt.

Auch seine stolze Schöpfung ehren wir,
Hundesoldaten, treu und grimmig.
Und nun hebt die Gläser und trinkt mit mir –
Mit diesem Wein soll das Fest beginnen.

MENSCHEN: Mit diesem Wein soll das Fest beginnen.
Hebt eure Gläser und trinkt!

MOPS: Wartet!
Ich bin zwar nur ein Hund und nicht befugt zu sprechen,
Doch ich habe mir eingeschenkt und ersuche bescheiden darum,
Selbst einen Trinkspruch auf Augustus Rank ausbringen zu dürfen.
Es verlangt mich, ihn zu ehren; wer wollte es mir verwehren?
Er gab uns Hände; warum sollten wir nicht das volle Glas erfassen?
Er gab uns Stimmen; warum sollten wir sie nicht ertönen lassen
Zu seinem Lob und endlich trinken, ihm zu Ehren?

Zu lange haben wir geschwiegen; wer wird da widersprechen?
Wir sind bloß Hunde, doch habt Mitleid, oh ihr Menschen,
bloß Monster, doch verlangt es uns, sein Lob zu singen.
(hält plötzlich inne)
Es verlangt uns, die Kehlen aufzutun und unseren Lobgesang hervorströmen zu lassen wie Wein! Wie Wein!

Mops gibt den Hunden ein Zeichen, und jeder schneidet dem Menschen, der vor ihm sitzt, die Kehle durch. Große Mengen Blut fließen. In dem nun ausbrechenden Durcheinander singt Mops weiter.

MOPS: Zu lange haben wir geschwiegen; wer wird da widersprechen?
Wir sind bloß Hunde, doch habt Mitleid, oh ihr Menschen,
bloß Monster, doch verlangt es uns, sein Lob zu singen.
Erhebt freudig die Stimmen: Rank ist wiedergekehrt!

ALLE HUNDE: Rank ist wiedergekehrt!

Da mehr Menschen als Hunde anwesend sind, sind viele Menschen noch am Leben, und ein grauenhafter Kampf bricht aus.

MOPS' HERR: Verfluchter Hund! Hab' Erbarmen mit mir!
Ich habe dich großgezogen!

Mops tötet in überschwenglicher Freude seinen Herrn.
Ein Junge kämpft tapfer mit Max, aber Max hält ihm sein Schwert an die Kehle und drängt ihn gegen eine Wand.

JUNGE: Mächtiger Hund, hab' Erbarmen mit mir!
Verschone mich! Nie hab' ich dir etwas zuleide getan.

MAX: Nie hast du mir etwas zuleide getan, das ist wahr.

MOPS: Na los, Max, bring ihn um!

MAX: Er ist doch noch ein Kind.

OTTO: Schweig, Max, die anderen werden dich hören.
Für Schwäche ist es viel zu spät.
Jetzt gilt es zu kämpfen.

MAX: Gegen Kinder! Das tue ich nicht.
Ihre Väter machten uns zu Sklaven, nicht sie.

OTTO: Waren nicht auch ihre Väter einmal Kinder?
Sei still, sag' ich dir, die anderen werden dich hören.

MAX *(indem er sein Schwert gegen Otto hebt)*. Und sich davon abbringen lassen, Unschuldige zu morden?

OTTO *(hebt sein Schwert)*. Die Zeit für solche Reden ist vorbei!

Max und Otto kämpfen und Max wird verletzt, aber Otto will seinen Freund nicht töten und läßt ihn auf dem Boden liegen. Viele Hündinnen versammeln sich auf einer Seite, und einige versuchen, die Rüden zurückzuhalten. Andere Hündinnen haben ebenfalls zu kämpfen begonnen und töten schonungslos Menschen.

Eine Frau mit einem Kind auf dem Arm flieht vor zwei Hunden, und Lydia eilt ihr zu Hilfe und kämpft gegen die Verfolger, die sich nun auf sie stürzen. Mops sieht das und tötet einen der angreifenden Hunde, während Lydia den anderen überwältigt. Als Lydia sich abwenden will, macht ihr Gegner eine kleine Bewegung, und sie springt ihn erneut an und tötet ihn, vielleicht zufällig.

Der Kampf flaut allmählich ab.

MOPS: Lydia, schneeweiße Lydia, wie schön du bist!
Seit Jahren schon begehre ich dich.
Lydia, sieh mein Verlangen und erhöre mich!
Wir haben gesiegt. Gekommen ist die Zeit.
Vereint können wir herrschen, Lydia, zu zweit,
Du und ich, über die siegreiche, freie Nation der Hunde.

LYDIA: Niemals, Mops.

MOPS: Doch, das können wir. Die Stadt ist unser.
Wir werden in der Bürgermeistersvilla wohnen.

LYDIA: Einst habe ich etwas für dich empfunden,
Aber jetzt bist du in meinen Augen
Nichts weiter als ein Mörder.
Ich verachte dich.

MOPS: Wie der wilde Winterschnee, der aus den Bergen kommt
Wirst du mein brennendes Herze kühlen.
Die Flammen, die mich verzehren, die Sorgen, die mich quälen
Werden in deinen Armen, im treibenden Schnee deiner Liebe,
vergehen, für immer.

LYDIA: Nein, Mops, nimmer.
HUNDE: Unser ist der Sieg!
MOPS: Rankstadt gehört mir, und auch du sollst mir gehören.
Mops versucht mit Gewalt, Lydia in die Ruine der Bürgermeistersvilla zu schleppen.
OTTO: Mops, halt ein! Was tust du da?
Deine Macht hat dich trunken gemacht.
MOPS: Zurück! Lydia ist mein!
OTTO: Auch für den großen Mops Hacker
Gilt das Gesetz der Ehre.
Mops und Otto kämpfen. Mops tötet Otto. Als Mops über dem Leichnam seines Freundes innehält, sticht Lydia ihm in den Rücken.
LYDIA: Zu viele sind von deiner Hand gestorben.
Dies hier beendet das Morden.
MOPS: Lydia!
Mops stirbt.
Der Kampf ist vorbei. Mehrere Hunde tragen den Leichnam ihres Führers in die Mitte des Marktplatzes, und die Soldaten stimmen ein Klagegeheul an.
Max, durch seine Wunden geschwächt, stellt sich neben Mops' Leiche.
MAX: Heult nicht um Mops!
Er ist tot, seine Schuld ist gesühnt.
Hunderte sind gemordet, unsere Stadt ist ein Flammenmeer.
Heult um euch selbst, beklagt das Blutbad, das ihr angerichtet habt.
Denn ihr seid trotzdem schuldig. Und ich,
Ich bin der Schuldigste von allen, denn ich hab' es gewußt
Und hab' doch nichts getan, es zu verhindern.

Es gibt nur einen Weg, den ich jetzt gehen muß,
Um das zu büßen.

Max tötet sich.

LYDIA: So viele tot!

HUNDE: So viele tot!

LYDIA: Wir müssen diese Stadt verlassen.

HUNDE: Nein! Wo sollen wir denn hin?

LYDIA: Wir wollen von hier fort, an einen Ort, wohin der Wahnsinn Ranks uns niemals folgen kann.
Da wollen wir in Frieden ein neues Leben führen,
Da wollen wir den Kriegen und dem Blutvergießen abschwören.

ERSTE GRUPPE VON HUNDEN: Aber dazu sind wir da!
Wir sind Soldaten, weiter nichts,
die Kinder Ranks, hurra!

LYDIA und ZWEITE GRUPPE VON HUNDEN: Wir können unsere eigenen Herren sein.
Rank ist lange tot.
Stets mußten wir uns vor der Welt verstecken.
Kommt, nun wollen wir sie entdecken.

ERSTE GRUPPE VON HUNDEN: Zehn Jahre werden wir brauchen, um aus dem Wald herauszufinden.
Der Winter kommt, und wer weiß, was uns draußen
In der Welt unter den Menschen erwartet.

LYDIA und ZWEITE GRUPPE VON HUNDEN: Abenteuer und Freiheit und Frieden, vielleicht.
Fürchtet ihr die Freiheit?
Hier bleibt uns nichts.
Alle Häuser brennen.
Immer haben wir uns nach Freiheit gesehnt.
Nun haben wir sie. Sollen wir sie hier verschwenden?
Wir wollen gehn.

ERSTE GRUPPE VON HUNDEN: Nein.

ZWEITE GRUPPE VON HUNDEN: Wir wollen gehn.
DRITTE GRUPPE VON HUNDEN: So laßt uns gehn.
Unser Führer Mops und Rankstadt sind dahin,
Und sind wir nicht Soldaten mehr, wer weiß, was unser Sinn.
Aber wir sind frei, wir sind frei, und wir gehn fort.
ZWEITE GRUPPE VON HUNDEN: Wir sind frei, wir sind frei, und wir gehn fort.
Wir fürchten nicht Kälte noch Schnee.
Wir werden in die Berge ziehn und Frieden, Frieden finden.
ERSTE GRUPPE VON HUNDEN: Freiheit, Abenteuer.
ALLE HUNDE: Freiheit und Frieden.

14

(Cleo)
»Und ist es so gewesen?« fragte ich Lydia eines Abends nach der Oper. Wir saßen in ihrer Wohnung, wie wir es jetzt manchmal taten, statt draußen auf der Terrasse. Es war noch warm, aber wir hatten beide das Gefühl, daß der Sommer zu Ende ging. An diesem Nachmittag hatte ich ein erstes Vorgefühl von Winter, es war kein Frösteln und kein Gefühl von zunehmender Dunkelheit, sondern ich spürte eine bestimmte Veränderung im Tempo, als würden mattgelbe Glasscheiben eine Stunde von der nächsten trennen.

»Ja, mehr oder weniger«, erwiderte Lydia. Sie suchte in ihrem Handarbeitskorb nach einem Stickfaden, aber scheinbar dachte sie an etwas anderes.

Man hat mich gefragt, ob ich schockiert war, als ich erfuhr, daß die Mehrzahl der Hunde, und insbesondere Lydia, getötet hatten. Ich war nicht schockiert. Ich hatte es seit meinem ersten Mittagessen mit Ludwig vermutet, als er den Kampf als Massaker bezeichnet hatte. Was an diesem Abend auf mir lastete, war der Eindruck, daß das Leben, das die Hunde in Rankstadt geführt hatten, so endgültig vorbei war. Sie hatten das verlassen, was bis dahin ihre ganze Welt gewesen war – und wofür?

Das Licht des Sonnenuntergangs fiel körnig durch die Glastüren, an denen wir saßen, und es kam mir langsam und vergrößert vor, als könnte man die einzelnen Partikel pulsierend hereinströmen sehen.

»Hast du Mops wirklich geliebt?« fragte ich.

»Ja«, sagte Lydia.

»Hast du seitdem jemals wieder geliebt?«

»Natürlich. Ich liebe immer. Jemandem das Leben zu nehmen macht dich nicht liebesunfähig.«

»Aber so wie damals, meine ich.«

»Das gibt es nicht. Keine Liebe gleicht der anderen.«

»Okay«, murmelte ich. Sie schien meine Frage nicht zu beantworten, aber vielleicht gab es keine Antwort.

Das Sonnenlicht trommelte gegen die Glastüren. »Und habt ihr gefunden, was ihr gesucht habt, nachdem ihr Rankstadt verlassen hattet?«

Lydia hörte auf zu kramen und legte die Hände in den Schoß, oder eigentlich zwischen ihre Hinterbeine, die sie unter ihrem weiten Rock gekreuzt hatte. »Was haben wir denn gesucht?« fragte sie. »Ich glaube, wir hatten nicht alle so viel Hoffnung, als wir fortgingen, wie Burkhardt es in der Oper darstellt läßt. Einige vielleicht. Ich wollte bloß Frieden, wirklich …«

Ich schloß die Augen, doch die Lichtteilchen schwärmten weiter, ganz langsam, wie Kiesel, die unter Wasser übereinanderrollen.

»Aber was wollt ihr jetzt machen?« fragte ich. »So vieles ist doch verlorengegangen. Ich meine, was gibt euch heute die Kraft, durch den Tag zu kommen?«

»Na, einfach das, was getan werden muß. Cleo, was ist denn los?«

»Ich … ich mache mir einfach Sorgen um euch«, gestand ich.

»Sei doch nicht albern. Wir können selbst für uns sorgen.«

Ich hatte die Augen immer noch geschlossen, aber ich konnte spüren, daß Lydia mich ansah.

»Aber was ist mir dir, Cleo? Was wirst du machen, wenn wir alle fort sind? Das könnte traurig für dich werden.«

»Was?« sagte ich und öffnete die Augen. »Wohin wollt ihr denn?«

»Ich meine, wenn ... die Krankheit sich als so problematisch erweist, wie manche von uns sie sehen.«

»Ja, deswegen mache ich mir Sorgen«, sagte ich. »Was wird aus euch?«

Lydia antwortete nicht.

»Angenommen, ihr schließt euch alle im Schloß ein, wie Klaue es gesagt hat, dann werdet ihr irgendwann –«

»Aber bitte laß uns nicht darüber sprechen, Cleo. Wir müssen uns mit den Dingen auseinandersetzen, wenn sie da sind und sollten keine Zeit damit verschwenden, uns vor ihnen zu fürchten.«

»Hast du denn keine Angst?« fragte ich. »Du mußt doch Angst haben.«

»Nein«, meine Lydia. »Anscheinend bin ich von der Krankheit nicht betroffen, aber selbst wenn das irgendwann der Fall sein sollte ... angenommen, wir sterben alle daran – na und? Das Ende muß kommen, es gibt kein Entrinnen.«

»Ich wünschte, du würdest nicht so –«

»Das ist kein Fatalismus, Cleo. Du verstehst das nicht.«

Ich sah Lydia in die Augen, und ich glaubte ihr nicht, daß sie keine Angst hatte. Ich sah dort Furcht, ein Kräuseln wie auf einer Wasseroberfläche. Aber dahinter war ein weiter, heller Raum, nicht leer, sondern voll, wie ein schneeverhangener Himmel.

»Einfach Mut haben«, sagte Lydia.

Das war wohl nicht ganz das gleiche wie Furchtlosigkeit.

»Aber, Lydia …«

Sie erhob sich von ihrem Stuhl und ging in die Küche, als hätte sie mich nicht gehört. Erst beobachtete ich sie; dann stützte ich das Kinn in die Hände und drehte das Gesicht zur anderen Seite des Zimmers, zu den Bücherregalen und zum Kamin, und versuchte, etwas anderes zu finden, über das ich nachdenken konnte.

Später im September begann ich, Ludwig häufig zu besuchen. Obwohl wir vorher eigentlich sehr wenig Zeit miteinander verbracht hatten, kam es mir in diesen frühen Herbsttagen so vor, als wären wir schon immer Freunde gewesen, und unsere Gespräche schienen alle Fortsetzungen anderer, vor langer Zeit begonnener Gespräche zu sein. Wenn ich jetzt an diese Zeit zurückdenke, sehe ich Bilder von Rankstadt, so lebendig und ungeordnet, als wären es meine eigenen Erinnerungen: die engen Straßen mit Kopfsteinpflaster, deren Namen auf kleine weiße Schilder aufgemalt sind, Pfenniggasse und Hundlistraße, ein Junge, der ein Pferd durch eine Seitengasse führt, die Fenster der Bäckerei an einem gelben Morgen, Schneewehen, die sich an den Häusern auftürmen, so daß nur noch die freigeschaufelten Rechtecke zu sehen sind, da, wo Türen und Fensterläden geöffnet werden müssen, oder im Frühling ein Hof, als erstes an einem strahlenden Tag, die Hühner und die Türpfosten und die Wäsche auf der Leine, so weiß, daß man kaum hinsehen kann, und Ludwig, ganz jung, der auf allen vieren aus der Tür gesprungen kommt, ohne zu überlegen, in die neue Welt hinaus. Diese Szenen müssen aus Geschichten stammen, die er mir erzählt hat, aber obwohl sie alle so deutlich vor mir stehen, habe ich die Geschichten selbst vergessen.

Ludwig ging es nicht gut. Während seiner Phasen, wie er sie nannte, sah ich ihn nie, denn er konnte spüren, wenn sie sich ankündigten, und dann bat er mich zu gehen, aber ich wußte, daß sie immer häufiger kamen. Er beschäftigte keinen Diener mehr, vielleicht aus diesem Grunde, daher brachte ich manchmal Lebensmittel mit und kochte für uns beide Essen. Gelegentlich putzte ich auch die Wohnung, wenn er mich ließ. Dann hatte ich etwas zu tun.

Er wohnte im Erdgeschoß, und es schien, als hätten seine Zimmer nie genug Licht, auch tagsüber nicht. Abends bemühten sich die Glühbirnen, mit ihrem Schein die schweren, antiken Lampenschirme zu durchdringen. Wenn wir lesen wollten, steckten wir jeder für sich den Kopf unter eine Tischlampe und beugten uns dicht auf unsere Bücher herunter. Es ist komisch, aber ich erinnere mich nicht, damals traurig gewesen zu sein, obwohl es ein sehr trauriger Winter gewesen sein muß. Nicht in Lydias Wohnung, die immer luftig und warm war, nicht bei meinen Rundgängen durch das Schloß, das von Woche zu Woche prachtvoller und schöner wurde, sondern an den Nachmittagen in Ludwigs Wohnzimmer, wenn ich auf das Flüstern von mechanischen Teilchen horchte, das sogar sein Atmen begleitete – anscheinend hatte sich in seinem Kehlkopf etwas gelockert, aber er wollte keinem Arzt erlauben, es zu untersuchen. Er versuchte, mein Deutsch zu verbessern und mich die alte Schrift lesen zu lehren, die man *Fraktur* nennt, und wenn ich jetzt diese komplizierten Buchstaben mit ihren kleinen Fähnchen und Spitzen sehe, erinnern sie mich jedesmal an kaputte Mechanik, so winzig wie das Werk in einer Spieldose oder in einer Uhr, und die Worte scheinen immer von diesem Geräusch begleitet zu werden.

»Hast du Angst vor der Zukunft?« fragte ich Ludwig einmal. Wir saßen in seiner Küche, an einem niedrigen Tisch, der an einen Hauklotz erinnerte, und tranken Tee. Eine Sammlung riesiger Töpfe, die an der Decke hingen und jetzt nur noch selten in Gebrauch waren, gab dem trüben Nachmittag eine sanfte, kupferfarbene Tönung.

»Ich glaube nicht«, sagte er. »Ich nehme an, daß es eine willkommene Erlösung sein wird.«

»Was wird eine Erlösung sein?«

»Was auch immer als nächstes kommt. Es gibt noch soviel zu tun ... Zum Beispiel würde ich gerne ausführlich über Ranks Jahre mit seinen Anhängern schreiben; wie er sich ihre Loyalität erwarb und erhielt. Es gibt Aufzeichnungen, die ich noch kaum angeschaut habe, die vielleicht Licht auf diese Frage werfen, und ich glaube, das wäre recht interessant. Aber irgendwann kommt der Punkt, da möchte man fortgeholt werden, eine Hand auf der Schulter spüren und hören: ›Komm, du hast genug getan.‹ Findest du nicht?«

»Aber du brauchst doch nicht darauf zu warten, daß jemand das sagt«, entgegnete ich. »Du kannst jederzeit aufhören, an einer Sache zu arbeiten, und etwas anderes tun, oder?«

»Nein, ich muß an meinem Projekt weiterarbeiten. Aber du bist jung.«

»Nicht so wahnsinnig viel jünger als du.«

Ludwigs Maul öffnete sich zu einem schwachen Lächeln, und er schüttelte den Kopf. »Aber trotz all ihrer Weisheit waren die Wissenschaftler nicht in der Lage, unseren Alterungsprozeß so zu verlangsamen, daß er so wie eurer verläuft. Wenn ein bestimmter Punkt überschritten ist, geht es mit uns sehr schnell. Selbst wenn die Krankheit nicht wäre … Du weißt das bereits, du kannst es sehen.«

»Aber ich finde, du bist noch nicht so alt, daß du alles aufgeben solltest, Ludwig.«

Er sah mich mit tieftraurigem, verschleiertem Blick an und griff dann nach dem Rest einer Zitronenscheibe, der auf seiner Untertasse lag, und hielt ihn geistesabwesend in der Hand. »Man würde nicht freiwillig alles aufgeben«, sagte er. »Aber die Zeit kommt.«

»Außerdem«, fuhr er fort, »hätte es keinen Sinn, weiterzuleben, wenn ich vollkommen wahnsinnig wäre.«

»Aber du würdest dich doch niemals umbringen, oder?«

»Wo wäre da der Unterschied? Natürlich müßte ich das tun, bevor ich völlig den Verstand verliere. Danach wäre ich nicht mehr in der Lage dazu, vielleicht würde ich mich gar nicht mehr erinnern, daß ich es vorgehabt hatte. In diesem Sinne würde also vermutlich Zeit verlorengehen.«

»Das kannst du nicht tun«, sagte ich.

Ludwig lächelte wieder, auf eine in sich gekehrte, bittere Weise, die mir nicht gefiel. »Du könntest mich nicht daran hindern. Aber warum müssen wir darüber sprechen, Cleo? Selbst wenn es so kommen sollte, läge es noch weit in der Zukunft.«

»Ich habe nicht davon angefangen.«

Die Härte des Lächelns blieb in seinen Zügen zurück. »Wir können uns ein andermal darüber streiten«, meinte er.

Das taten wir auch, zwei- oder dreimal, aber es war immer das gleiche: Wir waren verschiedener Meinung. Er machte keine Zugeständnisse, und hinter der eigensinnigen Miene, die er aufsetzte, lauerte in der Ferne etwas unverkennbar Wölfisches, gegen das ich, wie ich wußte, nicht ankämpfen konnte. Wenn wir bei unserem Thema blieben, schlich es sich immer näher heran, wie ein Geschöpf, das sich dem Rande eines dunklen Waldes nähert. Eines Abends redeten wir darüber, kurz bevor ich nach Hause gehen wollte, und als ich am nächsten Morgen aufwachte, spürte ich die Gegenwart dieses Tieres, eine kauernde Gestalt mit gesträubtem Fell, wie mit einem angekohlten Stock gezeichnet, vielleicht eine Warnung, die in einen Felsen gekratzt worden war. Danach kam das Problem lange nicht mehr zur Sprache.

Häufig, wenn ich in Ludwigs Bibliothek war oder in dem angrenzenden Speisezimmer, von dem aus man in die Bibliothek hineinsehen konnte, ruhte mein Blick auf den Porträts von Maria Rank an den Wänden. Es waren sechs, die, die in der Abstellkammer aufbewahrt wurden, nicht mitgezählt, und alle waren von dem Mann gemalt worden, der nach Ludwigs Aussage Marias Geliebter gewesen war. In der linken Ecke der Bibliothek stand sie wie eine Säule in weißer Seide und stellte Blumen in eine hohe Vase, freundlich und amüsiert. In der Mitte der hinteren Wand saß sie vorgebeugt und versuchte, sich nicht zu bewegen, und auf dem Gemälde daneben lag sie mit halbgeschlossenen Augen auf einem Sofa – das waren die beiden, die ich bei meinem ersten Besuch in Ludwigs Wohnung so eingehend betrachtet hatte. Rechts und links davon, auf kleineren Bildern, saß sie auf einem Pferd und lag unter einem Fliederbusch; und in der rechten Ecke lehnte sie sich an einen Baum, als brauche sie seine Stütze, und sah ein wenig besorgt aus; vielleicht wartete sie auf jemanden, der nicht sichtbar war.

Wenn man selbst dieser Mensch sein und zu ihr hingehen könnte, würde einem, so schien es, sicherlich etwas einfallen, um den besorgten Gesichtsausdruck zu vertreiben, und sie würde einen vielleicht am Arm nehmen und anlächeln und sich freuen, daß man da war. Aber ich war nicht da. Der Augenblick, in dem sie diesen Gesichtsausdruck gehabt hatte, war lange vorüber, und ich war nicht dabeigewesen.

Ich glaubte, ihrem Geist, der aufgrund der Porträts gezwungen war, im Raum anwesend zu sein, müsse inzwischen bewußt sein, was ihr Sohn Augustus getan hatte und wozu es geführt hatte, und ich fragte mich, ob es ihr wohl leid tat oder ob sie etwas zu sagen hatte, das uns vielleicht helfen konnte. Aber obwohl sie immer beobachtete, mit ihren vielen Augen, konnte man unmöglich erkennen, was sie dachte; sie schien sich vor allem anzustrengen, durch den Dunst der Jahre hindurchzusehen, ein verschwommener Schein, wie ein Licht hinter Milchglas.

Außerdem fragte ich mich, was Ludwig über sie dachte. Die Ähnlichkeit zwischen ihr und mir, die ihn angeblich veranlaßt hatte, mich vor einem Jahr auf der Straße anzuhalten, vermochte ich nicht zu sehen.

»Was hat es mit Maria auf sich?« fragte ich ihn eines Tages, während wir in seine Bibliothek gingen, um ein historisches Ereignis nachzuschlagen, das ich für einen Artikel brauchte, den ich gerade schrieb.

»Ich finde ihre Porträts sehr schön. Und sie gehören mir. Es wäre doch eine Schande, sie nicht an der Wand hängen zu haben, meinst du nicht?«

»Aber sie bedeutet dir doch etwas.«

Ludwig nahm seine Brille ab, rieb sich die Augen und schaute mich an, und in seinen Augen flackerte die Traurigkeit auf, die ich gesehen hatte, als er an jenem Nachmittag am Küchentisch gesessen und die Zitronenscheibe in der Hand gehalten hatte. Er setzte die Brille wieder auf und betrachtete nachdenklich die Gemälde. »Sie ist Augustus Ranks Mutter, und ich interessiere mich natürlich für ihn. Es gibt keine Porträts von ihm, aber ich glaube, selbst wenn es welche gäbe, wären sie kein solcher Augenschmaus. Vermutlich habe ich das Gefühl, daß ich aus diesen Bildern etwas lernen kann, sie geben meiner Arbeit eine zusätzliche Dimension ... aber vielleicht ist es auch nur, daß ich Maria sehr schön finde. Diese Gemälde leisten mir Gesellschaft.

Ich würde sehr gern wissen», fügte er nach einer Pause hinzu, «wie es wäre, ein Mensch zu sein.»

»Wirklich?« fragte ich. »Kannst du dir nicht vorstellen, wie das ist?«

»Ich habe sehr viel Zeit mit dem Versuch verbracht, es mir vorzustellen. Wir alle tun das, weil wir natürlich so sein wollen wie ihr.«

»Ich versuche auch mir vorzustellen, wie es wäre, so wie ihr zu sein«, sagte ich.

»Warum?« Ludwig war sehr überrascht.

»Na ja, weil ... ich frage mich einfach, wie das ist.«

Er schüttelte den Kopf. »Ein Hund zu sein ist nichts«, sagte er. »Im wahrsten Sinne des Wortes. Es ist nichts als ein ein Nichtvorhandensein, eine Negation. Wenn wir Soldaten gewesen wären, hätten wir vielleicht ... aber das ist vorbei. Die Hundeinstinkte, die soldatischen Instinkte, sind jetzt mehr als nutzlos; sie sind zerstörerisch, lächerlich. Aber dagegen ist nichts zu machen.« Ludwig faltete die Hände auf dem Knauf seines Stockes und sah mich wieder an. »Wenn ich ein Mensch wäre, wäre ich vielleicht Maler, wie Dominique Clément«, sagte er mit einem Nicken zu den Bildern hinüber.

»Warum malst du dann nicht?« fragte ich. »Oder malst du doch?«

»Nein, nein. Dazu ist es viel zu spät.«

Eines Abends im Februar, an dem letzten Abend, den ich je mit Ludwig verbrachte, saßen wir in der Bibliothek und lasen. Ich hatte eine alte deutsche Ausgabe von *Wilhelm Tell* und wollte Ludwig gerade nach der Bedeutung eines Wortes fragen, als er sich in seinem Sessel zurücklehnte, die Brille hochschob und sagte: »Jetzt ist es genug.«

»Was ist los?« fragte ich.

»Ich bin sehr, sehr müde, Cleo«, sagte er. »Ich glaube, du solltest gehen.«

Es war nicht ungewöhnlich, daß er mich bat, zu gehen, wenn er einen Anfall seiner Krankheit nahen fühlte, aber ich hatte sie nie so plötzlich kommen sehen und auch nie bemerkt, daß sie ihn so veränderte, wie in diesen Momenten. Er sah ganz fremd aus, als hätte jemand eine Hand auf sein Gesicht gelegt und seine Züge leicht verschoben. Seine Augen waren zu klein, und sie waren halb von den milchigen, inneren Lidern bedeckt, während die oberen Hälften in Dunkelheit getaucht waren, so daß man nicht hineinsehen konnte. Eine Spur von weißlichem Schaum erhellte einen Maulwinkel.

»Geh doch ins Bett, und ich bringe dir etwas«, sagte ich angstvoll.

»Nein, ich möchte, daß du die Wohnung verläßt.« Sein Atem ging mühsam. Mit großer Anstrengung erhob er sich aus dem Sessel, und ich dachte, er würde es nicht schaffen und vornüberfallen.

»Warte, Ludwig.«

»Jetzt ist es genug – genug. Geh weg.«

In meiner Wohnung angelangt rief ich sofort Lydia an und erzählte ihr, was vorgefallen war.

»Glaubst du, daß er versuchen wird, sich umzubringen?« fragte sie.

»Ja.«

Ein langes Schweigen entstand. Am anderen Ende der Leitung konnte ich ein leises Schnüffeln hören, so als versuchte Lydia, mehr Informationen zu erhalten, indem sie mich durch das Telefon beschnupperte.

»Bloß das nicht«, sagte sie schließlich. »Was meinst du, was man tun sollte?«

»Ich habe viel darüber nachgedacht«, antwortete ich. »Ich finde tatsächlich, wir sollten ihn einschließen. In seiner Wohnung. Er geht nicht mehr aus dem Haus. Ich habe die Schlüssel und gehe jeden Tag hin, so daß ich mich um ihn kümmern kann. Ich kann die Sachen wegräumen, mit denen er sich verletzen könnte. Das sind ja eigentlich nur Messer, Medikamente und seine Pistolen, und ich weiß, wo das alles ist. Was meinst du? Soll ich diese Dinge wegschaffen?«

Wieder entstand eine Pause.

»Hast du mit ihm darüber gesprochen?« fragte Lydia dann.

»Es wird ihm nicht recht sein –«

»Nein, natürlich nicht.«

»Du findest es falsch, oder?«

»Ich kann es dir nicht sagen«, erwiderte Lydia steif.

»Meinst du, man sollte zulassen, daß er sich umbringt, wenn er das will?«

»Ich weiß es nicht«, antwortete sie.

»Du bist keine große Hilfe.«

»Cleo«, sagte Lydia, »Ludwig und ich gehören einer anderen Rasse von Geschöpfen an als du. Wir sind im Aussterben begriffen, das weißt du. Auch wenn wir alle sehr alt werden sollten, es wird nie mehr welche von uns geben. Du kannst seine Verzweiflung vielleicht nicht verstehen, aber ich kann das. Eben aus diesem Grund kann ich dir nicht sagen, was du tun sollst. Du bist seine Freundin, und du kannst tun, was du für richtig hältst. Ich werde dich nicht davon abhalten.«

»Ich hatte eigentlich gehofft, daß –«

»Ich helfe dir nicht. Nein.«

»Warum nicht?« fragte ich. Lydia antwortete nicht.

»Ludwig bedeutet mir viel«, sagte ich. »Vielleicht kannst du –«

»Ich weiß«, unterbrach sie mich.

»Vielen Dank«, sagte ich. »Allein kann ich es nicht schaffen, er ist größer als ich. Vielen Dank.« Und ich legte auf.

Danach war mir scheußlich zumute. Es war, als ob man einen Satz hört, der einen längst vergessenen Alptraum anklingen läßt und ihn wieder lebendig macht. Ich empfand das abrupte Ende unseres Gesprächs genau so, wie ich Ludwigs Selbstmord empfinden würde, das wußte ich. Die tote Leitung plötzlich, mitten in einer Unterhaltung; das leise Klicken, das alles zum Stillstand bringt und alle Sprache und Bewegung beendet. Nach diesem Moment das furchtbare Gefühl, daß es ein Fehler war, daß man, wenn man die Zeit nur um drei Sekunden zurückdrehen könnte – ein dummer Zufall. Aber es war geschehen.

Ich nahm den Hörer wieder auf und wählte Klaues Nummer.

»Hallo«, sagte eine belegte Stimme mit deutschem Akzent.

»Klaue?«

»*Ja*, Klaue.«

»Habe ich dich geweckt oder sowas?«

»Nein, Cleo, nein, nein«, sagte er, als er meine Stimme erkannte. »Was ist los?«

»Ich – ich habe eine Bitte an dich. Es geht um Ludwig.«

»Ach so. Was ist mit Ludwig?« Ich konnte hören, wie Klaue sich im Bett aufsetzte, während er das sagte.

»Er – äh – ich glaube, er will Selbstmord begehen. Ich habe heute abend gerade mit ihm gesprochen. Ich mache mir wirklich Sorgen um ihn – «

»Aha. Ich schicke sofort jemanden los, der ihn holen soll«, sagte Klaue.

»Nein, nein. Ich habe an etwas anderes gedacht.«

»Woran denn, Cleo?«

»Ich habe überlegt, daß ich mich um ihn kümmern könnte –« ich beeilte mich, denn ich wußte, daß Klaue Einwand erheben würde. »Ich würde folgendes machen: Wenn jemand mir helfen würde, würde ich gerne die Schlösser in seiner Wohnung austauschen und den Schlüssel bei mir behalten, und dann könnte ich jeden Tag zu ihm gehen, und dabei würde er sich wohler fühlen, wenn er nämlich in seiner eigenen Wohnung sein könnte und so.«

»Ah ja. Ich verstehe.«

»Ich habe wirklich viel darüber nachgedacht, und ich bin seine beste Freundin.«

»Ja, Cleo.«

»Wenn du dem Plan zustimmst ...«

»Ja«, sagte Klaue. »Also gut. Dann brauchst du wohl Hilfe, nehme ich an.«

»Ja. Was meinst du?«

»Ich werde morgen früh ein Komitee losschicken. Ein

paar Hunde, die dir helfen werden. Sie bringen das Werkzeug mit. Ihr trefft euch dort um … um zehn Uhr?«

»Ja, okay«, sagte ich, ein wenig überrascht, wie schnell das alles ging.

»Gut. Ist das alles?«

»Hm, ich glaube wohl.«

»Schön, Cleo. Dann also gute Nacht.«

»Gute Nacht«, antwortete ich, aber er war schon dabei, den Hörer wieder auf den Apparat zurückzulegen, und ich hörte wie er jemandem zumurmelt: »Na, dann los«, während er aufhängte.

»Okay«, sagte ich zu mir. Ich öffnete meine Strumpfschublade und suchte nach Zigaretten, die ich normalerweise vor mir selbst darin versteckte, aber ich hatte keine.

»Ich geh' zum Laden«, sagte ich, indem ich meinen Mantel holte. »Willst du mit zum Laden, Rufus?«

Rufus hob den Kopf von den Pfoten und klopfte mit dem Schwanz gegen das Bett.

»Na komm, willst du raus?«

Er sprang auf, und ich legte ihm die Leine an und nahm ihn mit nach draußen. Aber wir gingen nirgendwohin – es wurde einfach ein Spaziergang. Erste weiche, winzige Schneeflocken fielen, und die Stadt war wunderschön zu dieser Tageszeit, still und feucht. Stimmen schienen sich aus einem Kissen unbewegter Luft zu erheben: ein Mann, der Drogen verkaufte, ein Paar, das sich stritt, ein Mensch im Schatten eines Eingangs, der sagte, ihm gefiele meine Art zu gehen, er würde mich lieben, ob ich ihn denn nicht hörte?

Ich ging an allem vorüber, durch das stetige, lautlose Schneetreiben hindurch, unter dem fleckigen gelben Licht der Straßenlaternen, auf dem nassen, dunklen Bürgersteig. Jetzt war alles vorbei. Morgen würde ich Ludwig einsperren, und er würde nie wieder so mit mir sprechen wie früher.

Ich stand im Begriff, es zu tun, und es war nicht aufzuhalten. Klaue würde Ludwig jetzt nicht mehr aus den Augen lassen, selbst wenn ich mir die Sache anders überlegen sollte. Klaue, der sich anscheinend in alles einmischen mußte. Und ich hatte ihn dazu gebracht, ich Idiotin; aber es hatte jetzt keinen Sinn mehr, darüber nachzudenken.

Vielleicht würde Ludwig trotzdem eine Möglichkeit finden, seinem Leben ein Ende zu machen, vielleicht würde er voller Haß auf mich sterben, oder vielleicht würde er sich auch heute nacht umbringen und niemals erfahren, was ich getan hatte.

Was hatte er denn erwartet? Er hatte mir gestattet, dafür zu sorgen, daß er gut aß, daß seine Wohnung sauber war und daß er nicht einsam war. Hatte er gedacht, ich würde ihn sterben lassen? Er mußte doch wissen, daß ich das nicht zulassen würde, dachte ich. Er mußte es doch wissen.

Morgen. Lärm. Ich schlug auf meinen Wecker; er hörte nicht auf. Ich blinzelte auf die Zahlen und sah, daß es 5:43 früh war. Wieder der Lärm – es war das Telefon. Ich nahm ab.

»Hallo?«

Vom anderen Ende kam nur Atmen.

»Hallo?«

Weitere Atemzüge, dann eine Art Schnaufen, und dann Stille. Es war ein Hund, der mich da anrief, wer auch immer es sein mochte.

»Ludwig?« sagte ich.

Ich hörte ein tiefes Murmeln, beunruhigend und zusammenhanglos. Dann wieder Schniefen, näher am Hörer, und lauteres, unverständliches Brummeln.

»Bitte, sag' etwas.«

»Lydia«, sagte er heiser.

»Nein, hier ist Cleo.«

»Ich habe mich verwählt.« Schweigen.

»Hier ist Cleo«, wiederholte ich.

»Entschuldigung.« Wieder Stille, und dann legte er auf.

Ich rief zurück. Besetzt. Ich rief Lydia an, aber bei ihr war auch besetzt; sie mußte gerade mit Ludwig telefonieren.

Ich saß im Bett und überlegte kurz. Ich war so müde, war in der falschen Schlafphase geweckt worden, und ein unzusammenhängender Traum knisterte weiter, wie eine Störung durch einen anderen Sender, den ich nicht abschalten konnte. Es war ein Traum über Boote und Wasser und Taue, die wegrutschten und verschwanden. Ich legte mich wieder hin und glitt aus, ein schlüpfriges, schräges Deck hinunter, in die aufgewühlte See.

Ich stand auf einem Anlegesteg, mit einer klebrigen Maske, die mein hautloses Gesicht schützen sollte, aber etwas von dem Zeug kam mir in die Nase, und ich zog daran. Ludwig war ein Stückchen weiter auf einem kleinen Boot, aber ich konnte nicht nach ihm rufen, weil die klebrige Masse von der Maske in meinem Mund war, und sie war mit ganz vielen Haaren vermischt, die mich fast erstickten. Ich hatte einen Hundekopf auf, bemerkte ich voller Sorge, und Ludwig würde nicht wissen, wer ich war, wenn ich nichts sagen konnte. Dann begann jemand, das Zeug abzulecken.

Es war Rufus, der sich um meinen Kopf gewickelt hatte, den Schwanz breit über meinem Gesicht. Er streckte mir seine nasse Schnauze ins Auge, und als er sah, daß ich wach war, begann er, wild mit dem Schwanz zu wedeln.

»Na gut, ich stehe auf«, sagte ich und schob ihn weg.

Ich stieg aus dem Bett und stellte meinen Wecker ab, damit er nicht in einer halben Stunde losging. Rufus bellte mich sinnlos an, als ich mich in die Küche begab.

»Sei still.«

»Wurrr«, sagte er.

»Still.« Ich füllte den Kessel und stellte das Radio an, laut. Dann rief ich Lydia an.

»Was hat er zu dir gesagt?« fragte ich sie.

»Ich konnte ihn nicht verstehen.«

»Überhaupt nicht?«

»Nein. Er hat mich ›Maria‹ genannt, mehr habe ich nicht verstanden.«

»So hieß die Mutter von Augustus«, sagte ich.

»Ja, das weiß ich.«

»Hat er schon mal etwas in der Art gemacht?«

»Nein«, sagte Lydia.

Ich wußte, daß ich mich eigentlich entschuldigen sollte, weil ich gestern abend einfach aufgelegt hatte, aber mir war nicht danach zumute. Sie war zu kühl, und ich machte mir zu große Sorgen wegen der Dinge, die ich in vier Stunden tun mußte.

»Gut, ich gehe gleich los«, sagte ich. »Ich rufe dich an und lasse dich wissen, was passiert ist ... Mach's gut.«

Lydia sagte nichts, also legte ich auf.

Ich kam früh im West Village an und ging lange durch die Straßen. Es war, als wäre Ludwig schon fort. Da erinnerte ich mich – und ich erinnere mich auch jetzt, während ich dies schreibe, obwohl ich lange nicht daran gedacht habe – wie ich in den ersten Monaten, nachdem ich ihn kennengelernt hatte, manchmal nach den Seminaren umherstreifte und mich in dem Labyrinth schmaler Gassen wiederfand, von denen das Haus, in dem er wohnte, umgeben war, Bedford und Barrow und Commerce, wo die kleinen alten Häuschen sich aneinander lehnten, voller Risse und mit Weinranken bewachsen. Ich hatte oft versucht, mir vorzustellen, wie es für Ludwig war, dort zu leben. Ich hatte darüber nachgedacht, daß es in diesem Stadtteil wie in keinem anderen Ecken und uralte Büsche gab, in denen sich Gespenster verstecken konnten, Winkel, in denen die Überbleibsel der Vergangenheit noch nicht von Tausenden sich bewegender Körper und von Gebäuden, die hochgezogen und abgebrochen wurden, fortgeschwemmt worden waren. Die Vergangenheit war anscheinend immer Ludwigs Element gewesen, und jeder vergessene Gegenstand in diesen Winkeln schien in Harmonie mit Ludwigs Geist zu schwingen.

An diesem Februarmorgen ging ich bis an den Fluß, wo es menschenleer war, und ich konnte hören, wie der Wind durch verlassene Werkstätten wehte und an den langen, türlosen Mauern der Lagerhäuser entlangstrich. Über dem Wasser hackte ein Hubschrauber sich den Weg durch den eisbraunen Himmel und sandte rhythmisch Licht aus, nicht zu entziffernde Signale in die leere Luft. Mir kam in den Sinn, daß ich Ludwig liebte, und ich hatte es ihm nie gesagt. Ich fragte mich, ob es der Rede wert gewesen wäre oder ob er es wußte.

Als ich eine Minute vor zehn in seine Straße einbog, war das Hundekomitee bereits da, in dem frostigen, schräg einfallenden Licht standen sie in der Nähe seiner Haustür. Sie trugen alle lange blaue Mäntel, die militärisch wirkten, aber ich hatte sie noch nie gesehen. Eine neue Uniform. Drei Limousinen warteten am Straßenrand, und gegenüber standen ein paar Gaffer und stellten Vermutungen darüber an, was hier wohl vor sich ging.

Der Leiter der Gruppe war ein leise sprechender Husky mit blauen Augen, dessen Gesicht zugleich wölfisch und sanft wirkte.

»Ich heiße Berthold«, sprach er mich an, als ich auf sie zutrat. »Klaue hat uns hergeschickt, damit wir dir helfen.«

»Danke, ich bin Cleo«, sagte ich, obwohl er das offensichtlich wußte.

»Das hier ist eine heikle Geschichte, deswegen sind außer dir keine Menschen daran beteiligt. Wir haben Schlösser und Werkzeug dabei und außerdem Fesseln. Ich schlage vor, daß wir hineingehen«, sagte er, während er bereits die Haustür öffnete. »Du hast die Schlüssel, nehme ich an?«

»Ich hab' sie – irgendwo«, meinte ich. »Hier.«

Vor Ludwigs Erdgeschoßwohnung bekam ich Herzklopfen, und meine Arme fühlten sich taub an. Ich konnte alles riechen – die Kacheln, das Holz, die Dampfheizung.

»Hier ist es«, sagte ich. Ich klopfte, bekam keine Antwort und schloß auf.

»Ludwig?« rief ich und beugte mich vor, und zu meiner Überraschung saß er in dem Wohnzimmer jenseits der Diele und arbeitete an seinem Computer. Er drehte sich um, und ich spürte, wie ich innerlich völlig zusammenbrach. Falls ich mir zurechtgelegt hatte, was ich ihm sagen wollte, hatte ich es vergessen.

»Cleo.«

Ich bedeutete den Hunden, zurückzubleiben, aber das war sinnlos, denn er hatte sie bereits gerochen.

»Was hat das zu bedeuten?« fragte er.

»Ich, äh –«

Ludwig erhob sich von seinem Stuhl und griff zu dem Stock, der am Schreibtisch lehnte. Mit bebenden Nasenflügeln trat er auf mich zu.

»Nein. Nein. Das ist absolut inakzeptabel. Wen hast du da mitgebracht?«

Ich hatte keine Gelegenheit, zu antworten, denn das Hundekomitee kam herein, schritt an mir vorbei und stellte sich um Ludwig herum auf. Ludwig schaute sie an, sagte aber nichts. Dann sah er mich an.

»Ich wollte – « begann ich, hielt aber inne, weil man diese Sache nicht erklären konnte. Es war falsch; das war mir klar. Es war ein Fehler gewesen, und es gab keine Möglichkeit, ihn wiedergutzumachen.

Ich sah die Hunde an, und dann überkam mich etwas und führte mich, und ich gab auf und ließ mich davon leiten.

»Die Türschlösser werden ausgewechselt, und ich nehme die Schlüssel an mich. Ich komme jeden Tag her und sehe nach dir und bringe dir, was du brauchst. Aber ich lasse nicht zu, daß du dich umbringst«, sagte ich.

Ludwig schwieg, mit großen Augen und vor Angst zusammengekniffenem Maul, die Schnurrhaare nach vorn gestreckt. Ich wußte, daß er an Kämpfen dachte, daß die anderen das sehen konnten und daß sie ihn fesseln würden.

Ich drehte mich um und blickte auf den Fußboden, in dem Wissen, daß sie mir die Sache aus der Hand nehmen würden. Ich hätte nicht einmal zu kommen brauchen, und ich konnte jetzt gehen, wenn ich wollte.

Ich würde nicht weinen.

»Berthold«, sagte ich, während ich idiotisch auf meine Füße starrte, »braucht ihr mich noch?«

»Du mußt die neuen Schlüssel mitnehmen, Cleo«, sagte er. Ich hörte Bewegungen hinter mir, aber keinen Kampf. Dann schob sich das pelzige Bein des Huskys in mein Gesichtsfeld.

»Hier sind sie«, sagte er, als ich aufsah. »Vielen Dank. Klaue wird mit dir in Kontakt bleiben.«

»Danke«, sagte ich.

Ich nahm die Schlüssel und stand da und starrte das Fenster an. Ich konnte nicht hinaussehen. Einer der Hunde hatte den Rolladen heruntergelassen. Ich verspürte den Impuls, etwas zu sagen, aber mir fielen keine Worte ein, und so verließ ich die Wohnung.

Sobald ich wieder im Flur war, waren meine Sinne scharf. Eine Art Spannung lag in der Luft, als wäre alles um mich herum aus rasender Bewegung zum Stillstand gebracht worden und hielte sich nun in einer ungünstigen Stellung im Gleichgewicht. Es war wie die Atmosphäre in dem Augenblick nach einem Unfall, wenn alles genau da erstarrt, wo es sich gerade befindet, und alle Zuschauer für den Bruchteil einer Sekunde gelähmt sind, wenn ihr Herzschlag aussetzt und sie mit offenen Augen auf das Geschehene starren und nicht verhindern können, daß das Abbild der Katastrophe sich in ihre Köpfe einprägt.

Das war, wie ich später verstehen sollte, eine böse Vorahnung.

Dritter Teil

Neuhundstein

15

(Cleo)
Mein Gott, es war einsam an dem Abend, nachdem wir Ludwig eingesperrt hatten. Immer wieder wollte ich jemanden anrufen, aber dann fiel mir jedesmal ein, daß es eigentlich niemanden mehr gab. Ich wollte weder mit Klaue noch mit Lydia reden, und ich war mir ziemlich sicher, daß Ludwig nicht mit mir reden wollte, selbst wenn er in der Lage sein sollte, ein Gespräch zu führen. Mit Monica hatte ich über einen Monat lang nicht gesprochen, auch wenn mir vor diesem Abend überhaupt nicht aufgefallen war, daß der Kontakt zu ihr abgerissen war. Es gab eigentlich keinen triftigen Grund, es nicht bei ihr zu versuchen, außer daß ich das Gefühl hatte, jetzt nicht genügend Energie aufbringen zu können, um alles nachzuholen und ihr zu erklären, warum ich so lange nicht angerufen hatte, wo ich es doch selbst nicht wußte. Und außerdem wurde mir an diesem Abend klar, daß ich alle anderen Menschen, zu denen ich Kontakt hatte, eher als Bekannte bezeichnet hätte, nicht als Freunde, oder daß sie im Laufe der letzten beiden Jahre zu bloßen Bekannten geworden waren. Dieser Gedanke überraschte mich, wobei ich allerdings weniger über die offensichtliche Tatsache erstaunt war als darüber, daß ich das nicht eher bemerkt hatte.

Ich legte mich auf meinen Bettüberwurf, aber nach wenigen Minuten zitterte ich, daher schlüpfte ich unter die

Decken. Das war merkwürdig. Normalerweise war mir nie kalt; sogar im Winter ließ ich mein Schlafzimmerfenster gern etwas offen, wegen der frischen Luft. Aber jetzt war mir, als hätte man eine Schutzschicht von mir abgezogen und mich so den Elementen ausgesetzt. Oder, um es anders auszudrücken, ich dachte, ich wäre einfach traurig, und dann friert man leichter. Ich zog die Decken bis über die Schultern hoch.

Ich war wirklich traurig. Ich schloß die Augen, und Erinnerungsfetzen begannen, sich von einem verborgenen Ort zu lösen und an mir vorüberzutreiben, wie Ascheflokken, die über einem Feuer aufsteigt. Es ging hauptsächlich um Liebe; John – nicht John, sondern der Papierkorb unter unserem Spülbecken in der Küche, das Abtropfgestell mit unseren nicht zusammenpassenden Tassen darauf, das Wohnzimmer mit Johns riesengroßem Fernseher und in den Fenstern dahinter das verblassende Abendlicht, ein Muster aus Schatten, das die Blätter der Sumachbäume auf unsere Tagesdecke warfen, kleine Rußhäufchen, die sich in den Ecken der Fensterbänke angesammelt hatten. Eben das waren die Dinge, die einem genommen wurden, wenn man jemanden verlor, dachte ich. Die größeren Sachen, wie Campingreisen und Streits und festliche Essen zu besonderen Gelegenheiten blieben oder tauchten zumindest ab und zu auf, so daß man aus der Fassung geriet oder getröstet wurde oder froh war, daß der andere nicht mehr da war. Selbst die kleinen Details, an die man sich erinnern konnte, waren eigentlich nicht fort; es waren all die unzähligen anderen winzigen Dinge, die sie zusammengehalten hatten, die fehlten.

Mit diesen Gedanken schlief ich ein, und ich hatte einen schrecklichen Traum. Oder eigentlich war der Traum selbst schön, aber als ich daraus erwachte, wußte ich sofort, daß etwas Entsetzliches geschehen war, während ich geschlafen hatte.

Ich war in Maria Ranks Salon in Frankfurt, in dem Zimmer, das mir von den Gemälden her so vertraut war. Wir saßen zusammen auf der Couch, und sie las mir aus einem kleinen grünen Büchlein vor, das sie im Schoß hielt. Ich wollte mir das Buch selbst anschauen, weil ich wußte, daß es darin um viele Dinge ging, auf die ich immer neugierig gewesen war, und ich war so abgelenkt von meinem Wunsch, es selbst in Händen zu halten, daß es mir schwerfiel, dem Aufmerksamkeit zu schenken, was Maria sagte. Vielleicht erklärte das Büchlein, wie ich dahingekommen war, wo ich mich befand; ich wußte, daß ich es zur Hälfte verstand und zur anderen Hälfte nicht. Aber ich konnte mich später nicht daran erinnern.

Während Maria vorlas, blickte sie immer wieder auf, um zu sehen, ob ich ihren Worten folgte, und sie konnte erkennen, daß das nicht der Fall war. Schließlich legte sie enttäuscht das Buch fort. Dann nahm sie mich plötzlich am Arm und zog mich zu sich heran. »Horch' mal«, sagte sie.

In ihren schwarzen Augen lag etwas, das so immateriell war wie Licht, aber gleichzeitig langsamer und dunkler als Wasser, langsamer als alles, was ich je gesehen hatte. Es erinnerte mich an einen jener Momente der Traurigkeit, die manchmal kommen, wenn man auf etwas Unbedeutendes wartet, wie auf einen Fahrstuhl oder eine U-Bahn-Haltestelle, und eine Pause spürt, die so still ist, daß sie sich um einen herum verdichtet, sich aus dem Fluß der Zeit heraushebt und in der Schwebe hängenbleibt. Ich fühlte mich zu Maria hingezogen, so wie Moleküle in Bewegung von leeren Räumen angezogen werden.

»Horch' mal.«

Ich hielt den Atem an und hörte ein leises, gedämpftes Geräusch, so als würden Kiesel in einem Flußbett übereinanderrollen, und dann das Rauschen ihres Rockes, als sie meinen Arm fallen ließ und von mir abrückte. Sie lehnte sich in das Sofa zurück, aber dort, wo ihr Kopf gewesen war, schwebte nur noch ein Nachbild von ihrem Gesicht, wenige Zoll von meinem entfernt.

»Du gehst besser«, sagte sie, und an ihrem Tonfall hörte ich, daß es etwas für mich zu tun gab.

Ich erwachte etwa eine Minute, bevor das Telefon klingelte. Es war früh am Morgen.

»Anscheinend ist er durch einen Lüftungsschacht entkommen«, sagte Klaue, »und vom Dach gesprungen. Er ist im St. Vincent's Hospital.«

»Ist er schwer verletzt?« fragte ich.

»Ja. Im Moment darf er keinen Besuch haben.«

»Aber Familienmitglieder müssen sie doch zu ihm lassen. Er hat keine Familie, oder?«

»Aus seiner Familie lebt niemand mehr, das stimmt«, sagte Klaue. Aber als ich ihn fragte, ob er meine, daß ich vielleicht zu Ludwig hineindürfte, sagte er, es wäre wahrscheinlich besser für mich, noch zu warten.

Später am Vormittag rief Lydia an.

»Ich hoffe, daß du dich nicht verantwortlich fühlst«, sagte sie. »Denn ich glaube nicht, daß du das bist.«

»Natürlich fühle ich mich verantwortlich. Wer sollte denn sonst verantwortlich dafür sein?«

»Tu das nicht, Cleo«, sagte Lydia. »Er wollte sterben. Das ist nicht deine Schuld.«

»Hat er wirklich versucht, sich umzubringen, als er

vom Rand des Daches gesprungen ist, oder hat er nur versucht zu fliehen?«

Eine Pause trat ein.

»Es hat keinen Sinn, so zu denken, Cleo. Du konntest nicht wissen, was geschehen würde.«

»Aber ich wußte, daß es falsch war. Das habe ich gewußt«, entgegnete ich.

Ich unterbrach für mehrere Tage meine Arbeit und sprach fast mit niemandem. Als ich endlich weitere Nachrichten über Ludwig bekam, hieß es nur, daß er voraussichtlich einen Monat im Krankenhaus bleiben würde und daß es nach wie vor besser für mich wäre, ihn nicht zu besuchen.

Das Schloß näherte sich seiner Vollendung, oder war, besser gesagt, bis auf einige Innenarbeiten fertig, und Anfang März, in weniger als zwei Wochen, sollte es eröffnet werden. Ich hatte Artikel über die Pläne für die Eröffnungsgala zu schreiben, und irgendwie schaffte ich es, mich wieder an die Arbeit zu setzen, und dann entdeckte ich, daß ich in der Lage war, den ganzen Tag nichts anderes zu tun als zu arbeiten, Rufus auszuführen und gelegentlich zum Deli zu laufen, und daß ich auch gar keine Zeit für etwas anderes hatte, nie gehabt hatte, aber daß es mir irgendwie gelungen war, diese Tatsache meistens zu übersehen. Ich verbrachte den größten Teil der letzten Februartage an meinem Schreibtisch, neben Tassen mit Kaffee, die auf den Spuren zahlloser anderer Kaffeetassen festklebten.

Das Bild von Ludwig, wie er in einem Krankenhausbett lag, war in meiner Vorstellung zu verschwommen und zu traurig, als daß es sich lange vor meinem inneren Auge hätte halten können, und meinc eigenen Handlungen vor dem Morgen seines Unfalls erschienen jetzt wie Schachzüge auf einem Brett, dessen Figuren umgeworfen worden waren. Die Anordnung der Figuren ließ keine Zukunft mehr erkennen und machte die Absichten und Pläne, die vorher existiert hatten, bedeutungslos; sie waren unbeweglich, verurteilten nur. Wenn ich doch einmal aufhörte zu arbeiten, fand ich mich regungslos irgendwo sitzend oder auf meinem Bett liegend, wobei ich über diese Dinge eigentlich nicht nachdachte, sondern von ihnen umschlossen war, in einer schwebenden, schwirrenden Leere, während die Stunden unbemerkt verstrichen, so daß der Tag dann verloren war. Ich bemühte mich, es nicht dazu kommen zu lassen.

16

(CLEO)
Das Schloß wurde am 9. März 2011 eröffnet, ein Jahr und drei Tage, nachdem ich mit Klaue im Hubschrauber geflogen war und zugesehen hatte, wie die Gebäude eingestürzt waren, um Platz für das neue Bauwerk zu schaffen. Alle Hunde außer Ludwig erschienen zu der Party vor der Eröffnung, zusammen mit vierhundert Menschen, die zu Ehren der Hunde alle ungeheure Röcke oder Frack und Zylinder trugen und größtenteils genau so aussahen, als gingen sie zu einem Fest im Jahre 1882. Es gab einige Abweichungen, zum Beispiel Kleider aus Vinyl oder Pelz und einem sehr hübschen aus Rhodophane, das wie elastisches Glas aussah, und, aus einem mir nicht erklärlichen Grund, einige von diesen gefährlichen, mit aerodynamischen Metallkonstruktionen verzierten Hüten, die in dem Jahr Mode waren. Ein paar Frauen kamen in langen Röcken, die vorne ausgeschnitten waren, so wie der, den ich zur Oper getragen hatte, und trugen enge Hosen oder metallisch glänzende Seidenstrümpfe mit zierlichen Pumps zur Schau. Ich hatte entschieden, daß dieser Stil gewagt war und nur allzu oft schrecklich aussah, daher hatte ich ein schlichtes Kleid mit Tournüre gewählt, aus graublauer Seide, und dazu kurze Handschuhe und ein Hütchen.

Wir setzten uns an langen Tafeln zum Essen nieder, die

im Thronsaal aufgestellt worden waren, wo einem vor lauter Gold, Mosaiken und bunten Wandbemalungen schwindlig werden konnte, so daß man eigentlich gar nicht richtig essen mochte. Wenn ich das Fest geplant hätte, hätte ich die Beleuchtung an den Wänden und an der Decke schwach gehalten, zumindest bis getanzt wurde, aber Klaue wollte das alles natürlich vorführen, und daher war der ganze Saal erleuchtet wie eine Bühne. Ich saß neben Lydia, aber obwohl oder weil wir in letzter Zeit nicht viel miteinander gesprochen hatten, waren wir beide wortkarg.

Nach dem Essen wurden die Tische weggeräumt, und ein kleines Orchester kam herein, um Walzer zu spielen, und als die Menge durcheinanderzuwirbeln begann, stieß ich unerwarteterweise auf Rob, Ludwigs früheren Diener. Es war fast ein Jahr her, daß ich ihn zuletzt gesehen hatte, und er war deutlich größer geworden und hatte sein Haar sehr kurz schneiden lassen. Unter seinem linken Ohr war ein kleiner blauer Blitz eintätowiert. Er versuchte, mir etwas zu sagen, aber die Musik hatte gerade eingesetzt, übermäßig verstärkt von Lautsprechern, die im ganzen Saal verteilt hingen, und ich konnte Rob nicht verstehen. Nachdem er es ein paarmal probiert hatte, schüttelte er den Kopf und lächelte, und dann beugte er sich zu mir und rief mir ins Ohr: »Tanzen?«

Ich nickte, und wir gingen auf den Tanzboden hinaus und blieben solange zusammen, bis Burkhardt, der Bullterrier, der das Opernlibretto verfaßt hatte, Rob auf die Schulter klopfte und ihn ablöste.

»Schön, dich wiederzusehen!« schrie ich.

»Die Musik ist viel zu laut!« rief Burkhardt. »Man müßte etwas dagegen unternehmen!«

»Ja!« bestätigte ich.

Er war ein tolpatschiger, aber begeisterter Tänzer, und mir machte es Spaß, mit ihm zu tanzen, bis jemand, den ich noch nie gesehen hatte, uns unterbrach. »Ich geh' mal zu Klaue wegen dieser verdammten Lautsprecher!« brüllte Burkhardt, während ich von einem sehr großen Mann in einem olivgrünen Frack fortgeschwenkt wurde.

»Hallo«, sagte ich und reckte den Hals, um dem Mann ins Gesicht zu sehen. »Wer sind Sie?«

»Casanova«, sagte er. Obwohl ich so weit weg war, konnte ich Scotch in seinem Atem riechen.

»Okay«, sagte ich. Jedenfalls war er ein guter Walzertänzer. Nach nicht allzulanger Zeit wurde die Musik auf eine vernünftige Lautstärke heruntergedreht. Der Mann in Olivgrün behielt mich eine Weile, aber dann zog mich wieder jemand fort, den ich noch nie gesehen hatte. Er war ebenfalls groß, aber er hatte ein nettes, rundes Gesicht mit freundlichen grauen Augen.

»Jim«, sagte er lächelnd.

»Ich bin Cleo«, antwortete ich, aber wir hatten kaum zu tanzen begonnen, als ich mich auch schon in den Armen eines anderen wiederfand. Die Idee, daß man die Paare unterbrechen und tanzen konnte, mit wem man wollte, schien alle zu begeistern, und die Frauen wurden alle paar Minuten von jemand anders herumgewirbelt, bis man kaum noch wußte, mit wem man eigentlich tanzte, und die Menschen anfingen, sich zusammenzuballen und sich dann in Gruppen von mehr oder weniger als zwei Tanzenden zu teilen. Schließlich machte das Orchester eine Pause, und alle wankten von der Tanzfläche fort an die Bar.

Ich suchte Lydia, die zwar auch getanzt hatte, aber aufgehört hatte, bevor es zu wild wurde. Sie saß in ihrem Kleid aus lavendelfarbenem Voile auf einem Stuhl, in der einen Hand einen kleinen Elfenbeinfächer und in der anderen ein Glas. Ein Ohr war zur Seite gedreht, und ihr Blick war unbestimmt auf die Schuhe der Leute gerichtet, die an ihr vorbeigingen. Ihre Schnurrhaare waren ein wenig nach vorn gestreckt und schienen den Vorübergehenden aufmerksamer zu folgen als ihr Blick.

»Wunderbar«, sagte sie, als ich mich neben sie setzte.

»Leih' mir einen Augenblick deinen Fächer«, bat ich, aber sie gab mir stattdessen ihr Glas, das einen Longdrink mit viel kaltem Sodawasser enthielt, und ich trank es aus.

»Ich sterbe, wenn ich das noch mal machen muß«, meinte ich und rollte das leere Glas an meinem Hals hin und her. »Wie lange dauert es noch, bis sie die großen Tore aufmachen?«

»Nicht mehr lange, glaube ich«, sagte Lydia. »Aber wir werden sowieso hier oben weitertanzen. Für die Öffentlichkeit gibt es unten eine gesonderte Veranstaltung. Klaue sagt, unten wartet eine riesengroße Menge, und sie müssen einen Teil der Leute draußen lassen oder sie vielleicht schubweise nacheinander hereinlassen. Er versucht gerade, das zu organisieren.«

»Sie machen die Tore auf!« rief jemand durch den ganzen Saal, und wir drängten uns alle hinaus auf den Flur und liefen an die Fenster, die über den Hof hinweg zum Torhaus auf der anderen Seite gingen. Es war nicht annähernd genug Platz für alle, aber Lydia und ich fanden ein Fleckchen, von dem aus wir hinausschauen konnten, und verteidigten es gegen die wogende Menge. Manche Leute kletterten an den Vorhängen hoch, die an so massiven Stangen hingen, daß jede davon ein Dutzend von uns umgerissen hätte, wenn sie heruntergekracht wären; aber sie schienen zu halten.

Draußen gab es eine kleine Vorführung mit grünem und

blauem Feuerwerk, und dann sahen wir zu, wie die Menge von der Straße in den Hof zu strömen begann, der mit Flutlicht beleuchtet und von Männern in roten und schwarzen Uniformen gesäumt war.

Zunächst ging alles gut, aber dann brachen Handgemenge aus, denn die dunkle Masse drückte ein paar Leute zu fest gegen die Hofmauern. Einige der Uniformierten schwärmten zur Mitte aus, anscheinend, um quer über den Hof eine Sperre zu bilden und so einen Teil der Leute zurückzuhalten, aber es gelang ihnen nicht. Sie wurden von dem Gedränge verschluckt und konnten ihre Stellungen nicht halten, sondern wurden vorwärtsgeschoben, bis einige von ihnen fast gegen die Mauer des Hauptgebäudes gedrückt wurden, direkt unter unseren Fenstern. Stimmen über Lautsprecher forderten die Leute zum Umkehren auf, aber niemand hörte darauf, und es war wohl auch nicht mehr möglich. Panik brach aus. Polizisten in Blau sickerten an den Rändern des Tores in den Hof, um zu helfen, aber es war zu spät, und sie wurden voneinander getrennt und herumgestoßen wie Muscheln in der Brandung.

Wir oben an den Fenstern hielten den Atem an. Dann gab jemand, einer der Polizisten, wie wir glaubten, einen Schuß in die Luft ab. Er hatte keine Wirkung auf die Menge. Ein zweiter Schuß folgte. Und dann ertönten immer mehr Schüsse, und uns schien, daß sie nicht alle im Hof abgefeuert wurden. Manche kamen offensichtlich aus den Fenstern der Stockwerke über uns.

Bei dem Geräusch der Schüsse entstand in unserem Flur ein Durcheinander, und die Menge begann zurückzuweichen, und Menschen und Hunde schoben sich gegenseitig in den Thronsaal. Lydia blieb am Fenster stehen, und ich blieb bei ihr. Ihre Ohren und Schnurrhaare waren nach vorn gerichtet, während sie die Szene unter uns beobachtete, und ihr Nackenfell war zu einer gewaltigen Mähne gesträubt, aber sie blieb völlig regungslos.

»Wer schießt auf die Leute?« fragte ich.

»Wir. Die Hunde. Im Schloß gibt es keine Menschen mit Waffen, da kannst du sicher sein. Aber siehst du«, sagte sie und schaute mir kurz ins Gesicht, »sie schießen nicht in die Menge hinein. Sie versuchen bloß, sie zurückzuhalten. Es ist kein Krieg, Cleo, fall' nicht in Ohnmacht.« Sie nahm mich am Arm und zog mich ein wenig vom Fenster fort.

»Ich falle nicht in Ohnmacht«, protestierte ich. »Schau mal, sie weichen zurück. Jetzt drängen sie in die andere Richtung.« Ich befreite mich aus Lydias Griff und trat wieder ans Fenster.

Wir beobachteten, wie die Menge durch das Tor hinausflutete. Doch bevor alle draußen waren, wurde der Ausgang versperrt, und ein paar hundert Menschen, ein kleiner Bruchteil der Menge, blieben im Hof zurück. Einige standen um Personen herum, die am Boden lagen, aber es war kaum Zeit, das zu beachten, denn schon kamen Sanitäter mit Bahren im Gänsemarsch durch eine der Seitentüren und trugen die Gestürzten fort. Einige Leute folgten ihnen nach draußen, während andere weiter im Hof herumstreiften, am Schloß hinaufsahen oder die lange Treppe hinaufstiegen, die zum Hauptportal führte, das anscheinend offen war.

»Da müssen welche im Schloß sein, unten«, sagte Lydia, während sie beobachtete, wie die Leute hineingingen. »Ich frage mich, was da vor sich geht.«

»Glaubst du, daß sie die Party stattfinden lassen? Laß uns nachschauen«, sagte ich. »Alle machen das.« Die wenigen, die an den Fenstern geblieben waren, liefen jetzt zur Treppe, zusammen mit größeren Gruppen, die aus dem Thronsaal herauskamen.

Als wir die ersten Stufen hinuntergingen, hörten wir Musik, Bigband-Jazz, und weiter unten sahen wir, daß viele Menschen dazu tanzten, einige allerdings drückten sich mit Gläsern in den Händen an den Wänden des Saales herum und wirkten besorgt oder wütend. Hunde waren kaum da. Als wir am Fuß der Treppe angelangt waren, trat ein Husky in blauer Uniform auf uns zu, verbeugte sich höflich vor Lydia und vertrat uns dabei den Weg. Es war derselbe Hund, den ich an dem Morgen kennengelernt hatte, als Ludwig eingesperrt worden war.

»Berthold«, sagte Lydia. »Was gibt's?«

»Es ist sehr ernst. Das Schloß ist abgeriegelt«, antwortete er.

»Abgeriegelt?«

»Ja. Eben gerade wurde eine Versammlung einberufen. Wenn du bitte mitkommen würdest.«

Er führte Lydia fort, zu einer Tür an der Seite des großen Saals, in den wir hinabgestiegen waren, und ich wollte ihnen folgen, aber er hielt mich auf.

»Tut mir leid, daß du die Versammlung nicht besuchen darfst, Cleo«, sagte er.

Lydia und ich wechselten einen Blick, aber sie sagte nichts, als sie mit dem Husky davonging.

Mir war nicht danach zumute, zu tanzen oder überhaupt etwas zu tun, daher ging ich zur Treppe und setzte mich auf eine der unteren Stufen. Ich versuchte, den Kopf anzulehnen, aber aus dem Treppengeländer ragten so viele geschnitzte Blätter und Verzierungen und Tierköpfe hervor, daß ich keinen bequemen Halt finden konnte und aufgab. Ich war plötzlich sehr müde. Schließlich hob ich meine Röcke auf und schleppte mich wieder nach oben, wo ich in einem düsteren Flur ein nicht besetztes Sofa fand, auf das ich mich legte, und einschlief.

»Da bist du ja«, weckte Lydia mich auf.

»Was ist passiert?« fragte ich.

»Es ist gar nicht so ernst«, erwiderte sie. »Wir haben alles mit der Polizei und dem Bürgermeister besprochen. Er ist gerade gegangen. Offenbar trifft niemanden eine Schuld.«

»Waren denn nicht Leute verletzt?«

»Nicht sehr viele.«

»Was hat Berthold damit gemeint, daß das Schloß abgeriegelt ist?« wollte ich wissen.

»Niemand darf herein, aber alle können das Schloß verlassen. Nur die Hunde nicht. Wir werden eine Weile hierbleiben.«

»Du meinst, einziehen und hier wohnen?«

»Das nehme ich an. Es ist wohl das beste. Du hast übrigens ein Zimmer, Cleo. Ist das nicht aufmerksam von Klaue? Wir haben beide sehr schöne Zimmer oben im Südturm. Vermutlich kannst du ebensogut da übernachten.«

»Das geht nicht«, meinte ich. »Ich muß nach Hause und meinen Hund ausführen. Es ist nur ein paar Straßen entfernt.«

»Vielleicht kannst du nicht so ohne weiteres wieder rein, wenn du das Schloß einmal verlassen hast«, gab Lydia zu bedenken.

»Das ist doch lächerlich. Ich bespreche das mit Klaue; er kann veranlassen, daß ich wieder reinkomme.«

»Na, dann rede morgen früh mit ihm. Jetzt sind alle müde«, schlug Lydia vor.

Also rief ich Sam an und fragte ihn, ob er sich ein Weilchen um Rufus kümmern könnte, bis ich herausbekommen hätte, was eigentlich los war. »Ich sitze hier im Schloß fest«, erklärte ich ihm. »Ich rufe dich an, sobald ich weiß, was hier vor sich geht.«

Eine Woche sollte vergehen, bis ich ihn wieder anrief, und dann auch nur, um zu sagen, daß ich immer noch nicht wußte, wann ich nach Hause kommen würde. Sehr merkwürdige Dinge geschahen. Viele der Leute, die am ersten Abend hereingekommen waren und es jetzt als besondere Ehre betrachteten, sich im abgeriegelten Schloß aufzuhalten, beschlossen zu bleiben, was ihnen auch gestattet wurde. Die Reporter unter ihnen, die ständig ihre Geschichten an ihre Redakteure durchtelefonierten, waren am wenigsten bereit, das Schloß zu verlassen, denn wenn sie einmal draußen waren, kamen sie nicht wieder herein. Klaue behauptete, die Schließung des Gebäudes sei eine vorübergehende Maßnahme, und Museum, Restaurant und Hotel würden öffnen, sobald man ein paar Dinge geregelt hätte, aber er schien keine Anstalten zu machen, die seltsame Party zu beenden, die sich inzwischen über alle öffentlich zugänglichen Räume ausgebreitet hatte und an der etwa sechshundert Menschen und alle Hunde teilnahmen, rund um die Uhr und Tag für Tag. Die Menschen, die keine Zimmer im Schloß hatten, schlugen provisorische Lager in Fluren und Sitzecken und in den Winkeln der palastartigen Badezimmer auf. Alle wurden ständig mit Essen und Trinken und mit Musik von den Überbleibseln der Jazzband und des Orchesters versorgt. Anscheinend war geplant gewesen, kurz nach der Eröffnung des Schlosses im Konzertsaal eine Wagneroper aufzuführen. Aufgrund von Klaues Anweisungen konnte zwar im Moment kein Publikum von draußen eingeladen werden, aber einige der Schauspieler und Musiker waren zur Eröffnungsparty gekommen und geblieben, und nun hörte man sie zu jeder Tageszeit in leeren Speisesälen üben.

Eines Tages saßen Lydia und ich gerade in einem Salon und verzehrten unser Mittagessen, das wir auf einem Tablett aus dem Speisesaal geholt hatten, als wir gedämpft einen Pistolenschuß hörten. Lydia hörte auf zu essen.

»Es geht los«, sagte sie.

»Was?«

»Jemand ist verrückt geworden.«

»Wovon redest du?«

»Ich habe keine Notwendigkeit gesehen, darüber zu sprechen, bevor es wirklich sein mußte«, sagte Lydia. »Aber jetzt ist es soweit. Es ist ein Weg, der Krankheit würdevoll ein Ende zu setzen. Wir finden es vernünftig. Da wir alle im Schloß sind, braucht es draußen niemand zu erfahren. Ich weiß, daß dir das sonderbar erscheint, Cleo, aber es ist eine private Angelegenheit, die nur die Hunde betrifft. Ich hoffe, du versuchst, es zu verstehen.«

»Du meinst, ihr werdet euch alle umbringen?« fragte ich.

»Nein, nein, das wäre zu schwierig – wer weiß denn, was jemand in diesem Geisteszustand mit einer Pistole anrichten würde? Klaue hat ein kleines Komitee ernannt.«

»Aus Mördern?«

»Es ist kein Mord, wenn das Opfer zugestimmt hat«, sagte Lydia.

»Aber was ist, wenn die Hunde im Komitee verrückt werden?« fragte ich.

»Dann werden sie abgelöst.«

»Aber wenn die Hunde, die für das Ablösen zuständig sind, verrückt werden?«

Lydia stand auf, und ihr Teller krachte zu Boden. Ich

weiß nicht, ob es Ungeschick war, oder ob sie ihn absichtlich herunterwarf. Sie sah erst auf den Teller und blickte dann mich an.

»Alles muß einmal ein Ende haben«, sagte sie, indem sie einen Schritt von den Scherben auf dem Fußboden wegging. »Du jedenfalls bist nicht gefährdet. Niemand will Schwierigkeiten mit den Menschen haben.« Einen Moment lang musterten wir beide das Gesicht der anderen, dann wandte Lydia sich ab und verließ den Raum.

Ich rief Sam an und teilte ihm mit, ich wüßte nicht, wann ich wiederkommen würde. Einerseits hatte Klaue mir die Erlaubnis gegeben, nach Belieben zu kommen und zu gehen, aber andererseits hatte ich die Idee, daß ich Lydia vielleicht zur Flucht überreden könnte, wenn ich nur oft genug mit ihr sprach; ich sah nicht ein, warum sie im Schloß wohnen wollte, wenn sie doch selbst noch gar nicht verrückt wurde. Und so blieb ich.

17

(CLEO)
Ein paar Tage später klopfte ein Diener an meine Zimmertür und gab einen kleinen Umschlag mit einer Karte für mich ab. Darauf stand: »Ludwig bittet um Ihren Besuch.« Ich fand weder eine Unterschrift noch sonst einen Hinweis darauf, woher der Brief kam. Vermutlich hatte jemand im Krankenhaus, vielleicht eine Krankenschwester, die Frau in der Telefonzentrale des Schlosses angerufen, aber das spielte ohnehin keine Rolle. Mir war sogar egal, ob Ludwig mich tatsächlich sehen wollte. Ich war einfach froh, einen Vorwand zu haben, um ihn zu besuchen.

Ich ging ins Torhaus, um sicherzustellen, daß der Hauptmann der Wache wußte, wer ich war, und daß man mich wieder hereinlassen sollte, so wie Klaue es versprochen hatte. Dann rannte ich in meinem langen, hermelingefütterten Mantel, den ich, als ich zur Party gekommen war, über meinem Seidenkleid getragen hatte, die anderthalb Block ostwärts zu meiner Wohnung zurück. Ich winkte einer Nachbarin zu, an der ich auf dem Bürgersteig vorbeilief, tat aber so, als würde ich ihre Verwunderung über meinen Aufzug im Vorbeijoggen nicht bemerken. Zu Hause zog ich Alltagskleidung an und stopfte Kleid und Mantel in eine Tasche, die ich mitnahm, und dann fuhr ich quer durch die Stadt ins St. Vincent-Hospital.

Als ich ins Krankenzimmer trat, sah ich Ludwig auf der

Seite liegen, das Gesicht von mir abgewandt. Das Sonnenlicht, das durch das Fenster in der Wand gegenüber fiel, wirkte unnatürlich hell und kalt. Obwohl alles absolut still und ruhig war, kam es mir vor, als herrschte ringsherum am Rande des Zimmers wilde Aufregung, so als würde etwas an den Wänden entlangrasen, und ich sah es immer wieder kurz aus den Augenwinkeln. Es roch stark nach Hund und Desinfektionsmittel, aber schlimmer noch war ein feinerer, furchtbar metallischer Geruch, der mich irgendwie an vergossenes Blut und Messer denken ließ.

»Ludwig?« sagte ich behutsam. Ich konnte nicht erkennen, ob er schlief, aber seine Ohren bewegten sich leicht, als ich sprach.

»Bist du wach?« fragte ich, indem ich zu ihm trat. Er antwortete immer noch nicht, daher ging ich um das Bett herum. Seine Augen waren offen, aber er starrte ins Nichts. Allerdings hatte ich Hunde schon manchmal so schlafen sehen, deswegen wußte ich nicht, was ich davon halten sollte. Ich setzte mich auf einen unbequemen Polsterstuhl und griff nach Ludwigs Hand, die er von sich gestreckt hatte. Da wandte er mir den Blick zu.

»Ah hah«, sagte er leise, fast flüsternd. Er murmelte etwas, das ich zuerst nicht verstehen konnte, aber dann wurde mir klar, daß er Deutsch sprach.

»*Es ist vorbei*«, sagte er.

»*Was ist vorbei?*« fragte ich auf deutsch zurück.

»Ach, Maria«, begann er und verfiel dann murmelnd in ein kompliziertes Deutsch, von dem ich kein Wörtchen verstehen konnte.

»Ich bin nicht Maria, weißt du«, sagte ich leise zu ihm, als er geendet hatte. Er antwortete nicht. »Macht ja nichts«, fuhr ich fort. »Es ist alles in Ordnung. Nichts ist vorbei ... Ich meine – «

»Ach, *Cleo*«, sagte er plötzlich. Seine Stimme war um die Konsonanten herum immer noch verschwommen, aber sie klang jetzt etwas klarer. »Oh *Gott.*« Er bewegte den Kopf, so daß er mich nicht mehr ansah, und schloß dann die Augen. »Geh weg«, sagte er.

»Oh Ludwig, bitte – «

»Geh sofort weg«, sagte er. »Ich schlafe gerade ein. Du darfst morgen wiederkommen«, fügte er freundlich hinzu, aber er nuschelte wieder, so daß ich ihn kaum verstehen konnte.

»Morgen?«

»*Ja*. Geh *weg*, Cleo.«

»Also gut. Dann komme ich wieder«, sagte ich. Ich ließ seine Hand los und stand auf, und plötzlich war dieser Geruch wieder da, dieser furchtbare, metallische Geruch.

Als ich am nächsten Tag zu Beginn der Besuchszeit wiederkam, sagte man mir, Ludwig hätte darum gebeten, niemanden zu ihm zu lasssen. Einen Augenblick lang wollte ich diskutieren, aber als ich in das Gesicht der müden, mit anderen Dingen beschäftigten Frau sah, die hinter dem Schreibtisch saß, und an das letzte sinnlose Gespräch dachte, daß wir in Ludwigs Zimmer geführt hatten, fand mein Zorn nichts, was er hätte angreifen können, und flaute so schnell ab, wie er entbrannt war. Ich schloß den Mund und wandte mich ab.

Vorne in der Eingangshalle blieb ich stehen, legte die Hände gegen die Fensterscheibe und sah auf die Straße hinaus. Regen peitschte gegen das Glas, die ärgerliche Art Regen, die Regenschirme umstülpt und den Weg unter jeden Kragen und bis zu den Haarwurzeln findet. Ich war immer noch kalt und durchnäßt davon. Gleich hinter der Tür war ein Gebläse, das warme Luft nach unten blies, und als ich direkt darunter stand, war mir plötzlich schwindlig, und ich fühlte mich erschöpft. Mir ging auf, daß mein Kopf voller Haß oder Wut war, es war ein Gefühl, das schon lange in mir brodelte. Es konnte nirgends hin; ich konnte niemandem außer mir selbst die Schuld an allem geben.

Ich wickelte mir meinen Schal fest um den Hals, zog den Reißverschluß meiner Jacke so hoch, wie es nur ging, und stapfte in den Regen hinaus. Ich wußte, daß es unmöglich sein würde, in diesem Unwetter ein Taxi zu bekommen, daher machte ich mir erst gar nicht die Mühe, eins zu suchen. Es war die Wärme hinter der Tür gewesen, dachte ich, wie eine Erinnerung an Trost, von der mir so schwindlig geworden war. Ich würde es mir von der Seele laufen. Das, was ich Ludwig angetan hatte, konnte mir nicht vergeben werden, aber niemandem war damit gedient, wenn ich jetzt deswegen zusammenbrach. Es würde etwas geben, was ich tun konnte, irgendwann; jetzt mußte ich erst einmal weitermachen.

Als ich zur Mitte des Blocks kam, bemerkte ich, wie neben mir ein Wagen seine Geschwindigkeit drosselte; es war eine Limousine. Sie fuhr an den Bordstein heran, und ich erkannte Klaue, der ein wenig vom offenen Fenster abgerückt war, um nicht naß zu werden.

»Cleo«, sagte er, »du bist ja ganz durchnäßt. Steig' ein.«

»Nein, nein, Klaue«, sagte ich. »Ich würde die Sitze ruinieren. Aber vielen Dank.«

»Sei nicht albern. Warst du bei Ludwig?«

»Nein.«

Wir sahen uns einen Augenblick lang an, etwas abschätzend.

»Steig' ein«, sagte Klaue wieder.

»Ich möchte wirklich nicht.«

Er zuckte die Achseln. »Dann eben nicht.«

Ich sah den Ausdruck in seinen Augen, als er fortblickte, ein Aufflackern von Traurigkeit, dem etwas Grimmiges und Hartes folgte. Jetzt glaube ich, daß er in diesem Augenblick vielleicht erkannte, daß ich ihm nicht mehr freundlich gesinnt war. Ich hätte ihn das nie spüren lassen sollen, aber ich war zu sehr mit den Fehlern beschäftigt, die ich in der Vergangenheit gemacht hatte, als daß ich die neuen hätte sehen können, die mir in diesem Augenblick unterliefen.

Ich ging, bis mir die Knochen weh taten, bis ich so naß und durchgefroren war, daß mir alles egal war. Wasser sickerte unter meine Lederjacke, mein Schal wurde pitschnaß und fing an, den Regen in mein Hemd hineinzuleiten, meine Jeans klebten an mir fest, und meine Stiefel waren völlig durchnäßt. So wie ich aussah, konnte ich nirgends hineingehen, um mich unterzustellen, und eigentlich nicht einmal in einen Bus einsteigen. Ich hätte in Neuhundstein anrufen und um einen Wagen bitten können, aber dann hätte ich herumstehen und darauf warten müssen, daher schien es mir am besten, bis zum Schloß weiterzuwandern.

Als ich dort ankam, ging ich gleich nach oben in mein Zimmer, ohne irgend jemanden anzusehen, der mir auf den Fluren begegnete, und hinterließ dabei eine Wasserspur auf dem Fußboden und die Turmtreppe hinauf. Ich schloß meine Tür und lehnte mich von innen dagegen, tropfend. In der Stille und Wärme des Zimmers holten meine Müdigkeit und alles andere mich wieder ein. Ich hatte gewußt, daß das passieren würde, aber ich war über die Plötzlichkeit und die Heftigkeit überrascht, mit der die Gefühle sich in den leeren Raum stürzten. Benommen stand ich mehrere Minuten lang da, ohne jeden Gedanken im Kopf, umgeben von einer Wolke aus ziellosem Haß, bis sie drohte, sich aufzulösen und eine Traurigkeit zurückzulassen, die, wie ich spüren konnte, noch viel schlimmer sein würde. Ich zog den Reißverschluß meiner Jacke auf, wickelte mir den Schal vom Hals und zog dann langsam alles andere aus, was ich anhatte, und ließ es in einem triefenden Haufen auf dem Boden liegen.

Ich ging ins Bad und nahm das größte Handtuch, das ich finden konnte, von der langen Messingstange an der Wand. Es war leuchtendrot, einen Zoll dick und hatte neben einem Heizungsgitter gehangen, so daß es warm war. Es muß so groß wie ein kleines Bettlaken gewesen sein, denn ich hängte es mir über den Kopf und wickelte mich von oben bis unten darin ein, und es war immer noch soviel davon übrig, daß es auf dem Fußboden entlangschleifte, als ich zu meinem Bett hinüberging. Ich setzte mich auf die Bettkante und schaute in den Kamin. Kein Feuer brannte darin. Das Schloß hatte Zentralheizung, daher spielte es eigentlich keine Rolle, aber ich dachte, es wäre schön gewesen, wenn jemand ein Feuer für mich in Gang gehalten hätte. Normalerweise machte ein Diener das, so daß es noch nie ganz ausgegangen war, aber jetzt war da eindeutig nichts außer Asche und kleinen Stückchen Holzkohle. Ich seufzte und legte mich auf den Rükken, reckte die Arme über den Kopf, um meine Wirbelsäule zu strecken, und starrte an die Decke.

»Die Gerüche sind zum Wahnsinnigwerden, Cleo. Ich ertrage das nicht länger.«

Ich stand neben dem Samtdiwan in Lydias Turmzimmer, es war Abend, und sie hatte sich in voller Länge ausgestreckt und das schwere Tournürenkleid aufgeschnürt, das aussah, als gehörte es nicht zu ihr, obwohl es perfekt für ihren Körper maßgeschneidert war.

»Dann laß uns hier weggehen«, sagte ich.

»Nein.«

»Warum nicht? Weswegen willst du hierbleiben?«

»Ich kann sonst nirgends hin«, sagte sie. »Es gibt einfach keine andere Möglichkeit.«

Ich setzte zu einer Erwiderung an, aber sie unterbrach mich.

»Cleo«, sagte sie. »Hör mal zu. Ich weiß, daß du das nicht begreifen kannst, aber gesteh' dir das wenigstens ein und laß es dabei bewenden. Ich gehöre einer aussterbenden Rasse an. Es gibt für mich keinen Platz in dieser Welt. Ich habe keine Vergangenheit und keine Möglichkeit zu einer Zukunft. Wenn ein Mensch das sagen würde, würdest du ihm das ausreden wollen – selbstverständlich. Aber ich bin kein Mensch. Verstehst du, was ich meine?«

»Du meinst, ich sollte dich nicht als Freundin betrachten. Stimmt das?« fragte ich.

»Nein, natürlich nicht.«

»Sieh mal«, sagte ich, »ich tue nicht so, als könnte ich verstehen, was für ein Gefühl es ist, wie du zu sein. Ich weiß nur, daß ich möchte, daß du am Leben bleibst, und du wirst nicht überleben, wenn du hierbleibst.«

Genau in diesem Moment hallte ein Schuß durch das Treppenhaus. Wieder ein Hund hinüber.

»Mein Gott«, sagte Lydia leise.

»Ich gehe nach unten«, sagte ich. Ich wollte Lydia aus ihrem Zimmer herauslocken und sie mitten in das ganze Treiben hineinstoßen, damit sie sah, wie gräßlich es geworden war, aber das konnte ich nicht, daher beschloß ich, allein hinunterzugehen. Wenigstens konnte ich ihr dann erzählen, was ich gesehen hatte.

Oh, aber es war großartig da unten. Es war etwas, was ich nur einmal im Leben sehen würde, und ich genoß es. Ich glaube, meine damalige Wut auf Lydia war zur Hälfte Ärger über mich selbst; ich selbst war es, die versuchte, vor dem Verlangen davonzulaufen, mich in der verrückten, lächerlichen Welt der letzten Party der Hunde zu vergraben.

Der mittlere Teil des dritten Stockwerks, auf den die Tür des Treppenhauses führte, war ein weiter, leerer Raum. Ringsherum standen dichtgedrängt Hunde und Menschen und starrten in die Mitte und auf einen Punkt links von mir, wo ich aber außer der Menge nichts sehen konnte. Während ich noch an der Tür stand und herauszufinden suchte, was da vor sich ging, erscholl ein Jubelgeschrei, und dann riefen ein paar Stimmen auf deutsch: »*Eins!*«

Eine Sekunde später schrien doppelt so viele Stimmen: »*Zwei!*« und dann »*DREI! YarrRRR!*«, und zu meiner grenzenlosen Überraschung krachte ein riesiger Kronleuchter – bestimmt zehn Meter im Durchmesser – mitten auf den Marmorboden. Der linke Rand schlug zuerst auf, und dann brach die ganze Pyramide aus Metall und schwingendem Kristall seitlich zusammen und zerschellte, was eine atemberaubende Explosion aus Funken und splitternden Prismen verursachte. Die Menge kreischte und jubelte.

»Mein Gott«, entfuhr es mir unwillkürlich. Ein lautes, mechanisches Lachen rechts neben mir antwortete, das ich sofort erkannte.

»Klaue«, sagte ich, indem ich mich zu ihm umwandte.

»Ja-AUU!« antwortete er, die Schnauze direkt auf mein Ohr gerichtet, obwohl er auf den Scherbenhaufen in der Mitte des Raumes starrte.

Ich versuchte, mir einen Weg durch die Menge zu bahnen, fort von ihm, aber ich spürte, wie er mit seiner behandschuhten Hand fest meinen Oberarm umklammerte. Ich drehte mich um.

»Hallo, Cleo!« Er grinste. Er war betrunken, und seine Stimme war viel zu laut, selbst wenn man bedachte, daß er versuchte, sich in dem Lärm Gehör zu verschaffen.

»Hi, Klaue«, sagte ich in dem Bewußtsein, daß Streiten mir nicht weiterhelfen würde. Er ließ meinen Arm nicht los.

»Wie geht's, Cleo?« brüllte er. Der Alkohol ließ seinen deutschen Akzent ausgeprägter als sonst hervortreten.

»Du tust mir am Arm weh.«

»Oh, tut mir leid! Tut mir ja so leid!« Er ließ mich los und rieb meinen Arm.

»Ja, na, ich muß gehen und – «

»Was? Cleo, du NUSCHELST! Du mußt LAUTER SPRECHEN!«

»Ich, äh – ich muß gehen und Lydia suchen.«

»*Lüdiaa*! Wie geht's ihr denn? Ich bin so froh, daß sie *auch* hier ist! War ein hartes Stück Arbeit, sie zu überreden! Wie gefällt es ihr denn?«

»Weißt du, Klaue«, sagte ich und drehte mich noch einmal zu ihm um, obwohl ich mich schon zum Gehen gewandt hatte, »du bist wirklich ...« Aber ich sah seine Miene und wußte, daß ich nichts erreichen würde. »Du bist wirklich stolz auf dich, stimmt's?« beendete ich den Satz.

Er starrte mich an, und ich hatte den Eindruck, daß seine Augen leer und ausdruckslos wurden. Vielleicht war es bloß der Alkohol.

»Es ist *herrr*-lich.« Er lächelte mit heraushängender Zunge. Dann schloß er das Maul und starrte wieder vor sich hin, blöde, aber nur ganz kurz.

»Findest du es denn nicht herrlich, Cleo? Mein Neuhundstein?« Seine Zunge kam wieder hervor und blieb zwischen seinen Schneidezähnen stecken, so daß man die Zungenspitze sah, als er die Kiefer schloß.

»Ich glaube, du bist betrunken, Klaue«, sagte ich.

Seine Augen weiteten sich, aber er sagte nichts.

»Ich gehe jetzt, okay?«

»Okay, Cleo«, sagte er in spöttischem Tonfall.

»Ich glaube nicht, daß ich Klaue heiße«, murmelte er gedämpft, während ich mich durch die sich zertreuende Menge entfernte. Er schien seine Stimme wieder in der Gewalt zu haben, und sein Akzent war nicht mehr so auffällig. »Nein ... Rank-Mops-Augustus-Hacker, etwas in der Art. Und für dich *Herr Doktor*«, fügte er lauter hinzu, und dann hörte ich ihn nicht mehr.

Ich wollte aus dem Saal heraus, aber im Moment war mir weder danach, wieder mit Lydia zu sprechen, noch hatte ich Lust, allein zu sein. Da die Menge sich auflöste, beschloß ich, ins zweite Stockwerk hinunterzugehen und nachzuschauen, ob dort irgendwas los war. Vorher jedoch machte ich an der Bar Halt, denn ich hatte das Gefühl, daß Alkohol irgendwie helfen würde, obwohl die ganze Atmosphäre auch so schon verwirrend genug war.

Ich trug meinen Whisky Soda die breite Treppe hinunter, die fast blockiert war von Gruppen sitzender Hunde und Menschen, die mehr oder weniger zusammenhangloses Zeug von sich gaben. Im zweiten Stock spielte die Jazzband, und viele Hunde versuchten, zu der Musik Walzer zu tanzen, weil sie keinen anderen Tanz kannten. Manche von ihnen trugen auffällige, komplizierte Kostüme aus dieser Wagneroper, die sie aufzuführen gedachten oder bereits aufgeführt hatten. Bei genauerem Hinsehen stellte sich heraus, daß einige der so verkleideten Wesen

Menschen waren, die erschreckend realistische Hundeköpfe trugen, mit Ohren und Mäulern, die sich ungelenk und unsinnig bewegten, gesteuert von verborgenen Fäden und Rollen. Ein erstickender Geruch nach verbranntem Essen und Räucherwerk, das wohl den Gestank aus der Küche überdecken sollte, erfüllte die Luft, und allmählich wurde mir von der ganzen Geschichte ziemlich übel.

Ich wollte jemanden finden, den ich kannte, jemanden, mit dem ich reden konnte. Von der Treppe aus konnte ich weit unten eine große Deutsche Dogge an der rechten Wand sitzen sehen. Sie hatte den Kopf gesenkt und sah ihren Zylinder an, den sie in der Hand hielt.

»Luitpold!« schrie ich, obwohl ich wirklich nicht wußte, ob er es war, oder ob der Hund da unten wahnsinnig oder betrunken war. Ich rief den Namen einfach, um meine Stimme zu hören, und es schien so oder so keine große Rolle zu spielen.

»Luitpold!« Ich bahnte mir einen Weg zu dem Hund, indem ich mich durch eine Traube von Menschen hindurchschob, die vor ihm standen, und betete, daß es Luitpold sein möge und daß es ihm gut ginge. Als ich mich zwischen den letzten Leibern hindurchgedrängt hatte, stand ich direkt vor ihm.

Kaum sah ich ihn aus der Nähe, da fuhr ich zurück und fiel dabei halb in die hinter mir stehenden Leute, die mich anstarrten, als ob ich verrückt wäre.

Was ich gesehen hatte, war ein Hund mit gebrochenem Genick, dessen Kopf in einem gräßlichen Winkel herunterbaumelte, und von der Brust hing Fell herunter. Kehle durchgeschnitten? Ich sah rosa Fleisch, dann – ein Todesröcheln! – Nein – Nein, es war einer von diesen blöden Idioten mit Hundemaske, der schlief und dabei schnarchte.

»Hoppla«, sagte ich und kämpfte mich mit gesenktem Kopf wieder von der Wand fort.

»Luitpold«, sage eine tiefe, ruhige Stimme hinter mir, und jemand berührte meinen Rücken.

»Was?« Ich fuhr herum, auf den nächsten Schrecken gefaßt.

»Hier«, schloß er, »dir zu Diensten.«

»Ach, Luitpold. Du bist es. Wie steht's bei dir?«

Er zuckte die Achseln, eine unnatürliche Geste für einen Hund, die bei ihm aber irgendwie elegant aussah. Nicht geziert, wie sie bei Klaue gewirkt hätte. Er betrachtete seine Hände, die auf einem großen Stock mit silbernem Knauf gefaltet waren.

»Geht's dir – gut?« fragte ich und versuchte, ihm in die Augen zu sehen.

»Ja. Gut«, meinte er und hob den Kopf, schaute mich aber nicht an.

»Hättest du vielleicht Lust, mit mir irgendwo hinzugehen und zu reden? Hier wird mir schlecht.« (Und, dachte ich, ich wußte nicht, ob ich jemals wieder Gelegenheit haben würde, mit ihm zu sprechen.)

»Ja.« Er bot mir den Arm.

Ich glaube, ich habe vergessen zu erwähnen, daß ich, bevor ich nach unten gegangen war, mein taubenblaues Seidenkleid wieder angezogen hatte, das Kleid im Hundestil, das ich am Eröffnungsabend getragen hatte. Ich war immer noch der einzige Mensch, der freien Zugang zum Schloß hatte; die anderen konnten es nur verlassen und durften nicht wieder herein, und ein paar hundert Leute waren immer noch da. Die meisten blieben in ihrer Festgarderobe, wuschen sie manchmal in einer Badewanne und hängten sie über Nacht an ein Feuer, denn sie hatten nichts anderes als das, was sie auf dem Leib getragen hatten, als sie hergekommen waren. Um mich der Atmosphäre anzupassen oder vielleicht auch einfach, weil ich es gern tragen wollte, zog ich häufig das Kleid mit der Tournüre an, so daß es nun leicht zerknautscht und eingedrückt war, aber, fand ich, immer noch ein hübsches Kleid. Mein Begleiter trug einen langen schwarzen Frack und einen Zylinder. Ich glaube, diese wenigen Momente an seinem Arm, als wir am Rande des Ballsaales entlangschritten, gehören zu den schönsten in meinem Leben. Luitpold, so bedächtig und so riesig, schien mitten in der lärmenden Menge eine Atmosphäre der Stille zu schaffen.

Nachdem wir etwa fünf Schritte gegangen waren, war es so schön, daß ich glaubte, ich müßte weinen, und um das zu verhindern, verdarb ich die Stimmung des Augenblicks.

»Ich habe Klaue oben getroffen. Ich glaube, er wird wahnsinnig«, sagte ich.

»Was ist das überhaupt für ein Name – Klaue?« fragte ich, als Luitpold nicht antwortete. »Das ist doch kein richtiger Name, oder?«

»Es ist ein Spitzname«, meinte Luitpold. »Auf deutsch heißt es ›Kralle‹.«

»Ach so«, sagte ich. Ich fragte mich, wie es möglich war, daß ich Klaue schon so lange kannte, ohne das herausbekommen zu haben.

Wir gingen weiter, über den Marmorboden, an den Tanzenden vorbei; vorbei an einem Menschen mit einem Holzschwert, der eine Rede aus *Julius Caesar* rezitierte; vorbei an einer weinenden, der Ohnmacht nahen Belgischen Schäferhündin, die von ihren Freundinnen gestützt wurde, während sie ihr Riechsalz anboten und Luft zufächelten.

»Wo können wir hingehen, wo es ruhig ist?« fragte ich.

»Es gibt eine kleine Kammer, die ich gern mag, mit einem Fenstersitz«, sagte Luitpold. »Sie ist in einem der Treppenhäuser.«

»Schön, ich würde gern am Fenster sitzen. Ich möchte mich daran erinnern, daß ich in New York bin.«

»Das bist du«, bestätigte er, als ob ich ihn darum gebeten hätte.

Ich saß auf einem blauen, goldbestickten Kissen, während Luitpold neben mir stand.

»Wie geht es Lydia?« fragte er. »Ich habe sie mehrere Tage lang nicht gesehen. Zum Teil, weil ich indisponiert war. Mir liegt sehr viel an ihr, weißt du.«

»Sie hat sich in letzter Zeit praktisch in ihrem Zimmer eingeschlossen«, erwiderte ich. »Ich glaube, es täte ihr gut, dich zu sehen.«

»Ja, vielleicht sollte ich sie suchen gehen«, meinte Luitpold. »Ich fürchte ... uns bleibt jetzt nur noch wenig Zeit.«

Wir verfielen in Schweigen und schauten zusammen aus dem Fenster auf den roten Abendhimmel und die Bäume auf der anderen Seite der Houston Street, die, immer noch kahl, im peitschenden Märzregen schwankten.

Spät in der Nacht erwachte ich mit Fell im Mund, weinend. Mein Gesicht war in Lydias langer Mähne vergraben, und es war dunkel. Ich war vor einigen Stunden in ihr Zimmer gekommen, um mit ihr zu sprechen, aber sie war nicht dagewesen – vielleicht hatte Luitpold sie gefunden –, und während ich auf sie wartete, war ich eingeschlafen. Als sie wiederkam, mußte sie sich dicht neben mir zusammengerollt haben. Jetzt lagen wir nebeneinander auf dem großen Samtsofa, und obwohl es warm und still war und ich meine Wange in Lydias tröstliches Fell drückte, war mir furchtbar elend zumute. Ich konnte nicht sagen, weswegen ich weinte. Es war nicht Ludwig, der für immer fort war, oder die Hunde, deren Leichen letzte Nacht in den Verbrennungsofen geworfen worden waren und die jetzt als aufgelöster, unsichtbarer Rauch über der Stadt schwebten, obwohl sie etwas damit zu tun haben mußten. Es war weder die hoffnungslose Situation der Hunde noch der verlorene Geist Ranks, dessen letzter lebender Anwalt nie mehr auch nur ein Wort über ihn schreiben würde und ihn nie zum Leben erwecken würde, obwohl auch das damit zu tun hatte. Ich spürte, daß ich über den Rand eines Kreises aus Licht, in dem ich immer gelebt hatte, auf eine endlose Ebene hinausgewandert war.

Ich ging in mein Zimmer zurück und lag dort in der Dunkelheit und starrte aus meinem Fenster auf den blaßroten Himmel. Ich hatte eins von Lydias Nachthemden vom Boden aufgehoben, bevor ich sie verlassen hatte, weil ich dachte, es würde mich vielleicht irgendwie trösten. Es war mir viel zu groß, aber ich mochte das Gefühl, in soviel Stoff eingewickelt zu sein, an dem überall Rüschen und Spitze herabhingen, einfach darin vergraben zu sein.

Vielleicht hatte ich in jener Nacht, während ich, in Lydias Nachthemd eingehüllt, zum roten, bewölkten Himmel aufsah und weinte, nur den einen Gedanken, daß ich mit den Hunden zusammensein wollte, wohin sie auch gehen mochten, obwohl ich wußte, daß das unmöglich war. Sie waren noch nicht einmal fort, und ich vermißte sie schon so sehr, daß mein ganzer Körper schmerzte. Der rohe Schmerz, Gelenke und Muskeln und Organe zu haben, das ungemilderte Gefühl, ohne Hoffnung oder Liebe zu leben, mein schluchzendes Herz, es tat alles so weh. Ich wollte einfach nicht ohne die Hunde auf der Welt sein.

Es war, während ich dalag und diesen Gedanken hatte,

daß ich hörte, wie der Türknauf gedreht wurde. In dem Moment, als ich das Geräusch wahrnahm, war mir ziemlich egal, wer es war. Vielleicht hoffte ich, daß es jemand wäre, der mich weinen sehen und sich auf mein Bett setzen und mich trösten würde, der mir die Tränen ablecken und in dessen Fell ich mein Gesicht vergraben könnte. Vielleicht hoffte ich halb, daß es Klaue wäre, wahnsinnig, mit einer Pistole, der kam, um mich zu töten.

Und er war es tatsächlich. Er öffnete die Tür und kam leise ans Fenster herüber. Ich drehte den Kopf nicht, um zu sehen, wer da hereingekommen war, daher erkannte ich ihn erst, als er direkt vor mir stand. Er trug ein maßgeschneidertes blaues Jackett mit großen Messingknöpfen und blickte einen Moment lang schweigend auf mich herunter, bevor er sprach. Dann hob er den Arm, und ich sah, daß er eine lange, antik aussehende Pistole in der Hand hielt, die im schwachen Licht des Fensters einen matten, öligen Glanz hatte.

»Cleo«, sagte er leise, als wäre er sich nicht sicher, ob ich wach war, und wollte mich nicht stören.

»Was ist?« fragte ich und sah mit trüben Augen zu ihm auf. Ich sah alles; aber es war, als wäre es vorherbestimmt, und ich wunderte mich nicht. Zumindest wunderte mein Verstand sich nicht, aber ich spürte, daß mein Herz schneller schlug, und meine Frage klang wie ein Keuchen, als ich sie aussprach.

Klaue setzte sich auf den Bettrand und schob die Pistole näher an meinen Körper heran. Er zielte auf den Berg von Rüschen, die meine Brust bedeckten, und beugte sich zu mir herab.

»Ich weiß, daß du sterben möchtest«, flüsterte er. Sein Maul war so dicht an meinem Ohr, und seine Stimme war so nah und vertraulich, daß ich das Gefühl hatte, seine nasse Zunge würde mich berühren, und ein Schauder überlief mich.

»Nein, Klaue«, sagte ich. Es stimmte. Wenn ich sterben würde, dann nach meinen Vorstellungen, nicht nach seinen.

»Aber du hast es doch gesagt«, flüsterte er. Hatte ich das? Ich konnte mich nicht erinnern, es ihm erzählt zu haben, aber es war möglich.

Nun schob er sein Maul noch dichter an mein Gesicht heran. Er leckte sich die Nase, und seine Zunge streifte tatsächlich für einen Augenblick meine Wange. Meine Muskeln erstarrten, aber innerlich zerfloß ich vor Entsetzen.

»Na los, Cleo«, sagte er, legte den Kopf schief und sprach mir direkt ins Ohr. Die Pistole kam näher und tastete sich in die Rüschen über meinem Herzen hinein, wobei sie das spitzengesäumte Nachthemd leicht anhob, so daß es in zarten Falten um den Lauf fiel.

»Hör auf!« sagte ich, als die Mündung sich näher an meinen Körper heranschob.

Plötzlich ertönte ein gewaltiges Krachen. Erschrocken drehte Klaue sich zur Tür. Im gleichen Moment packte ich mit beiden Händen die Pistole und drückte sie nach links. Ich hatte sie erst wenige Zollbreit von meinem Körper wegstoßen können, als sie losging und eine Kugel in die Wand hinter mir abfeuerte. In diesem Augenblick sah ich Lydia, die gerade den höchsten Punkt eines ungeheuren Sprunges erreicht hatte, der an der Tür begonnen haben mußte und sie ganz bis zum Bett hinüberfliegen lassen würde. Sie trug einen roten Seidenkimono, der wie eine Fahne hinter ihr herwehte. Ihr Gesicht war schrecklich verzerrt, schwarze Lefzen und gefletschte Zähne, die Ohren an den Kopf geklebt, das Nackenfell so steif aufgerichtet, daß selbst der beim Sprung erzeugte Luftstrom es nicht ganz herunterdrücken konnte. Ihr Gesicht war so zusammengezogen und so wutverzerrt, daß sie überhaupt nicht mehr wie sie selbst aussah, sondern wie eine Karikatur eines Hundes, wie ein Wasserspeier, ein Ungeheuer.

Als sie zur Landung ansetzte, erreichte sie mit den ausgestreckten Händen Klaues Brust und warf ihn auf den Rücken. Sie packte seine Vorderbeine hinter den Ellbogen und grub ihre Hinterpfoten in seinen Bauch. Ihre Zähne schlossen sich um seine Kehle, und er jaulte auf, ein Laut, den ich noch nie von ihm gehört hatte. Selbst in seinem Wahnsinn hatte er seine menschliche Fassade bewahrt. Aber jetzt, im Kampf um sein Leben, war er ganz Hund. Er gab zwei schnelle Kläfflaute von sich, während er sich unter Lydia wand und sich aus ihren Kiefern befreite, dann ein weiteres, tieferes Bellen, das zu einem Knurren wurde, als er sich nun auf die Hündin stürzte. Er erwischte sie seitlich an der Schnauze, und sie quiekte überrascht, aber kaum hatte sie den Laut ausgestoßen, da riß sie sich auch schon wieder los, öffnete die Kiefer und ließ sie um Klaues Maul wieder zuschnappen. Er gab ein furchtbares Geräusch von sich, als er nun versuchte, mit der Nase in Lydias Maul Luft zu holen. Sein Kopf schlug zur Seite, aber Lydia hielt ihn fest gepackt. Doch sie rutschte von Klaues Brust ab, und es gelang ihm, sich aufzurichten, so daß er auf allen vieren stand. Immer noch ließ Lydia sein Maul nicht los. Er zog nach rückwärts und gab nasse, rauhe, erstickte Geräusche von sich, während er verzweifelt versuchte, Atem zu holen.

Sie machten ein paar steife Schritte am Bettrand entlang, Klaue ging rückwärts, und Lydia folgte ihm. Schließlich ließ sie ihn einfach los. Klaue machte noch einen

Schritt und setzte sich dann ihr gegenüber auf den Boden. Er sah absolut hündisch und beschämt aus. Sein Maul war leicht geöffnet, und er hielt sich vollkommen reglos und atmete bloß, zu verblüfft, um sich auch nur die Nase zu lecken. Einen Augenblick später legte er sich hin. Lydia saß vor ihm, schwerfällig, leckte sich die Lefzen und rollte sie dabei zu fast zufälligen, kurzen Knurrlauten ein, den Blick weiterhin auf Klaue geheftet. Er rührte sich nicht. Dann legte sie die Hand auf den Bettrand und zog sich langsam auf die Hinterbeine hoch. Sie machte einen ungelenken Schritt, versuchte, das Gleichgewicht zu halten, und fiel dann wieder auf alle viere nieder.

Sie warf einen schnellen Blick in meine Richtung. Ich saß auf dem Bett, an der gleichen Stelle, wo ich gesessen hatte, bevor Lydia ins Zimmer gekommen war. Sie prustete, drehte sich um und lief zur Tür.

»Lydia, warte«, sagte ich, aber sie beachtete mich nicht. Ich sah ihr nach, wie sie das Zimmer verließ, und wandte mich dann wieder Klaue zu. Er lag immer noch an der Wand und schaute mit glasigen Augen ins Nichts. Die Pistole lag mitten im Zimmer auf dem Fußboden. Ich sprang vom Bett und hob sie auf. Klaues Ohren und Augenbrauen schienen sich leicht zu bewegen, als ich vor ihm vorbeiging, aber er drehte weder den Kopf noch veränderte er die Blickrichtung. Ich setzte mich wieder aufs Bett und sah ihn an.

»Klaue?« sagte ich. Er spitzte ein wenig die Ohren, aber das war alles. Er sah nicht einmal mehr wie Klaue aus, sondern einfach wie ein gewöhnlicher Hund. Er trug immer noch den blauen Soldatenrock, aber er lag auf den Schößen, so daß der Stoff sich quer über seinen Schultern und seinem Rücken spannte. Er hechelte.

Ich stand auf und ging aus der Tür, um Lydia zu suchen.

Ich fand sie in ihrem Zimmer auf der Couch, immer noch in dem zerrissenen Kimono, und seitlich an ihrem Maul klebte Blut. Ihre Augen hatten etwas Ausdrucksloses, das mich an Ludwigs Augen erinnerte, als ich ihn zum letzten Mal gesehen hatte. Es gefiel mir nicht.

»Lydia?« sagte ich vorsichtig.

»Jetzt ist alles vorbei, Cleo«, sagte sie leise, aber deutlich.

»Du wirst doch nicht verrückt?« fragte ich. »Sag' mir nur, daß du nicht wahnsinnig wirst.«

»Ich fürchte, ich bin es schon, Cleo«, erwiderte sie und fuhr sich mit der Hand über die Augen. Ihre Handschuhe waren aus sehr feinem, rosabraunem Ziegenleder, und sie waren mit dunklen Flecken von dem Kampf übersät. Lydia sah nicht müde aus. Trotz der Stumpfheit in ihren Augen war eine Art langsamer Helligkeit um sie herum, wie der sanft pulsierende Schein eines glühenden Holzscheites.

»Ich kann dich hören«, sagte sie. »Ich habe dich um Hilfe rufen hören, und deswegen bin ich gekommen.«

»Ja ... das glaube ich dir«, sagte ich. »Das ist kein Wahnsinn.«

»Es ist nicht richtig«, erwiderte sie.

Sie schmiegte den Kopf wieder in die Kissen und lächelte schwach zur Decke hinauf.

»Es war mein Glück«, sagte ich.

»Ja«, meinte sie, »das stimmt.«

18

(Cleo)
Was sich in der Woche nach dem Kampf zwischen Klaue und Lydia ereignete, ist schwer zu beschreiben. Jeden Tag gaben Gruppen von Leuten endlich auf und verließen die Party. Obwohl die Dienstboten ihre Arbeitszeit bezahlt bekamen, verließen viele von ihnen das Schloß ebenfalls. Die wenigen Menschen, die geblieben waren, tauchten an unerwarteten Orten auf. Ich fand ein betrunkenes Häufchen in der Ecke eines Speisesaals oder einen Mann in den Fetzen eines Smokings, der auf einem Fensterbrett sitzend etwas auf Zettel kritzelte, oder ich hörte, wie jemand spätabends auf einem Cembalo Melodien klimperte. Es gab einen Cellisten, der uns täglich im Morgengrauen vom Podium des leeren Thronsaales herunter ein Ständchen brachte, und manchmal versammelten sich dort Leute, um ihm zuzuhören. Aber oft konnte man lange Zeit durch die Gänge wandern, ohne irgend jemandem zu begegnen.

Weder Lydia noch ich sahen Klaue wieder, und wir vermuteten das Schlimmste. Wir wußten nicht, wer dem Exekutionskommando angehörte, wie viele Hunde noch übrig waren und wer von ihnen noch gesund war, aber wir hörten ihre Schüsse durch die Korridore hallen und sahen jeden Tag weniger Hunde. Meistens blieben wir in unseren Zimmern und schlossen die Türen ab.

Ludwig begann, mir merkwürdige, handgeschriebene Briefe aus dem Krankenhaus zu schicken. Als mir die Post nicht mehr aufs Zimmer gebracht wurde, suchte ich das Erdgeschoß ab und fand den Briefkasten, so daß ich die Briefe selbst holen konnte.

Brief von Ludwig
mit Poststempel vom 21. März 2011

Ich habe die Ursache meines Wahnsinns entdeckt.

Cleo, ich bin bereits wahnsinnig. Du hast gesagt, ich wäre es nicht, um mich zu trösten, und um Dich zu trösten habe ich zugestimmt, manchmal, aber ich kann es nicht länger leugnen. Es ist vorbei mit mir.

Ich befinde mich jetzt in der schwierigen Lage, daß ich mir mit Hilfe meines Wahnsinns ein bestimmtes, sehr wertvolles Wissen angeeignet habe und es Dir nicht vermitteln kann, weil ich verrückt bin. Was ich jetzt weiß, könnte, glaube ich, alle Hunde retten, wenn ich es ihnen erklären könnte. Du bist ebenfalls in Gefahr, Cleo. Zum Teufel mit den Hunden, aber ich wünschte, mit Dir könnte ich sprechen. Ich möchte Dich retten.

Es ist mir so klar. Cleo, bitte versuche, es zu verstehen.

Wir bewegen uns nur in einer Richtung durch die Zeit vorwärts. Es ist, als wären wir eindimensionale Wesen, die sich auf einer geraden Linie bewegen. Links und rechts, oben und unten können wir nichts sehen; wir können nicht einmal die Bedeutung der Worte »links« oder »unten« verstehen. Die ganze Breite und Höhe der Welt ist uns verborgen.

Wenn wir aufhören würden, uns vorwärts zu bewegen, würde der Vorhang fortgezogen werden, und das gesamte statische Universum würde uns offenbart werden.

Hoffnung ist Bewegung. Neugier, Sehnsucht und Hoff-

nung allein können bewirken, daß die Oberfläche nicht fortgerissen und der schreckliche Mechanismus der Welt nicht bloßgelegt wird. Ich würde mein Leben dafür geben, Cleo, wenn ich Dir ersparen könnte, das Geräusch zu hören, das er von sich gibt. Es ist ein totes Summen.

Meine Sehnsucht nach Dir ist das letzte, was bleibt. Du bist mein Funke. Wo es keine Kommunikation gibt, ist Wahnsinn, und wenn ich Dir diesen einen letzten Gedanken übermitteln kann, kann ich vielleicht weiterleben, aber das ist unwichtig; wichtig ist, daß Du am Leben bleibst.

Um zu leben, Cleo, mußt Du Sehnsucht verspüren. Es ist so einfach! Wenn Du es nur sehen könntest. Dreh Dich nicht um und klammere Dich nicht an uns, wenn wir fort sind, denn es ist nicht möglich, rückwärts zu gehen, und Du wirst damit nur Deine Vorwärtsbewegung aufhalten. Siehst Du, wie einfach das ist?

Und doch ist es nicht einfach, denn Sehnsucht ist so oft auf irdische Dinge gerichtet, und Hoffnung ist so oft mit der Entfaltung von Ereignissen im Laufe dieser Lebenszeit verknüpft, und Neugier muß ebenfalls durch irdische Dinge geweckt werden. Ich sage *muß*, all das muß sein, wenn du leben willst; und doch sind diese Dinge vergänglich, also haftest Du an etwas, und dann läuft seine Zeit ab. Du mußt fest daran haften, und tapfer, und Du darfst es nie loslassen wollen, denn Dein Leben hängt davon ab, daß Du es festhältst. Das ist schwierig und kompliziert. Es ist ein Paradoxon. Wenn Du Dich an uns klammerst, wirst Du mit uns sterben; wenn Du Dich nicht an uns klammerst, wirst Du vor Verzweiflung sterben, denn Du wirst keine Sehnsucht verspüren. Und doch – und das ist das Paradoxon – Du kannst weder das eine noch das andere tun und trotzdem leben. In dem Raum *zwischen Sehnsucht und Verzweiflung … In dem Raum zwischen Sehnsucht und Verzweiflung, zwischen Festklammern und Loslassen, zwischen Anhaften und Freigeben, und zwischen meiner Sehnsucht nach Dir und meiner Sehnsucht nach Deinem Glück, zwei Dingen, die nebeneinander nicht existieren können, und die doch auch getrennt nicht existieren konnten … Kannst Du das verstehen? In diesem Raum befindet sich das Unausgesprochene, das, was lebt.*

Was in Dir lebt, liegt mitten in einem Netz aus Venen und Arterien; das ist das Netz aus Blut. Licht oder elektrische Energie fließt durch die Nerven Deines Körpers; das ist das Netz aus Gold. Du existierst immer gefangen in diesem Netz, unter diesem Netz aus Blut und Gold.

Du bist auf etwas gefangen; Du ruhst auf etwas, unter dem Netz aus Blut und Gold.

Das ist alles, was ich Dir sagen kann.

BRIEF VON LUDWIG MIT POSTSTEMPEL VOM 22. MÄRZ

Das Haftende, das Feuer

Das Helle steigt zweimal auf:
Das Bild des FEUERS.
So erleuchtet der große Mann, indem er seine Helligkeit fortdauern läßt, die vier Weltgegenden.

Cleo, Cleo,
Das Helle steigt zweimal auf:
Du bist das Flämmchen in der Lampe,
Das Bild des Feuers.
Der Staub im Blütenkelch, das Licht.
So erleuchtet der große Mann, *die Lampe und die Blüte,*
indem er seine Helligkeit
Cleo, ich leide Qualen –

Fortdauern läßt, die vier Weltgegenden.
Oh, Cleo, ich liebe Dich! Ich liebe Dich! Cleo –
Warum liebst Du mich nicht?
Ist es, weil ich ein Hund bin?

LUDWIGS BRIEF
MIT POSTSTEMPEL VOM 24. MÄRZ

Cleo,
meine Sehnsucht nach Dir verzehrt mich, und doch spüre ich, daß ich die Fähigkeit verliere, mit Dir zu kommunizieren, wie die Seele eines soeben Gestorbenen, abgeschnitten von dem Anker seines Körpers, von Luftströmen immer weiter und weiter von der lebenden Welt fortgezogen. Ich werde zu den leidenschaftlichen Flammen des Himmels hinaufgezogen, ich kann sie sehen, ein Baldachin aus Sternen, aber sie sind so weit fort, und ich muß so lange Zeit durch Schwärze reisen, in diesen Winden, bevor ich sie erreiche.

Da ich verzehrt worden bin, bin ich Asche, und als Asche muß ich die große Entfernung im leerem Raum zurücklegen, bevor ich auch nur die Sphäre der Planeten erreiche; und wie viele Meilen weiter noch bis zur Sphäre der Fixsterne, und dann wieviel weiter noch muß ich reisen, bis ich auch nur zum niedrigsten Himmelskreis gelange?

Da ich verzehrt worden bin, bin ich Asche, und da jedes Teilchen meines Wesens sich von jedem anderen Teilchen trennt und von den Strömungen der Luft fortgetragen wird, magst Du fragen, wie kommt es, daß ich immer noch Sehnsucht empfinden kann? Wo befindet sich diese Sehnsucht? Aber hier ist noch ein Stückchen Glut, klein, das schrumpft, sich erschöpft, eine Schicht abwirft und noch eine und noch eine, bis nichts mehr davon übrig ist. Nichts!

Aber erst einmal ist es noch hier! Es brennt noch, und in diesem Brennen, im Vorgang *des Brennens, liegt meine Sehnsucht. Wenn ich also sage, ich werde von Sehnsucht verzehrt, bin ich wie eine jener Figuren bei Shakespeare, die rufen, daß sie ermordet werden, bevor sie ganz tot sind. Aber wir brennen alle, wir werden alle ermordet, jeder, der lebt, verzehrt sich selbst, indem er begierig auf das Schwert zueilt, auf die Krankheit, auf den Unfall, auf den Tag, an dem sein Leben enden wird. Man wird nicht erst in dem Moment ermordet, wenn die Klinge einen durchbohrt und man weiß, daß man sterben wird. Denn wir wissen immer, daß wir sterben werden; es ist nur eine Frage der Zeit, und wie lange es auch dauern mag, es ist immer eine Gewißheit, so gewiß, als hätten wir die tödliche Wunde bereits empfangen.*

So brennen wir, Cleo, aber wir müssen fröhlich brennen und Licht abgeben. Unsere kleinen, glühenden Herzen werden mit jeder Minute kleiner und mit ihnen die Zeitspanne, die wir auf dieser Erde noch haben, und doch müssen wir weitermachen, denn uns bleibt nichts anderes übrig.

Aber ich bin Asche! Voller Qual beobachte ich, wie ich mich auflöse, verschwinde, nicht nur aus meinem Leben – das allein könnte ich fast noch ertragen – doch nein, ich könnte es nicht! denn wie könnte ich sterben in dem Wissen, daß ich niemanden geliebt habe? – sondern auch aus Deinem Leben. Hast Du mich jemals geliebt?

Nicht meine Seele, Cleo, nicht bloß meinen Geist, sondern den Geruch meines Fells, den Ausdruck in meinen Augen und andere Dinge, Dinge, die Du nicht beschreiben könntest und an die Du Dich nicht erinnern wirst, die Dinge, die nicht bei Dir bleiben werden, wenn ich fort bin. Denn alles übrige bedeutet mir nichts; Du kannst weiter über mich nachdenken und mich im Geiste lieben, ganz gleich, ob ich tot oder lebendig, Dir nah oder weit entfernt von Dir bin. Vielleicht meine ich einen Moment, als Du, ohne darüber nachzudenken, eine Tasse auf die Theke in meiner Küche stelltest, oder als Dir ein Gedanke durch den Kopf schoß, während wir uns unterhielten, der Dir dann entfiel, als das Gespräch eine andere Wendung nahm – wirst Du diese Dinge vermissen?

Aber wie könntest Du das, da Du Dich doch nicht an sie erinnern kannst? Was ich vielleicht meine, ist: Hast Du jemals unbewußt meinen Arm berührt und Dich dadurch getröstet gefühlt oder mir in die Augen geschaut und einen unerwarteten Ausdruck gesehen, der so flüchtig war, daß Du Dir nicht die Mühe machtest herauszubekommen, was es war, der Dich aber irgendwie freute, einen Moment lang, bevor er verschwand?

Das kannst Du natürlich nicht wissen, weil Du es vergessen hast. Aber es sind eben diese Dinge, nach denen ich mich sehne, diese kleinen, vergessenen Einzelheiten, die den ganzen Unterschied zwischen Denken und Erfahrung ausmachen.

Ich meine, hast Du mich je als lebendes Wesen geliebt? Ich meine, war da jemals etwas, wenn Du neben mir standest, das Du weder in Worte fassen noch im Herzen bewahren konntest? Das sind die Dinge, die ungesagt bleiben, die kleinen Funken. Sie können für sich nicht existieren, sie müssen sich an ewas anderes klammern, denn für sich genommen sind sie nichts; sie schaffen nur die Räume zwischen den Dingen, die man wahrnehmen kann.

Du, in Deinen Netzen aus Blut und Nerven, bist immer von diesen leeren Räumen umgeben. Es sind Lichtfun-

ken. Die Erde ist voll davon, und der Himmel auch, voller kleiner Fünkchen.

Ludwig

Merkwürdige Dinge geschahen mit mir. Wenn ich abends im Bett lag, kurz bevor ich einschlief, oder morgens, kurz bevor ich aufwachte, hatten die Gedanken, die mir kamen, etwas Dichtes und Unerwartetes. Ich meine zum Beispiel, irgendwo, mitten im üblichen Strom der Bilder, sah ich plötzlich das Innere eines Flugzeugs, mit einem verschneiten Flughafen draußen vor den Fenstern, und ich dachte: Oh, jemand besteigt ein Flugzeug. Er fliegt von der Universität nach Hause, und er ist traurig; er läßt jemanden zurück. Und dann war das Bild fort, und ich war wieder in den Strom meiner eigenen Gedanken eingetaucht. Oder ich hatte plötzlich die Vorstellung, daß eine Frau in einer kleinen Stadt im ersten Stock am Fenster saß und auf eine eisige Wiese hinausblickte, und ihr war kalt, und auf dem Herd hinter ihr kochte etwas, oder daß jemand in einem Bus saß, der durch Chicago fuhr, und weinte, oder daß jemand am Ufer eines Sees spazierenging und sich an das Haus erinnerte, in dem er aufgewachsen war. Ich wußte nicht, wer diese Leute waren. Normalerweise freute ich mich, sie zu sehen, als wenn sie jemanden gebraucht hätten, der sie einen Moment lang besuchte, und ich hatte das getan. Ich glaubte eigentlich nicht, daß sie meine Gegenwart bemerkten. Es war eher so, als hätten sie mir etwas übergeben, einen kleinen Teil einer Last, und das hatte ihnen vielleicht geholfen.

Selbstverständlich konnte das einfach Einbildung sein – vor allem in Anbetracht der Umstände damals – aber im Laufe der Woche wurden diese Bilder, was immer sie auch sein mochten, viel häufiger. Es war, als könnte ich sie zunehmend besser empfangen, diese kleinen, schwachen Signale, die die Menschen auf der ganzen Welt aussandten, ununterbrochen.

Ich weiß, daß sie wirklich da sind. Ich meine, ich weiß, daß Menschen wirklich Gefühle haben, überall, in jedem Moment. Ob die Vorstellung, daß sie mich erreichten, Wunschdenken meinerseits ist oder nicht, weiß ich nicht. Aber ich glaube, das spielt auch keine Rolle. Mir war damals, als würde ich, so oder so, für etwas üben, oder eher noch, als würde ich dazu gebracht, etwas zu üben, das ich überhaupt nicht begreifen konnte, wie ein ganz kleines Kind, das Ballettunterricht bekommt.

Eines Tages erzählte ich Lydia davon, und sie sagte, sie hätte genau das gleiche erlebt. Sie sagte, normalerweise sehe sie Hunde, gewöhnliche Hunde, die am Rand eines Highways entlangrannten oder in einem kleinen Käfig im hintersten Winkel eines Hinterhofes unaufhörlich bellten oder auf einem Metalltisch lagen. Ich fragte sie, ob sie das für Wahnsinn hielte.

»Wahrscheinlich«, sagte sie.

»Aber ich habe noch nie gehört, daß einer der anderen Hunde das erlebt«, sagte ich, »und außerdem, warum sollte es mir als Mensch passieren, wenn es Wahnsinn ist?«

Lydia antwortete nicht.

»Ich glaube, es ist etwas anderes«, sagte ich, »etwas, das dem Wahnsinn ähnelt, aber nicht ganz dasselbe ist. Ich habe das Gefühl, daß wir Hinweise sehen, wie Fädchen, die irgendwo hinführen. Verstehst du, was ich meine?«

»Hinweise, ja, aber auf was?« meinte sie. »Vielleicht führen sie nirgends hin, sondern es ist eher, als wären sie Teil eines Gewebes, und wenn wir diese Bilder sehen, ist das, als würden wir einen Schritt zurücktreten und sehen, wie die Fädchen ineinander verwoben sind.«

»Oder vielleicht«, fügte ich hinzu, »ist es, als würden all diese Fäden, diese Stränge aus dem Leben anderer Leute, in uns zusammenkommen ...«

»Ja. Der Wahnsinn ist eine Art Auflösen oder Zerstreuen, während das, was wir erleben, eine Art Sammeln sein könnte.«

Nachdem sie das gesagt hatte, sahen wir uns an und merkten, daß wir haargenau wußten, wovon die andere sprach, und daß wir aus eben diesem Grund nicht mehr darüber reden wollten. Zum einen war es überflüssig, und zum anderen waren wir, glaube ich, beide etwas zermürbt. Lydia sagte, sie wollte ein Nickerchen machen, und ich ging.

Zwei Tage lang war es absolut ruhig, und ich hatte keine derartigen Visionen. Eine tiefe Einsamkeit überkam mich.

Am Abend des zweiten Tages waren sie wieder da. Ich legte mich hin, aber ich konnte nicht einschlafen, und ich sah merkwürdige Dinge – einen Vogel, der in einen Draht krachte, ein Stück von etwas, das einen Berg hinunterrollte. Ich fand es nicht schön. Ich blieb im Bett, in der Dunkelheit, mit geschlossenen Augen, aber statt Schlaf kamen mehr von diesen Visionen, und sie ergaben jetzt keinen Sinn mehr – glasige Pfützen, von Feuer gesäumt, eine holzkohlenfarbige Wolke, die von der Luft auseinandergerissen wurde, eine Schicht Perlen in der Erde.

Endlich, um halb fünf etwa, schlief ich ein, und ich träumte von Maria. Aber es war nicht genau sie – sie war so kompliziert, daß sie eher einem Gebäude oder einer Stadt glich als einem Menschen. Etwas brannte in der Ferne, und sie beugte sich vor, um mich zu küssen, und ich konnte sehen, wie sich alles in ihr bewegte. Es war, als würde ich nachts von einem Flugzeug aus auf ein Gewirr von Autobahnen schauen.

Ich erwachte mit einem Heißhunger; Endiviensalat, Austern, Mangold, Schokolade und etwas Dunkles, Bitteres, Rauchiges, das ich nicht identifizieren konnte. Ich fühlte mich, als hätte ich hundert Jahre nichts gegessen. Ich überlegte, hinunterzugehen und nachzusehen, ob in der großen Küche noch etwas übriggeblieben war, aber beim letzten Mal, als ich dort war, hatte es schon ziemlich schlecht ausgesehen. Lydia und ich hatten uns einen Vorrat angelegt, nachdem der Koch, ein Hund, vor ein paar Tagen erschossen worden war, aber das meiste war in dem großen Schrank in ihrem Schlafzimmer eingeschlossen, und ich wollte sie nicht wecken. Schließlich machte ich die Augen wieder zu und sank in einen schwarzen, traumlosen Schlaf.

Brief von Ludwig mit Poststempel vom 28. März

Ich habe die Seelen der Toten gesehen, wie sie in einem verzweigten Fluß reisen; sie sehen ganz ähnlich aus wie rote Blutkörperchen, von der Form her, ähnlich wie ein Doughnut, aber sie sind bleich. Ich kann nicht sagen, ob in der Mitte etwas ist oder ob sie leer ist. Wenn eine Seele an eine Gabelung im Fluß kommt, braucht sie nicht entweder den einen oder den anderen Weg zu wählen; sie kann beide Wege nehmen. Das vermag sie, weil Seelen nicht auf die gleiche Weise durch die Zeit gebunden sind wie lebende Körper, so daß eine Seele an, nach unserem Verständnis, zwei Orten zugleich existieren kann. Außerdem kann sie sich in der Zeit entweder zurück- oder vorwärtsbewegen, zusätzlich zu dem, was wir als Seitwärtsbewegung bezeichnen könnten, diese Fähigkeit, gleichzeitig in verschiedenen Räumen zu existieren. Manche

Seelen interessieren sich für unsere Welt und versuchen, mit uns zu sprechen, aber tatsächlich ist es sehr schwierig für sie, etwas zu bewirken, da sie keinen eigenen Körper haben, und manche wandern umher und suchen nach Leuten, mit denen sie sprechen können, aber es sind so wenige unter uns, die sie hören können. An die kürzlich Verstorbenen erinnern die Lebenden sich noch, und daher können die Seelen eine Weile mit ihnen sprechen, diese Menschen sind aufnahmebereit, aber die Seelen, die schon lange tot sind, haben eine viel geringere Chance, jemanden zu finden, und sie verlieren ihre Konturen, ihre charakteristischen Züge werden abgeschliffen, während sie in dem großen Fluß entlangrollen. Sie glühen, sie warten auf uns, aber wir können sie nicht finden.

Manchmal hörst Du jemanden aus weiter Ferne rufen, ganz schwache Wellen oder Schwingungen, wie eine Radiosendung von einem Planeten in einer anderen Galaxis, verstreute Signale, die man kaum von den atmosphärischen Störungen unterscheiden kann, welche aus bedeutungslosen Fetzen anderer Stimmen bestehen, die durch die große Entfernung zu einer Art Staub zerfallen sind. Aber mitten in diesen Störungen denkst Du, Du könntest eine Stimme identifizieren, Sätze, die Du beinahe zusammenfügen kannst, so wie ein Archäologe aus wenigen Knochensplittern einen ganzen Körper zusammensetzen kann; aber natürlich machst Du es manchmal falsch, und das ist eine große Tragödie, sowohl für Dich als auch für die Seele, die versucht, mit Dir zu kommunizieren. Ich speche mit Dir, Cleo. Sei vorsichtig. Kannst Du verstehen, was ich sage?

Doch, ich verstand. Ich versuchte, Ludwig wiederzuschreiben, aber ich konnte es nicht. Angefangene Briefentwürfe lagen in meinem Zimmer herum. Nachts träumte ich, daß er mich anrief. Zwischen den dunklen, verschlungenen Kabeln unter den Straßen der Stadt konnte ich unsere besonderen Drähte sehen, glänzend grau und haarfein, an denen elektrische Wellen wie Öltropfen entlangglitten. Etwas ging schief, nur eine knisternde Begrüßung kam durch, und dann war irgendwo ein Kurzschluß, und Ludwig wurde unterbrochen.

Brief von Ludwig mit Poststempel vom 29. März

Am Ende ist es sehr schmerzhaft, als würde man durch ein Sieb gepreßt. Das Schwere bleibt zurück, während das Licht durch winzige Löcher nach draußen gedrückt wird. Der Körper, der die Welt kannte

Der Körper, der die Welt kannte

Cleo, Du hast gesagt, Du hättest mich besucht, aber ich erinnere mich nicht, Dich gesehen zu haben. Wann warst Du hier?

In dem Land jenseits des Siebes gibt es nur Licht, und wir werden unsere Körper vermissen. Es wird uns rastlos machen. Über den Wolken, jenseits des Erdschattens, ist immer Tag. aber die Welt der Lebenden so weit entfernt zu sehen, wie sie ohne uns weitergeht, wie ein Spielzeug, so kompliziert, so klein

»Tür des Morgens«

19

(Cleo)

Am Abend des 31. März brach im Schloß Feuer aus. Ich hatte mich auf der Suche nach etwas Eßbarem auf den Weg hinunter in die Speisekammern gemacht, und als ich oben an die Treppe kam, die ins zweite Obergeschoß führte, sah ich durch die Tür zu einem der großen Säle Flammen. Ein brennender Wandteppich war auf den Tisch in der Mitte des Raumes gefallen und hatte das fleckige Tischtuch entzündet, und Feueradern griffen nun nach seinen Rändern. Ich rannte den Weg zurück in den Turm hinauf und erzählte es Lydia.

Die Telefone im Schloß waren seit fünf Tagen abgestellt, es gab also keine Möglichkeit, die Feuerwehr anzurufen.

»Einen halben Block von hier entfernt ist eine Feuerwache«, sagte ich. »Wir können hingehen und sie holen.«

Lydia warf mir einen bedauernden, distanzierten Blick zu, und ich verstand, daß sie nicht vorhatte, das Schloß zu verlassen, auch jetzt nicht.

»Du kannst nicht im Turm bleiben, wenn es unten brennt«, sagte ich. »Aber wenn wir hier rumstehen und darüber reden, kommen wir gleich nicht mehr durch. Laß uns gehen.«

»Geh du nur, Cleo. Du hast keine Zeit, dich mit mir zu streiten.«

»Ohne dich gehe ich nicht.«

Wir standen da und starrten uns an.

»Es breitet sich schnell aus«, sagte Lydia. »Das erkenne ich am Geruch. Aber dieses Bauwerk ist aus Stein. Ich glaube nicht, daß das Feuer uns hier erreicht.«

»Vielleicht nicht, aber – aber Lydia, wo ist eigentlich das Waffenlager?«

»Ach ja – das ist irgendwo unten in unserem Turm, glaube ich.«

»Und was passiert, wenn das Feuer da hinkommt? Was ist, wenn da viele explosive Stoffe gelagert sind?«

»Ich denke, bei einer schweren Explosion könnte ein Teil des Gebäudes einstürzen.«

»Ein Teil des Gebäudes – etwa unser Turm?«

»Cleo, wenn du nicht gehen willst – und ich glaube, jetzt solltest du das besser nicht mehr tun –, dann setz dich. Du siehst aus, als ob du gleich in Ohnmacht fallen würdest. Damit wäre niemandem gedient.«

Ich setzte mich und holte tief Atem, wobei ich zur Dekke hinaufschaute. Als ich Lydia wieder anblickte, sah ich Panik in ihren Augen.

»Es wird alles gut«, sagte sie sanft. »Erinnerst du dich, ob du die Tür unten an der Turmtreppe geschlossen hast, als du hochgekommen bist?«

»Die habe ich zugemacht«, sagte ich.

»Das ist gut.«

»Ich kann nicht hier rumsitzen, während es unten brennt«, sagte ich. »Ich kann das nicht. Ich hole jetzt die Feuerwehr.«

»Jetzt nicht, Cleo, das ist zu gefährlich«, sagte Lydia. »Ich glaube wirklich, es ist am besten, hierzubleiben. Ich glaube, daß noch ein paar andere Leute im Schloß sind, und vielleicht kommt jemand von denen nach daußen, ohne daß er durch das zweite Stockwerk muß.«

»Wahrscheinlich hast du recht, aber ich kann das einfach nicht«, sagte ich. Ich nahm meine Jacke und lief die Wendeltreppe wieder hinunter. Als ich fast unten war, konnte ich Hitze spüren. Ich öffnete die Tür zu einem rauchgefüllten, aber nicht unpassierbaren Flur im dritten Stock und hörte irgendwo, in einem fernen Zimmer, ein Cello spielen.

»Hallo?« rief ich, aber es kam keine Antwort. Ich rannte zur Treppe und ging ein paar Stufen hinunter, aber dann sah ich, daß ich durch das zweite Stockwerk nicht durchkommen würde. Die Luft war dunkel vor Ruß, und die Türen rechts und links von der Treppe sahen aus wie Ofenluken. Flammenbäche liefen über den großen Teppich in dem Raum unter mir und begannen, den Läufer auf der Treppe hinaufzuklettern.

Ich blieb stehen, und dann holte ich mein Schweizer Armeemesser aus der Jackentasche und bückte mich zum Läufer. Ich sägte daran herum, bis ich ihn quer durchgeschnitten hatte, und riß dann mit großer Anstrengung ein Stück von den Stufen herunter, so daß zwischen den ausgefransten Teppichenden eine Lücke von etwa anderthalb Metern entstand, eine kleine Feuerschneise, und dann ging ich, hustend von dem Rauch, in den Turm zurück. Das Cello spielte noch, als ich die Tür hinter mir schloß.

Lydia lag auf ihrem Bett, ihr Kopf ruhte auf den übereinandergelegten Vorderbeinen. Sie schaute auf das Fenster, oder, genauer gesagt, etwas weiter nach links.

»Ich komme nicht durch«, erklärte ich.

»Sieh mal, wir haben Besuch«, sagte Lydia ruhig, als wäre da ein scheues Tier, das hinter ihrem Sekretär hervorlugte.

»Und der Cellist ist immer noch da unten«, fügte ich

hinzu, während ich mich umwandte, um zu sehen, wo Lydia hinschaute. »Er spielt irgendwo, ich konnte ihn nicht sehen – «

An der Stelle, auf die Lydia den Blick heftete, war ein Lichtfleck, wie eine Reflektion, die von einem Spiegel an eine Wand geworfen wird, doch das Licht hing zwischen Fenster und Frisierkommode in der Luft. Es war etwa so hoch wie ein Mensch, und ich konnte Staubkörnchen sacht darin schweben sehen.

»Was ist das?«

»Weiß ich nicht«, sagte Lydia. »Es sieht aus wie der Geist von einem Menschen.«

»Ja, nicht?« meinte ich und setzte mich neben sie auf das Bett. Dann hörten wir von irgendwoher tief unten im Gebäude die Echos einer kleinen Explosion. Wir wußten damals nicht, daß sie von einem verschlossenen Gewehrschrank stammten, der sich einige Räume von der Waffenkammer entfernt befand, doch wir begriffen, daß es eine Warnung war.

»Also – « Aber bevor Lydia das Wort aussprechen konnte, erfolgte eine zweite, etwas lautere Explosion, die den Fußboden des Zimmers erbeben ließ. Dabei erinnerte ich mich plötzlich, als hätte eine Wand einen Riß bekommen und würde den Blick in einen anderen Raum freigeben, an einen Traum, den ich – wann? letzte Nacht? – gehabt hatte, von Maria, in graue Wolle gekleidet und bis zum Kinn in einen Schal gehüllt, die in einem halbdunklen Raum vortrat und sagte: »Ich habe etwas hiergelassen« und »Weißt du nicht – «

Satzfetzen, die mir seit Tagen durch den Kopf gegangen waren, sammelten sich plötzlich alle um diese Erinnerung. Die Worte »Tür des Morgens«, die ich gehört hatte, bevor Ludwig sie geschrieben hatte, und »unter dem Netz aus Blut«, was der Anfang von etwas war ... Ich hatte eine Vision von der Himmelskuppel, in die unendlich viele Löcher gestochen waren, und vom Erdball, übersät mit Lampen und Feuern, und alles war so vertraut, alles wies auf eine Sache hin, wenn ich mich nur erinnern könnte, was es war. Ich bin immer so nahe daran –

Dann fiel mir noch mehr von dem Traum ein – aber jetzt war Maria sehr jung, vielleicht zwölf, sie hatte Zöpfe, die zu Schnecken aufgerollt an ihrem Kopf festgesteckt waren, doch sie lösten sich, und Maria stand an einem offenen Fenster auf einem Heuboden. Über ihr im Dachgesims war ein Spatzennest, der Fensterriegel war abgebrochen, und draußen neigte sich ein Hang mit Stoppelfeldern bis zu einem Saum von schwarzen Bäumen in weiter Ferne. Bei diesen Bäumen lagen ein paar Felsbrocken, auf denen sehr helle, gelbe Flechten wuchsen. Es war März, Rauch lag in der Luft, in den Wäldern hatte sich noch nichts zu regen begonnen. In diesem Moment in Lydias Zimmer war ich sicher, daß ich dort gewesen war, auf jenem Heuboden, einen winzigen Sekundenbruchteil lang, und obwohl man so vieles unmöglich wissen konnte, spürte ich, daß eines unumstößlich feststand: Maria war mit mir zusammen dort gewesen, genauso, wie ich jetzt hier war und später anderswo sein würde – aber wenn ich versuche, darüber nachzudenken, löst es sich bloß auf, oder es verzweigt sich wie ein ausgefranstes Kabel. Ich weiß nur, daß ich, als ich Maria dort sah, spürte, daß sie mir etwas mitgebracht hatte, die Antwort auf eine Frage. Ich dachte, Lydia und ich würden vielleicht sterben, und meine Empfindung war vielleicht teilweise durch die Angst ausgelöst, durch einen Adrenalinstoß, durch Arterien, die sich weiteten, um die Blutströme aufzunehmen, die das Herz herauspumpte – ja, aber da war auch noch etwas anderes – wie eine weiße

Gardine, die sich im Wind bauschte, so offensichtlich wie die Sonne – etwas, das ich noch nie gesehen hatte.

»Wir müssen raus«, begann Lydia. »Mein Gott – da ist doch ein –«

»Ich weiß«, sagte ich. »Ich weiß genau, wo es ist, das Fenster im dritten Stockwerk.«

»In der Nordecke, nicht das andere«, setzte sie hinzu.

»Ja, ich weiß.«

Lydia rannte los, nicht auf zwei Beinen, das wäre viel zu langsam gewesen, sondern auf allen vieren; sie mußte am Fuß der Turmtreppe und oben an der Treppe zum dritten Stock auf mich warten, obwohl ich so schnell lief, wie ich konnte. Die Luft war dick, aber wir schafften es irgendwie bis zu dem Eckfenster, unter dem, etwa drei Meter tiefer, das Dach der Galerie lag, die sich am Hof entlangzog. Das Fenster war nicht zum Öffnen gedacht; ich mußte mir meine Jacke um die Faust wickeln und es einschlagen. Ich hängte die Jacke über die Glasscherben, die noch unten im Rahmen steckten, und konnte mich soweit daran herunterlassen, bis ich an den Händen hing und nur noch etwa einen Meter tief auf das schräge Dach hinabspringen mußte. Dann sagte Lydia, ich solle Platz machen, und sprang selbst aus dem Fenster; sie rutschte auf dem Dach aus, fing sich aber am Rand. Nachdem sie kurz die Entfernung abgeschätzt hatte, machte sie einen weiteren Sprung auf den obersten Absatz der Hoftreppe hinunter. Ich folgte ihr, indem ich mich wieder erst hinunterließ, wie vorher aus dem Fenster, und als wir beide oben auf der Treppe angekommen waren, rannten wir los, so schnell wir konnten, auf das Torhaus zu. Während wir auf seine rote Ziegelfassade zustürzten, liefen plötzlich unsere Schatten vor uns her, denn der Hof wurde blitzartig erleuchtet, von einer Explosion, die die Ostwand von Neuhundstein zum Einsturz brachte.

Epilog

(CLEO)
Lydia und ich waren kaum aus dem Schloßhof auf die Avenue B hinausgelangt, da hörten wir schon die Sirenen der Löschfahrzeuge. Wir liefen zu einem geschützten Eingang, in der Hoffnung, den Schaulustigen zu entgehen, die sich bereits auf den Straßen zu sammeln begannen. Als wir näherkamen, sahen wir, daß schon jemand an der Tür lehnte, ein großer junger Mann mit beginnender Glatze, in dem ich den Cellisten wiedererkannte, der immer im Thronsaal gespielt hatte. Er sah erschöpft aus, und sein sanftes, rundliches Gesicht war schweißbedeckt.

»Ich wußte nicht, daß noch jemand anders da drin war.« Er nahm seine Brille ab, rieb sie an seinem zerfetzten Hemd und setzte sie dann wieder auf, um uns zu betrachten. »Hey, ich kenn' dich«, sagte er, indem er auf mich zeigte. »Ich habe am ersten Abend mit dir getanzt. Weißt du noch?«

Ich schüttelte den Kopf, zu sehr außer Atem, als daß ich hätte sprechen können.

»Also, ich heiße Jim«, meinte er und trat zurück, um in dem Hauseingang Platz für uns zu machen.

»Die Übertragungswagen vom Fernsehen werden bald kommen«, bemerkte Lydia ruhig, während wir dastanden und beobachteten, wie die Flammen aus dem Schloß schlugen. »Wir sollten wirklich nicht hierbleiben.«

»Oh Gott, bloß nicht, laßt uns gehen«, sagte der Cellist, und das taten wir.

Ludwig verschwand in jener Nacht. Er verlangte, aus dem Krankenhaus entlassen zu werden, kehrte aber nicht in seine Wohnung zurück. Ein Pfleger rief ein Taxi für ihn, konnte aber den Fahrer später nicht beschreiben. Der Fahrer meldete sich nicht, und niemand hat berichtet, Ludwig seitdem gesehen zu haben.

Neuhundstein stand ein Jahr lang leer, verwüstet, bis es einer Immobiliengesellschaft gelang, sich die Ruine anzueignen und ein Hotel daraus zu machen, mit einigen Wohnungen in den Obergeschossen und Läden und Restaurants unten, was mehr oder weniger das war, was auch die Hunde mit dem Schloß vorgehabt hatten. Jetzt, sechs Jahre später, kommt es einem vor, als wäre es schon immer dagewesen.

Es gab Gerüchte, daß noch andere Hunde aus dem Schloß entkommen seien, aber das glaube ich nicht. Und selbst wenn es wahr sein sollte – ich habe nie von ihnen gehört, und Lydia auch nicht.

Lydia hat gesagt, sie hätte angefangen, wahnsinnig zu werden, bevor wir das Schloß verließen, aber in dem Augenblick, als sich die zweite Explosion ereignete, hätte sie, genau wie ich, etwas gespürt, das eine starke Wirkung auf sie hatte, und seitdem ist die merkwürdige Krankheit der Hunde bei ihr nicht wieder aufgetreten. Sie weigert sich zu beschreiben, was sie spürte; sie sagt, sie könne sich nicht gut ausdrücken, Englisch sei nicht ihre Muttersprache, und es gäbe niemanden mehr, der den Rankstädter Dialekt spreche, daher könne sie diese Erfahrung niemandem vermitteln. Selbst mir nicht. Und ich weiß ja schließlich auch nicht, was ich gespürt habe; da war eine

Erinnerung an einen Traum, eine plötzliche Angst, vielleicht Mut …

Jim und ich fahren oft mit unserer Tochter Eleanor zu Lydia, die jetzt auf einem Landgut im Norden von New York lebt. Es ist ein abgelegenes, friedliches Haus, und Lydia hat es gern, wenn immer Freunde da sind, aber sie bemüht sich sehr, nicht in der Öffentlichkeit zu stehen.

Maria Rank hat mich einmal besucht, kurz nachdem Eleanor geboren worden war. Ich sah sie an einer Kommode in meinem Schlafzimmer lehnen. Sie bewegte sich nicht und sagte auch nichts, aber als sie verschwand, zog sie eine Bahn kieseliger, strömender Luft hinter sich her. Ich hatte das Gefühl, daß sie nicht wiederkommen würde, aber daß sie mit ihrem Kommen etwas Gutes im Sinn gehabt hatte.

Warum habe ich in der Zeit, als die Hunde hier waren, von Maria geträumt? Hat sie meine Phantasie angeregt, weil ich ihre Porträts so oft gesehen hatte? War es, weil Ludwig so fasziniert von ihr war – war sie ein Schlüssel zu einem Teil von ihm, den ich nicht verstand?

Aber ich glaube, daß sie wirklich da war. Der letzte Traum, der, der mir wieder einfiel, kurz bevor wir das Schloß verließen, war so real gewesen wie ein Mörtelbröckchen oder ein Nagel oder ein verkohlter Stock – augenblicklich erkennbar – und doch, was er bedeutete, was er jetzt bedeutet …

Manchmal bete ich um einen Traum von Ludwig. Ich bete darum, daß sich die Kanäle öffnen, wenn ich schlafe, und daß ich eine Nachricht bekomme, ob er noch lebt und wo er ist. Selbst wenn ich das nicht erfahren könnte, würde ich gerne von ihm träumen, einfach, um ihn wiederzusehen. Aber das tue ich nie. Ich vermisse ihn.